グレアム・グリーン　ある映画的人生

佐藤元状

慶應義塾大学出版会

グレアム・グリーン　ある映画的人生

目次

第三部　映画の彼方へ

凡例

・グリーンの小説、自伝、文芸批評および映画批評の引用に関しては、すべて拙訳である。定訳のある小説に関しては、翻訳の際に適宜参照した。特に丸谷才一の翻訳には大きな影響を受けている。

・外国語文献からの引用は断りのない限り、基本的に拙訳である。すでにある翻訳を使用する場合には、引用の際に著者の名をアルファベットでなく、カタカナで記している。

・映画タイトルは、日本で定着した名称があるものに関しては、基本的にそれを採用した。日本で未公開、あるいは定着した名称のない映画作品に関しては、筆者が適宜日本語のタイトルをつけた。また丸括弧で映画の制作年（あるいは上映年）を記した。

・出典を記す際にいくつか略称を利用した。グリーンの小説や自伝、映画批評（およびルジューンの映画批評）などの略称は以下のとおりである。

BR Brighton Rock
CE Collected Essays
CSS Complete Short Stories
EA The End of the Affair
GFS A Gun for Sale
GGFR The Graham Greene Film Reader
IB It's a Battlefield
LFR The C. A. Lejeune Film Reader
MF The Ministry of Fear
PD The Pleasure-Dome
ST Stamboul Train
TM The Third Man
WE Ways of Escape

グレアム・グリーン　ある映画的人生

プロローグ

一週間に何度も映画を見る四年半の日々……今となっては、そうした遠き三〇年代の生活はにわかには信じがたい。面白いだろうと思って進んで引き受けた生活様式だったのだが。四百本以上の映画を見た。もし同じ期間に別の強迫観念に苦しまなかったとしたら、さらにその数は増えたことだろう。書かなければならなかった四つの小説に加えて、一冊の旅行本があって、それは数ヶ月の間私をメキシコへと連れ去り、歓楽宮（the Pleasure Dome）から遠ざけた。私たちがふたたび目にすることのないような贅沢と奇妙な趣味を備えたエンパイアーやオデオンなどの映画館のことである。

(*PD 1*)

グレアム・グリーンほど「映画的な」小説家はいない。一九〇四年にロンドン近郊の田舎町バーカムステッドに生まれたグリーンは、世紀末に誕生したいわば「アトラクションの映画」としての初期映画が、モンタージュやクロースアップなどの基礎的な映画技法を発見し、尺を伸ばしていく過程で、サイレント映画が大衆的な芸術として完成されていく様子を同時代の観客として眺めてきた。一九二〇年代初頭にオックスフォード大学に入学すると、早速グリーンは同人誌の『オックスフォード・アウトルック』に映画批評を寄稿している。卒業後は『タイムズ』紙の編集補佐として働くかたわら、同紙にいくつかの無署名の映画批評をしたためているが、この時期のグリーンの映画批評を読むと、彼が同時代の先鋭的な映画雑誌『クロースアップ』（一九二七―三三年）の熱心な読者であったことがよくわかる。[1]

しかしながら、グリーンは最初から「映画的な」小説を書いていたわけではない。デビュー作となった『内なる私』（一九二九年）は、一九世紀の南イングランドを舞台とした歴史ロマンスである。冗長な詩的表現が多く、スピードも緩慢である。このデビュー作は小さな商業的な成功を収め、グリーンは出版社のハイネマンに執筆料を前借りする契約を結び、『タイムズ』紙を辞め、職業作家としての道を歩み始める。こうして量産されたのが、『行動の名前』（一九三〇年）と『夕暮れの噂』（一九三一年）である。批評的にも、商業的にも散々な評価を受けたこれらの二作品は、グリーンが早い段階で絶版にしたために現在入手が非常に困難なテキストであるが、『内なる私』と同様に、歴史ロマンスのジャンルに区分可能な作品である。モダニズムの時代を経過したとは信じがたいほど長ったらしい不器用な小説である。

私の仮説では、グリーンが「映画的な」小説家へと成長していく過程は、二段階に分けられる。一九三〇年代前半と一九三〇年代後半の二段階である。グリーンが小説家として起死回生のカムバックを果たす一九三〇年代前半の作品には、『スタンブール特急』（一九三二年）、『ここは戦場だ』（一九三四年）、『英国が私をつくった』（一九三五年）があるが、とりわけ『スタンブール特急』は、グリーンの作家としての転換期をなす重要な小説として位置づけられる。オリエント急行に乗り合わせた現代の数名の乗客の運命を主題とした小説は、オステンドからコンスタンチノープルまでの明快な旅路を示しており、形式的にも、内容的にもモダンな作品である。この作品以降、グリーンの小説は現代に設定されることになるだろう。この小説をグリーンの最初のモダニズム小説と名付けてもよいくらいだ。

『ここは戦場だ』は、グリーンの初期から中期にかけての作品のなかでもっともモダニズムを意識した小説となっている。複数の登場人物がロンドンを歩きながら、過去を想起していく様子は、グリーンがあからさまに下敷きにしているジョウゼフ・コンラッドの『密偵』（一九〇七年）とともに、グリーンが仮想敵にしていたヴァージニア・ウルフの小説『ダロウェイ夫人』（一九二五年）を彷彿とさせる。意識の流れを活用したスピード感のあるきびきびとした文体は、この遅れてきたモダニストの遅ればせながらの成長を如実に物語っている。

『スタンブール特急』と『ここは戦場だ』の二作の小説は、一見したところ映画とは無関係のように思われるかもしれない。そもそも職業作家としての道を選んだグリーンは、生活費を抑えるために、最初はチッピング・カムデン周辺のコッツウォルズに、そしてその後はオックスフォードに住まいを移しており、映画の都ロンドンから遠く離れた場所で執筆に専念している。毎日のように試写会で映画を見ていた映画批評家時代とは異なり、一九三〇年代前半のグリーンの映画経験は選択的なものであったにちがいない。だが、逆説的に聞こえるかもしれないが、映画館に通う回数が物理的に限られていたからこそ、グリーンのシネフィルとしての感性は研ぎ澄まされることになった。

一九二〇年代後半から一九三〇年代前半にかけて、グリーンは国際的な映画雑誌『クロースアップ』を熟読し、エイゼンシュテインやプドフキンなどの最新の映画理論を学び、映画の文化的な覇権がサイレント映画からトーキー映画へと徐々に移行していく様子を、固唾を飲んで見守っていた。[2] またグリーンは当時の知識人たちを引きつけたロンドン随一のシネクラブと言ってよいロンドン・フィルム・ソサエティの常連であり、映画芸術としてのサイレント映画に多大なる関心を示していた。[3]

結論を先回りして述べるならば、『スタンブール特急』、『ここは戦場だ』、『英国が私をつくった』の三作品には、同時代の映画史に対するグリーンのシネフィル的な感性が克明に刻印されている。端的に言うと、それはトーキー革命が映画にもたらした対位法的な視聴覚的モンタージュの可能性にほかならない。本書の第一部「トーキーの夜明け」では、グリーンが『スタンブール特急』や『ここは戦場だ』といった「映画的な」小説を生み出す際に、ジョセフ・フォン・スタンバーグの『上海特急』（一九三一年）やルネ・クレールの『巴里の屋根の下』（一九三〇年）といった同時代の初期トーキー映画とジャンルを超えた創造的な対話を繰り広げていたことを明らかにする。

一九三五年六月にグリーンは『英国が私をつくった』を出版しているが、まさにその翌月からグリーンは『スペクテイター』誌の映画批評家としての新たなキャリアを歩み始める。「一週間に何度も映画を見る四年半の日々」（*PD* ⅰ）の始まりである。グリーンの映画批評は、ジョン・ラッセル・テイラーによって編集され、『歓楽宮——グレアム・グリーン映画批評選集　一九三五—一九四〇年』のタイトルで一九七二年に出版されている。冒頭に掲げた文章は、この映画批評選集の序文からの引用である。[4]グリーンにとって、一九三〇年代後半の映画批評家時代が彼の小説家としてのキャリアのなかで独特の「生活様式」を意味するものであったことは、この引用からも明らかだ。

グリーンはメキシコの宗教弾圧のルポルタージュの執筆のために、一九三八年前半の数ヶ月間ロンドンを留守にするが、それ以外の期間は試写会で毎週数本の映画を見ては、映画批評を執筆する日々だった。しかも、この多忙な時期にグリーンは四冊の小説を出版し、イギリス文学史の一コマを飾る一級の小説家としての地位を確立するのである。『拳銃売ります』（一九三六年）、『ブライトン・ロック』（一九三八年）、『密使』（一九三九年）、『権力と栄光』（一九四〇年）の四冊である。「エンターテインメント」の副題を付けられた二冊の小説『拳銃売ります』と『密使』が軽めの商業路線の小説として執筆されたのに対して、「ノヴェル」という副題を付けられた『ブライトン・ロック』と副題のない『権力と栄光』

は真面目な純文学路線の小説として執筆された。今日、『ブライトン・ロック』と『権力と栄光』の二作品は、初期から中期にかけてのグリーン作品のなかでも、数十年に及ぶグリーンの小説家としての長いキャリアのなかでも、とりわけ傑出した文芸作品として認知されている。

グリーンの映画批評家としての活躍とグリーンの小説家としての飛躍の間には、どのような生産的な関係があるのだろうか。『歓楽宮――グレアム・グリーン映画批評選集　一九三五―一九四〇年』の出版がいわば引き金となって、このテーマはこれまで文学研究者の間でもたびたび議論となってきた。ジーン・D・フィリップスの『グレアム・グリーンの小説とその映画化』(一九七四年)、ジュディス・アダムソンの『グレアム・グリーンと映画』(一九八四年)、クエンティン・フォークの『グリーンランドの旅――グレアム・グリーンの映画』(一九八四年)は、そうした初期の探究の成果である。これらの三人の書き手は、晩年のグリーンと親交があり、個人的なインタヴューを通じて得た知見を活用して、グリーンと映画の数十年にわたる蜜月を、愛情をもって親密に描き出す。

だがあえて簡略化するならば、これらの書物の中心的な関心は、グリーンと映画の関係それ自体よりも、グリーンの小説のアダプテーションの歴史にあると言っていいだろう。究極的には、フィリップスや、アダムソン、フォークにとって、グリーンが「映画的」であるのは、彼の小説が映画化に適したプロットや人物造形を備えているからであり、実際にグリーンの小説が出版されるや否や次々と、そして繰り返し、映画やテレビのために翻案され続けているという事実に求められる。その証拠にクエンティン・フォークの『グリーンランドの旅――グレアム・グリーンの映画』は、時代を追うごとに、そして新たなアダプテーションが登場するとともに次々と加筆され、二〇一四年には「改定され、アップデートされた第四版」が出版されている。このテーマで二〇一五年に出版された書物のタイトルが『グレアム・グリーンを翻案する』であるのは、偶然ではない。彼らの主要な知的関心は、グリーンのフィクションのフィルムとしての永劫回帰にあるのだから。

たしかにこれらの書物は読んでいるだけで楽しい。興味深いエピソードにも事欠かない。だが、同時にこれほどグリーンの小説からかけ離れた話も少ないだろう。グリーンの小説のアダプテーションに目を奪われるあまり、手落ちとなっているのは、グリーンの小説と同時代の映画との生産的な共犯関係の考察なのである。

四年半にもわたる映画批評家時代にグリーンは四百以上の映画を見たと語っている。この数に誇張はないだろう。デイヴィッド・パーキンソンが編集した『グレアム・グリーン映画読本』(一九九三年)は、グリーンの映画批評やエッセー、インタヴューや映画原案を収録した大著であり、付録や註やインデックスを含めると七百ページを優に超えているが、その大半を占めているのが、およそ四年半の間に毎週こつこつと書き続けられた『スペクテイター』誌の映画批評なのである。

グリーンの映画批評はとにかく歯切れがよい。フランク・キャプラの『オペラハット』(一九三六年)を論じた批評を引用してみよう。

『オペラハット』はキャプラの最高傑作である(それは快活で愉快な『或る夜の出来事』とはまったく別の知的次元にある)。つまりスクリーン上では匹敵するものがないほど優れたコメディなのだ。というのもキャプラは、機知に富んだプレイボーイであるルビッチが持っていないもの、つまり責任感を持っているからだ。彼はまた気まぐれで、詩的で、少しばかり気取った、流行りのクレールが持っていないもの、つまり観客との一体感を持っている。彼はチャップリンが持っていないもの、つまり自分の使用するメディアの完全な統御さえも持っている。しかもそのメディアはサウンド映画であって、チャップリンのように音が付け加えられた映画ではないのだ。キャプラはラングのようにつねに明瞭に、そして選択的に見聞きしている。『オペラハット』を見ていれば、キャプラを深く感動させた主題のために、ラングが雇用したのと同じくらい優れた技術者が使用されていることに誰でも気づくことだろう。その主題とは、善と無邪気がどこまでも利己的で残酷な世界のなかで乱暴に扱われるというものである。それは『激怒』の主題でもあった。だがキャプラはラングよりも幸運だった。ラングはその主題を恐怖によって表現したのだが、残念なことにスクリーン上の恐怖はいつも手加減されてしまうのだ。それに対してキャプラはそれを憐憫と皮肉交じりの優しさによって表現したが、映画会社の重鎮たちはキャプラを束縛したり、彼の映画の結末に修正を加えたりしようとはしなかった。（*GGFR* 133）

この映画批評は一九三六年八月二八日付の『スペクテイター』誌に掲載されたものであるが、グリーンの映画批評家としての才能が開花しつつあることを窺わせる内容となっている。グリーンはキャプラの『オペラハット』を映画史上もっとも「優れたコメディ」として位置づけたうえで、その特徴を浮かび上がらせるために同時代のコメディの巨匠たち――「機知に富んだプレイボーイであるルビッチ」、「気まぐれで、詩的で、少しばかり気取った、流行りのクレール」、時代錯誤的にサイレント映画を作り続けるチャップリン――との比較を試みる。こうしてキャプラは責任感のある、観客との一体感を持った現代的なコメディの名手として同時代の映画史のなかに見事にマッピングされる。

興味深いことに、グリーンはコメディの名手として提示したばかりのキャプラを、ジャンル的にも、気質の上でもまったく毛並みの異なる映画作家フリッツ・ラングと比較し始める。グリーンの慧眼は、この二人の映画監督がともにハリウッド映画産業の優れた製作陣にも助けられて、トーキーの時代にふさわしい知的で明晰な映像言語を構築している点を指摘するだけにとどまらず、彼らがそのアプローチの方法の差異にもかかわらず、ある共通の主題、つまり「善と無邪気がどこまでも利己的で残酷な世界のなかで乱暴に扱われるという」主題を追求している点を洞察しているところにある。

ここにはグリーンの映画批評の特徴がよく表れている。グリーンは基本的には作家主義的な映画批評家である。この映画批評の目的は、ひとえにキャプラの作家性を強調するためにある。ここではキャプラとの比較の対象として言及されているため、否定的な面が強調されているが、グリーンがエルンスト・ルビッチやルネ・クレールやチャーリー・チャップリンを映画作家として高く評価していることは、彼が書きためた映画批評からも明らかだ。実際、一九三六年二月一四日付の『スペクテイター』誌では、チャップリンの『モダン・タイムス』について情熱的な映画批評を繰り広げている。同様に、同年七月三日付の『スペクテイター』誌では、フリッツ・ラングの『激怒』について熱狂的とも言ってよい映画批評を書き記している。

ここで注目しておきたいのは、グリーンの映画批評のよりパーソナルな側面である。彼の映画批評には、映画日記のような個人的な要素がある。キャプラの『オペラハット』をラングの『激怒』と比較する離れ業は、同時代の他の映画批評家からはとうてい想像できない、グリーンならではの感受性である。『激怒』の映像世界がグリーンの脳裏に焼き付いてしまったかのようだ。映画を鑑賞した順番から言って、「善と無邪気がどこまでも利己的で残酷な世界のなかで乱暴に扱われるという」主題をグリーンはラングの『激怒』から直感し、それをキャプラの『オペラハット』のなかにも見出したのだろう。

大切なのは、グリーンが同時代の映画から読み取った主題が、彼自身の小説の主題となって血肉化していったという事実である。利己的で残酷な世界のなかで翻弄される善と無邪気という主題は、『ブライトン・ロック』（一九三八年）の主題それ自体にほかならない。ピンキーとローズのサドマゾ的な関係の萌芽がラングの映画世界に隠されていることに、これまでどれだけの研究者が気づいていたのだろうか。『ブライトン・ロック』の重要なモチーフとなる妊娠は、ラングの初期のアメリカ映画の重要なトピックでもあった。グリーンはラングの『暗黒街の弾痕』（一九三七年）には直接言及することはなかったが、この沈黙はラングの前作への熱狂を考慮に入れるとき、雄弁な沈黙として立ち現れる。(3)

私の考えでは、グリーンの小説家としての成長には、彼の映画批評家としての四年半の時間が必要不可欠の条件であった。『歓楽宮――グレアム・グリーン映画批評選集　一九三五―一九四〇年』の序文のなかで、グリーンは午前中の報道関係者向けの試写会での映画鑑賞の経験をある種の「逃避」として回想した――「第六章の構成の困難極まる問題や作品内で生き生きとするのを頑固に拒む二次的な登場人物からの逃避であり、何ヶ月も続いて自身の私的世界に閉じこもるときに、小説家に容赦なく降りかかるメランコリーからの一時間半の逃避であった」(*PD* i)。だが、グリーンの映画館への逃避は、小説家の息抜きを意味するものではなかった。グリーンのメキシコへの逃避は、シャーリー・テンプルへの中傷をめぐるスキャンダルからの一時的な逃避を意味したとしても、それは同時に『権力と栄光』の構想を促す生産的な逃避であった。同様に、グリーンの映画館への逃避は、書斎からの一時的な逃避を意味したとしても、それはクレールやチャップリン、キャプラやラングといった同時代のもっとも優れた映画作家たちとの邂逅の機会でもあったのであり、ある意味ではグリーンの映画批評は、これらの映画監督たちとのスクリーンを介した創造的なコミュニケーションの産物なのである。そして、映画批評という一回的な創造的行為を通じて、グリーンは自身の小説世界の主題を構築していくことになったのである。

本書の第二部「ジャンルの法則」では、通俗的なエンターテインメント作品『拳銃売ります』(一九三六年)と真面目な純文学作品『ブライトン・ロック』(一九三八年)を、グリーンが自身の映画批評のなかで扱ったさまざまな映画ジャンルと対置し、文学と映画の生産的な相互交渉の過程を考察することによって、グリーンの小説家としての躍進の背後には、グリーンの映画批評家としての仕事があったことを明らかにする。

『拳銃売ります』を扱った第三章においては、グリーンとヒッチコックの近親相姦的な愛憎関係を同時代の文学史と映画史の交差する地点において考察する。グリーンとヒッチコックには冒険小説家ジョン・バカンという共通のヒーローがいた。そしてヒッチコックのイギリス時代の作品でもっとも完成度の高い映画として知られる『三十九夜』(一九三五年)は、バカンの小説の翻案であった。グリーンのヒッチコックへの敵意はひとえにこの兄弟子への嫉妬に由来する。しかし、グリーンは『拳銃売ります』の執筆によって兄弟子へのささやかな反撃を試みる。実はここでキャプラが絡んでくる。グリーンとヒッチコックはキャプラというもう一人の父をめぐってジャンルを超えた戦いを行なっていたのである。

『ブライトン・ロック』は、グリーンの映画批評家としての仕事がもっとも色濃く滲んだ小説と言ってよいだろう。そこには同時代のさまざまなジャンルの映画作品へのオマージュが込められている。だが同時にこの真面目な小説は、グリーンがカトリックの宗教的主題を前面に押し出した最初の小説でもある。『権力と栄光』(一九四〇年)、『事件の核心』(一九四八年)、『情事の終わり』(一九五一年)といった一連のカトリック小説の嚆矢となる重要な作品である。第四章では、『ブライトン・ロック』をカトリック小説として精読し、その生産的なテキストの矛盾について考察するとともに、その矛盾を同時代の映画史の文脈へと切り開いていく、グリーンの小説は、フランスの「詩的なリアリズム」の映画運動に対するイギリス海峡の対岸からの真摯なレスポンスとして捉えられる。この小説の舞台が海辺のブライトンに設定されているのは、偶然ではない。

第二次世界大戦の始まりは、グリーンの映画批評家としてのキャリアの終わりを予告するものでもあった。一九四〇年三月半ばをもって、グリーンは『スペクテイター』誌の映画批評家の仕事を辞めている。「一週間に何度も映画を見る四年半の日々」の終わりである。グリーンの初期の最高傑作と言っていい『権力と栄光』の出版がちょうど同年の三月であるのも、偶然ではない。グリーンの小説家としての修業時代は、グリーンの映画批評家としてのキャリアとともに、終わりを迎えるのである。

だが、映画批評の終わりは、映画への関心の終わりを意味するものではない。本書の第三部「映画の彼方へ」で扱うのは、いわばこの映画的余生である。映画批評家を辞してからのグリーンは、午前中の報道関係者向けの試写会に出かけ、そこで映画がスクリーンに映し出す人生に対峙するのではなく、映画館の外へ飛び出し、自ら映画的人生を歩み始めるのである。

しかし繰り返しになるが、一九三〇年代後半の映画批評家時代の経験は、グリーンのその後の小説家としての長いキャリアのなかで重要な意味を持ち続ける。ここでは戦中にアフリカのシエラレオネで書かれたエンターテインメント『恐怖省』（一九四三年）と戦後に映画台本の原案として執筆された『第三の男』（一九五〇年）を取り上げ、グリーンの小説世界における映画の根源的な重要性について考察を深めたい。『恐怖省』を論じた第五章においては、グリーンとラングのスクリーンを介した創造的なコミュニケーションの後日談に関して、『第三の男』を論じた最終章においては、グリーンにとっての西部劇の掟の決定的な重要性について論じていく。

グリーンの映画的人生は、まだ始まったばかりなのだ。

註

（1）『クロースアップ』は、ケネス・マクファーソン、ブライアー、H・Dの三人によって編集されたリトル・マガジンで、「映画を芸術や実験、可能性の角度から検証する初の英語雑誌」を謳い文句としていた。アン・フリードバーグの言葉を借りるならば、「『クロースアップ』はある種の映画論――理論的に先鋭的で、政治的に鋭敏で、『娯楽作品』にすぎない映画に批判的な映画論――のモデルとなった。六年半にわたって『クロースアップ』は、映画に関する幅広い種類のアイデアのフォーラムの場を提供し続けた。なにか一つの発展の方向を支持するのではなく、生産と消費と映画スタイルの既存のモードに対するオルタナティヴを提起した」(Friedberg 3)。

（2）エイゼンシュテインの映画理論を英語圏の読者へと紹介したのは、『クロースアップ』にほかならなかった。「一九二九年五月から一九三三年六月にかけて『クロースアップ』は、エイゼンシュテインと彼の映画作品について書かれた多くの文章に加えて、彼の映画論の翻訳を九本出版した」(Donald, Friedberg, and Marcus VIII)。

（3）ロンドン・フィルム・ソサエティが一九二〇年代のイギリスの映画文化において果たした重要な役割に関しては、Laura Marcus. *The Tenth Muse: Writing about Cinema in the Modernist Period*. 259-274. を参照。

（4）しかし、ここがグリーンの厄介なところなのだが、この序文は『歓楽宮――グレアム・グリーン映画批評選集　一九三五―一九四〇年』（一九七二年）のために書き下ろされたものではない。デイヴィッド・パーキンソンによれば、この文章のオリジナル版は、「ある映画批評家の思い出」のタイトルで『国際映画年報』（一九五八年）に所収されている（*GGFR* 456）。一九七二年の序文は、一九五八年の「ある映画批評家の思い出」の一部を取り除いたものであるが、この同じ文章が自伝『逃走の方法』（一九八〇年）の一部として再収録される際には、序文で取り除いた箇所をふたたび元に戻している。グリーンの懐古が一九五八年の段階で行なわれていたことは、注目に価する。一九五〇年代末には、グリーンにとって映画批評家時代はすでに過去のものとなっていたのである。

（5）『暗黒街の弾痕』における出産のモチーフに注目したのは、『傷だらけの映画史——ウーファからハリウッドまで』の蓮實重彥だった（蓮實・山田　六六頁）。『暗黒街の弾痕』における妊婦とその連れの自動車での逃避行というモチーフは、『ブライトン・ロック』において、ローズとピンキーの自動車での心中の旅となって回帰しているように思われる。両者の移動がともにいわば地獄への旅路となっているのは、偶然ではないだろう。

第一部　トーキーの夜明け

第一章　ミドルブラウのアダプテーション空間
――『スタンブール特急』と『オリエント急行殺人事件』

1　一九三〇年代初頭のミドルブラウ文化

一九二二年はモダニズム誕生の年と言われる。T・S・エリオットの『荒地』、ジェイムズ・ジョイスの『ユリシーズ』、ヴァージニア・ウルフの『ジェイコブの部屋』――これらの知的で実験的なフィクションは、文学史上の新たな流行に追いつこうとする新参者のためのモデルとなり、「モダニズム」と総称される創作活動の基準を提供することとなった。

なるほど一九二二年がいかに魅力的な年であったのかは明らかだ。マイケル・ノースの研究を皮切りに、この「驚異の年」に関する研究を知れば、まさにモダニズムの豊かさがこの年に凝縮されていることに気づかされるだろう(1)。

本章の目的は、このヨーロッパ・モダニズムにおけるアンヌス・ミラビリスから十年後の一九三二年に光を当てることである。いわば後期モダニズムとも言えるこの年は、一見すると、文学史的な華々しさはない。だが子細に検証してみると、従来の思想潮流が著しく変化し、文学的な趣味をめぐる議論がもっとも激しくなった年であったことが判明する。とりわけこの年は「ミドルブラウ」の年であると言える。それほど「ミドルブラウ」は、文学的な趣味ばかりでなく、文化的な趣味一般を形容する言葉としてイギリス国内を席巻した(2)。

「ミドルブラウ」は「ハイブラウ」と「ロウブラウ」の派生語であるが、そもそも「ブラウ（brow）」は額を意味する。骨相学において額の「高さ」がその人の知的能力を指示していると信じられていたことから、『ハイブラウ』は知性主義や芸術における大いなる達成を意味し、『ロウブラウ』は洗練されていない趣味や、消費者の知性をたいして要求しない定式化された娯楽への好みを意味するようになった」(Habermann 32)。「ミドルブラウ」は、この両者の間に収まるような概念として一九二〇年代半ばに誕生し、新聞や雑誌などのメディアを流通していった。

『オックスフォード英語辞典』によれば、「ミドルブラウ」とは、「ほどほどに知的な人、平均的または限定的な文化的関心しかない人」、あるいは「たいした知的能力を要しないと考えられるもの、限定的な知的、文化的価値しかないと考えられるもの」を指す（"Middlebrow"）。この言葉の初期の使用例として取り上げられているのは、一九二五年一二月二三日付の『パンチ』誌の諷刺欄「シャリヴァリア」からの引用である。「ＢＢＣ（英国放送協会）は新しいタイプの聴衆、つまり『ミドルブラウ』を発見したと主張する。それは、彼らが好むべきとされているものをいつの日か好きになりたいと望む人々から成り立つ」("Charivaria" 673)(3)。ここに含まれる軽い揶揄の響きは、「ミドルブラウ」という言葉にはイデオロギー的なバイアスが色濃く内在していることを示唆している。

実際、一九二〇年代後半以降、パンフレットや書物、新聞や雑誌といったメディアにおいて、「ブラウの戦い」が繰り広げられた。ハイブラウとミドルブラウとの間の文化的イデオロギー抗争である。ブラウの戦いとは「放送時間、お金と関心を払ってくれる聴衆および読者、そして急速な近代化の文脈のなかでの公共圏におけるイデオロギー支配をめぐる戦い」(Habermann 34) にほかならなかった。[4] 知識人階級を代表するハイブラウ陣営は、文化的ヘゲモニーを奪いかねないミドルブラウ陣営に対して強い危機感を抱いていた。

ミドルブラウ陣営の代表的な論客は、小説家のJ・B・プリーストリーだ。[5] 一九二六年二月二〇日付の『サタデイ・レヴュー』誌に掲載されたエッセー「ハイ、ロウ、ブロード」は、事実上の宣戦布告であった。プリーストリーは、ハイブラウとロウブラウを「羊のようだ」と形容し、その自己判断能力の欠如と群集本能を批判する。プリーストリーがこの二種類の「人間羊」の特性について語るとき、彼の風刺は冴え渡る。

> ロウがシティやサービトン出身の葉巻を咥えた太った羊なら、ハイはオックスフォードやブルームズベリー出身のメガネをかけた金切り声の痩せた羊だ。(Priestley "High, Low, Broad," 165)

注目しておきたいのは、ハイブラウを形容するためにプリーストリーが用いているレトリックである。「オックスフォードやブルームズベリー出身のメガネをかけた金切り声の痩せた羊」とは、ブルームズベリー・グループの知識人にほかならない。[6]

プリーストリーの攻撃によって、ブルームズベリーを中心とするハイブラウ陣営もブラウの戦いに巻き込まれていく。ヴァージニア・ウルフの伴侶レナード・ウルフが一九二七年に出版したパンフレット『ハイブラウ狩り』は、プリーストリーの名指しの批判に対する最初の反撃として位置づけられよう。

またプリーストリーが言うところの、オックスフォード出身のメガネをかけた細身の知識人オルダス・ハックスリーは、一九三一年出版の『夜の音楽』に所収されたあるエッセーのなかで、「今日『ハイブラウ』は、軽蔑的なののしりの言葉になっている」(Huxley 202)と、文化的に窮地に追い込まれた知識人の現状に触れたうえで、「愚かさの俗物根性、無知の俗物根性」(203)への反撃を試みている。

このように「ブラウ」をめぐる小競り合いは局地的に間欠的に起こっていたが、それがついに全面戦争となったのが、一九三二年のことだった。ブラウの戦いがいよいよ空中戦に突入することになる。BBCは一〇月一七日にプリーストリーのトーク「ハイブラウへ」を、翌週の二四日にはハロルド・ニコルソンのトーク「ロウブラウへ」をラジオ放送し、両者の対決の模様は二九日付の『ニュー・ステイツマン』誌でも取り上げられることとなった(Cuddy-Keane 23)。

プリーストリーの原稿は、後日文芸誌の『ジョン・オーロンドンズ・ウィークリー』誌に掲載され、その内容を確認することができる。この原稿の論旨は『サタデイ・レヴュー』誌に掲載されたエッセー「ハイ、ロウ、ブロード」とほぼ同一のものと言ってよいが、パブでの語り合いのような、歯に衣着せぬ親密で率直な語り口は、さらに挑発的で好戦的なものとなっている。プリーストリー節に耳を傾けてみることにしよう。

ハイブラウにもロウブラウにもなるな。男になれ。ブロードブラウになれ。ロシアの演劇やバレエに行くときも、パブの特別室やボクシングの会場に行くときも、自分自身の価値観と自分自身の人間的な場面の識別力を持て。非常に多くの仲間たちが好きなものを好きになったときには、それを認めて彼らと一緒になれ。この世界に存在する楽しむべき物事は、心ゆくまで楽しむんだ。

(Priestley "To a Highbrow," 356)

「ミドルブラウ」という言葉が使われていないことに注意しよう。ここでプリーストリーは、幅広い趣味の持ち主を意味する肯定的なニュアンスの「ブロードブラウ」という言葉を使用している。『オックスフォード英語辞典』の「ブロードブラウ（broadbrow＝広い額）」の項目を見てみると、初出は一九二七年となっている。「ハイ、ロウ、ブロード」の出版がその前年であることに鑑みれば、「ブロードブラウ」はプリーストリーの造語であると断言してもよいだろう。プリーストリーは「額の高さ」や「額の低さ」に由来するハイブラウとロウブラウに対抗するための戦略として「額の広さ」という別の基準を提供したのであり、それによってハイブラウとロウブラウを批判しつつ、それらを包括するような斬新な概念を生み出したのだった。だが、ブロードブラウがミドルブラウの言い換えであったことは、誰の目にも明らかだった。

このようにプリーストリーがいかに「ブラウの戦い」で重要な役割を担っていたのかは明らかだが、ブラウをめぐって考える場合、もう一人、ヴァージニア・ウルフの存在も無視するわけにはいかない。ウルフの死後に出版されたエッセー集『蛾の死』において初めて日の目を見た「ミドルブラウ」という名のエッセーは、プリーストリーとニコルソンによるBBC上のブラウの戦いに触発されて執筆されたものである。ウルフはこの原稿を当初『ニュー・ステイツマン』誌に投稿しようと考えていたが、結局投函されることはなかった。この投函されなかった原稿を要約することによって、ブラウの戦いにおけるハイブラウ陣営の立ち位置を再確認していくことにしよう。

ウルフの戦略は、いくつかの二項対立を駆使しながら、三つのブラウの差異を分節化していく点にある。一方で、ウルフはハイブラウを「アイデアを求めて国中を精神に乗って疾駆するサラブレッドの知性を持った男女」(Woolf 113) と定義する。他方で、ロウブラウを「生きることを求めて人生を体に乗って疾駆するサラブレッドの生命力を持った男女」と定義する。こうしてハイブラウとロウブラウを対極的な存在として描き出すと同時に、彼女はこの両者が依存関係にあること、もしくは共存関係にあることを強調する。そして、この両者の親和的関係を引き裂く存在としてミドルブラウを位置づけるのである。ウルフはミドルブラウを否定的に曖昧な存在として定義していく。

彼らは中途半端である。額の高いハイブラウでもなければ、額の低いロウブラウでもない。彼らの額はそのどちらでもないのだ。高地のブルームズベリーに住むのでもなければ、低地のチェルシーに住むのでもない。おそらくは別の場所に住んでいるはずなので、そのどちらでもないサウス・ケンジントンに住んでいるのかもしれない。ミドルブラウとは、中途半端な知性を持った男女のことをいう。垣根のこちら側をゆっくり歩いているかと思うと、今度はあちら側を歩いていて、何か一つの対象を目指しているわけではない。芸術そのものでもなければ、人生そのものでもない。その両者が分ちがたく結びついたようなものを追い求めているのだ。そして、不快なことに、それは金や名声、権力や権威と結びついている。(Woolf 115)

プリーストリーはハイブラウとロウブラウをひとまとめにして攻撃し、その両者を内包すると同時に乗り越えるような第三のブラウ、ブロードブラウを打ち出したが、ウルフの場合は、ハイブラウとロウブラウの共存関係を強調するとともに、そのどちらにも属することのない第三のブラウをミドルブラウと呼び、そのどっちつかずさを既存のものにはない異端的なものとして捉え、その社会的な中途半端さを金銭的な欲望や権力的な志向に短絡的に結びつけたうえで批判している。

ここでは、ウルフかプリーストリーのどちらかに軍配を上げることが目的なのではない。重要なことは、そもそもブラウの戦いを可能にした文化的状況とはいかなるものであったかに目を向けることである。つまりミドルブラウの登場の原因が、それまでの思想的な対立や、階級間における闘争といった社会的な事情によるものというよりも、何よりもまずは技術的な革新によるものであったことに注目することである。ウルフの痛烈なミドルブラウ批判には、いわばテクノロジーの進歩に対峙した古風な知識人の苛立ちといったものが垣間見られるのである。以下の文は、彼女の真の敵が誰＝何であったかについて多くを語ってくれる。

> 真の戦いはハイブラウとロウブラウの間ではなく、血の繋がった兄弟愛で一緒になったハイブラウとロウブラウと、その両者の間にやってくる冷血で有害な疫病の間にあるという私の見解を明らかにできただろうか。もしＢＢＣが「そのどちらでもない会社」(the Betwixt and Between Company) 以外のものを表すならば、彼らは兄弟を仲違いさせるためにではなく、ハイブラウとロウブラウが団結して、あらゆる思考と人生の災いの元となる疫病を駆除しなければならないという事実を報道するために、制空権を行使することだろう。(Woolf 118)

ウルフが当時独占的なラジオ放送機関であったＢＢＣに強烈な敵意を示しているのは、興味深い。ウルフにとって「そのどちらでもない会社」とは、ミドルブラウのためのメディアにほかならなかったのだ。ウルフは同じエッセーのなかで映画館をハイブラウとロウブラウの出会いの場としてユートピア的に描いているが（Woolf 114-15）、当然ながら、映画もまたミドルブラウのためのメディアであったと言えるだろう。

一九三〇年代初頭に、ウルフをはじめ、ブルームズベリーの知識人たちが置かれた文化的な環境とは、ラジオや映画といった新興メディアがミドルブラウの聴衆や観衆を大量生産していく過程と無縁ではなかったのである。「ハイブラウの女王」（Bennett "Queen," 258）が『ニュー・ステイツマン』誌への投稿を見送ったのは、ある意味では賢明であった。メディアの趨勢はすでにミドルブラウへと傾いていたからである。

映画研究者のローレンス・ナッパーは、『戦間期のイギリス映画とミドルブラウ文化』において、ラジオや映画といった新しいマスメディアの急速な発展が、戦間期のミドルブラウ文化、つまり、民主的な国民文化の構築において果たした大きな役割について論じている。ナッパーの研究は、モダニズムのハイブラウな言説の影に忘れられがちなミドルブラウの肯定的な側面に光を当てており、近年急速に進んでいるミドルブラウ研究を代表するものだ。(7)

ナッパーは「ミドルブラウ文化の階級や空間や文化の境界線を曖昧にする傾向」（Napper 9）を指摘する。そして、こうしたミドルブラウの領域横断性が、小説の舞台化や映画化などの「アダプテーション」の過程と親密な関係性を切り結んでいることを喝破する。

モダニズムが形式的な純粋性と実験に関心を抱いていたのに対して、ミドルブラウ文化はメディアの境界線を曖昧にすることに没頭していた。リアリズムや絵画主義、演劇性や文学的な語りといった伝統的な表象様式は、新しいメディアに移し替えられるアダプテーションの過程で、それらの意味（と文化的なステイタス）を無傷のまま保持するように思われたのである。（Napper 9）

ナッパーはアダプテーションを「ミドルブラウ文化の鍵となる特徴」（10）として捉えていく。だからこそナッパーは、たとえば、当時ベストセラーとなったプリーストリーの『良き仲間達』（一九二九年）とその演劇および映画への翻案を論じる際に、メディア間の差異にはほとんど気を配らない。彼が力点を置くのは、『良き仲間達』のようなミドルブラウ小説、およびミドルブラウ映画が、同時代の産業構造の変化のなかで新たに中産階級の仲間入りを果たした郊外に住居を構えるロウアーミドルクラスの人々の間に流通し、従来の階級や地域や文化の境界線を撹乱する共通の民主的な国民文化を構築していく様である。こうした民主的な国民文化こそ、ハイカルチャーの守護神たちが忌み嫌ったミドルブラウ文化にほかならない。

ナッパーの議論は、ミドルブラウ研究およびアダプテーション研究の発展の方向性に一つの洞察をもたらす。つまり、ナッパーがアダプテーションに注目するのは、ジャンル間の相違が作品間でどのような差異を引き起こすのかといった具体的な作品論的な問題を論じたいからではなく、何らかの翻案が、その翻案によって、ミドルブラウの文化的テクストとしてメディアを自由に横断しながら、いかに郊外の新興中産階級の間に浸透し、共通の国民文化を生み出していくのかという文化の受容とその変化の過程を重視しているからだ。小説そのものの価値を見出すのではなく、重要なのは、時には小説になり、時には演劇になり、時には映画になるような文化的なダイナミズムが、ミドルブラウの出現と同時に勃興しているということなのである。

本章は、ミドルブラウ文化におけるアダプテーションのゆるやかなネットワークについての考察から始まる。グレアム・グリーンとアガサ・クリスティのテクストをミドルブラウの文化的循環のなかに具体的に位置づけながら、最終的に一九三〇年代初頭のミドルブラウのアダプテーション空間の文化史的な重要性を明らかにすることが本章の目的である。そのために、まずはオリエント急行を舞台にした二つのミドルブラウ小説、グリーンの『スタンブール特急』(一九三二年)とクリスティの『オリエント急行殺人事件』(一九三四年)を、ミドルブラウとアダプテーションとの間で考えていきたい。グリーンの小説は『オリエント急行』(一九三四年)というタイトルで映画化されており、ミドルブラウ的なアダプテーションの好例となっているが、さらにクリスティの『オリエント急行殺事件』も考察の対象とすることで、本論での中心的なテーマであるミドルブラウとアダプテーションとの親密な関係性がより一層明らかとなるだろう。

2　嫌々ながらのミドルブラウ作家

言うまでもなく、アガサ・クリスティは「『ミドルブラウ』の女王」(Light 75) である。『オリエント急行殺人事件』はその好例だ。ではグレアム・グリーンはどうだろうか。グリーンのすべての仕事をミドルブラウという言葉で評するのは難しいとしても、『スタンブール特急』はミドルブラウ小説と呼んで差し支えないだろう。オリエント急行という豪華な列車の舞台設定は、海外での休日を夢見る上昇志向のロウアーミドルクラス読者の間での人気を保証するものであったと言っていい。

文学研究者のポール・ファッセルは、その著書『海外』のなかで、ロンドンとリヴィエラを結ぶブルー・トレインの魅力について以下のように述べている。

この列車は、青と金の車両（実はリーズで製造されていたのだが）、青のヴェルヴェットの布地、理髪店、心地よい寝台を備えており、あまりにも壮麗で豪華で立派だったので、目的地への到着は失望を伴うほどだった。（Fussel 133）

ファッセルはこう続ける。「ブルー・トレインは、貧しいイギリス人の想像力のなかに深く入り込んだので、一九二〇年代と一九三〇年代にその収穫物をいたるところに見出すことができる」（133）。こうした文化的な収穫物のなかにクリスティの『青列車の秘密』（一九二八年）がある。同様に、ヨーロッパの諸都市とイスタンブールを結ぶ大陸横断鉄道であるオリエント急行は、イギリス人の想像力のなかに深く入り込み、戦間期に数多くの収穫物を生み出した。ここで議論の対象とする二つの小説は、そのもっとも華やかな例である。

『スタンブール特急』は、一九三二年一二月のブック・ソサエティの推薦図書に選ばれ、商業的にも成功を収める。この小説をミドルブラウと呼ぶことに支障はないだろう。実際、『サンデイ・タイムズ』紙に掲載されたハイネマンの広告は、プリーストリーをはじめ、多くのベストセラー作家を抱えるこの出版社が、グリーンをミドルブラウ路線で売り出そうとしている事実を物語っている（図1）。

文学研究者のニコラ・ハンブルは、『女性的なミドルブラウ小説』のなかで、ミドルブラウ小説の決定要因は、小説の本質的な価値ではなく、その読者層であると喝破している。

「ミドルブラウ」という言葉は、一九二〇年代から一九五〇年代を通じて（そしてそれ以降も）非難のために用いられ、自己満足の「安易な」読み物を暗示し、重要な知的な挑戦を欠いているとされた。その言葉を使用する多くの人々にとって、ある小説をミドルブラウとして片付ける際の中心的な信条は、それが誰によって読まれるかという問題であるように思われた。ある小説が広範囲で人気となるや、それは疑わしくなり、ベストセラーの地位や、主要なブック・クラブでの「今月の一冊」への採用は、それを真剣な注意に値しないものへと格下げした。したがって、ある小説がミドルブラウと形容されるのは、本質的な内容によるのではなく、それが中産階級の人々、とりわけロウアーミドルクラスの人々によって幅広く読まれるためなのである。(Humble 12-13)

郊外に居を構える新興中産階級のプライドと彼らに対する偏見は、戦間期に特有の感情構造であった。戦間期の作家のなかにミドルブラウというレッテルを嫌うものがあっても、驚くにはあたらない。グリーンのミドルブラウに対する感情にも曖昧なところがある。グリーンをハイブラウ作家として認めようとする批評家もいる。その際に証拠として取り上げられるのが、彼が『スペクテイター』誌の映

図1　ハイネマンの広告、『サンデイ・タイムズ』紙

画批評家として活躍していた時期に執筆されたエッセー「ミドルブラウ映画」（一九三六年）である。対話形式を取ったこのイギリス映画論の冒頭の男女のやり取りは、ハイブラウ的な匂いが色濃く漂い、一部の批評家たちの反感を買った。

「私の田舎の映画館のために言いたいことがあるの。ハリウッド映画なんて存在しないわ。上映されているのは、すべてイギリス映画なんだから。」

彼女の意見もその事実も私を驚かせなかった。なぜなら、Yをよく知っているからだ。彼女は、現在ミドルブラウとして知られている中年以下の知性の女性である。つまり、知性が顔と同じくらい発達していないので、かつてとても若い頃に、彼女にとって生き生きとして知的に思われた本や芸術が、まだ彼女を興奮させるのである。（*GGFR* 397-398）

この一節は読者に以下のような印象を与えることであろう。グリーンはハイブラウな映画批評家であり、イギリスのミドルブラウ層とイギリスのミドルブラウ映画全般に対して批判的あるいは懐疑的であると[8]。

この印象は部分的には正しいものの、大事なのは、グリーンが「エンターテインメントについて」(398)、一九三〇年代のトップクラスのイギリス映画監督のメロドラマについても真剣に論じている点である。グリーンの映画批評は、ヒッチコックの他にアンソニー・アスキスやウォルター・フォードといった重要な映画監督を射程に入れており、この時代のイギリス映画のマッピングを促す内容となっている。

たしかにグリーンはイギリスの商業映画には口が辛い。だが、彼はミドルブラウ映画とそのオーディエンスを否定しているわけではない。グリーンは「本当の田舎らしさが感じられるという理由で」、「J・B・プリーストリーがグレイシー・フィールズのためにシナリオを書き始めたコメディ映画」に「希望の光」を見出しさえしているのだ（402）。クリスティが「ミドルブラウの女王」ならば、ベストセラー小説『良き仲間達』の著者プリーストリーこそ「ミドルブラウの王様」にほかならない。そして『シング・アズ・ウィー・ゴー』（一九三四年）や『上を向いて笑おう』（一九三五年）といったミュージカル映画によって国民的なアイドルになったフィールズには、「ミドルブラウの歌姫」という名称こそ似つかわしい。

さらにプリーストリーは、ベストセラー作家のセイヴァリーとして『スタンブール特急』に乗車している。その人物造形があまりにも本人に酷似していたため、この「ミドルブラウの王様」は、出版会社のハイネマンに訴訟をにおわし、すでに製本が済んで、書店に並ぶのを待つだけであった『スタンブール特急』は、およそ二〇頁に及ぶ修正を余儀なくされ、一九三二年一二月一日予定の出版を一週間延期されることになった（Sherry Volume One, 435-436）。

この小説のなかでセイヴァリーは『大いなる陽気な巡行』の著者として紹介されているが、このタイトルはプリーストリーの『良き仲間達』のプロットを要約したものとなっている。彼はまたジョイスやロレンスといった「現代文学」を毛嫌いしており、シェイクスピアやチョーサー、チャールズ・リードを贔屓にしている。レズビアンのジャーナリスト、ウォレンに彼の「英文学への貢献」について質問されると、セイヴァリーはコックニー訛りで以下のように答えている。

「それはたしかに他の誰かが述べるべきことだろうな」とセイヴァリーは言った。「でも、できれば、現代のフィクションに陽気さと健康を取り戻すようなものであってほしい。この内省はもうたくさん。この陰気さも。結局のところ、世界はすばらしい冒険的な場所なんだから」(*ST* 52)

この返答は、セイヴァリーのモデル、プリーストリーの文学観と彼のようなベストセラー作家の立ち位置を明らかにする。彼の使命とは、同時代の読者を、ハイブラウなモダニズムの陰気で個人的な内省から、ミドルブラウ文学の陽気で健康的な冒険へと誘導するところにあるのだ。ここにきて遅れてきたモダニスト、グリーンの戦略は、プリーストリーのそれと重なり合う。

グリーンのミドルブラウに対する態度には、曖昧なところがある。一方でグリーンは、映画批評家として、イギリスのミドルブラウ層に対してあからさまに高踏的な身振りを示す。しかし他方で、彼は自身の小説のなかに「ミドルブラウの王様」プリーストリーを登場させる。このミドルブラウ作家の召喚にアイロニーが含まれていることはたしかであるが、それにしてはこの登場人物はよく目立っている。グリーンのミドルブラウ作家への憧れがにじみ出ているとさえ言える。

ひとまずグリーンを「嫌々ながらのミドルブラウ作家」として位置づけ、グリーンの小説を同時代のミドルブラウ空間のなかに同定していくことにしよう。

3　アダプテーションとアプロプリエーション

グリーンとクリスティのミドルブラウ性について、彼らのテクストが流通した文化的な環境という観点から検証を進めていこう。ここでは一九三〇年代初頭におけるこれらの文化的テクストの交通を、アダプテーションとアプロプリエーションの観点から議論していきたい。

文学研究者のジュリー・サンダーズは、アダプテーションを「転置」、「注釈」、「相似物」という三つの観点から以下のように要約している。

アダプテーションは転置的な実践である。ある特定のジャンルを別のジャンルの様式に移し換えることを意味し、それ自体修正の行為である。ある意味では、編集の実践と似ている。剪定して形を整えるのにいそしむこともあれば、追加や拡大、付加や挿入といった拡充的な手続きになる場合もある。（中略）またしばしばアダプテーションは、原典となるテクストへの注釈を提供する。これはたいてい「原典」に修正を加えた視点を提供することによって到達される。仮定的な動機を追加したり、沈黙を余儀なくされたマージナルな人々に声を与えたりするのだ。アダプテーションは、相似物への更新という方法で、テクストを新しいオーディエンスや読者に「直接関係のあるもの」、または簡単に理解可能なものへと変えようとする単純な試みである場合もある。これは、いわゆる「古典的な」小説やドラマのテレビや映画への数多くの翻案に見られる芸術的な衝動として捉えることができる。（Sanders 18-19）

グリーンの『スタンブール特急』からポール・マーティン監督の『オリエント急行』への旅路と、クリスティの『オリエント急行殺人事件』からシドニー・ルメット監督の『オリエント急行殺人事件』（一九七四年）への旅路は、このアダプテーションの三つの観点から実証的に検証することができるだろう。

ただこのアダプテーションの定義は、原典とその転置の関係の分析において本領を発揮するものの、原典に優先的な地位を与えているために、原典そのものの生成の過程を考察するには不便な概念と言わざるをえない。ここで必要となってくるのが、アプロプリエーションの概念である。サンダーズはアプロプリエーションについて以下のように述べている。

アプロプリエーションは、しばしば源泉となるテクストからまったく新しい文化的な産物や領域への決定的な移行をもたらす。これはジャンルの移行を伴う場合もあれば、そうでない場合もある。だが、それは依然として、私たちがアダプテーションの読解、および視聴経験において重要であると考える（少なくとも）一つのテクストを別のテクストと並置する知的な作業を要求することだろう。しかし、私有化されたテクストは、アダプテーションの過程のようにつねに明快に表示されたり、認知されたりするわけではない。(Sanders 26)

つまり、アプロプリエーションとは、既成のテクストあるいはイメージを盗用・流用し、新たな文脈で作品を作り上げることであり、原典の純粋性に疑問を投げかけるという意味で、モダニズムに対して批判的な創作方法であった。このアプロプリエーションの定義をさらに明確化するため、サンダースは「埋め込まれたテクスト」と「一貫したアプロプリエーション」という概念を導入し、複数のテクスト間のよりゆるやかな関係性の考察へと読者を誘う。

アプロプリエーションは、アダプテーションと並んで、グリーンの小説『スタンブール特急』とクリスティの小説『オリエント急行殺人事件』という二つのテクストの関係と、これらのテクストの生成過程の考察を進めていくうえで不可欠な概念である。グリーンとクリスティが、同時代の複数の文化的テクストをアプロプリエイトしながら、独自の領域を切り開いていく様を見ていくことにしよう。

まずはアダプテーションの概念を活用してみよう。小説『スタンブール特急』は、どのように映画『オリエント急行』に翻案されたのだろうか。[9] ここでは、BFI（英国映画協会）のルーベン・ライブラリーに所蔵された『オリエント急行』のプレスブックを手がかりに、『スタンブール特急』の生成過程とその後の変成過程について考察していきたい。

プレスブックは、ハリウッド映画産業が彼らの文化商品を映画館経営者に売りさばく際の宣伝戦略をあからさまにしてくれる。そこには、キャストや物語の紹介に始まり、プログラムの題材となるさまざまな記事、複数のポスター案、新聞記事、俳優の伝記的事実、新聞広告用のポスター、タイアップによる宣伝戦略、事前広告の記事、最新のニュース、映画の概要にいたるまで、映画の宣伝に必要なありとあらゆる情報が盛り込まれている。映画『オリエント急行』の概要としてプレスブックに掲載された全面的に好意的な映画批評「鮮やかなロマンス、緊張感のあるドラマがフォックス社の『オリエント急行』を支配する」の最初の段落を引用してみたい。

緊迫したドラマと生き生きとしたロマンスに充たされ、豊かな背景のもとに撮影された、グレアム・グリーンのベストセラー小説が原作のフォックス・フィルム映画作品『オリエント急行』は、＊＊＊映画館にて昨日公開された。主要人物の華麗な人物造形は、映画を胸躍らせる極上のクライマックスへと導く、敏速に高まっていくサスペンスとロマンスと陰謀と相まって、観客を最初から最後まで虜にする。フォックス・フィルムは、グリーンの魅力的な冒険談をうまく扱っていて、その物語の忠実な映像化のために賞賛されるべきだろう。（"Orient Express Pressbook M," 7）

ここで三つの点を指摘しておきたい。第一にこの映画の商品価値はベストセラーの原作に多くを負っているということ。第二にこの映画の魅力は「主要人物の華麗な人物造形」と「敏速に高まっていくサスペンスとロマンスと陰謀」に要約されるということ。最後に映画制作会社が「その物語の忠実な映像化」を誇っているということ。

最初の点はよく理解できる。なぜならば、ミドルブラウ映画の多くはベストセラーのアダプテーションであるからだ。二つ目の点は映画のジャンル論的な考察を促す。「サスペンスとロマンスと陰謀」は、メロドラマの本質的な要素である。実際、映画雑誌の『ピクチャーゴウアー』誌は、この映画を「メロドラマ」のジャンルに区分している（"Orient Express," 28）。プレスブックのポスターを見てみれば、この映画が最後に結ばれることになるカップルをめぐって展開されることは、明らかだ。また「主要人物の華麗な人物造形」という表現は、メロドラマというジャンルをさらに特定のサブジャンルへと狭めることを可能にするだろう。このジャンル論的な観点は、三つ目の点、つまりアダプテーションの忠実さという点と併せて考察していくことにしよう。

ここで先ほどの映画批評の続きを見てみることにしよう。

『オリエント急行』は、オステンドからコンスタンチノープルへ向かう列車で出会う七人の乗客の物語である。各自がそれぞれの野心と人生の目的を持っているが、運命の策略によって彼らは出会い、旅の終わりには自身の人生がすっかり変わってしまっていることに気づく。若い裕福な商人はダンサーと恋に落ちる。女性ジャーナリストは共産主義の主導者から大きな記事のネタを入手する。逃走中の泥棒は死を迎える。定年間際のイギリス人は傲慢な妻の前で自己主張を始める。美しい少女はずっと探し求めてきた愛を見つける。共産主義者がダンサーに有罪の証拠となる手紙を手渡すとき、この映画は胸躍らせるクライマックスに到達する。これが引き金となって、ダンサーと泥棒と革命家がユーゴスラヴィアの国境で逮捕される。各自がどのように運命の蜘蛛の巣から身を逃れ、自身の運命に到達するかが、この映画を真に刺激的な結末へと導いていく。(“Orient Express Pressbook M,”7)

この段落は映画の物語の要約と主要な登場人物の紹介を兼ねている。登場人物に関する限り、映画は原作にほぼ忠実であると言っていい。「若い裕福な商人」はファーストクラスの寝台車で旅行するユダヤ人の商人カールトン・マイアットに、「ダンサー」は職を求めてイスタンブールへ向かうイギリス人ダンサーのコラル・マスカーに、「女性ジャーナリスト」はケルンで列車に飛び乗るレズビアンの新聞記者メイベル・ウォレンに、「共産主義の主導者」はイギリス人教師に偽装して乗車している革命家ドクター・スツィナーに、「逃走中の泥棒」は盗みに失敗して殺人を犯しウィーンから列車に飛び乗るオーストリア人の泥棒ヨーゼフ・グリュンリッヒに、「定年間際のイギリス人」とその妻はサードクラスで旅行するロウアーミドルクラスのピーターズ夫妻に、「美しい少女」はパートナーのメイベルと別れ、偶然にもマイアットのビジネス・パートナーとなるイスタンブール駐在の叔父のもとに身を寄せるユダヤ人女性ジャネット・パードウに、それぞれ対応している（皮肉なことに、『オリエント急行』に乗り損ねたのは、つまり、ミドルブラウのアダプテーションの過程で削除されたのは、イギリス人のミドルブラウ作家セイヴァリーだった）。

登場人物に関する限り、たしかにアダプテーションはほぼ忠実である。しかし彼らの人物造形は大幅に修正されている。同時代の映画の規範にしたがって、原作の特徴となるグリーンの反ユダヤ主義と同性愛者への偏見は、見事に中和されている。プロットの変更もおびただしい。原作では二組のカップルの誕生がほのめかされている。ユダヤ人のカールトンは同じくユダヤ人のジャネットと結ばれることになるが、それは会社の併合という経済的な利益を前提としている。貧血気味のダンサーのコラルは、ユーゴスラヴィア国境のスボティカで、奇跡的にジャーナリストのメイベルに救出されるが、彼女はジャネットの後継者として位置づけられている。こうして、新たにレズビアンのカップルの誕生がほのめかされるが、その関係が徹底的に経済的なものであることは、グリーンの厳しい現実認識を反映していると言えるかもしれない。それに対して、映画ではカールトンとコラルが結ばれることになるだろう。この裕福な紳士と貧乏な女性の結婚はメロドラマの古典的な一例である。つまり、このアダプテーションは、プレスブックで約束されたほどには、原作に忠実ではない。グリーンがこの映画を見て愕然としたのも、やむなしといったところだ。

このようなプロットと登場人物の変更は、アダプテーション研究の観点からは大きな重要性を帯びることだろう。しかし、ここでより注目すべきはこの映画のフォーマットである。さきほどのプレスブックの映画批評は、ある種のサブジャンルを暗示しているように思われるからだ。

『オリエント急行』は、オステンドからコンスタンチノープルへ向かう列車で出会う七人の乗客の物語である。各自がそれぞれの野心と人生の目的を持っているが、運命の策略によって彼らは出会い、旅の終わりには自身の人生がすっかり変わってしまっていることに気づく。(“Orient Express Pressbook M,” 7)

このプロット・パターンこそ、数多くの差異にもかかわらず、映画と小説が共有しているものである。つまり、アダプテーションの観点から明らかになるのは、グリーンがすでに確立していた映画のフォーマットを自身の小説世界の構築に盗用していた可能性である。列車のなかで出会った複数の乗客が、旅の終わりに自身の人生の路線変更に直面するというプロット・パターンは、当時すでに多くの映画で用いられており、同時代の読者にはすでにクリシェとなっていたのである。このフォーマットは、どのようなものだったのだろうか。アプロプリエーションの観点を導入しながら、グリーンのテクストの生成過程に迫っていきたい。

4　グリーンの動くホテル

自伝『逃走の方法』(一九八〇年)のなかで、グリーンは二冊の小説の商業的、批評的失敗の後、起死回生のブレイクスルーとなった四冊目の小説『スタンブール特急』について以下のように回想している。

その年、一九三一年に、私の人生で最初で最後、意図的に気に入られようとする本の執筆に取りかかった。うまくすれば映画化されるような小説である。憎まれっ子世にはばかる。『スタンブール特急』で私は両方の目的を達成した。映画上映権は当時見込みのない夢のように思われたけれども。というのも、私が本を完成する前に、マレーネ・ディートリッヒは『上海特急』にすでに登場していたし、イギリス人は『ローマ特急』を制作していたし、ロシア人までも『トルキスタン・シベリア鉄道』という鉄道映画を制作していた。二〇世紀フォックスが私の小説から作り出した映画は、最後に来て、おまけにとことん最悪なものだった。(*WE* 26)

三つの「鉄道映画」が言及されている。これらの映画は、列車で偶然出会う数名の乗客の物語のパターンを踏襲しているのだろうか。そこでは「運命の策略によって彼らは出会い、旅の終わりには自身の人生がすっかり変わってしまっていることに気づく」のだろうか。

彼のフィクションと同様に、グリーンの自伝は信頼できない。何かを明らかにすると同時に、何かを隠してしまう。グリーンは自身の小説のアダプテーションの文脈で、ジョセフ・フォン・スタンバーグ監督の『上海特急』(一九三二年)、ウォルター・フォード監督の『ローマ特急』(一九三二年)、ヴィクトル・トゥーリン監督の『トルキスタン・シベリア鉄道』(一九二九年)に言及している。彼が明らかにしているのは、映画『オリエント急行』がこれらの鉄道映画の後に制作されたという事実である。彼が隠しているのは、彼が小説を執筆している時期に実際にこれらの映画を見たかどうかである。このような謎解きは、一見些末に思われるかもしれないが、グリーンの小説を理解するうえで重要な意義を持っている。なぜならば、グリーンのミドルブラウ作家たる所以は、複数の映画的サブジャンルのアプロプリエーションにあるからである。

私の考えでは、グリーンはこれらの鉄道映画を『オリエント急行』が映画館で上映される一九三四年頃までには目にしているはずだ。実際、グリーンは一九三五年七月二六日付の『スペクテイター』誌の映画批評で『ローマ特急』を論じているし（*GGFR* 13）、一九三七年九月一六日付の『ナイト・アンド・デイ』誌の映画批評で『上海特急』に言及している（*GGFR* 221）[10]。しかし、彼が小説を執筆中にこれらの映画を参照する機会があったかどうかは、明らかにされない。

グリーンは、あたかも読者の注意を鉄道映画から引き離すかのように、以下のように話を続ける。「私の考えでは、映画『グランド・ホテル』の商業的な成功が、大当たりを企てるやり方についてのアイデアを与えてくれたように思う」（*WE* 26）。ジョン・バリモア、ライオネル・バリモア、ウォーレス・ビアリー、ジョーン・クロフォード、グレタ・ガルボといった豪華なスターが一堂に会する『グランド・ホテル』（一九三二年）は、一見したところ鉄道映画とは無関係に思われる。このベルリンの国際的なホテルのパトロンを演じるルイス・ストーンが映画内で述べているように、「人びとは来て、そして去る。何も起こらない」。

だがそのような印象とは裏腹に、『グランド・ホテル』は鉄道映画とある共通のプロット・パターンを共有している。前述した「運命の策略によって彼らは出会い、旅の終わりには自身の人生がすっかり変わってしまっていることに気づく」というフォーマットである。唯一の差異は、鉄道は動くが、グランド・ホテルは動かないということだ。実際、イギリスのドキュメンタリー運動の担い手であり、映画批評家でもあったバジル・ライトは、一九三二年冬号の『シネマ・クォータリー』誌の映画批評のなかで『ローマ特急』を論じる際に、この二つのサブジャンルの連続性をほのめかしている。

『グランド・ホテル』級のキャストの演技はとても励みになる。芝居がかった雰囲気が消えている。純粋な映画的演技の二つのもっとも優れた例が、われわれのもっとも優れた演劇役者セドリック・ハードウィックとフランク・ヴォスパーのものであるとは、注目に値する。(Wright 113)

豪華なキャストと豪華なホテルという舞台設定を共通の特色として、『グランド・ホテル』は、後に「グランド・ホテルもの」と呼ばれる映画のサブジャンルを形成することになるだろう。グリーンがこのホテル映画からアプロプリエイトしたものは、映画『オリエント急行』のプレスブックが指摘した「主要人物の華麗な人物造形」と「敏速に高まっていくサスペンスとロマンスと陰謀」、そしてジークフリート・クラカウアーが探偵小説というジャンルに見出した「ホテル・ロビー」という空虚な匿名空間であったと推測できる(図2)[11]。

『グランド・ホテル』は、レセプション、ロビー、ダンス・ホール、廊下、客室、電話操作室といった複数の空間から形成されるが、さまざまな出自の国際的なゲストは、こうした匿名的な空間で出会い、滞在の終わりには「自身の人生がすっかり変わってしまっていることに気づく」。グランド・ホテルとオリエント急行は、さまざまな出自の国際的なゲストと、日常性から解放された匿名的な異空間という舞台設定において、似通ったジャンルを形成しているのである。アプロプリエーションの観点から眺めるとき、『グランド・ホテル』は、グリーンの『スタンブール特急』の「埋め込まれたテクスト」とし

図２　ホテル・ロビーの円環のイメージ、映画『グランド・ホテル』

て機能している[12]。

問題は、ここでグリーンがおそらく嘘をついているということだ。「映画『グランド・ホテル』の商業的な成功が、大当たりを企てるやり方についてのアイデアを与えてくれたように思う」というのは、真っ赤な嘘である。『オブザーヴァー』紙の映画批評家C・A・ルジューンは、一九三二年年九月二五日付の映画批評のなかで、ロンドンのパレス・シアターで公開されたばかりのメトロ・ゴールドウィンの新作『グランド・ホテル』に惜しみない賞賛の言葉を送っている（*LFR* 85-87）。しかし、グリーンの公式伝記作家ノーマン・シェリーによれば、グリーンは一九三二年一月二日に『スタンブール特急』の執筆を開始し（Sherry Volume One, 409）、同年の八月四日には原稿をハイネマンに送っており（424）、九月一七日には原稿のゲラを受け取っていた（430）。

グレタ・ガルボへの彼自身の執着を考慮に入れれば、グリーンがロンドンの劇場でこの映画を見た可能性は高い。一九三五年一〇月一一日付の『スペクテイター』誌の映画批評で、グリーンはＭＧＭの新作『アンナ・カレーニナ』（一九三五年）を扱い、「グレタ・ガルボの個性がこの映画を『作っている』」（*GGFR* 36）とまで述べ、独創的な女優論を展開しているが、そこで『グランド・ホテル』にも言及している。だが、グリーンがこの映画を見たときには、すでにゲラの修正の段階である。その後原稿の大幅な書き直しがあったとは、状況的に判断しづらい。

おそらく『グランド・ホテル』への言及は彼の後知恵であろう。後日『グランド・ホテル』を見たときに、グリーンはそこに『スタンブール特急』の影を見出したのだろう。ここで大切なのは、『グランド・ホテル』から『スタンブール特急』への直線的なアプロプリエーションの関係を確立することではない。むしろ、この二つの文化的テクストを内包するさまざまなアプロプリエーションの潮流を見極めることが肝要なのである。

『グランド・ホテル』が特権的なテクストであるのは認めるとしても、複数の先行テクストが存在していたことを忘れてはならない。モーリッツ・スティラー監督の『ホテル・インペリアル』（一九二七年）はその一例である。

一九二八年四月九日付の『タイムズ』紙に寄稿した初期の映画論「映画の領分――過去の過ちと未来への希望」のなかで、グリーンはこのホテル映画の開拓したカメラの流動性にある種の可能性を認めている。

アメリカの映画会社のために仕事をしているあるドイツ人監督は、『ホテル・インペリアル』において、率先して〔カメラの前での演技のリハーサルという〕伝統からの離脱を試みた。完全なホテルの「セット」が建てられ、カメラマンは物語のアクションに沿って役者を部屋から部屋へ追いかけ

るのである。(*GGFR* 388)

ホテルという固定的な空間における登場人物たちの運動を、カメラの運動によって映画に刻印すること。それこそ、ルジューンが『グランド・ホテル』を高く評価した理由であった。

この映画は壮大な運動そのものだ。壮大な操作と大胆な速度。(中略) それは、映画、映画、映画、そして映画だ。カメラは、映画の主題の終わりなき円環へとあなたをあらがいがたく駆り立てるだろう。(*LFR* 86)

静止空間におけるカメラの流動性を小説というジャンルにおいて確立することこそ、グリーンが「オリエント急行」という動くホテルを舞台に設定した際の最大のジレンマであったにちがいない。グリーンは自伝のなかで『スタンブール特急』と『拳銃売ります』への「若き頃の劇作への情熱の影響」を認めている。

当時、私は鍵となる場面を軸に〔小説全体を〕構想していた。実際に書き始める前に、紙にその場面の位置を計画さえしたものだった。「第三章、誰それが生き返る」など。しばしばこれらの場面は二人の登場人物を孤立させることによって成立していた。(中略) それはあたかも私が小説の広大な流動性から逃れ、もっとも重要な状況を、私が登場人物のすべての運動を演出することのできる狭いステージで展開したがっているかのようだった。このような場面は小説の進展を劇的な強調

によって静止してしまう。映画においてクロースアップが動画を一時的に静止するのと同じように。（*WE* 29）

グリーンの回想は、小説『スタンブール特急』が『ホテル・インペリアル』や『グランド・ホテル』といったホテル映画の演劇的な静止的空間を積極的に利用しようとしていたことを物語っている。グリーンは、クロースアップとのアナロジーによって、こうした「劇的な強調」が、小説の進展を、その「広大な流動性」を静止してしまう危険性に言及している。

グリーンはそうした一時的な静止をあたかも彼自身の意図であるかのように記述しているが、おそらく事実はその正反対であったにちがいない。グリーンの鉄道小説には、ホテル映画にはない映画的な運動が必要であった。そして、この「小説の広大な流動性」を生み出すために、一連の鉄道映画が重要な意味を帯びてくるのである。

5　鉄道、映画、モダニティ

グリーンは『スタンブール特急』の執筆およびその構想段階で、どの鉄道映画を参照することができたのだろうか。私の推測では、『上海特急』はまず間違いなく見ているはずだ。この映画は一九三二年三月二〇日付の『オブザーヴァー』誌の映画批評で紹介されており、グリーンの執筆期間の初期にちょうど収まっている。『トルキスタン・シベリア鉄道』もおそらく目にしているはずだ。皮肉なことに、グリーンが執筆段階で見ることができなかったのは、批評的にも、商業的にも大成功となったゴーモン・ブリティッシュのイギリス映画『ローマ特急』である。この映画は一九三二年の制作であるが、一九三二年一一月二〇日付の『オブザーヴァー』誌の映画批評で紹介されていることからも明らかなように、上映開始時期は、グリーンの小説の出版直前ということになる。つまり、グリーンはまた嘘をついているのだ。(13)

グリーンの嘘は、彼自身の鉄道小説を一つでも多くの鉄道映画に結びつけようとする止めがたい衝動を物語っている。実際、『上海特急』も『ローマ特急』も、『オリエント急行』と同様のプロット・パターンを持っており、鉄道映画という同じサブジャンルを形成している。「運命の策略によって」数名の乗客が「出会い、旅の終わりには自身の人生がすっかり変わってしまっていることに気づく」という物語である。これらの映画の魅力は、「主要人物の華麗な人物造形」と「敏速に高まっていくサスペンスとロマンスと陰謀」に要約される。グリーンが強く望んだように、『スタンブール特急』は、これらの鉄道映画と複雑なアプロプリエーションとアダプテーションの関係を結んでいる。

グリーンが鉄道映画というサブジャンルに惹かれたのは、そのジャンル上のプロット・パターンだけではあるまい。これらの映画がグリーンにとって大切だったのは、それらが、乗客の列車内の運動だけでなく、列車の運動それ自体をカメラに捉えることができたからだろう。「オリエント急行」の窓から外を眺めるセイヴァリーは、グリーンの代弁者となっている。

映画が人間の目に教えたことの一つは、運動中の風景の美しさである。どのように教会の塔が木々の背後と上を通過していくのか。どのようにそれが人間の不規則な歩き方に応じて浮いたり沈んだりするのか。雲に向かってそびえ立ち、遠くの煙突帽の背後に沈んでいく煙突のなんと美しいこと。

こうした運動の感覚を散文で伝えなければならない。(*ST* 92-93)

列車の運動について考察を行なうのは、作家のセイヴァリーだけではない。干しぶどう商人のマイアットも列車の運動の奇妙なパラドックスに思いを馳せる。

列車のなかでは、それがどれだけ速く移動しようとも、乗客は休憩せざるをえない。ガラスの壁に囲まれていては、感情を抱いてもしょうがない。精神以外の活動を追求しようとしても無駄である。そしてその精神の活動は、中断される恐れなく、追求できる。世界はいまやエックマンとスタインに働きかけている。電報は到着し、男たちは彼らの思考の糸を話で中断し、女たちはディナー・パーティを開いている。しかし、突進し、振動する特急列車のなかでは、騒音はあまりにも定期的なので、それは沈黙の等価物となり、運動はあまりにも連続的なので、しばらくすると精神はそれを静止と受け取るようになる。列車の外でのみ、行動という暴力が可能なのであり、列車は三日間彼を安全に彼の計画で包み込むだろう。その時間の終わりには、彼はきわめて明瞭にスタインとエックマンをどのように扱えばいいかわかっていることだろう。(*ST* 12)

セイヴァリーとマイアットは、モダニティを体現する列車の運動をそれぞれの方法で知覚し、記録することによって、グリーンのテクストに運動と流動性をもたらしている。

グリーンのテクストの運動を、その流動性を映画的と形容していいだろうか。列車の窓をスクリーンとして捉えるセイヴァリーの眼差しは、列車と映画の近似的な関係を浮き彫りにする。リュミエール兄弟の例を挙げるまでもなく、初期映画の時代から、列車と映画は、運動への関心という主題的な観点からも、現実からの逃避という社会学的な観点からも、深い共犯関係を結び続けてきた。セイヴァリーの考察自体はありふれたものであるが、それが鉄道小説のなかで展開されるとき、そこには映画的と称してもよい独自の運動がもたらされることになるだろう。

マイアットの考察も映画的と呼んで差し支えないだろう。「突進し、振動する特急列車のなかでは、騒音はあまりにも定期的なので、それは沈黙の等価物となり、運動はあまりにも連続的なので、しばらくすると精神はそれを静止と受け取るようになる」とは、鉄道映画の登場人物たちが、窓から外を眺めるのに飽き、各自の行動を始めるときの精神状態を的確に表現したものとなっている。これは鉄道映画がホテル映画にもっとも接近する瞬間でもある。しかしここでも騒音と運動は、グリーンのテクストを優しく揺さぶり続ける。

図3　マレーネ・ディートリヒ、映画『上海特急』

ここでもう一度グリーンが小説執筆中に見たと想定しうる鉄道映画に議論を戻そう。マレーネ・ディートリッヒ主演の『上海特急』である（図3）。ディートリッヒもまたグリーンが強い執着を示した女優の一人である。鉄道小説を執筆中のグリーンにうってつけの映画であったはずだ。しかし、この映画についてグリーンは、映画批評での短い言及と先ほど確認した自伝での言及以外は、沈黙を守っている。この沈黙は雄弁である。私には、ロンドンの劇場で『上海特急』を見ているグリーンを想像することができる。なぜならば、映画的技法の転用という観点からも、映画のプロット上の展開という観点からも、『スタンブール特急』には、『上海特急』からのアプロプリエーションの痕跡が見られるからだ。『上海特急』は、鉄道映画というサブジャンルにおいて映画史上重要な意味を持っている。鉄道と映画の親近性を探究した研究書『平行路線』のなかで、リン・カービーは、『上海特急』がトーキーの時代の産物であることの意味を以下のように強調している。

〔映画上の列車が表象の新しい領域に突入したという〕この点で、『バルカン超特急』のより直接的な先行者は、ジョセフ・フォン・スタンバーグの一九三二年の『上海特急』である。『鉄路の白薔薇』と『カメラを持った男』で有名となった車輪と蒸気のイメージそれ自体を特徴とするだけでなく、そこに汽笛の甲高い音を加えている。『上海特急』は、まさに音と鉄道のイメージを結婚させることが何を意味するのかを体現している。最初のショットに覆い被さるオープニングの汽笛からして、列車は文字通り「音!」と叫んでいる。われわれはすぐに、汽笛の鳴り響く特徴的な音や線路の上の車輪のがたんごとんという音なしでは、鉄道映画を想像するのが困難であることに気づくのである。(Kirby 247-248)

イギリス映画史では、ヒッチコックの『恐喝』(一九二九年)が最初のもっとも重要なトーキー映画作品の一つとして認知されている。『バルカン超特急』(一九三八年)は、同じくヒッチコックの作品であるが、一九三〇年代のトーキー鉄道映画の後期に分類することができる。それに対して、アベル・ガンス監督の『鉄路の白薔薇』(一九二三年)とジガ・ヴェルトフ監督の『カメラを持った男』(一九二九年)

は、「車輪と蒸気のイメージ」を映画において確立した点で重要な映画作品であるが、いずれもサイレント映画である。『上海特急』の鉄道映画史上の重要性は、鉄道のモダニティを映画において表象する際に、トーキーの時代にふさわしい「音と鉄道のイメージ」の結合を積極的に推し進めた点にある。

この「音と鉄道のイメージ」の結合こそ、グリーンが自身の鉄道小説に運動と流動性を導入する際に、初期のトーキー鉄道映画『上海特急』からアプロプリエイトしたものにほかならない。映画批評家としてのグリーンの音とイメージに対する豊かな感受性を軽んじてはならない。実際、本章の冒頭で紹介した「ミドルブラウ映画」というエッセーのなかで、グリーンはヒッチコックの『三十九夜』(一九三五年)に見られる音声の技巧的なモンタージュに言及している。

ヒッチコックの最新の映画のなかで、どのように殺害された女性を発見した掃除婦の絶叫が、北部へ向けて突進するフライング・スコッツマンの甲高い汽笛の音にカットされるか覚えていることでしょう。(*GGFR* 399)

映画批評家グリーンが、『上海特急』のトーキー鉄道映画としての意義に、その音の重要性に無関心であったとは考えづらい。

ここで仮にグリーンが『上海特急』を見ていなかったとしよう。それでも事態は変わらないだろう。グリーンの公式伝記作家は、彼の列車の騒音への関心を裏付ける重要なエピソードを紹介している。

グリーンの妻ヴィヴィアンが述べたように、ヴィヴィアンとグリーンのお気に入りのレコードの一つが、オネゲルの「パシフィック231」であったのは、驚くに値しない。列車の車輪の執拗な音を響かせるこのレコードは、『スタンブール特急』の執筆の背景を成すことになった。(Sherry Volume One, 408)

アルテュール・オネゲルの管弦楽曲「パシフィック231」には、グリーンは自伝のなかでも言及している(*WE* 26)。別の観点から見るならば、グリーンはサイレント鉄道映画に親しんでいく過程で、トーキー鉄道映画における音の出現を予見していたと主張することもできるだろう。

いずれにしても、大切なのは、このトーキー鉄道映画における音をグリーンが自身の小説のなかにどのように組み込んでいったかである。オリエント急行内の騒音と沈黙、運動と静止のパラドックスをめぐるマイアットの考察は、グリーンのトーキー鉄道映画への深い洞察を示している。実際、グリーンは列車の音を意識的にテクストに刻み込むことによって、オネゲルのクラシック音楽のような強烈なリズムとビートを生み出すことに成功している。

いくつか例を挙げよう。第一部「オステンド」では、マイアットが発車の汽笛の音を耳にすることになるだろう。「車両の列に沿ってドアがばたんと締まり、警笛が鳴り響いた」(*ST* 9)。第二部「ケルン」では、酩酊したメイベルが列車に飛び乗る際に、汽笛を耳にする(気がする)。「彼女は汽笛が鳴り響いたのを聞いた気がしたので、最後の三段を一足で駆け上った」(31)。第三部「ウィーン」では、ヨーゼフが泥棒の目的地へ移動している際に、オリエント急行の汽笛を耳にする。「汽笛が鳴り響くと、長い光の列が視野に入り、ゆっくりと移動していった」(71)。

グリーンの小説はしばしば映画的であると称される。その際によく引き合いに出されるのが、カメラ・アイである。たとえば、ノーマン・シェリーは、グリーンのカメラの撮影技法の応用を『スタンブール特急』の以下の一節に見出している。

炉のドアが開き、かまどの炎と熱が一瞬現れた。運転手が燃料調整機を完全に開くと、車両の重みで踏み板が震えた。すぐにエンジンが滑らかに動き始めると、運転手は締め切りを元に戻した。列車がブリュージュを通過するとき、最後の太陽が現れた。燃料調整機は閉じられ、ほんのわずかの蒸気で滑走している。夕焼けはずぶぬれの高い壁を照らし、路地の淀んだ水たまりは一瞬澄んだ光で輝いた。その古代の都市は、あまりにも見つめられ、噂され、取引された悪名高い宝石のように、薄汚い覆いのどこかに収まっていた。すると耕作地の荒野が蒸気の合間から現れた。その単調さは、思い思いの方向を向き、色のついたタイルで装飾された、高い醜い郊外住宅によってときどき破れた。タイルはいまや夕暮れの光を吸収した。夜に誘われて空に飛び出した緋色のカブトムシの大群のように、特急列車の火花が見えるようになった。火花は線路のそばに舞い落ちるとゆっくりと燃え尽き、葉や枝やキャベツの茎に触れるとすとなった。荷馬車を運転する少女が顔を上げ、笑った。線路のそばの土手では、男女が抱き合って横たわっていた。すると闇が外界に降り落ち、窓ガラスをのぞく乗客は、彼ら自身の容貌の透明な反映しか見ることができなくなった。(Sherry Volume One, 415)

ドキュメンタリーのような機械的で経済的で正確な文体である。車窓の移りゆく風景を克明にモンタージュ風に記録したこの一節は、グリーンがサイレント期の鉄道映画の撮影技法にいかに習熟していたかを、そしてそれを自身の小説世界に応用する技法をいかに身につけていたかを物語っている。

強調しておきたいのは、小説『スタンブール特急』の映画的技法は、このカメラ・アイだけにとどまらないということだ。『スタンブール特急』が映画的であるのは、トーキー鉄道映画の時代に似つかわしいカメラの撮影技法と録音機の録音技術の融合に負っているのである。たしかに『上海特急』と『スタンブール特急』の直接的な影響関係を実証的に提示することはできない。だがこの鉄道映画と鉄道小説は、トーキーの時代にふさわしい「音と鉄道のイメージ」の結合をそれぞれのメディアで積極的に推進し、映画的なものの可能性を追求していった点で、共通の目的を有している。

ここで映画技法的な観点を離れ、映画『上海特急』と小説『スタンブール特急』のプロット上の共通性に目を向けよう。興味深いことに、この二つのテクストのなかで、鉄道映画のジャンル的特色の一つである殺人事件は、列車の外で起きる。『スタンブール特急』では、オーストリア人の泥棒がウィーン駅近辺の駅員のフラットで駅員を殺害し、逃亡を図る。同様に共産主義の主導者は、スボティカ駅近辺を逃亡中にユーゴスラヴィア警察に射殺される。それに対して、『上海特急』では、ヨーロッパと中国の混血である反乱軍の指導者は、目的地の上海への途上の駅で特急列車を止め、その駅舎でドイツ人のアヘン商人を拷問し、この映画のもう一人のヒロイン、アナ・メイ・ウォン扮する中国人女性をレイプする。反乱軍の指導者は、同じ場所でこの中国人女性にナイフで刺し殺される（図4）。

図4　アナ・メイ・ウォン、映画『上海特急』

おそらくグリーンは、長い旅路の中間地点で特急列車が静止し、その結果、乗客がただならぬ政治的陰謀に巻き込まれるというアイデアを、この内戦中のアジアの大国を疾走するハリウッドの鉄道映画からアプロプリエイトしたのだろう。グリーンの小説では、オリエント急行は、共産主義の主導者の到着を待たずに革命が試みられ、鎮圧されたばかりの政治的動乱のさなかのユーゴスラヴィア国境で、静止を余儀なくされる。ヨーロッパの諸都市とイスタンブールという二つの「文明」の谷間に位置するユーゴスラヴィアは、政治的に危険な空間として、イギリス人の想像力の安全地帯の外にある空間として位置づけられている。

事実としてここで大切なのは、イスタンブールへの快適な旅を満喫することのできたクリスティと違って、グリーンにはオリエント急行の最終地点まで旅行する経済的余裕などなかったということだ。彼にできたのは、オリエント急行の三等車で、ドイツのケルンまで旅行することだけだった（*WE* 27）[14]。それは、グリーンがこの鉄道小説を書き上げるにあたって、ウィーン、スボティカ、イスタンブールといったケルン以降のオリエント急行の旅路を彼自身の想像力で埋めなくてはならなかったことを意味する。『上海特急』は、厳戒態勢下のユーゴスラヴィアでの列車の静止というアイデアを構想するにあたって、多くのヒントをグリーンに与えたことだろう。『上海特急』と『スタンブール特急』は赤い糸で結ばれている。

6　ロシアより愛をこめて

グリーンの『スタンブール特急』と鉄道映画の関係を検証していくうえで、もう一つ重要な映画作品がある。ヴィクトル・トゥーリン監督の『トルキスタン・シベリア鉄道』（一九二九年）である。自伝でのこの映画への言及にはいささか戸惑いを覚える。なぜならば、『トルキスタン・シベリア鉄道』は、『上海特急』や『ローマ特急』や『オリエント急行』のような、豪華な特急列車を舞台とした一連のトーキー鉄道映画のサブジャンルには収まらない作品だからだ。『トルキスタン・シベリア鉄道』は、トルキスタンとシベリアを結ぶ鉄道の建設を主題とした長編ドキュメンタリーであり、ソヴィエト連邦の計画経済の意義を強調するサイレント期のプロパガンダ映画である（図5）。興味深いことに、『上海特急』や『ローマ特急』とは対照的に、『トルキスタン・シベリア鉄道』への言及は、グリーンの映画批評には一切見られない。ではなぜ自伝において、彼はパラマウント・ピクチャーズやゴーモン・ブリティッシュのトーキー鉄道映画とは毛並みの異なるロシアのドキュメンタリー映画に言及する必要があったのだろうか。

図5　プロパガンダとしての鉄道映画、映画『トルキスタン・シベリア鉄道』

『スタンブール特急』と『トルキスタン・シベリア鉄道』を結ぶ糸は、『スタンブール特急』と『上海特急』のそれと比べるとはるかに細い。グリーンがこの映画を見た可能性を否定することも簡単である。だがここでも両者の直接的なアプロプリエーションの関係を立証することが目的なのではない。グリーンのテクストの生成過程を理解するうえで大切なのは、これらのジャンルの異なる二つのテクストをより大きなアプロプリエーションの文脈に位置づけてみることなのである。

結論を先んじて言えば、『トルキスタン・シベリア鉄道』は、『スタンブール特急』をイギリスのドキュメンタリー運動の文脈へ位置づけることを可能にする。ＢＦＩのドキュメンタリー映画アンソロジー『ソヴィエト映画の影響』のブックレットのなかで、ヘンリー・ミラーが明らかにしているように、このロシアのドキュメンタリー映画にアヴァンギャルドな英語字幕を加えて、イギリスのオーディエンスに届けたのは、イギリスのドキュメンタリー運動の創始者ジョン・グリアソンだった。『トルキスタン・シベリア鉄道』は、一九三〇年三月九日にロンドンのスカラ座で「ロンドンの労働者のためのフィルム・ソサエティ」によって上映され、イギリス映画検閲局によって一般公開を認められると、一九三〇年半ばから一九三一年半ばにかけてイギリス中の映画館で上映され、「アンダーグラウンド・ヒット」となった（Miller "From *Turksib*," 5）。

『トルキスタン・シベリア鉄道』は、イギリスのドキュメンタリー運動の発展の指針となる重要な作品となった。たとえば、グリアソンの協力者であり、この映画のイギリスでの上映にも一役買ったドキュメンタリー作家のバジル・ライトは、『トルキスタン・シベリア鉄道』を「本当に永久に私に影響を及ぼした唯一のソヴィエトのドキュメンタリー映画」（Miller 6）として回想した。またドキュメンタリー作家であり、著名な映画批評家でもあったドキュメンタリー運動の異端児ポール・ローサは、一九三六年に刊行された『ドキュメンタリー映画』のなかで、「『トルキスタン・シベリア鉄道』は、新しいドキュメンタリーの方法の嚆矢となった」と述べ、この映画をドキュメンタリー運動の発展にとってもっとも影響力のあった作品として位置づけている（Miller 11）。

このロシアのドキュメンタリーの影響が色濃く表れるイギリスのドキュメンタリー映画の一つに、ハリー・ワット監督の『夜行郵便列車』（一九三六年）がある。この鉄道を主題としたドキュメンタリー映画の制作には、バジル・ライトが関わっており、両者を見比べてみると、『夜行郵便列車』のモデルがトゥーリンの『トルキスタン・シベリア鉄道』であることが明らかになるだろう。

『スタンブール特急』と『トルキスタン・シベリア鉄道』、およびイギリスのドキュメンタリー運動の系譜学の関係の細い糸は、映画技法的な観点と主題的な観点の双方から辿ってみることができるだろう。まずは映画技法的な観点から両者の関係を考察してみよう。

『トルキスタン・シベリア鉄道』への直接的な言及は見られないものの、グリーンがイギリスのドキュメンタリー運動へ並々ならぬ関心を抱いていたことは、よく知られている。実際、グリーンは一九三六年三月二〇日付の『スペクテイター』誌の映画批評のなかで『夜行郵便列車』に好意的なコメントを寄せている。

> バジル・ライトとハリー・ワットが中央郵便局映画班のために監督した『夜行郵便列車』は、ロンドンで見ることのできるもっとも優れた映画の一つである。たしかに完全な成功とは言えない。冒頭のシークエンスは、デザインと明快さ（空中から撮影された映像は質が悪く、人間の目にはそれが何なのか即座には認識できない）が欠けているように思われる。しかし、郵便列車が夜明けに北部の荒野を走り抜け、牧羊犬が列車と競走し、ウサギが身を隠そうとあわてて逃げる最後のシークエンスは、オーデンのシンプルで視覚的な詩と相まって、並外れた興奮をもたらしてくれる。(*GGFR* 85)

グリーンの後半のコメントは、映画技法への彼の理解の深さを物語っている。「郵便列車が夜明けに北部の荒野を走り抜け、牧羊犬が列車と競走し、ウサギが身を隠そうとあわてて逃げる最後のシークエンス」とは、三つの連続的なシークエンス、つまり、郵便列車、牧羊犬、そしてウサギの運動のシークエンスのモンタージュを意味している。

このモンタージュ的な記述を先ほど検証した『スタンブール特急』の車窓の風景と比較してみよう。最後の三つの文章をもう一度引用してみたい。

荷馬車を運転する少女が顔を上げ、笑った。線路のそばの土手では、男女が抱き合って横たわっていた。すると闇が外界に降り落ち、窓ガラスをのぞく乗客は、彼ら自身の容貌の透明な反映しか見ることができなくなった。(Sherry Volume One, 415)

この引用箇所は、『夜行郵便列車』の記述と同様に、三つのシークエンス、つまり、荷馬車を運転する少女、抱き合う男女、そして車内の乗客のシークエンスのモンタージュを意味しており、グリーンが列車の運動を記述する際に、いかに映画的な技法に多くを負っていたかを示している。

モンタージュは映画の根本的な原理の一つであり、それを特定の流派に還元することは、必ずしも有益ではない。しかし、グリアソンのドキュメンタリー運動がエイゼンシュテインやプドフキンといったソヴィエト型のモンタージュをモデルとしていることは、グリアソン自身のドキュメンタリー作品『流し網漁船』(一九二九年)からも明らかだ。『夜行郵便列車』のクライマックスとなる躍動感あふれる列車の運動のシークエンスには、ロシアの赤い影が射している。

グリーンがドキュメンタリー映画に関心を寄せた理由の一つは、こうしたソヴィエト型のモンタージュの文学への応用可能性にあったと言っても過言ではないだろう。『スタンブール特急』には、サイレント期のドキュメンタリー鉄道映画のモンタージュが見事に応用されており、列車の運動が、そのスピードと流動性が本質的に静的な文字テクストのなかにしっかりと刻み込まれている。『スタンブール特急』と『トルキスタン・シベリア鉄道』の関係は、映画技法的な観点だけからではなく、主題的な観点からも追究していくことができる。ヘンリー・ミラーは『トルキスタン・シベリア鉄道』の主題の政治的な重要性を以下のように強調している。

銀行が倒産し、産業が崩壊し、失業率が急上昇した一九三〇年代初頭の大恐慌の時代に、国家主導の産業化をもくろむソヴィエト連邦の五カ年計画――「トゥルクシブ」、つまりトルキスタン・シベリア鉄道の建設はそこに含まれる――は、オルタナティヴなシステムのヴィジョンを提供するように思われた。実際、それは恐怖と強制労働に支えられていたが、左翼の歴史家であり、経済学者であったG・D・H・コールが一九三一年に述べたように、彼らの成功は「イギリスの経済システムを完全に社会主義的な路線で徹底的に再構成する計画の考案を意味するものだった」。(Miller 1)

つまり『トルキスタン・シベリア鉄道』は、ドキュメンタリー鉄道映画であると同時に、ソヴィエト連邦の五カ年計画のプロパガンダなのであり、資本主義の「オルタナティヴなシステムのヴィジョンを提供する」ものであったのだ。

『スタンブール特急』には、資本主義の「オルタナティヴなシステムのヴィジョン」を実現しようともくろむ登場人物が存在する。共産主義の主導者ドクター・スツィナーである。アイロニーを交えて描かれているが、この鉄道小説のなかでグリーンの自己投影がもっともあからさまな登場人物である。ノーマン・シェリーが明らかにしているように、グリーンは、小説のゲラを受け取る執筆の最終段階で、オックスフォード大学の経済学者G・D・H・コールの『知識人のための世界の混沌の手引き』を読んでいる（Sherry Volume One, 410）。一九三二年九月にゴランツ社より出版され、翌年六月には第六版が出版されるほど反響のあったこの経済学入門書の思想は、スツィナーの共産主義思想と響き合っている。

グリーンにとって映画『トルキスタン・シベリア鉄道』はそれほど重要ではなかったのかもしれない。むしろ彼にとって大切であったのは、トルキスタン・シベリア鉄道の建設が意味するところの、資本主義の「オルタナティヴなシステムのヴィジョン」だったのではないか。自伝のなかでの『トルキスタン・シベリア鉄道』への言及は、ドキュメンタリー映画へのグリーンの映画的関心を暗示すると同時に、共産主義という思想へのグリーンの政治的関心を裏付けるものとなっている。『スタンブール特急』と『トルキスタン・シベリア鉄道』は、鉄道というメタファーを媒介として赤い糸で結ばれている。

7　列車の停止

ここでグリーンの『スタンブール特急』を離れて、クリスティの『オリエント急行殺人事件』について議論していこう。大切なのは、この鉄道小説がこれまで検証してきた一連の鉄道映画や鉄道小説の最後にやってきたという事実を覚えておくことである。クリスティは一九二八年に『青列車の秘密』を出版している。ある意味では、クリスティこそ現代の鉄道小説のパイオニアなのである。しかし『オリエント急行殺人事件』の執筆にあたって、クリスティには参照することのできた複数のテクストがあった。

『上海特急』や『ローマ特急』のような豪華な特急列車を舞台とした一連のトーキー鉄道映画は、その一例である。この小説が一九三四年一月一日に出版されたという事実を考慮に入れると、同年二月にアメリカで公開され、その後イギリスでも上映された映画『オリエント急行』は、リストから外さなければなるまい。だがその原作となるグリーンの『スタンブール特急』は一九三二年末に出版されており、時期的に十分参照することができたはずだ。

クリスティは『上海特急』や『ローマ特急』を映画館で見たのだろうか。彼女は『スタンブール特急』を読んだのだろうか。この推測ゲームはまったく勝ち目がない(15)。なぜならば、影響関係に関する限り、クリスティは徹底的に寡黙だからだ。彼女の自伝『アガサ・クリスティ自伝』(一九七七年)には、豪華な特急列車を舞台とした一連のトーキー鉄道映画に関する言及は一切ない。グリーンへは二度言及している。その最初の言及はクリスティの「影響の不安」を如実に物語っている。

たしかに書きはじめの頃には、たいてい特定の作家への崇拝との苦しい戦いを余儀なくされ、好むと好まざるにかかわらず、彼らのスタイルを模倣せずにはいられない。しばしば、それは自分にあったスタイルではないため、ひどいものを書くはめになる。だが時間が経つにつれ、崇拝に影響されることが少なくなってくる。いまでも特定の作家を崇拝し、彼らのように書くことができたらと望むことさえあるかもしれない。でもそうできないことはとてもよくわかっている。おそらく文学的な謙遜を学んだのだろう。もしエリザベス・ボウエンやミュリエル・スパークやグレアム・グリーンのように書けたら、私はうれしくて天高くまで飛び上がることだろう。しかし、そうできないことはわかっているし、彼らを模倣しようと考えることもないだろう。私は私であることを学んだのだ。こう言ってよければ、私にできることはできるのだし、私がしたいことはできないのだ。

(Christie *An Autobiography*, 421-422)

クリスティは、彼女が崇拝する作家として、ボウエンやスパークに加えて、グリーンに言及している。彼女のグリーンへの崇拝はいつ始まったのだろうか。自伝のもう一つの言及は、第二次世界大戦の戦争協力をめぐるものである。クリスティによれば、「戦争開始前夜に、グレアム・グリーンが手紙を書いてきて、プロパガンダの仕事をしないかと尋ねてきた」(523)というのだ。このエピソードは一九三〇年代にこの二人のミドルブラウ作家の間に何かしらの文学的な交流があった可能性をほのめかすものとなっている。

おそらくクリスティはグリーンの『スタンブール特急』を読んでいただろう。そしてひょっとしたら、トーキー鉄道映画を見ていたのかもしれない。クリスティの趣味から推測すると、彼女が当時大評判であったゴーモン・ブリティッシュの野心作『ローマ特急』を見ていたとしても驚くには値しない。一九三二年一一月二〇日付の『オブザーヴァー』紙の映画批評で、C・A・ルジューンは「イギリス映画の歴史において、私たちは初めて、イギリスの基準ではなく、国際的な基準で評価することができる映画作品を、ハリウッド映画と同じくらい効率的で説得力のある形式で自己主張することができる映画作品を手にすることになった」(Leguene "The Pictures," 14)と述べ、国際的な商品価値を備えた『ローマ特急』の魅力について語っている。この映画の上映期間は、ちょうど『オリエント急行殺人事件』の執筆準備期間に収まっていると考えられる。だが繰り返しになるが、ここでも直接的なアプロプリエーションの関係を立証することが目的なのではない。『オリエント急行殺人事件』の背後に広がる鉄道小説と鉄道映画のゆるやかなネットワークに目を配りながら、この小説の特殊性に接近していくことが肝要なのだ[16]。興味深いことに、クリスティの小説はトーキー鉄道映画のプロット・パターンを踏襲したものとなっている。ポアロの友人ブクは、オリエント急行の旅路について次のように説明している。

「賛成するかい？　まだやられていないと思うけど、どうだい？　友よ、でもそれはロマンスにうってつけだ。私たちは、あらゆる階級とあらゆる国籍とあらゆる年齢の人々に囲まれている。三日間、これらの人々は、お互い他人同士の人々は、一緒に時間を過ごすことになるだろう。同じ屋根の下で眠り、食事をすることになり、お互いから逃げ出すこともできない。三日間の終わりには、彼らは別れを告げ、自分自身の道を歩み、おそらくは決して二度と会うこともないだろう」

(Christie *Murder*, 38)

これは『オリエント急行殺人事件』のプロットの要約であると同時に、トーキー鉄道映画のプロット・パターンを踏まえたものとなっている。「運命の策略によって」複数の乗客が「出会い、旅の終わりには自身の人生がすっかり変わってしまっていることに気づく」というパターンである。唯一の差異は、『オリエント急行殺人事件』においては、「運命の策略」と見えたものが、単なる偶然ではなく、犯人たちの用意周到な「計画」と判明する点にある。

小説『オリエント急行殺人事件』は、映画『ローマ特急』と車内での密室殺人という主題を共有している。『ローマ特急』において、ヴァン・ダイクの絵画をバッグに抱えて、特急列車に飛び乗った窃盗犯プールは、愛人と旅行中のビジネスマン、グラントと一時的に共有することになった客室で、彼が裏切った仲間のズルタによって刺し殺される。プールとの言い争いの末に、グラントは後頭部をたたかれ、ベッドの上で意識不明となっていたため、第一容疑者となる。グラントは「間違えられた男」である。そして、偶然にもローマ特急に乗車していたフランス警察庁の探偵ジョリフが指揮を執り、列車内の容疑者の尋問が始まる。

脚本家のシドニー・ギリアットは、ヒッチコックのために『バルカン超特急』（一九三八年）、キャロル・リードのために『ミュンヘンへの夜行列車』（一九四〇年）の脚本を提供することになるが、ウォルター・フォードの『ローマ特急』においても彼の才能は十分に開花している。ギリアットは、ほぼすべての主要な登場人物を道徳的、あるいは法律的に問題のある人物として設定しており、特定の登場人物に対するオーディエンスの安易な感情移入を妨げ、持続的なスリルを提供することに成功している。

図6　手荷物車でのクライマックス、映画『ローマ特急』

このトーキー鉄道映画のクライマックスは手荷物車に設定されている。探偵のジョリフは、容疑者を順番にこの車両に集め、彼らの証言から真犯人を割り出そうとする（図6）。だが、このパリの探偵はベルギーの探偵ほど頭の回転が速いわけではない。コンラート・ファイト扮する悪役のズルタは、自ら罪を名乗りでて、列車から飛び降り、命を落とすはめになるが、彼はある種のスケープゴートにすぎない。道徳的、および法律的に問題のあるほぼすべての他の登場人物は、罪を免れ、無事に目的地のローマに到着することになるからだ。

このクライマックスの設定は、『オリエント急行殺人事件』のそれに酷似していないだろうか。後者においては、探偵のポワロが食堂車に容疑者を集め、そこで容疑者全員の関与を暗示する推論を提示する。容疑者の一人が全員の罪をかぶってスケープゴートとなることを提案すると、ポワロはそれを無視して、彼ら全員の免罪を選択する。『ローマ特急』と『オリエント急行殺人事件』の列車空間は、ヒッチコック映画の常連である罪深き人々の集会場である。両者は、手荷物車や食堂車という演劇的な静止的空間をクライマックスの場面に設定し、そこで神の世俗的な代理人たる探偵に罪深き人々の免罪の儀式を行なわせている点で、プロット上の興味深い親近性を露わにしている。

ふたたびグリーンの『スタンブール特急』に話を戻そう。すでに述べたように、グリーンとクリスティの影響関係を実証的に提示することは、クリスティが口をつぐんでいる以上不可能だ。しかし、両者の親近性を示す重要な具体例を挙げることは可能だ。『スタンブール特急』においても、『オリエント急行殺人事件』においても、オリエント急行は、ユーゴスラヴィアで、ヨーロッパの乗客がもっとも精神的な不安を感じる「文明」の谷間で停止する。[17] 小説のクライマックスでポアロが二つの解決案を提示するとき、オリエント急行の責任者であるブクが乗客全員の免罪を提示する解決案を急いで選択する理由は、ブク自身のヒューマニズムではなく、ユーゴスラヴィア警察に対する彼自身の生理的な恐怖にある。その恐怖は同時代のイギリス人の文化的な想像力を体現したものと言えるだろう。おそらくクリスティは、オリエント急行がヨーロッパ大陸の「闇の奥」で座礁するというアイデアをグリーンの小説からアプロプリエイトしたのだろう。あるいは、特急列車の危険地帯での停止というアイデアは、鉄道映画のパイオニア『上海特急』のそれに由来するのかもしれない。いずれにせよ、クリスティとグリーンの親近性はそこまでである。クリスティ自身が自伝のなかで認めているように、両者はスタイルにおいても、文学的な戦略においてもかけ離れている。

最後に、両者の顕著な差異となる鉄道小説における運動の意義に注目し、クリスティとグリーンのテクストの特性について考察を深めたい。

これらの二つの鉄道小説の主要な差異は、それらの運動の扱い方にある。単純化して言えば、グリーンの小説が映画的であるのに対して、クリスティのそれは演劇的である。すでに確認したように、グリーンは、本質的に静的な舞台設定を特徴とする一連のホテル映画から多くを学びつつも、同時に列車の運動を捉えることに執着し、「運動の感覚」を散文によって伝達することを不可欠と考えた。グリーンが同時代のトーキー鉄道映画とドキュメンタリー鉄道映画からアプロプリエイトしたものは、この運動の感覚にほかならない。それに対してクリスティは、列車の運動の記述にはたいして注意を払わない。具体例を挙げよう。これはポアロが耳にする食堂車での乗客たちの会話の合間に挿入される一節である。

> 急行列車はトンネルに突き進んだ。落ち着いた単調な声が飲み込まれた。(*Murder* 41)

ポアロの注意は、あるいは語り手の注意は、乗客たちの会話に注がれ、食堂車の外の風景に注がれることはないのである。

クリスティの列車の運動への無関心を証明するかのように、オリエント急行は小説のわずか数十頁の箇所で、第一部のわずか第五章で停止する。[18] そして、ポアロは真夜中に目が覚める。

彼はすぐにもう一度眠りにつくのは難しいと感じた。一つには、彼は列車の振動がないのに気づいたからだ。もし外が駅だとしても、奇妙なほど静まり返っている。(*Murder* 53)

ここでもポワロは列車の運動を体で感じている。しかし、彼がそれを目にすることはないのである。ポワロは椅子に深く腰をかけて考えるアームチェア型の探偵である。もちろんポワロも車両の間を移動する。だが彼自身の運動は最小限にとどめられている。たとえば、小説のほぼ半分を占める第二部において、証拠探しのためにポアロが食堂車から離れるのは、わずか最後の二つの章だけである。基本的には、客室と食堂車を移動するのは、乗客の容疑者たちである。ポアロは食堂車で容疑者たちをインタヴューし、まるでそれが彼の日常生活の延長線上にあるかのようにそこで食事をとる。

ポアロはマックィーンに彼のインタヴューの目的を以下のように説明している。

「私の目の前の仕事は」とポアロは言った。「乗客全員の行動を把握することなのです」(*Murder* 115)

彼はすべての容疑者に「食堂車を去ってからの昨晩の行動」を記述させ、事件解決のためのアリバイのリストを作成する。ポアロと語り手の注意が決して列車の運動によって乱されないのは、このためである。彼らの注意はつねに乗客の運動とパフォーマンスに払われているのだ。

鉄道小説『オリエント急行殺人事件』は、列車の運動に無関心であり、その注意が乗客の車内の活動に限定されるという点において、映画的というよりは、むしろ演劇的と形容したほうがふさわしい。ジャンルとしては、列車の運動をイメージと音によって積極的に捉えようとするトーキー鉄道映画よりは、むしろ演劇的な静止的空間におけるアクションを特徴とするホテル映画に近いと言えるだろう。

実際、ポアロによる食堂車でのインタヴューは、形式的な捜査というよりは、ポーカー・ゲームの様相を呈している。『ローマ特急』には食堂車でポーカーに興じる乗客の姿がコミカルに捉えられているが、ポアロと容疑者のやり取りにも似たようなものがある。すべての容疑者は彼らのアイデンティティを偽装するために、別の誰かの役を演じることになる。そして探偵のポアロは、彼らのパフォーマンスを見物し、「プロデューサーが芝居の配役を決めるように、それぞれの人物をアームストロング家のドラマの特定の役に割り当てていく」(333) ことによって事件を解決へ導く。

クリスティのミドルブラウの女王たる所以は、この演劇性によって部分的に説明することができるだろう。ハバード夫人が「当時もっとも有名なアメリカの悲劇女優リンダ・アーデン」(96) と判明するのは、偶然ではない。殺人への関与を告白するとき、彼女は「私はいつもコメディの役がやりたかったのに」(344) と述べる。ポアロが「オリエント急行殺人事件」の劇団にプロデューサーとして加わり、現代の「マクベス」を喜劇へと転換するとき、彼女の夢は初めてかなえられる。

註

(1) Michael North. *Reading 1922* を参照。ノースの研究は、一九二二年のモダニズム文学を同時代のさまざまな文化領域のモダニズムに接続しようとする野心的な研究である。私はとりわけモダニズム文学を新聞やラジオ、映画などのメディアと並置して論じるノースの学際的なアプローチに影響を受けている。

(2) 現在「ミドルブラウ」研究は、英米文学研究の一つのサブジャンルを形成しており、人的ネットワークも充実している。「ミドルブラウ・ネットワーク」は、主に英米の研究者をつなぐ脱領域的なネットワークであり、そのホームページを閲覧すれば、この研究領域の研究動向が把握できる。http://www.middlebrow-network.com/Home.aspx を参照。

（3）ちなみに「シャリヴァリア」の次の風刺は、「ハイブラウ」の用例である。「投書欄から推測するに、ある新聞の読者層はＢＢＣの放送プログラムをあまりにもハイブラウだと考えている。われわれはその新聞を一度見たことがあるから驚かない」（"Charivaria" 673）。この文章は明らかに「ミドルブラウ」の風刺と併せて読まれるように配置されている。

（4）近年「ブラウの戦い」は、戦間期の文化史および思想史の研究において繰り返し取り上げられている。とりわけ重要なのは、以下の二つの文献である。Melba Cuddy-Keane. *Virginia Woolf, the Intellectual, and the Public Sphere*. 13-34. Stefan Collini. *Absent Minds*. 110-119.

（5）プリーストリーの学問的な評価は、まだ始まったばかりである。以下の二冊は、二〇世紀を通じて多面的な活躍をしたこの文学者の文化史的、思想史的な再評価につながる貴重な学術的貢献である。John Baxendale. *Priestley's England*. Roger Fagge. *The Vision of J. B. Priestley*. また日本でのプリーストリーの先駆的な紹介としては、武藤浩史「プリーストリーをなみするな！」を参照。

（6）実際のところ、J・M・ケインズ、E・M・フォースター、リットン・ストレイチーなどのブルームズベリー・グループの中心メンバーの出身校は、オックスフォードではなく、ケンブリッジであったが、プリーストリーの風刺がオクスブリッジの知識人に向けられていることに変わりはない。

（7）ミドルブラウ研究は領域横断性を特色とする研究分野であるが、これまで主要な活躍をしてきたのは、文学研究者であった。ナッパーの研究は、イギリス映画研究の側からの貴重な介入であり、「ミドルブラウ映画」の先駆的な研究であると言ってよい。今後、ミドルブラウ映画の国際的な検証が進められていくと予測される。下記の論文集はその嚆矢である。Sally Faulkner, ed. *Middlebrow Cinema*.

（8）ナッパーはまさしくこの「ミドルブラウ映画」を根拠に、グリーンを「国際的な芸術映画の形式的な達成こそが映画の良し悪しの基準となるハイブラウな映画批評家」（Napper 119）の代表的な論客として捉えている。しかし、ナッパーの見解は、グリーンの映画批評の多面性を捉え損なっている。

（9）ポール・マーティン監督の『オリエント急行』は、映画史の周縁に埋もれ、現在視聴が困難な映画となっている。

ここではプレスブックを手掛かりに復元作業を進めていく。

(10) 映画の特定のシーンに対するグリーンの記憶力には、驚かされる。グリーンは二年以上前に上映された『ローマ特急』における「プルマン車両で繰り広げられる、殺人者とその被害者となる裏切りを働いた小さなこそ泥との間の不吉なポーカー・ゲーム」(*GGFR* 13) に言及し、この二人の登場人物を演じた「コンラート・ファイトとドナルド・キャルスロップは、盗まれた絵画をめぐる瑣末なプロットでさえも押しとどめることのできない容赦なき残忍さと卑劣な臆病さをスクリーンにもたらした」と述べ、この映画を高く評価した。

(11) クラカウアーは、「ホテル・ロビー」というエッセーにおいて、教会とホテル・ロビーをアナロジーの関係で論じつつ、両者の差異を浮き彫りにする。「両方の場において人々は『客』として登場する。しかし、神の家が神に捧げられており、人々がそこへ行って神に出会うのに対して、ホテル・ロビーはそこに行くものすべてを受け入れるが、彼らは誰に出会うこともないのである。(中略) ホテルのマネージャーが表象するところの非個人的な無は、ここでは教会の会衆がその名のもとに集合する未知の神の位置を占めている。そして、会衆が彼らの関係を実現するために神に祈り、神に自らを捧げるのに対して、ロビーに散らばった人々は彼らのホストの匿名性を疑いもせず受け入れる。現実を求めて、そのなかで真剣に努力している人々がどこでもない場所から脱出し、彼らの目的地へ到達するのと同じように、いかなる関係も、あらゆる関係も欠いている彼らは、ある種の必然性によって、真空空間へとこぼれ落ちるのである」(Kracauer 175-176)。

(12) 実際、同時代の批評家のなかには、グリーンの『スタンブール特急』を『グランド・ホテル』の焼き直しとして捉えるものもいた。Brian Lindsay Thomson. *Graham Greene and the Politics of Popular Fiction and Film.* 57-59. を参照。

(13) だが、グリーンが嘘をつきたい理由もよくわかる。なぜならば、同時代の人々の目には、『ローマ特急』と『スタンブール特急』は、同じ鉄道ものと映ったにちがいないからだ。一九三三年一月一五日付の『サンデイ・タイムズ』紙に掲載されたハイネマンの広告では、昨年末に出版されたばかりの『スタンブール特急』が取り上げられているが、そこには『ニュース・クロニクル』紙のノーマン・コリンズの引用が付されている。「それは『ローマ特急』と同じくらい効率的に作られているが、それは多くを語っている。少年向きのフィクションのように胸躍らせ、コレットのように洗練されている小説を読みたい人々にとって、これはうってつけの小説だ」(“Stamboul Train,” 10)。

(14) だが、ここでもグリーンの自伝の取り扱いには注意が必要である。伝記作家のシェリーは、ケルン旅行の旅路で妻ヴィヴィアンに宛てたグリーンの手紙を引用している。「ドーヴァーを朝四時に旅立ち、七時半にオステンドに到着した。列車は九時半まで発車しない。三等車の車両を見て、夜の旅路を思うと、圧倒されてしまった。だから二等車で来たんだ。私の決意などそんなものだ。でも三等車で帰ってくるよ」(Sherry Volume One, 409)。

(15) クリスティの執筆過程の秘密を探る道はまだ残されている。クリスティが残した七三冊のノートブックは、その一例である。だが、これらの手書きのノートブックを精査し、その成果を二冊の著書にまとめたアーキヴィストのジョン・カランによれば、『オリエント急行殺人事件』をめぐるノートはなぜか残されていないという。「一九三〇年代以降、ノートブックから欠けているタイトルは、『オリエント急行殺人事件』(一九三四年)と『ひらいたトランプ』(一九三六年)と『殺人は容易だ』(一九三九年)だけである。(中略)これが暗示しているように思われるのは、実際ほとんどのノートブックは失われていないということだ」(Curran 45)。

(16) 現在、アガサ・クリスティ研究は、イギリスで小さなルネッサンスを迎えている。若き研究者たちが中心となって、エクセター大学で二〇一四年に開催されたシンポジウム「犯罪、文化、セレブ」は、クリスティに特化したイギリスで最初の学術的なイヴェントであったが、このイヴェントは二〇一五年、二〇一六年にも引き継がれ、クリスティ研究者のネットワークが着実な広がりを見せている。クリスティ・ルネッサンスの火付け役は、J・C・バーンソールである。これらのシンポジウムの運営の中心人物であり、初回のシンポジウムのペーパーを編纂するとともに、クィア理論的な視点からクリスティを読み解いた単著を出版している。J. C. Bernthal, ed. *The Ageless Agatha Christie: Essays on the Mysteries and the Legacy*. J. C. Bernthal. *Queering Agatha Christie: Revisiting the Golden Age of Detective Fiction*. イヴェント等の詳細は、バーンソールのホームページを参照。https://jcbernthal.com/events-organised/

(17) 列車の停止が『オリエント急行殺人事件』の鍵となる設定であることをいち早く見抜いたのは、女性推理小説家のドロシー・L・セイヤーズだった。一九三四年一月七日付の『サンデイ・タイムズ』紙の書評欄で、セイヤーズはこの小説を「もっとも純粋で古典的な方針で考案され、書き上げられた殺人ミステリー」と評し、その三部構成のシンプルさに言及したうえで、以下のように続けている。「問題は完全な『閉鎖されたサークル』形式のものであり、すべての行動はオリエント急行の一つの客車の範囲内に限定される。雪の吹寄が外界からの介入を防いでくれるので、われわれはあらゆるお決まりの警察の取り調べや目録に載っていない容疑者を与えられずにすみ、当面の問題に集中できるようになっている」(Sayers 9)。

(18) 映画版『オリエント急行殺人事件』を見ると、クリスティの小説の演劇性がくっきりと認識できるだろう。静止的空間における群像劇を得意としたルメットでさえ、列車の運動をスクリーンに定期的に映し出すことを忘れなかった。

第二章　風刺としての資本主義批判
――『ここは戦場だ』と『自由を我等に』

1　モダニズムの余白に

グリーンをハイモダニズムと結びつけることの困難は、彼の初期モダニストたちへの恩義によって説明される。フォード・マドックス・フォード、ヘンリー・ジェイムズ、ジョウゼフ・コンラッドといった作家たちである。とりわけコンラッドの影響は、グリーンの初期の小説のなかに色濃く表れている。後期モダニズムの小説と言ってよいグリーンの『ここは戦場だ』（一九三四年）は、事実上コンラッドの『密偵』（一九〇七年）のリメイクとなっている。その影響はロンドン中心部の場面設定にとどまらず、中心的な登場人物の造形にまで及んでいる。たとえば、『密偵』の副総監は『ここは戦場だ』に再登場する。また『ここは戦場だ』の偽善者コンラッド・ドローヴァーは、グリーンの創作においてコンラッドの諸作品がいかに重要なものであったのかを如実に示している。

本章の目的は二つある。最初の目的は、この二つの小説を精読することによって、グリーンとコンラッドの作品を比較検証することで、グリーン作品の特色を明らかにすることである。そのために、まずは作品に表れている日常生活の細部への注目という観点からこれらのテクストを分析していきたい。近年の「日常生活」研究の知見によれば、モダニズムとは、単に「新しくする」(make it new) ことが問題なのではない。もっと重要なのは、モダニズムとは何かをめぐる問いのなかで見出されるさまざまな二項対立的図式——斬新さと伝統の軋轢、世界文学とナショナルなものとしての文学の抗争、つまり普遍性と局所性をめぐる問い——には、当然のことながら、つねに微妙な緊張関係が含まれているということなのだ。文学研究者のマイケル・セイユーの洞察、つまりモダニズムの物語における出来事と日常生活の弁証法のアイデアにヒントを得て、本章ではハイモダニズムの余白にある二つのテクストを日常生活への注目のあり方という観点から考察し、モダニズムの概念を新たな角度から捉え直していきたい。

もちろんこのようなモダニズムをめぐる問いは、こと文学だけに限定されるものではない。それはマイケル・ノースをはじめとした数々のモダニズム研究が明らかにしていることだ。それらの研究が端的に示すことは、モダニズムとはテクノロジーの問いそのものであるということだ。つまりモダニズムについて思考することは、文学と並んで、もしくはそれ以上に映画について思考することを意味する。グリーンのモダニズムをコンラッドの初期モダニズムから分かつ最大の特徴は、映画的技法の創造的な借用にあると言ってよい。たしかにコンラッドの作品にも映画との相互関係を無視することができない要素がある。だがそれはグリーンと映画との関係を考える場合とは比較にならない。本章のもう一つの目的は、このように映画との距離について検証することで、初期モダニズムと後期モダニズムの決定的な断絶を明らかにすることである。

実際『ここは戦場だ』の執筆にあたって、グリーンにはコンラッド以上に恩義を感じている人物がいた。その人物こそ同時代のフランスの映画監督ルネ・クレールであった。コンラッドが形式への徹底した原理的探求によって見出した「反出来事的な」構造を作品の基本的な枠組みとして踏襲しつつ、クレールの辛辣な資本主義批判を自身の小説のなかに創造的に再現することによって、グリーンは初期モダニズムとも盛期モダニズムとも文学史的な位置づけを異にする後期モダニズムの地平を切り開いたのだった。本章では、こうしたグリーンの文学的、映画的な領有の戦略について考察を深めていくとともに、クレールとグリーンに共通する資本主義批判について分析していきたい。

2　日常生活と出来事の弁証法

日常生活研究が文学研究の内部においても重要な位置を占めるようになったのは、ごく最近のことである。[1]ブライオニー・ランダルの『モダニズム、毎日の時間、日常生活』(二〇〇七年)、リースル・オルソンの『モダニズムと普通さ』(二〇〇九年)、マイケル・セイユーの『出来事に反して』(二〇一三年)といった著作は、モダニズムのテクストが日常と出来事の関係を調整する方法についての新鮮な洞察を与えてくれる。

ここではセイユーの考察を軸に議論を発展させていきたい。彼の著作『出来事に反して』は、ハイモダニズムの作家だけでなく、初期あるいは原モダニズムの作家も取り扱っており、彼のモダニズム概念はフロベールからH・G・ウェルズ、コンラッドからジョイスまでを視野に収めた包括的なものとなっている。

セイユーの議論においてもっとも興味深いのは、彼が日常と出来事を弁証法的に結びつける方法である。

私は日常というものを、それが反対し否定するもの、つまり出来事の分析を通じて検証する。文学テクストにおいて出来事を構成するものは、時代によって変化し、ジャンルによって異なる。アリストテレスの『詩学』におけるペリペテイア〔逆転〕とアナグノリシス〔再認〕の議論以降、文学上の出来事とは、テクストの連続性を中断する（と同時にその連続性を実現する）転換点として機能する行動や啓示を指す。文学上の出来事は、代わりの道を切り開く変化や発展の瞬間であり（「他のことも起きえたが、代わりにこれが起きた」）、新たな意味の到来の印となる瞬間である。他方で、日常とは出来事が生じる時間上の地を指し、出来事はそれを中断する（「いつもと同じような一日であったが、その時」）。文学的な構造に関して言えば、日常は出来事と出来事との間の空間を埋める時間や物質を指す。しかし日常は出来事の弁証法的なパートナーでもあり、それがなければ出来事はそれが出現する背景を失うことになるだろう。これから説明していくように、文学作品が物語の慣習的なリズムに干渉するとき、つまり、それらがなんらかの方法で出来事が生じる通常のペースを狂わせるとき、日常は前景へと移動し、そのようなものとして記録される（「いつもと同じような一日であった。以上」）。日常はつねに存在するが、そのリズム上のパートナーである出来事が時間どおりにやってこないか、まったくやってこないときに、初めて、そして邪魔なほど重要となってくる。（Sayeau 13-14）

セイユーの見解をまとめるならば、文学作品において日常と出来事は相互補完的な弁証法的関係にあるが、興味深いのは、この弁証法的な関係が原因となって生じるモダニズムの遅延的、脱臼的な瞬間である。セイユーは、文学作品が物語の慣習的なリズムに干渉する際に、つまり出来事の到来する通常のリズムが狂ってしまった場合に、日常の前景化という脱臼的な現象が起きると主張する。そして、セイユーの複雑な理論を簡略化するならば、この日常の前景化こそモダニズム文学の本質的な特徴となっており、こうしてモダニズムの物語は「反出来事的な」文学として定義される。

反出来事的なモダニズムというアイデアは、コンラッドとグリーンの小説を理解する際の手助けとなる。この二つのテクストの主題上の一致に関しては、これまで十分な批評的関心が払われてきた。たとえば、マリーカ・リーバイ・モムリーが「これらの小説は不正や残酷さの経験を映し出し、権力の不正による腐敗が『密偵』のスティーヴィや『ここは戦場だ』のコンラッド・ドローヴァーのような人々を破壊するさまを描き出している」(Maamri 184) と指摘しているのに対して、ブライアン・ディーマートは「『密偵』と同様に『ここは戦場だ』は文明の見せかけの背後にある混沌を暴露する」(Diemert 114) と主張している。文学研究者にとって、コンラッドとグリーンの小説の主題上の一致はあからさまなので、グリーンはある意味では、コンラッドから諸々のアイデアを盗用していると言うことはできるかもしれない。

しかしながら、両者の構造的な一致に関しては、これまで十分な関心が払われてこなかった。セイユーの言葉を借りるならば、これらの小説は「反出来事的なモダニズム」の典型例なのだ。コンラッドの小説から見てみよう。コンラッドは「作者のノート」のなかで、『密偵』が「ウィニー・ヴァーロックの物語」であり、「全体の筋はグリニッジ・パーク爆破事件の理不尽なむごたらしさに示唆され、それを中心に進行する」(コンラッド　四六一頁) と述べている。あたかもスティーヴィの悲劇的な死が小説のクライマックスとなる出来事として設定されているかのようだ。だがコンラッドの小説は省略的である。『密偵』におけるコンラッドの試みは、「理不尽なむごたらしさ」をある種のスペクタクルとして提示することではなく、むしろ事件の登場人物たちへの破壊的な影響が彼らの日常生活において徐々に姿を表していくさまを淡々と描き続けることにあった。

『密偵』の可能性の中心とは、そのショッキングな出来事そのものを描くことにあるのではない。その出来事の後の、生き残った者たちと死者たちとの間の不安定な日常に注目することにある。それは『密偵』をその翻案であるヒッチコックの『サボタージュ』（一九三六年）と比較してみればさらに明らかとなる。ヒッチコックは原作のグリニッジ・パーク爆破事件をロンドン市内のバス爆破事件に置き換え、スティーヴィ殺害の「理不尽なむごたらしさ」を映画のクライマックスとして劇的に描き出し、『オブザーヴァー』紙の映画批評家C・A・ルジューンの顰蹙を買うはめとなった。「この手の物惜しみしない虐殺には基準があって、ヒッチコックは『サボタージュ』においてその基準を超えてしまった」（*LFR* 107）。コンラッドの暴力的な事件の表象の意識的な排除は、ヒッチコックのスペクタクルとしてのテロリズムと好対照を成している。つまり、『密偵』は反出来事的なのである。

鍵となる事件が物語の始まる前にすでに起きてしまっているという点で、グリーンの小説はコンラッドの小説よりもさらに劇的に反出来事的である。『ここは戦場だ』に登場する共産主義者のバス運転手ジム・ドローヴァーは、ハイド・パーク・コーナーでの集会の取り締まりの際に、妻をかばおうとして警察官を刺殺してしまい、死刑を宣告される。小説の物語はこの事件の周辺の登場人物たちに及ぼす影響をめぐって展開する。

グリーンが引用するエピグラフの一文は、この小説の反出来事的な構造を要約する内容となっている。それは歴史家アレグザンダー・ウィリアム・キングレイクの大著『クリミア侵略』の一節である。

男たちの裸眼に映る限り、戦場は全体性も持たなければ、長さも幅も、深さも大きさも、形も持たなかった。戦場は小さな無数の小円から成り立っていて、その広がりは霧の立ち込めたそれぞれの現場で可能な限りの視界の広がりに等しかった。……そのような条件の下で、イギリス軍の各部隊は、幸福なことに、好都合なことに、戦闘行為の全般的な状況を知らずに、いやさらに言えば、しばしば大きな衝突が激しさを増しているという事実さえ知らずに、各自の戦闘に従事し続けたのだった。(*IB 5*)

『ここは戦場だ』というタイトルからも明らかなように、この小説は一九三〇年代初頭のロンドンという世界大恐慌後の「戦場」を舞台に繰り広げられる名もなき市民=兵士たちの小さな物語の寄せ集めである。小説の登場人物たちは、ジムの命を救おうとして「各自の戦闘に従事」するのだが、「戦闘行為の全般的な状況を知ら」されていないため、彼らの努力が実を結ぶことはない。

ジムの妻であるミリーは被害者の警察官の妻の自宅を訪問し、罪の軽減を求める請願書に署名させ、そのニュースを新聞記者のコンダーに託すが、共産主義者に追跡されているとパラノイア的な混乱に陥った新聞記者は、このニュースを世間に明らかにすることなく物語から退出する。ミリーの妹のケイは裕福な共産主義の知識人サロゲイト氏に働きかけ、サロゲイト氏はその名のとおり「代理人」として貴族階級のキャロラインにジムの罪の軽減の話を持ちかけるが、キャロラインが頼りとする副総監は彼女の懇願をはねつける。ソーホーのカフェで働くジュールはジムの救済に生きがいを見出していくが、父からの遺産相続を知らされると、ケイとの結婚の実現に猛進し、司祭に署名を懇願するという当初の決意など忘れてしまう。

またもっとも重要な登場人物コンラッド・ドローヴァーは、彼自身の知能によって保険会社の中間管理職にまで上りつめた成り上がり者であり、持ち前の頭脳を駆使して兄の死刑執行を阻止しようと努力を惜しまないが、その一方で、以前から好意を抱き続けてきたジムの妻ミリーと性的な関係を結んで後に引けなくなり、しまいには自暴自棄になって副総監の暗殺を試みる。

つまり、グリーンの小説の登場人物たちは、キングレイクの『クリミア侵略』のイギリス軍兵士たちと同様に、自分たちが置かれた状況の全体像を把握することなく、個別の戦闘行為に邁進しているため、ジムの救済、ひいては共産主義というオルタナティヴな社会システムの実現という共通の目的を達成することはない。

皮肉なことに、この小説のなかで資本主義のシステムをもっとも深く理解し、そして来たるべき共産主義のシステムのヴィジョンを持っているのは、現行のシステムの維持を使命としている副総監である。

> 疲れたときや、気が滅入ったときや、自分の年齢を実感したときにだけ、副総監は給与よりも高次の理由で尽くすことのできる組織を夢見た。そこに内在する正義や、報酬の正当な配分、健全な仕組みなどによって、彼の忠誠を動員することができるような組織を。(*IB* 130)

だが付け加えておきたいのは、副総監も他の登場人物たちと同様に孤独な人間であり、与えられた仕事をこなし続けることに執着するあまり、ジムの救済はおろか、新たな社会システムの構築に向けて現実的な行動を示すことなどありえない。副総監は現行の社会システムだけでなく、反出来事的な物語の構造にも忠実な登場人物と言える。
このようにコンラッドとグリーンの小説は、主題的な関心だけでなく、反出来事的な構造も共有している。しかしまた決定的な違いもある。ここからは両者の相違点にも目を向けていきたい。日常生活への注目のあり方という観点から、これらの二つのテクストが分岐する様子を見つめていこう。

3　モダニズムにおける映画的技法

セイユーが強調したモダニズムの物語における日常の前景化という点に立ち返ってみよう。「日常はつねに存在するが、そのリズム上のパートナーである出来事が時間どおりにやってこないか、まったくやってこないときに、初めて、そして邪魔なほど重要となってくる」(Sayeau 14)。われわれはそのような日常の啓示の瞬間を『密偵』のクライマックスに見出すことができる。ウィニー、つまりヴァーロック夫人が自身の暴力的な行動の帰結に徐々に気がつく印象的な場面である。

死体の位置のせいで、ヴァーロック氏の顔は、未亡人のヴァーロック夫人には見えなかった。彼女の繊細で眠たそうな目は音のあとを追って下のほうへ移動し、ソファーの端から少し突き出している、平べったい骨製のものに出会って考え深げになった。それは、ヴァーロック氏のチョッキと垂直の位置にあることと、そこから何かが滴り落ちているという事実のほかは、なんの変哲のない家庭用のカーヴィング・ナイフの柄だった。黒々とした滴が、気が狂った時計の脈拍のように、しだいに早さと激しさを増していくチクタク音を響かせながら、床の敷物の上にぽたぽたと滴り落ちているのであった。早さが最高に達すると、このチクタク音は滴下の連続音にかわった。ヴァーロック夫人は不安の影を顔に去来させながら、その変化を見守っていた。それは、滴る、黒い、すみやかな、希薄なもの……。血だった！（コンラッド　三八二頁）

文学研究者のバーナード・バーゴンジィは、この場面を「映画的な小説の興味深い一例」として取り上げ、「この一節は映画の視覚的な装置だけでなく、その聴覚的な装置まで予見させる」（Bergonzi 31）と述べている。ウィニーの眼差しをカメラに喩え、そのカメラが映し出すものを映画的な技法として検証してみると、バーゴンジィはたしかに正しい。だが文体論的な観点から論じるならば、この一節は「自由間接話法」（free indirect style）の典型例でもある。その斬新さは、日常生活の細部への映画的な関心にとどまらず、ウィニーの意識の働きを演出する効果にあるのではないか。そして、こうした登場人物の意識の劇的な演出こそ、初期モダニストたちの得意とした技法であった。(2)

バーゴンジィの『密偵』へのコメントは、グリーンと同時代の文芸批評家V・S・プリチェットの『ここは戦場だ』へのコメントと響き合う。プリチェットはグリーンの小説を「映画技法の巧妙な使用」という観点から評価した最初の批評家の一人である。プリチェットによれば、「一人一人の登場人物がカメラマンであり、撮影されたショットは、登場人物が目にしたものだけでなく、その目にしたものが各自の人生のなかで通り過ぎていく思考とどのように混じりあうかを明らかにしている」（Pritchett 206）。登場人物の知覚と思考の同時録音というアイデアは、この小説の日常生活への注目のあり方を見事に捉えている。

副総監を例に取ってみよう。小説の冒頭部で警視庁を後にし、ロンドンを練り歩く副総監は、周囲の動向を観察し、そこで繰り広げられる映像と音のドラマを記録する一方で、その心は現在のロンドンとそこでの自身の葛藤から遊離し、かつて東洋で過ごした充実した日々へと回帰していく。

トラファルガー・スクエアのまわりにガス灯の明かりがパッと広がり、澄み渡った灰色の秋の晩を突き刺した。何台かのバスが轟音を立てながらパーリアメント・ストリートを突き進むと、大きな円を成して左右に揺れた。街路の隅にいる警察官が副総監に気づき敬礼をした。副総監はこれに頷くと、交通標識にしたがって注意深く横断した。私は正義とは関係がない、と彼は考えた、私の仕事はただ犯人を捕まえるだけなのだ。そして澄んだ冷たい空気にもかかわらず、彼の思考は、毛むくじゃらの手のように、葉に覆われた炎暑のなかで湯気を立てる湿った小道へと戻っていった。この小道やあの小道を辿って追跡をした。そして殺人犯を罰する他の手立てがないときにだけ、最後の手段として殺人犯の村を焼き払った。正義は私の仕事とは関係なかった。正義は行政官や裁判官や陪審員や国会議員や内務大臣に任せたのだから。(*IB* 7-8)

プリチェットの指摘から明らかなように、この一節はグリーンの小説の映画的な技法の典型例である。と同時に、それは自由間接話法の一例でもある。登場人物の思考が「と彼は考えた」という説明を伴っている点で完璧な例とは言えない。だが、バーゴンジィが力説しているように、この小説のなかで「グリーンは『自由間接話法』の技法を効果的に使用しており、そのおかげで著者は登場人物の意識に出入りできるのだ」(Bergonzi 38)。

いまやこう断言してもよいだろう。映画的技法の文学的な対応物こそ、自由間接話法なのだと。モダニズムの映画的な性格をめぐる言説の曖昧さの原因の一つは、カメラ・アイとその文学的な相似物たる自由間接話法との混同にある。(3) そして、文学における映画的な技法をカメラ・アイの次元に限定するならば、コンラッドの『密偵』とグリーンの『ここは戦場だ』はともに「映画的な」小説ということになり、両者の間に大きな技法的差異を認めることは困難になるだろう。なぜならば、この二つの小説の映画的なるものを担保しているものは、自由間接話法にほかならないからだ。初期モダニズムと後期モダニズムを分け隔てる壁はこうして瓦解してしまう。

しかし同時に、コンラッドとグリーンの作品には、もう一つの重要な共通性があった。それは変容し続ける都市そのものへの強い関心が示されているということだ。

4　ヒッチコックの影、あるいは視覚的な無意識について

グリーンの小説とコンラッドの小説の共通点である都市への強い関心は、しかし最終的には、両者の都市への眼差しの決定的な相違として表れてしまう。それは両者がもっていた映画的な感性の決定的な相違だった。カメラ・アイとしての自由間接話法はあくまでグリーンの小説の映画的技法の一側面にすぎない。グリーンはコンラッドには不可能だった洗練されたかたちで同時代の映画を活用することができたのである。

一九二〇年代末から一九三〇年代初頭にかけてのグリーンは、ロンドン随一のシネクラブであったロンドン・フィルム・ソサエティの定期上映会や、ロンドンのウェスト・エンドにあったさまざまな種類の映画館で、イギリスのみならず、アメリカやヨーロッパのさまざまなジャンルの映画作品を視聴する

ことができた。[4] また映画史的な観点から見るならば、この時代はトーキー革命がイギリスで本格的に進展し、ロンドン中の映画館が音声設備を整えた近代的な映画館へと様変わりしていく移行期でもあった。[5]

それは初期映画が誕生したばかりの二〇世紀初頭のコンラッドとの決定的なメディア環境の差異を意味している。ロンドンを舞台とした都市小説を構想するにあたってグリーンの想像力の糧となったのは、コンラッドの『密偵』やウルフの『ダロウェイ夫人』やジョイスの『ユリシーズ』のようなモダニズムの文学テクストだけではなかった。グリーンには、ロンドンやパリ、ベルリンやモスクワ、サン・フランシスコやニュー・ヨークといった世界の大都市を舞台にした同時代の多様なジャンルの映画を参照することができたのである。

だが、グリーンの小説を真に「映画的な」小説にしている要因を同時代の映画との多面的な交渉に見出すならば、その具体例を明確に提示する必要があるだろう。ここでは、第一歩としてグリーンの都市小説とアルフレッド・ヒッチコックの都市映画を結ぶあるテクノロジー表象について文化史的な観点から検証していきたい。

『ここは戦場だ』に独特のスピード感を与えている「特別機動隊」の登場場面を引用してみよう。

甲高いサイレンを響かせて幌付きトラックが彼らのそばをあっという間に通り過ぎ、通りをヘッドライトの輝きで粉砕すると、戸口や店先や雑貨屋のポスターが突然姿を現し、そして姿を消した。車は角を回る際に大きく横滑りし、キングス・クロスの方向へ消えていった。警察官が敬礼した。「あれは誰なんだ?」とジュールが訊ねた。車が通り過ぎるときに、照明のついた車内が、二列になって座り、話もせずにお互いを見つめあっている中折帽子をかぶった大きな男たちでぎゅう詰めになっているのを目撃したのだった。
「特別機動隊（The Flying Squad）だ」とコンダーは言った。（*IB* 40）

グリーンはジュールとコンダーの二人に「特別機動隊」の出動場面を目撃させている。興味深いのは、カフェのウェイターであるジュールがロンドン警視庁の特殊部隊の存在を知らないという設定である。新聞記者のコンダーは当然この特殊部隊を知っている。なぜならば、一九一九年にロンドン警視庁で編成された「特別機動隊」が最新のテクノロジーと密接に結びつき、近代的な機能性を帯びていく一九二〇年代半ば以降、彼らの活躍と発展のニュースは、『タイムズ』紙や『デイリー・テレグラフ』紙のような高級紙から、『デイリー・メイル』紙のような大衆紙にいたるまで、イギリスのマスメディアを賑わせてきたからだ。

たとえば、一九二五年一月二〇日付の『タイムズ』紙の記事「無線電信と犯罪」を見てみよう。

無線電信の装置を備えた二台のトラックとともにロンドンで最初の実験が始まってから三年が経過し、数多くの困難が克服され、効果的な取り締まりに必要な特殊装置が改善されてきた。いまや送受信の可能な無線装置を備えた七台の幌付きトラックが、ロンドン警視庁捜査部の警官たちによって、彼らがある種の任務を実行する際に毎日利用されている。これらのトラックのうち二台は最初の実験に使用された車であるが、まだ使用可能である。他の四台は毎日「特別機動隊」によって利用されている。特別機動隊とは、ロンドン警視庁管轄の全区域において強盗を取り締まり、自動車に乗った泥棒を追跡し捕まえ、宝石泥棒やあらゆる種類の容疑者を用心深く見張り、即座の対策と迅速な行動を要求するその他のさまざまな非常事態の任務を遂行する警察の機動部隊を指す。(“Wireless and Crime,” 9)

この保守系の高級紙が明らかにしているのは、一九二五年の段階では「特別機動隊」が十分には認知されておらず、その説明が必要であったという事実である。実際、『タイムズ』紙の明快な説明は、さまざまな新聞メディアで取り上げられてきた一九二〇年代前半の機動部隊の活躍を要約する内容となっている。

「特別機動隊」が単なるニュース記事にとどまらず、ふつうの人々の想像力に訴えるスペクタクルとして機能し始めるのは、一九二〇年代後半、特別機動隊が無線通信装置と高速の移動スピードを兼ね備えた最新テクノロジーとして認知されていく時期と符合している。広範囲の瞬時のコミュニケーションを可能にするラジオと圧倒的なスピードによって距離を無化する高速自動車の融合は、モダニティの原理を体現するものであるが、それが警察という国家権力の道具として利用されるときどのような効果を生み出すのだろうか。そしてそれは文学や映画というジャンルにとっても無関係ではなかったのである。

一九二七年二月七日付の『タイムズ』紙の記事「ロンドン警視庁の『特別機動隊』」はその具体例を提示する。

現在、「特別機動隊」によって使用されている二台の車に無線通信装置が備え付けられており、いくつかの事件において非常に役に立ってきた。一例を挙げよう。ある晩のこと、ロンドン北部の住人が地元の警察に電話し、ある道路で三人の男たちが不審な行動をとっているのを目撃したと通報した。地元の警察がロンドン警視庁に電話を入れると、そのニュースはたちまち無線で現場からおよそ三マイルのところにいた「特別機動隊」のトラックの一つに伝えられた。トラックは猛スピードでその道路まで駆けつけ、三人の男たちは全員容疑者として逮捕された。(“Scotland Yard's 'Flying Squad,'” 16)

この新聞記事が興味深いのは、その記述が最新のテクノロジーを備えた「特別機動隊」の機能に特化している点である。実際に三人の容疑者が真犯人であるかどうかは問題ではなく、不審者が容疑者として逮捕される過程の迅速さにすべての注意が払われている。ここには権力の視点が顕在化している。風刺を本領とする『パンチ』誌が、スピードの原理を極度まで推し進めた国家装置としての「特別機動隊」を真剣に茶化し始めるのも同じ時期のことである。たとえば、一九二八年九月五日付の記事「スピードの相対性」には、著者のE・V・ノックスとアインシュタインによって算出されたという怪しげな「速度比較表」が付けられており、そこにはさまざまな物のスピードと並んで、特別機動隊のスピードが記されている。

物品	平均速度
(軌道に乗った)月	毎秒三、三三四フィート
分子	π
放射能	x^2
特別機動隊	時速四五マイル

牡蠣	秒速三フィート
地下鉄のハムステッド駅とモーデン駅	昇降機が下りるのが遅すぎて電車に乗れないため計算不能
ネルソン像	不動

(Knox 270)

この速度比較表はまったく比較ができない点が肝であって、特別機動隊のスピードを放射能や牡蠣のスピードと比較しても意味がない。しかし、この表に特別機動隊が取り上げられていることには大きな意味がある。なぜならば、時速四五マイル、およそ時速七二・四キロメートルのスピードは、一九二〇年代のロンドンの交通状況を考え合わせると、異常なスピードであることがわかるからだ。スティーヴン・カーンが『時間と空間の文化史』で詳細に論じているように、新しいテクノロジーが生み出す従来にはなかったスピードは、それまでの人間の感性を一変させるものであり、社会的、文化的な一大事件だったのである。

実際『パンチ』誌の風刺は、特別機動隊の異常なスピードとその強引さを揶揄したものが大半を占める。ここで三つの風刺画を見てみることにしよう。まずは一九二九年五月一三日付の特別号に掲載されたアーサー・ワッツの風刺画から(図1)。この風刺画には、「バスの運転手が(割り込んだ小型車に向かって)『お前さんは自分のこと何様だと思ってやがるんだ。特別機動隊か?』」というキャプションが付けられており、バスや自動車で混雑したロンドン中心部の道路を強引にすり抜けていく特別機動隊が揶揄されている。

図１　アーサー・ワッツの風刺画、『パンチ』誌

図２　L. B. マーティンの風刺画、『パンチ』誌

次に見てみたいのは、一九二九年六月五日付の『パンチ』誌に掲載されたL・B・マーティンの風刺画である（図2）。この風刺画には自動車のセールスマンとスピード狂の客の間の次のような会話が挟まれている。

セールスマン「お客様、この車のエンジンはロンドン警視庁の特別機動隊によって使われているエンジンと実質的に同じものです」
スピード狂「そうか、じゃあ自動車強盗仕様のものはないかな」

ここでは、特別機動隊と自動車強盗との間のスピード競争がセールスマンと客との間のやりとりによって代弁されている。ふつうのロンドン市民にとっては、特別機動隊の出動は、カーチェイスのスペクタクルの始まりにほかならなかったのである。

また一九三〇年一〇月二二日付の『パンチ』誌に掲載されたアーネスト・ハワード・シェパードの風刺画「青天の霹靂、未来の特別機動隊」は、小型飛行機という新たなテクノロジーの発展とともに、特別機動隊と自動車強盗との間のカーチェイスが地上から天空へと移動する可能性を夢見ている（図3）。括弧に入れられたキャプションには、以下のように記されている。「パイロットには召喚状が送達されており、強制的に着陸させられると、警察官がやってきて飛行免許証を見せるように要求したが、パイロットは無免許だった」。この未来予想図は地上での特別機動隊のスピードを誇張したものとなっている。

『パンチ』誌を賑わせたこのような国家装置としての「特別機動隊」を映画のなかで最初にスペクタク

図３　アーネスト・ハワード・シェパードの風刺画、『パンチ』誌

ルとして演出したのは、ヒッチコックにほかならなかった。[6] ヒッチコックの『恐喝』（一九二九年）は、イギリスの初期トーキー映画の成功作としてイギリス映画史を語る際に必ずと言っていいほど言及される重要な映画テクストであるが、[7] 当時の観客にとって、トーキーという新たな映画テクノロジーと同じくらい斬新であったのは、「特別機動隊」の映画表象であった。

　一九二九年七月三〇日付の『タイムズ』紙の記事「トーキー映画」の一節を引用してみよう。

> アルフレッド・ヒッチコック氏が最近エルストリーのスタジオでブリティッシュ・インターナショナルのために制作した『恐喝』という映画は、トーキーの技法の興味深い混合となっている。この映画は、ロンドン警視庁の特別機動隊の捜査方法を描いた非常によく制御された長いサイレントのシークエンスで始まる。ここまではサイレント映画であって、迅速で明快である。警官たちが容疑者を連れてトラックで去ろうとすると、群衆が集まり、われわれは彼らのざわめきを耳にする。こうした単純で粗雑なやり方で映画は瞬時にして音声映画になる。（"The Talkies," 13）

『タイムズ』紙の記事は無署名であるため、著者を特定するのは難しい。だがこの記事の著者が若きグレアム・グリーンであったとしても驚くには値しない。一九二〇年代末にグリーンは『タイムズ』紙にいくつかの映画批評を寄せているからだ。いずれにせよこの明晰な新聞記事の著者は、ヒッチコックの初トーキー作品が、サイレント映画とトーキー映画の技法の混合から成り立っていることを看破している[8]。

さらに興味深いのは、この著者が映画冒頭部の「ロンドン警視庁の特別機動隊の捜査方法を描いた非常によく制御された長いサイレントのシークエンス」に言及し、その迅速さと明快さを高く評価している点である。この慧眼な映画批評家は、沈黙の効果的な利用や声の主観的な提示といった『恐喝』のトーキーならではの映画技法にも紙面を割いている。だがあえて強調しておきたい。同時代の大多数の観客にとってもっとも魅力的に映ったのは、最新のトーキーの実験的な映画技法ではなく、最新のテクノロジーを装備した「特別機動隊」のスピード感あふれるサイレント映像だったのではないか。

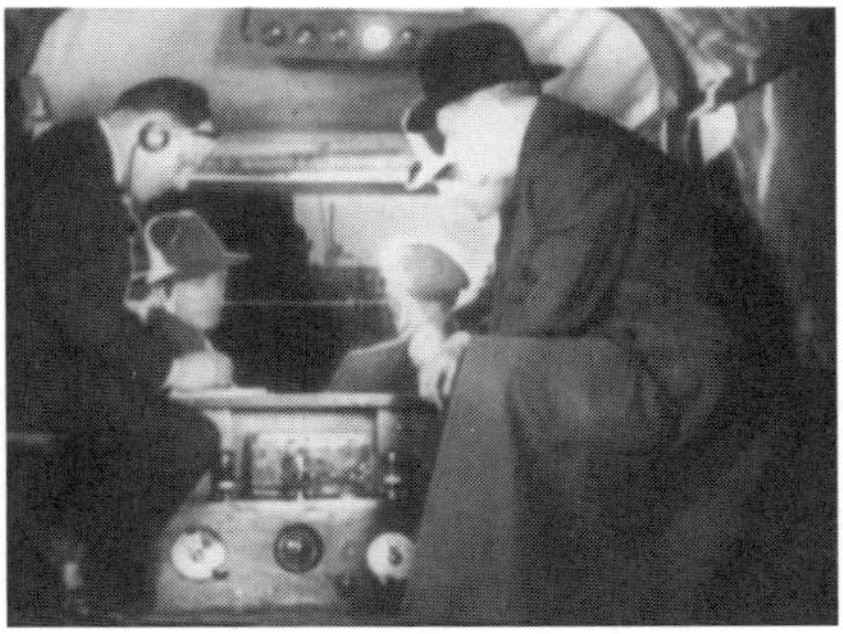
図４　特別機動隊の車内のミザンセン、映画『恐喝』

ヒッチコックがどのように特別機動隊の出動を描き出したのか説明しておきたい。タイトルとクレジットに引き続き、高速度で回転している円盤が画面いっぱいに映し出される。特別機動隊のトラックが画面右手に向かって自動車を追い抜いていく様子を映した次のトラッキング・ショットにおいて、われわれは高速回転する円盤がトラックの車輪であることに気づかされる。

画面右手への運動のショットは同じく右手に向かって進行する運転席のミドルショットに、さらには幌付きトラックの内部を映したミドルショットにカットされる。この車内のショットは、特別機動隊の出動を描き出したシークエンスにおいて重要な位置を占めている。そのミザンセンに注目してみよう（図4）。運転席の二人の人物を後景に、前景の幌付きトラックの空間には左右二列に分かれて、三人の人物が着席している。右手に二人の刑事、無線通信装置を挟んで左手に無線通信係が。これらの五人が一致団結して目的地へと突き進んでいく様子が描かれていくことになるだろう。

車内のショットに引き続いて、ヘッドフォンを被った無線通信係の顔がミディアム・クロースアップで映し出され、この人物の手元の警視庁のメモ用紙にカットされる。「特別機動隊トラック六八号、ただちに直行せよ、六番地……」と行き先が記され始めるやいなや、車内のショットにカットされ、無線通信係からメモを受け取った警部が運転手たちに方向転換を指図する様子が描かれる。

車内のショットは映像的に斬新な運転席からの視点ショットに引き継がれ、高速度で走っていたトラックが大きく横滑りしながらUターンをする様子が運転手の主観的なポジションから映し出される。この印象的な主観ショットはふたたびトラック内部のショットに引き継がれ、先ほどと同様に画面の右手へ向けて進行する運転席のミドルショットへ、さらには右手に向かって道路を疾走していく特別機動隊のロングショットへとカットされる。このシークエンスは、目的地に到着し、トラックの後部座席から刑事たちが降りていく様子を映したミドルショットで幕を閉じる。

冒頭の特別機動隊の追跡のシークエンスを詳細にショット分析したのには、二つの理由がある。最初の理由は、ヒッチコックのサイレント映画期の成熟した編集技法を証明したかったからである。ヒッチコックがわずか一分のシークエンスを短長さまざまの一二のショットに分割したのは、ひとえに特別機動隊のスピードを強調するためである。高速度で回転する円盤のクロースアップ、高速度で自動車を追い抜いていく特別機動隊のトラッキング・ショット、高速度でのUターンの主観ショットなど、わずか一分の間にスピード感を演出するショットが目白押しである。Uターン後の進行方向がUターン前のそれと同様に画面右側への運動であるのは、一度右手へ向けられた観客の注意を混乱させずに、観客の視線を特別機動隊に釘付けるための繊細な配慮であろう。ヒッチコックは、こうした巧みな編集技法によって、同時代の人々の関心を集めた特別機動隊を映画の中心的なスペクタクルとして演出することに成功したのだった。

冒頭のシークエンスをショット分析したもう一つの理由は、『恐喝』のシークエンスが先ほど引用した『ここは戦場だ』の場面と不気味な親近性を示しているからだ。もう一度グリーンの小説の特別機動隊の出動場面を引用してみたい。

> 甲高いサイレンを響かせて幌付きトラックが彼らのそばをあっという間に通り過ぎ、通りをヘッドライトの輝きで粉砕すると、戸口や店先や雑貨屋のポスターが突然姿を現し、そして姿を消した。車は角を回る際に大きく横滑りし、キングス・クロスの方向へ消えていった。警察官が敬礼した。「あれは誰なんだ?」とジュールが訊ねた。車が通り過ぎるときに、照明のついた車内が、二列になって座り、話もせずにお互いを見つめあっている中折帽子をかぶった大きな男たちでぎゅう詰めになっているのを目撃したのだった。
> 「特別機動隊だ」とコンダーは言った。(*IB* 40)

グリーンの大きく横滑りしながら角を回る特別機動隊をヒッチコックの大きく横滑りしながらUターンをする特別機動隊と直接的に結びつけるのは、少し無理があるかもしれない。では「二列になって座り、話もせずにお互いを見つめあっている中折帽子をかぶった大きな男たちでぎゅう詰めになっている」幌付きトラックの内部は、どうだろうか。『ここは戦場だ』において特別機動隊の幌付きトラックの内部を目撃するのは、登場人物のジュールである。だが高速度で移動する特別機動隊のトラックの内部を肉眼で映し取ることは可能なのだろうか。しかもジュールは注意力の散漫な人物として造形されているのだ。

カメラ・アイとしての自由間接話法によって技法的な観点からこの記述をサポートすることはできる。バーゴンジィが見抜いたように、この小説のなかで「グリーンは『自由間接話法』の技法を効果的に使用しており、そのおかげで著者は登場人物の意識に出入りできるのだ」(Bergonzi 38)。しかし、ここで注目しておきたいのは、グリーンが入り込んだジュールの意識は、むしろ視覚的な無意識の領域に属しているということだ。ジュールのカメラ・アイが記録した特別機動隊の幌付きトラックの内部のショットは、ジュールの肉眼によって観察できる領域をすでに超えているが、と同時に、それはカメラによって機械的に記録される写真的、映画的な無意識的細部として、登場人物の意識を媒介することなくテクストに刻印される。

特別機動隊の幌付きトラックの内部を描き出す際のヒッチコックのミザンセンは、グリーンの視覚的無意識に焼き付いてしまったかのように思われるのだ。

5　二つの初期トーキー映画

私がヒッチコックとグリーンの不気味な視覚的一致にこだわるのは、グリーンにとって、特別機動隊の出動場面が小説のかなり重要な要素となっているからだ。先ほどの引用の場面は、小説の二人の副次的な登場人物が特別機動隊を目撃する様子を明らかにしている。この段階で読者が知らされていないのは、特別機動隊に小説の中心的な登場人物である副総監が乗車しているという意外な事実である。われわれは三十数頁ほど後になって、副総監が部下たちとともに車に乗り込み、出動する様子を目撃する。

彼らは一台の車にぎゅう詰めになった。コリシアム劇場の点灯した大きな球体がセント・マーティンズ・レーンのレストランやカフェやパブの上部でバランスを保っていた。トラファルガー・スクエアの周りを何台ものバスがサーカスの馬のように進んでいた。ウルズリー社製の自動車のサイレンの甲高い音が交通渋滞に鳴り響くと、各々の自動車はブレーキを踏み、警察官は手を挙げ、彼らは一時的に交通がなくなったチャリング・クロス・ロードに入り込んだ。(*IB* 77)

副総監の乗り込んだ自動車が特別機動隊のそれであることは、混雑した車内とロンドン中心部の渋滞した道路を高速度ですり抜けていく自動車の記述から明らかであろう(図1を参照)。われわれは、今度はロンドン警視庁の視点から特別機動隊の出動場面を目撃することになるのである。

今回の特別機動隊の緊急事態の任務とは、副総監が物語の最初から気にかけていたパディントン駅バラバラ殺人事件の容疑者の逮捕である。グリーンの小説では、ヒッチコックの映画と同様に、特別機動隊の出動から目的地への到着、容疑者の逮捕にいたるすべての過程が克明に記述されていく。この一連の特別機動隊の追跡の場面は、グリーンの小説にアクションの要素を付け加えており、読者をはらはらさせる一級のエンターテインメントとなっている。グリーンの小説を真に「映画的に」しているのは、グリーンがヒッチコックから借用したスペクタクルとしてのカーチェイスであり、そのクライマックスを構成する容疑者の逮捕であったと考えてよいだろう。

ここで興味深いのは、『ここは戦場だ』の出版から数年後にペーパーバック版を出版する際に、グリーンがこの一連のアクション・シーンを一度削除しているという事実である。グリーンの自伝『逃走の方法』の一節を引用してみよう。

『ここは戦場だ』によって、私は自作を一度しか読み直さないという決まりを破ることになった。なぜならば、この本において頑固なほど間違った部分が二箇所残っていたからだ。もっとも重要な箇所は、「人間の正義の不正義さ」という主要なテーマとはまったく関係のないエピソードだった。副総監がパディントン駅のバラバラ殺人事件の犯人を逮捕するために警視に同行するというエピソードのことである。それは副総監にとっては決してありえない行動であったため、一九三四年の出版から六年後にペーパーバック版のために小説の改訂に取りかかった際に、すべての場面を削除したのだった。しかし、この小説の短いヴァージョンが出版され、もう一度読み返したときに、このエピソードがありえないものであったにもかかわらず、それが必然的なエピソードであったことに気づいたのだ。救世軍の狂った殺人犯がいなければ、小説のタイトルの戦場は暴力と混乱の感覚を失ったことだろう。戦場の隠喩は政治的なものになり、皮肉的なものではなくなったはずだ。（*WE* 33）

グリーンは「副総監がパディントン駅のバラバラ殺人事件の犯人を逮捕するために警視に同行すると

いうエピソード」をリアリズムの原則に照らして不可能だと判断して削除したと説明している。だがいざ削除してみると、この非現実的なエピソードが「必然的なエピソード」であることを思い知らされる。グリーンは「救世軍の狂った殺人犯がいなければ、小説のタイトルの戦場は暴力と混乱の感覚を失ったことだろう」と述べ、この非現実的なエピソードによって、戦場の比喩が、政治の次元を超え、アイロニーのより高い次元にて作動し始めると主張する。グリーンの説明には一貫性があり、説得力がある。

だがこのエピソードの削除と復活の背後には、グリーンの作家としての政治的な判断があったと考えたほうがわかりやすい。後にこの区分自体を放棄することになるが、グリーンが自身の作品を真面目な「小説」と通俗的な「エンターテインメント」の二つのカテゴリーに区分していたことはよく知られている (Watts *A Preface*, 38)。たとえば、『スタンブール特急』や『拳銃売ります』が軽めの「エンターテインメント」に分類されたのに対して、『ここは戦場だ』や『ブライトン・ロック』は重めの「小説」に分類されることになった。『権力と栄光』(一九四〇年) の出版によって真面目な小説家としての地位を確立したと言ってよい一九四〇年の段階で、「小説」として分類された『ここは戦場だ』を改訂する際に、その「エンターテインメント」の要素が鼻についてしょうがなかったというのが実情に近かったのではないか。とりわけ、特別機動隊の出動のエピソードがグリーンのライヴァルであったヒッチコックのそれと酷似している場合には。

それではなぜグリーンはペーパーバック版の出版のために一度は削除したアクション・シーンをふたたび小説に取り戻すことになったのだろうか。それはこの特別機動隊の出動をめぐる一連のエピソードに小説的にきわめて興味深い実験的な一節が含まれていたからにちがいない。「副総監がパディントン駅のバラバラ殺人事件の犯人を逮捕するために警視に同行するというエピソード」は、実際には特別機動隊の出動というスペクタクルの場面と、パディントン駅殺人事件の容疑者の逮捕というアクション・シーンの二つから成り立っている。そしてグリーンが自伝のなかでこだわっているのは、明らかに後者である。

このアクション・シーンを簡単に説明していこう。現場に到着した特別機動隊は、二手に分かれて容疑者の逮捕を試みる。機動隊の責任者の警視やその部下たちは容疑者のいる最上階の五階の部屋へと屋内の階段を上っていくのに対して、副総監は一人で裏庭から屋外の非常用のはしごを上り、容疑者の部屋の窓際の足場に身をひそめる。警視たちが戸口から突入した際に、窓からの逃走を試みる容疑者を副総監が捕まえるという想定である。しかし丸腰の副総監は容疑者に銃を突きつけられ、危機に陥る。ここで二人の対面の様子を引用してみたい。

副総監は容疑者を見つめ、警棒を動かした。すると一瞬のことだが、ぼさぼさの髪の、必死の形相の太った顔ではなく、あまりにも締り屋であった老女が両手を上げて叫んでいるのが見えた。だがそのとき、パディントン駅からの蒸気が窓まで立ち込め、ウェストボーン・グローヴまで徐行する貨物車が彼女の叫び声よりも高音の汽笛を鳴らしたので、彼女の声は誰にも聞こえなかった。容疑者の階下に住むカップルにのこぎりのたてるおぞましい小音が聞こえなかったのと同じように。

(*IB* 83)

これまでに説明してきたように、この場面はカメラ・アイとしての自由間接話法の一例である。だが、ここでは真に「映画的な」場面と評したくなる独特のひねりが効いている点に注目していきたい。最初に取り上げたいのは、副総監のヴィジョンの独創性である。殺人犯に対峙し、銃を突きつけられた副総監は、わずか一瞬であるが、目の前の殺人犯の代わりに、その被害者たる老女が悲鳴を上げている姿を幻視する。副総監の繊細な想像力を提示する興味深いエピソードである。

だがより興味深いのは、副総監の幻視の瞬間がフラッシュバックの映画技法によって提示されているという点である。副総監は殺人の場面を実際に目にしたわけではないので、厳密な意味での過去の再現とは言えない。だが、そもそもフラッシュバックは主観的な過去の再現を特徴としており、幻視の瞬間が副総監の想像による過去の再構築であっても構わない。ここでは、この場面の映画らしさを担保しているものがフラッシュバックの援用であるという事実が確認できれば十分である。

私にとってさらに興味深いのは、副総監のフラッシュバックの映画的細部の緻密さである。

だがそのとき、パディントン駅からの蒸気が窓まで立ち込め、ウェストボーン・グローヴまで徐行する貨物車が彼女の叫び声よりも高音の汽笛を鳴らしたので、彼女の声は誰にも聞こえなかった。

(*IB* 83)

この一文は老女の殺害の瞬間を再現したものであるが、それがきわめて映画的な記述であると見抜くためには、同時代の映画に対するグリーンの繊細な感受性に意識的でなければならない。凝縮された一文のなかで繰り広げられているのは、映像と音声の対位法的なドラマである。「パディントン駅からの蒸気」が殺人犯と被害者の姿を覆い隠し、ウェストボーン・グローヴまで徐行する貨物車の「高音の汽笛」が老女の「叫び声」を凌駕する様子が劇的に描かれているのである。

強調しておきたいのは、こうした映像と音声の対位法的なドラマへの注目がある時代に特有の感受性であるということである。結論を先取りするならば、グリーンの小説に見られる映像と音声の対位法的なドラマへの繊細な感受性は、サイレント映画とトーキー映画の技法が創造的な葛藤を見せた一九二〇年代末から一九三〇年代初頭にかけての初期トーキー映画の時代の産物なのである。そして、グリーンはこの映画的な感受性をほかならぬルネ・クレールから学び取ったのだった。

ヒッチコックの初トーキー作品『恐喝』がイギリス映画史における初期トーキー映画の代表的な成功作だとすれば、クレールの初トーキー作品『巴里の屋根の下』（一九三〇年）はフランス映画史における初期トーキー映画の代表的な成功作だと言えるだろう(9)。

一九三五年一一月一日付の『スペクテイター』誌の映画批評において、グリーンはクレールの初トーキー作品を以下のように回想している。

『巴里の屋根の下』には、プレジャンが鉄道の高架橋の暗闇でむき出しのカミソリを持ったギャング一味に取り囲まれるシークエンスがある。煙が次々と吹き寄せてきて、登場人物たちの会話は転轍する無蓋貨車の騒音に飲み込まれてしまう。蒸気の立ち込める不明瞭さは、彼らのささやき声や頭上の騒音と相まって、この場面を鮮やかなほど不吉なものにしている。（*GGFR* 42）

街頭の楽譜売りの主人公がルーマニア出身の美女をめぐってギャングのボスとカミソリで決闘をするこのクライマックスは、いかにもグリーン好みのシークエンスである。だが大切なのは、この決闘のシークエンスが初期トーキー映画の映画的感受性を体現した重要なシークエンスとなっている点を見逃さないことである。クレールがこの初トーキー映画の制作にあたって気を配ったのは、映像と音声の対位法的なドラマの構築であった。[10]とりわけこのシークエンスにおいては、列車の煙が立ち込める静かな運動と登場人物たちの激しいアクションを対比させるとともに、最小限に抑制された登場人物たちの会話と物語内に激しい不協和音を鳴り響かせる列車の騒音を対比させることに成功している。[11]これらの四つの視聴覚的な要素が入り混じり、初期トーキー映画の時代に特有の映像と音声の対位法的なドラマを生み出しているのである。

最後に強調しておきたいのは、映画批評家グリーンがクレールの初トーキー作品『巴里の屋根の下』の映画史的な可能性にきわめて自覚的であったという事実である。グリーンが映画批評家として『巴里の屋根の下』へ言及した箇所は、さきほど引用した一箇所のみであるが、そのコメントはクレールの映像と音声の対位法的なドラマを正確に捉えたものとなっている。いやそればかりではない。グリーンの映画批評の引用をさきほどのグリーンの小説の引用と比べてみてほしい。副総監のフラッシュバックの場面が、映像と音声の対位法的なドラマの演出という点において、プレジャンとギャングのボスとの決闘のシークエンスの焼き直しになっていることがわかるだろう。

こうした同時代の映画テクストの創造的な借用こそグリーンのテクストを本当の意味で「映画的な」ものにしているものなのである。興味深いことに、グリーンがペーパーバックから一度は取り除いた「副総監がパディントン駅のバラバラ殺人事件の犯人を逮捕するために警視に同行するというエピソード」には、イギリス映画史とフランス映画史における初期トーキー映画の成功例へのオマージュが含まれていたのである。

この二つの同時代の商業映画へのオマージュを自作から削除したいという欲求は、自身を真剣な小説家として自己演出するにあたってのグリーンの政治的な判断と言って間違いない。だが繰り返しになるが、グリーンはその後、削除した一連の場面を元どおりに戻している。それは『ここは戦場だ』という真面目な「小説」が、同時代の「エンターテインメント」たる映画と文字どおり切り離せないという事情を物語っている。

グリーンとヒッチコックとの視覚的な一致はひょっとしたら偶然の一致なのかもしれない。二人は何と言っても一九二〇年代から一九三〇年代にかけてロンドンの演劇文化や映画文化を共有した同時代人なのだから。[12]だが、クレールの借用は偶然のものではない。『ここは戦場だ』には、フランスの光が克明に焼き付いているからだ。

6　コメディの巨匠たち

グリーンが映画的な小説を作り出す際に、コンラッドと同じくらい恩義を感じている人物がいる。フランスの映画監督ルネ・クレールである。その一例として『ここは戦場だ』のマッチ工場でのケイの労働風景をのぞいてみることにしよう。

ケイ・リマーは一本の手を左へ、もう一本の手を右へと動かし、足を踏みおろし、左目でウィンクした。するとベルト・コンベアーの反対側にいる娘が二度ウィンクした。機械の立てる騒音の合間に、ベルトが一フィート移動する間に、メッセージが交わされた。「今晩は狩り?」「違う。生理」

(*IB* 28)

マッチ工場の労働風景を描き出したわずか数ページのなかで、「一本の手を左へ、もう一本の手を右へ、足の踏みおろし」（*IB* 27）という女性労働者たちの機械的な動作を強調する表現が、ヴァリエーションを伴いつつ、短い間隔で六回も反復されており、フォーディズムの分業体制下における人間の身体の機械化がアイロニカルに描き出されている。

女性労働者たちのウィンクによるコミュニケーションは、機械のリズムとスピードに支配されたマッチ工場の管理システムをくぐり抜ける抵抗の身振りとして重要な意味を帯びている。実はこの瞼の上下運動による抵抗の身振りが、クレールへの直接的なオマージュとなっているのだが、まずは機械化された身体の問題に注目していこう。

このような機械化された身体の表象は、パントマイムを売り物とするチャップリンの一連のサイレント映画でおなじみのものであるが、フォーディズム批判を前景化している点で、『モダン・タイムス』（一九三六年）のチャップリンの身体を思い起こさせる。実際、グリーンは『スペクテイター』紙の映画批評のなかでチャップリンの最後のサイレント映画に最高の賛辞を贈っている。

グリーンはこの映画の政治性を評価する一方で、それがプロパガンダに収まらない優れた芸術作品として成立していることの重要性を強調する。

おそらくマルクス主義者はこれを彼らの映画だと言い張るだろう。だがこの映画の意図は、社会主義とは決して呼べないものであるとともに、社会主義をはるかに凌駕している。真の政治的な情熱はそこにはない。警察はこの小男を何度も殴りつけるかと思うと、次の瞬間には丸パンを与えている。労働者の性格に関してミッチソン流の温かい母性的な楽観主義は存在しない。警察が残酷であるとき、人々は臆病になる。あの小男はいつも見殺しにされる。「社会主義者は何をするべきか」と彼が考えるのをわれわれが目にすることはない。彼は安定した職ともっともブルジョア的な家庭を夢見ている。彼の政治的な信条がどうあれ、チャップリン氏は芸術家であって、プロパガンダの伝道者ではない。彼は説明せずに、計画のない狂気じみた悲喜劇的世界のように思われるものを鮮やかな想像力によって提示する。だが、彼の非人間的な工場の描写が、この小男はドニエプル水力発電所の建設現場であればもっと楽だろうと考えさせるまでにはいたらない。彼はあくまで提示するだけで、政治的な解決策を提供するわけではないのだ。(*GGFR* 74)

グリーンがチャップリンの『モダン・タイムス』のなかに「計画のない狂気じみた悲喜劇的世界」を見出すとき、彼は『ここは戦場だ』の非人間的な世界観を反復していると言ってよい。グリーンはこの映画批評を以下のように締めくくる。「チャップリン氏は、コンラッド同様、『いくつかの単純なアイデア』を持っている。それらはほぼ同じ言葉遣いで表現できるだろう。勇気と忠誠と労働。そして目的のない苦しみという同じ虚無主義的な背景への抵抗」(*GGFR* 75)。興味深いことに、グリーンはチャップリンにコンラッドの影を見出しているのだ。

しかしこの共感的な映画批評にもかかわらず、チャップリンのグリーンへの影響は間接的であり、限定的なものにとどまっている。それにはいくつかの理由が考えられるが、その一つはチャップリンの時代錯誤にある。

文学研究者のマイケル・ノースは、『機械時代のコメディ』の結論において、トーキーの時代の流れに逆らって、サイレント映画にこだわり続けるチャップリンの孤高な戦いを以下のように記述している。

一九三六年までには、『モダン・タイムス』のような映画は、チャップリンのようにまったく説明責任のないスターによってしか作られなかっただろう。チャップリンは、資金的にも、実質的にも独立していたので、流行を無視する余裕があったのである。(North *Machine-Age*, 195)

同時代の映画批評家にとって、チャップリンのサイレント映画への固執はとりわけ異様なものと映ったにちがいない。グリーンもまた先ほどの映画批評において、ユーモアたっぷりにチャップリンの時代錯誤に言及している。

私はあまりにチャップリン氏を崇拝してきたので、彼の新作のなかでもっとも重要なのは、彼の心地よいハスキーな歌声を二、三分聞くことができることだとは信じられなかった。この小男はついに決定的に現代に登場したのだ。(*GGFR* 73)

チャップリンのサイレント映画は、一九三六年において決定的に時代遅れであったが、パントマイムに拘泥する時代錯誤ははるか以前から顕著だった。それに対して、トーキー革命にもいち早く適応し、コメディの名手としてチャップリンと並び評されることも多く、とりわけイギリスで評判が高かったのが、ルネ・クレールであった。映画批評家のC・A・ルジューンは、映画史の最初の三十数年を総括する名著『映画』(一九三一年)において、ルネ・クレールに一章を割き、この映画監督を「チャップリン自身のコメディと同じくらい活気のある知的なコメディを生み出すことのできるフランス人」(Lejuene *Cinema*, 162) として紹介している。チャップリンとクレールの師弟関係をルジューンはコミカルに描き出す。

チャップリンはクレールの師匠であり、アイドルであった。クレールは彼から鋭い洞察力や普遍化の方法、人類の複雑さに関する見解について多くを学びとった。彼らの攻撃の主題が同じものとなることもあった。『巴里の屋根の下』の刑務所からの帰還の場面は、おそらくチャップリンに負っているのだろう。しかし、もしクレールがチャップリンのあの究極的な挫折の感覚を欠落させているとしても、彼にはコメディのある種の力強さがある。ある種の集団的な意識がある。それはチャップリンの後期の作品にはっきりと欠けているものだ。『巴里の屋根の下』はさておき、『ル・ミリオン』において、弟子はある意味で師匠に追い迫っている。個人よりも階級に関心を寄せている点で、個人的な感傷にとらわれず冷静な点で、とりわけ現代の音声装置を受容し利用している点で、この二人の監督のうちで今日の要望により適しているのは、クレールであろう。(Lejuene *Cinema*, 163-164)

ルジューンは、クレールの『巴里の屋根の下』(一九三〇年) がチャップリンのコメディに多くを負っていることを指摘しながらも、あたかも競馬の予想屋のように、クレールが『ル・ミリオン』(一九三一年) でチャップリンに追いつき、さらには今後彼を追い越す可能性を予見している。ルジューンの予想があたったかどうかは、判断が分かれるところだろう。しかし、一九三〇年代のイギリスの映画批評に関する限り、クレールの評価は優勢であった。たとえば、一九三八年四月六日付の『タイムズ』紙の映画批評「無批判的な映画」において、著者は同時代の映画の批判精神の欠如を批判するとともに、その成功例をイギリス、フランス、ロシア、アメリカからそれぞれ挙げている。フランスの代表はルネ・クレールである。

数年前フランスは、ルネ・クレール氏のたくさんの愉快な風刺的作品の突発的な出現によって、不敬な者たちの希望をかき立てた。そのなかでもっとも忘れがたいのは、『最後の億萬長者』と『自由を我等に』である。("The Uncritical Cinema," 12)

それに対して、この著者はアメリカの代表に関しては評価が厳しい。

人生の批判を目的とするアメリカ映画は、判断において抜け目なく、非難において容赦なく、機知において残酷であるが、その結果を見てみると、風刺の刃は鈍って、的を外しており、人生の批判者は逃げ出している。チャップリン氏の『モダン・タイムス』にはこれが顕著に表れている。この映画は大量生産の風刺を意図しているが、工場での愉快な遊戯に終わってしまっている。("The Uncritical Cinema," 12)

『タイムズ』紙の映画批評家は、明らかにチャップリンではなく、クレールに軍配を上げている。直接的な比較はなされていないものの、クレールの『自由を我等に』(一九三一年)とチャップリンの『モダン・タイムス』（一九三六年）の言及は示唆的である。なぜなら、後者の工場のベルト・コンベアーをめぐるスラップスティックは、前者のそれに多くを負っているからだ。

時計の針を現代に近づけ、クレールの人生の幕を閉じよう。一九八一年三月一六日付の『タイムズ』紙の死亡記事には、この二つの作品の比較が試みられている。

『自由を我等に』において、クレールは、チャップリンの『モダン・タイムス』と同じ主題に取り組み、工場の生活と機械の時代を鋭く風刺した。実際、二つの映画を比べると、クレールの作品のほうがいくつかの点でより優れている。つまり、ここでは弟子が師匠を打ち負かしたのだ。というのもクレールはずっとチャップリンのコメディの熱狂的な教え子だったからだ。（"M Rene Clair," 14）

もしクレールの死亡記事の著者の判断を信じるならば、ルジューンは優れた映画批評家であるにとどまらず、優れた予想屋であったと言えるだろう。そして、このコメディ競争の勝者の代表作『自由を我等に』こそ、グリーンの小説『ここは戦場だ』の源泉となるもう一つの重要な先行テクストなのである。

7　機械の時代の風刺劇

グリーンがクレールに並々ならぬ関心を寄せていたことは、彼の映画批評からも明らかだ。クレールの初のイギリス映画となる『幽霊西へ行く』（一九三五年）の映画批評において、グリーンはこのフランス人監督を風刺家として紹介している。

ルネ・クレール氏は非常に個性的な想像力の形式で名を成した、社会的な良心を持ったリアリストであり、彼自身が詳しく知っているフランス人のタイプと場面を風刺的に取り扱った。ふつうの人々の趣味を共有し、大多数の人々がすでに嫌悪しているものだけを風刺するイギリスの現代的な意味での諧謔家ではなかった。彼の風刺は安全な許容可能なものからはほど遠かったので、彼の初期作品である『イタリア麦の帽子』は、反対勢力を引き起こし、彼を数年間映画界から遠ざける結果となった。(*GGFR* 58)

この引用はグリーンの映画批評の厄介さを例証するものとなっている。一方でグリーン特有の誇張がある。「『イタリア麦の帽子』は、反対勢力を引き起こし、彼を数年間映画界から遠ざける結果となった」とは、真っ赤な嘘である。サイレント期の傑作『イタリア麦の帽子』(一九二八年)を発表したクレールは、トーキー革命にみごとに適応し、『巴里の屋根の下』、『ル・ミリオン』、『自由を我等に』と、次々とトーキー作品を発表しており、グリーン自身もこれらの作品に『スペクテイター』誌の映画批評で言及しているからだ。

他方でグリーンの歪曲には鋭い予見が含まれている。なぜならば、クレールが故郷を離れ、イギリスで映画を監督するきっかけとなったのは、『タイムズ』紙の映画批評家が『自由を我等に』とともに風刺映画の傑作として言及した『最後の億萬長者』(一九三四年)の本国フランスでの批評的、商業的失敗だったからである。「彼の風刺は安全な許容可能なものからはほど遠かったので」、クレールはフランスの映画界から十年以上締め出される結果となった。

興味深いことに、グリーンの映画批評において『最後の億萬長者』への言及はまったく見られない。『自由を我等に』への言及は否定的でかつ短い。自伝においても一切触れられていない。クレールの風刺映画に関するグリーンの沈黙を「影響の不安」と理解しても差し支えないだろう。その心理的な抑圧を解放するかのように、『自由を我等に』の焼き直しと言ってもいいチャップリンの『モダン・タイムス』の映画批評において、グリーンは雄弁をふるうことになる。しかし、グリーンがクレールから学び取ったのは、チャップリン風のコミカルな機械化された身体表象ではなかった。彼が師匠のクレールから学び取ったのは、「工場の生活と機械の時代」の風刺であり、それは端的に風刺としての資本主義批判であった。

グリーンの『ここは戦場だ』とクレールの『自由を我等に』の直線的な影響関係を立証する証拠は、登場人物たちのウィンクの身振りにある。もう一度マッチ工場でのケイの労働風景を引用してみたい。

ケイ・リマーは一本の手を左へ、もう一本の手を右へと動かし、足を踏みおろし、左目でウィンクした。するとベルト・コンベアーの反対側にいる娘が二度ウィンクした。機械の立てる騒音の合間に、ベルトが一フィート移動する間に、メッセージが交わされた。「今晩は狩り?」「違う。生理」(*IB* 28)

ポイントは二人の女性労働者のウィンクにある。機械の騒音のため、ベルト・コンベアー越しの世間話は、言葉ではなく、ウィンクという身振りで行なわれざるをえないが、読者はそれを会話として受け取ることになる。

一本の手を左へ、もう一本の手を右へ、足の踏みおろし。C区画の機械室のあちこちでいくつもの瞼が上下に素早く揺れ動いた。沈黙の会話が騒音の障害をやすやすと通り抜けた。「映画は?」「彼はどうしている?」「今夜は出かけるつもり」(*IB* 28)

二つ目の引用が明らかにしているのは、作業中のウィンクによるコミュニケーションがケイとその向かいの女性労働者だけの特権ではないということだ。ベルト・コンベアーを挟んで機械室のすべての女性労働者が瞼の迅速な上下運動で擬似的な会話を楽しんでいるのである。グリーンの小説においては、フォーディズムの分業体制に対する工場労働者たちのささやかな身体的抵抗がグロテスクなまでに誇張されているが、このベルト・コンベアー越しのウィンクによる以心伝心こそ、グリーンがクレールの『自由を我等に』から拝借したものなのだ。

『自由を我等に』は監獄での労働のシークエンスから始まる。ベルト・コンベアーを想起させる細長いテーブルを挟んで向かい合って座った収容者たちは、各自自分のペースでおもちゃの木馬を組み立てている。ここで主人公となる二人の収容者ルイとエミールのウィンクによる会話が交わされる(図5・6)。エミールが右目でさりげなくウィンクすると、テーブルの反対側に座ったルイが茶目っ気たっぷりに右目でウィンクし返す。作業中のため彼らは私語を禁じられている。したがって、コミュニケーションは唇の運動ではなく、瞼の素早い上下運動によって代替させられる。

エミールとルイのウィンクは合図である。それをきっかけにエミールが隣の収容者に肘鉄を連発し、小競り合いを引き起こし、監視者の注意をこの二人に引きつけている間に、ルイが脱獄に必要な鉄の工

図5・6　仕事中にウィンクを交わす二人の囚人、映画『自由を我等に』

具をこっそり盗み取る算段である。その後、もう一度エミールがルイにウィンクを投げかけているが、それは二人の共同作業の成功を祝福しているかのようだ。こうして同室の二人はその晩脱獄を試みるが、お人好しのエミールを犠牲に抜け目ないルイは塀の外の人となる。

　クレールの映画のなかでウィンクが重要な身振りとなっているのは、冒頭の監獄の労働のシークエンスから明らかである。ウィンクは監獄の監視者を出し抜くコミュニケーション手段であるとともに、エミールとルイの以心伝心の友情を象徴する仕草でもあるからだ。実際、クレールはエミールとルイの再会の場面でウィンクをもう一度印象的に利用している。

　脱獄後、ルイはレコードの露天商から、蓄音機店のオーナーへ、そして蓄音機会社の社長にまで成り上がるのだが、その工場に刑期を終え、ふたたび逮捕され、運良くそこを脱出したばかりのエミールが一労働者として紛れ込んでくる。いまや立派な資本家となったルイは、彼の過去を知るエミールに大金を手渡し、厄介払いしようとするが、エミールとチャップリン風のスラップスティックを繰り広げた末に彼の手を傷つけてしまい、自身のポケットチーフで応急手当をする。

ルイの優しさに触れたエミールは、かつて脱獄の際にも手を傷つけルイに応急手当をしてもらったことを思い出し、ルイに感謝のウィンクをする。するとルイも同じ過去の経験を思い起こし、眼鏡を外し、エミールに以心伝心のウィンクをする（図7・8）。こうして二人の友情がふたたび芽生え、それを契機にルイは資本家として下り坂を辿っていくが、それは「自由を我等に」取り戻すための不可欠の道程であったと言える。以心伝心のウィンクは、クレールの映画の主題を要約するジェスチャーであったのだ。

グリーンはクレールの映画『自由を我等に』におけるウィンクの身振りの重要性に気づいていたにちがいない。だからこそ、グリーンは『ここは戦場だ』においてマッチ工場の労働風景を描き出す際に、同時代の映画愛好家であれば誰でも気づいたにちがいないクレールの以心伝心のウィンクを借用したのである。だがグリーンの借用は、このウィンクのジェスチャーだけにはとどまらない、より包括的なものであった。同時代人のプリチェットが見抜いていたように、グリーンは「マッチ工場と監獄の記述においてルネ・クレールからウィットに富んだ借用」（Pritchett

図7・8　ウィンク、あるいは以心伝心のジェスチャー、映画『自由を我等に』

206）を行なったのだった。

グリーンの二重の借用は、現在にいたるまでグリーン研究の盲点となっている。グリーンの小説におけるマッチ工場と監獄の構造的な類似性に関しては、これまでも批評的な関心を集めてきた。たとえば、伝記作家のノーマン・シェリーは、『ここは戦場だ』において、ジムの収容されている監獄と、ケイが労働している工場のシステムが似通っている点を指摘し、そのシステムの記述がグリーン自身の監獄の視察に基づいていることを明らかにする。

グリーンは小説のなかでわざと監獄と工場の収容者の状況の類似点を強調したが、小説のマッチ工場をより劣悪に描き出している（もちろん、死刑囚の独房でなければの話だが）。両者ともウォームウッド・スクラブス監獄の「区画」システムによって支配されている。人々は善行と引き換えに一つの区画からもう一つの区画へと移動させられる。小説の看守長が説明するように、「あれがA区画です。新しい囚人は全員そこに行きます。行儀が良いとB区画へ送られます。C区画は最高の段階です。もちろん何か苦情が出てくれば、等級を落とされます。ちょうど学校のようなものです」。
(Sherry Volume One, 461-462)

シェリーはグリーンの小説における監獄と工場のシステムの構造的な一致に関して興味深い伝記的事実を披露しているが、その一致が何を意味しているかについては何も触れていない。ここで小説のなかでの両者のシステムの一致がグリーンの二重の借用に由来していることが、重要な意味を帯びてくる。クレールの『自由を我等に』に立ち返ろう。監獄と工場のシステムの構造的な同一性は、クレールの映画のプロットが明晰に提示しているものなのである。すでに説明したように、脱獄囚のルイは蓄音機会社の社長にまで成り上がる。ルイの清潔で均整のとれたモダンな蓄音機工場は、近未来の全体主義を彷彿とさせるような徹底した労働管理を特徴としており、労働者は出勤から昼食、帰宅までのすべての所作を監視されている。蓄音機の組み立ての現場では、当然ながらフォーディズムの原則が貫かれている。刑期を終えてルイの工場で働くことになったエミールは、機械のリズムとスピードに翻弄されることになる。

　蓄音機工場での労働のシークエンスは、冒頭の監獄での労働のシークエンスと同様の細長い労働空間のトラッキング・ショットから始まる。しかし、監獄でのおもちゃの木馬の組み立てが基本的に熟練的な個人作業であり、仕事のペースを自分でコントロールできたのに対して、工場での蓄音機の組み立てはベルト・コンベアー上の非熟練的な共同作業であり、単純作業とはいえ、流れ作業のため、労働者は仕事のペースを自身でコントロールすることは許されない（図9・10）。

図9・10　フォーディズム前後の労働風景、映画『自由を我等に』

　注意散漫なエミールは、ベルト・コンベアーのスピードについていけず、自分の持ち場で割り当てられた単純作業をこなすことができず、隣の労働者の持ち場で自分の作業をせざるをえなくなる。こうしてドミノ式に、そして雪だるま式に、この隣の労働者もまたその隣の労働者の持ち場で作業をせざるをえなくなり、仕事場が次々と混沌と化していく。チャップリンが『モダン・タイムス』で借用したのは、このスラップスティックのシークエンスのことである。

このようにクレールの映画において、監獄と工場の労働環境は、フォーディズムの導入前後のシステムをそれぞれ映像化しており、その差異を際立たせるような仕組みになっている。だが両者のシステムに共通のものもある。監視のシステムである。監獄での木馬の組み立て作業がフォーディズム前夜の熟練的な個人作業であることはすでに述べたとおりである。だがそれが監獄での労働であることには変わりはない。つまり、収容者たちは作業中つねに監視人たちの視線にさらされ続けているのである。工場での蓄音機の組み立て作業においても、工場労働者たちはつねに監視人たちの視線にさらされている。なぜならば、フォーディズムの分業体制は、逸脱者の存在を許容する余地があらかじめ排除されているため、逸脱的な身体の取り締まりがシステムの維持にとって不可欠であるからだ。蓄音機工場の監視人があたかもラグビーやサッカーのレフリーのように笛を首にかけているのは、クレールならではの強烈な風刺である。

監獄と工場の借用に関するプリチェットの洞察が正しいならば、グリーンのクレールからの二重の借用は、資本主義の柱となるこの二つの組織の監視システムの同一性を強調するためのものであったと言ってよいだろう。

実際、グリーンの小説のマッチ工場は、監獄よりも残酷な管理システムに貫かれており、その監視システムに逸脱する身体は処罰の対象となるのである。

一本の手を左へ、もう一本の手を右へ、足の踏みおろし。指が一本、付け根の関節のところであまりに綺麗に切り取られたので、最初から指がなかったかのようだった。一本の足が向かい合った回転する歯車の間で押しつぶされる。「その女性はまったく痛がりませんでした。痛みがなかった。血を見て失神しただけでした」。「勇敢でした。担架で手術室に運ばれるまでずっとおしゃべりしていました」。医療給付、賃金の半額支給、就労不能、経営者側の遺憾の意。何列もの機械の間に、口紅を塗り、髪をウェーヴさせた少女たちが、騒音のため話すこともできないので、代わりに瞼を動かし、少年たちや映画や映画スターのことを考えながら立っていた。ノーマ、グレタ、マーリーン、ケイ。時計の二本の針が朝の八時から午後一時まで（一二時にミルクとビスケットの休憩）、それから六時までの長い時間を移動する間、彼女たちは立っていた、歯車と軸系の間で、死や肉体の損傷と、失業や路上での生活の間で。（*IB* 29）

この引用で興味深いのは、女性工場労働者たちと視察に訪れた経営者たちの非対称的な権力関係が、台詞の有無によって明確に可視化されている点である。マッチ工場において指の切断や足の粉砕といった労働災害が起きたときに、工場労働者たちの悲鳴は経営側には届かない。工場労働者たちの痛みは経営者のおしゃべりのなかでかき消されてしまい、彼女たちは文字どおり機械の前で沈黙を強いられる。グリーンの資本主義批判が冴え渡るみごとな一節である。グリーンの風刺が彼の師匠であるクレールのそれを凌駕している印象さえ覚えるほどだ。

グリーンが『ここは戦場だ』を風刺小説として、資本主義批判の書として構築していく際に、クレールの『自由を我等に』から監獄と工場のシステムとしての相似性のアイデアを拝借したのは卓見であった。なぜならば、この両者に共通する監視システムへの批判的な眼差しは、グリーンの小説の中心的なモチーフとなって物語の中心的なプロットを形成していくことになるからだ。

グリーンの小説の中心的なモチーフとは、資本主義の諸システムへの個別化され、分断化された抵抗にほかならない。エピグラフを思い出してみよう。

男たちの裸眼に映る限り、戦場は全体性も持たなければ、長さも幅も、深さも大きさも、形も持たなかった。戦場は小さな無数の小円から成り立っていて、その広がりは霧の立ち込めたそれぞれの現場で可能な限りの視界の広がりに等しかった。(*IB 5*)

資本主義という「戦場」を構成する「小さな無数の小円」とは、資本主義の諸システムのなかで権力に絡め取られ、従属を余儀なくされた分断された諸個人を指している。ジムは犯罪者として監獄に、ケイは労働者として工場に、コンダーはジャーナリストとして新聞社に、ジュールはウェイターとしてカフェのカウンターに、副総監は警察官としてロンドン警視庁に従属している。小説の冒頭部でグリーンが工場と監獄の類比によって物語に導入した「監獄」のメタファーは、登場人物たちと彼らの職場との関係を「パノプティコン」のように次々と縛っていく。

いささか使い古された感はあるものの、ここでフーコーの『監獄の誕生』を引用するのは、あながちうがった選択ではあるまい。フーコーによれば、「パノプティコンとは、一般化可能な機能のモデルとして、つまり、人間の日常生活において権力関係を定義する方法として理解されなければならない」

(Foucault 205)。簡単に言うならば、ベンサムによって一八世紀に考案された監視体制の装置としての「パノプティコン」は、社会のどの分野においても応用が可能であり、実際、監獄や工場、学校や職場、病院や精神病院といったさまざまな組織で利用されていった。

グリーンの小説の登場人物のなかでもっとも悲惨なパノプティコンの犠牲者は、コンラッドである。コンラッドを最終的には死に追い詰める自暴自棄な行動は、兄への裏切りに対する後悔や、兄の運命を歯牙にもかけない副総監への復讐といった動機付けを与えられているが、コンラッドの神経衰弱の直接的な原因は、彼の勤務先の保険会社での過剰なストレスにある。コンラッドは係長という中間管理職のポジションについており、部下の事務員たちと上司の部長の双方に監視されている。

ミリーから電話を受け取った際にコンラッドが見せる神経症的な身振りを確認しておきたい。

「あ、コンラッド、あなたでしょ?」彼はその声の主がわかると、即座にガラスの扉を通して事務員たちの背中を眺め、彼の背後の部長の部屋の扉を見遣った。ガラスの壁に挟まれて彼は孤独だった、上司と部下の間で孤立していた。(*IB* 93)

コンラッドの神経症的な身振りは、部下の事務員たちに対する不信感に由来している。コンラッドははっきりと感じていた。もっとも無能な事務員さえも彼の地位を奪い取ろうと企んでいると。彼のガラスの部屋は小さな安全の筏であり、やつらはみんなその周囲を泳いで、彼を追い出そうと、眠っている隙に捕らえようと企んでいるのだ。彼らに比べると彼のポジションは楽だっ

たが、彼には不断の警戒と集中した狡猾さという彼らの性質が欠けていた。(*IB* 94)

この引用からわかるのは、コンラッドが自分の地位を守るために「不断の警戒と集中した狡猾さ」を維持しようと努めているということだ。ではなぜこのような過剰な防御的姿勢が必要になるのだろうか。それはコンラッドの権威に対する従順さと関係している。コンラッドは課長への昇進の際に、職場での「規律」の重要性を叩き込まれているからだ。

「規律だ」、コンラッドは部長が机に体を乗り出して言っているのを聞いた。「職場では規律を持たなければならない、ドローヴァー」。コンラッドは、絶望で唇が乾燥したまま、一ヶ月後の解雇を言い渡されると思っていたので、「おまえは事務員をしっかりと管理できると思うから、おまえをチャインのポジションに任命する。おまえは若い、ドローヴァー」と聞いたときには、びっくりして信じられなかった。(*IB* 108)

ここで注意しておきたいのは、コンラッドの保険会社でのポジションが、ケイのマッチ工場でのポジションと比べて、おそらくは安全であり、安定的であるはずなのに、コンラッドにはそのように認識されていないという点である。ケイや彼女の仲間たちがマッチ工場の機械室で「死や肉体の損傷と、失業や路上での生活の間で」(*IB* 29)戦っているのと同じように、コンラッドは保険会社のガラス張りの課長室で「規律」と「解雇」の狭間で心理的に押しつぶされているのだ。

ジムの収容されている監獄とケイの労働しているマッチ工場を監視システムとしての「パノプティコ

ン」の観点から論じることには、異論あるまい。ではコンラッドの保険会社の労働空間は、パノプティコンと結びつけて論じることはできるだろうか。私はできると信じている。なぜならば、コンラッドの「ガラスの部屋」こそ、パノプティコンの現代的なヴァリエーションにほかならないからだ。『監獄の誕生』において、フーコーは「パノプティコン」の監視装置の決定的な特徴を「視線」の非対称性に求めている。

パノプティコンとは、見ることと見られることの二分法を分断する機械を指す。周辺の円状の建物においては、ただ見られるばかりで、見ることはできない。中心の塔においては、見られることなく、すべてを見ることができる。(Foucault 201-202)

パノプティコンの周辺部の建物の小部屋には両側に大きな窓が取り付けられていて、収容者の一挙一動が、中心部の塔の窓からつねに監視できる仕組みになっている。収容者は「見られる」客体であり、決して「見る」主体にはなれないのに対して、監視者は「見られる」客体にはならずに「見る」主体であり続ける。フーコーによれば、このような視線の非対称性が、権力の自発的な発動を可能にする監視システムの根拠を提供するのである。

コンラッドの保険会社の「ガラスの部屋」は、ベンサムが考案した二分法の分断を取り入れつつ、それに新たなひねりを加えている。つまり、このガラス張りの二〇世紀のパノプティコンは、「すべてを見ることができる」にもかかわらず、「ただ見られるばかり」の監視の客体を生み出しているのである。『ここは戦場だ』の最後の数十頁を構成するコンラッドの悲劇的な方向喪失は、現代のオフィスに登場したモダンなパノプティコンの機能によって説明することができるだろう。
監獄と工場の監視システムとしての同一性のアイデアをクレールから借用したグリーンは、こうしたパノプティコンの監視システムを社会のあらゆる位相に見出していくことによって、クレールの資本主義批判をさらに高次の風刺の次元に高めたと言っても過言ではないだろう。グリーンはいまやコンラッドからも、クレールからも遠い場所にたどり着いたのであった。

註

(1) 日常生活研究の基盤となったのは、アンリ・ルフェーヴルやミシェル・ド・セルトーなどのフランスの思想家であったが、英語圏での日常生活研究の普及にあたって大きな役割を果たしたのは、文化研究者のベン・ハイモアであった。日常生活研究の入門書としては、ハイモアの以下の二冊を参照。Ben Highmore. *Everyday Life and Cultural Theory: An Introduction. Ordinary Lives: Studies in the Everyday.*

(2) グリーンは小説の書き方に関して、パーシー・ラボックの『小説の技術』に多くを負っていることを表明している。ラボックはこの著作において、登場人物の意識を劇的に描き出した重要な作家としてヘンリー・ジェイムズを挙げている。初期モダニズムとグリーンの後期モダニズムの関係を考察していくうえでジェイムズは鍵となる作家の一人であるが、本章ではコンラッドとグリーンの関係にフォーカスし、映画的な小説の歴史性について考察していく。

(3) しかしながら、カメラ・アイとしての自由間接話法をモダニズムの産物として特定するには、注意が必要である。たとえば、フレドリック・ジェイムソンは、『リアリズムの二律背反』において、リアリズム小説に見られる視覚情報の情動的な横溢を映画的なカメラ・アイの観点から考察している。ジェイムソンが指摘するリアリズム小説のカメラ・アイは、特定の個人の主観的な視点ではなく、複数の個人を横断する集団的で間主観的な視点を志向している点で、プリチェットやバーゴンジィが指摘するモダニズム小説のカメラ・アイとは異質のものである。両者の視点が一致する可能性も視野に入れながら、文学的な技法としてのカメラ・アイの歴史性を考察するのは、今後の課題としたい。

（4） 一九二〇年代のイギリスの映画文化に関しては、ローラ・マーカスの大著『十番目のミューズ』の第四章を参照。Laura Marcus. *The Tenth Muse: Writing about Cinema in the Modernist Period*. 2007. 234-318.

（5） イギリスにおけるトーキーの到来に関しては、レイチェル・ローの大著『イギリス映画史』の第七巻第五章を参照。Rachel Low. *The History of the British Film 1929-1939: Film Making in 1930s Britain. The History of British Film Volume XII*. 73-90.

（6） だが「特別機動隊」を国民的な娯楽として最初に提供したのは、多作で有名な小説家のエドガー・ウォラスであった。一九二八年二月一四日から四月二日にかけて、ウォラスは大衆紙の『デイリー・メイル』紙に小説『特別機動隊』（*The Flying Squad*）を連載する。そして、その小説の連載の最中に「金曜日から月曜日までのわずか三日間で、四幕物のスリラー演劇を生み出した」という（"A Merry Mood," 3）。こうして三月五日のオックスフォードのニュー・シアターでの初演を皮切りに、ゴルダス・グリーン、ルイシャム・ヒポドロームを巡回して、演劇『特別機動隊』は、ついに六月七日にウェスト・エンドのライシアム劇場で公演され、好評を博す。九月七日付の『デイリー・メイル』紙の劇評「本日の見どころ」は、エドガー・ウォラスの二つの「探偵演劇、アポロ劇場で公演中の『密告者』とライシアム劇場で公演中の『特別機動隊』がいまだ大入りである」と報告している（"To-day's Attractions," 5）。小説および演劇の人気を追い風に、『特別機動隊』は、ウォラス自身が会長を務めるブリティッシュ・ライオン映画会社によって映画化され、一九二九年一月に試写会で公開されている。しかし、映画『特別機動隊』は、他のウォラス作品の翻案と同様に、「演劇的すぎる」という理由で映画批評家たちに不評であったようだ（Chapman "Celluloid," 83）。ヒッチコックが『恐喝』の映画化に取り組む段階で、「特別機動隊」はすでに新聞や劇場や映画館を通して、国民的な娯楽の対象となっていたのである。

（7） 『恐喝』の映画史的な位置づけに関しては、ＢＦＩ映画叢書の一冊が参考になる。Tom Ryall. *Blackmail*.

（8） しかし、サイレントからトーキーに切り替わるポイントに関して言えば、『タイムズ』紙の映画批評家には思い違いがあるようだ。『恐喝』が音声映画となるのは、警官たちが容疑者を連れてトラックで去ろうとする場面ではなく、ロンドン警視庁で容疑者の取り調べを終えた警官たちが帰途につこうとする場面である。

(9) フランスにおけるトーキー革命の進展に関しては、チャールズ・オブライアンの『映画の音声への転換』の第三章を参照。Charles O'Brien. *Cinema's Conversion to Sound: Technology and Film Style in France and the U. S.* 64-81.

(10) ルネ・クレールは、一九二九年一二月一九日付の『プル・ヴ』誌に「トーキー対トーキー」という記事を寄せていて、トーキー映画のあるべき理想の姿について語っている。クレールにとって、トーキー映画の任務は、「サイレント映画の達成」を手放すことなく、「映像と音声との間のあらゆる新しい関係」を模索することにあった。クレールは、彼の映画的実験の具体例として『巴里の屋根の下』から三つの場面を取り上げている。「音が管弦楽の伴奏の役割を果たす純粋に視覚的な場面。映像が自然の音によって理解可能となる場面。スピーチが特別な効果を生み出すためか、もしくは行動を説明するために使用される場面」(Clair 40)。トーキー映画の到来とそれに対するクレールの批評的態度の変遷に関しては、クレールの自伝的な映画論集『映画をわれらに』の第一〇章および第一一章を参照のこと。ルネ・クレール『映画をわれらに』一六九―一九六頁。

(11) 中条省平は、この野心的な乱闘のシークエンスを引用しつつ、『巴里の屋根の下』の「聞かせない」演出、「見せない」演出を「クレールの逆説的なトーキー術」と要約している(中条　八三―八四頁)。

(12) グリーンとヒッチコックの思想的な共通性に関しては、ニール・シニャードの文学的伝記『グレアム・グリーン』の第八章を参照。Neil Sinyard. *Graham Greene: A Literary Life.* 96-108.

第二部　ジャンルの法則

第三章　メロドラマ的想像力とは何か

——『拳銃売ります』と『三十九夜』

1　エンターテインメントとは何か

グリーンの七作目の小説『拳銃売ります』（一九三六年）は、「エンターテインメント」の副題を伴って、一九三六年七月にハイネマン社より出版される。グリーンが『スペクテイター』誌の映画批評家となってほぼ一年後のことだ。『タイムズ』紙、『タイムズ紙文芸付録』、『リスナー』誌などの書評もおおむね好意的であり、グリーンの作家としての地位が安定しつつあることが窺える[1]。

グリーンの「エンターテインメント」の試みをもっとも正確に把握していたのは、『スペクテイター』誌の文芸批評家ウィリアム・プローマーであった。一九三六年七月一七日号の書評欄にてプローマーはグリーンの新作を以下のように紹介している。

グレアム・グリーン氏については『スペクテイター』誌の読者に紹介は不要だろう。彼の世代のほとんどの作家よりも、グリーンは最初から映画に技術面で多くを負っていると言ってよいだろう。

映画批評家として（幸いにも騒々しい熱狂に影響されることなく）彼は疑いなく、今までにないほど徹底的に、映画制作者に使用可能なすばらしい手段がしばしば軽蔑すべき目的のために適用されるのを明らかにしてきたし、その成果は本当に目覚ましいものだった。というのも『拳銃売ります』において、彼は映画脚本家と平凡な冒険物語作家の両方のお株を奪ったからだ。彼が書き上げたのは、はらはらさせるスリラーだが、それは矢継ぎ早のスピードのギャング映画が見え、聞こえるのとまったく同様に読むことができる。イギリスの成功した冒険物語作家が、彼らの英雄に時代遅れのパブリック・スクールの価値観と現代の必要と事実からかけ離れた考え方――もしそれを考え方と呼べるとして――を授ける傾向があるのに対して、グリーン氏は精神的高揚を回避して、汚らしい冷淡な社会的、政治的生活への時事的な風刺を提供する。（Plomer 110-111）

プローマーの慧眼は、グリーンが映画批評家として映画から多くを学びつつ、それを自身の「エンターテインメント」に応用することによって、「映画脚本家と平凡な冒険物語作家の両方のお株を奪」う新ジャンル「はらはらさせるスリラー」を開拓した点を正確に指摘した点にある。

グリーンがプローマーの書評を気に入ったのは、想像にかたくない。実際、「エンターテインメント」の開拓を通じて冒険小説のアップデートを試みる際に、グリーンはスコットランド出身の流行作家ジョン・バカンを念頭においていたと言ってよいだろう。

ジョン・バカンは、作家であるとともに、出版にも政治にも関わり、晩年はカナダ総督まで務めた多才な人物であったが、作家としても単純な要約を拒む多面的な仕事ぶりで知られていた。バカンは、小説家であり、エッセイストであるとともに、伝記作家であり、歴史家であり、プロパガンディストでもあった。小説家としての安定期に入った一九二〇年代半ば以降は、毎年のようにヒット作を生み出した。これらの作品は、歴史小説、スコットランド小説、帝国小説などに分類できるが、バカンの名は帝国小説を形成する一連の「ショッカー」(扇情小説)によって文学史に刻まれることになった(Mathew)。(2)

これらの扇情小説の代表作こそ、リチャード・ハネイを主人公とした一連の冒険小説――『三十九階段』(一九一五年)、『グリーンのマント』(一九一六年)、『スタンドファースト氏』(一九一九年)、『三人の人質』(一九二四年)、『羊の島』(一九三六年)――にほかならない。

グリーンの「エンターテインメント」の狙いは、バカンの「ショッカー」のアップデートにあったと考えられる。実際、バカンの死後に出版された印象的なエッセー「最後のバカン小説」(一九四一年)において、グリーンはバカンの冒険小説家としての重要性について熱く語っている。

リチャード・ハネイが男の死体を自分のフラットで発見し、あの長い逃走と追跡を開始してから、四半世紀以上が経過した。ヨークシャーとスコットランドの荒野を横断し、メイフェア界隈を下り、政府庁舎の廊下を渡って、閣議室とカントリー・ハウスを出入りして、寒いエセックスの三十九段の波止場へといたる長い逃走と追跡――それは以来、冒険物語作家の模範となった。ジョン・バカンが初めて認識したのは、見慣れた環境で冒険的でない人々に起きる冒険の途方もない劇的な価値であった。国会議員、アシニーアム会員、弁護士や法廷弁護士、実業家、二流の貴族、そして「血統と純真と安定のさなかで起きる」殺人。(*CE* 223)

グリーンは「見慣れた環境で冒険的でない人々に起きる冒険の途方もない劇的な価値」を自身の小説

の核心に据えつつ、その登場人物たちの階級を上流階級および上層中産階級から労働者階級に下げることによって、より正確には、その両者の関係性を可視化することによって、懐古的な愛国主義や帝国主義に彩られたバカン風の冒険小説の革新を試みたのだった。

このエッセーの出版からおよそ四〇年後、グリーンは自伝『逃走の方法』（一九八〇年）において『拳銃売ります』とバカンの関係について明確に言及している。グリーンは、前二作の小説――『ここは戦場だ』（一九三四年）と『英国が私をつくった』（一九三五年）――の商業的な失敗の後で、『拳銃売ります』を「スリラー」として執筆することになった経緯について明らかにしている。

もしどうにかできるならば、私の最初の「スリラー」となった『スタンブール特急』の成功を繰り返すことが急務であった。だが同時にこの決断は完全にお金だけの問題ではなかった。私はつねにメロドラマを読むのを楽しみにしてきたし、メロドラマを書くのも楽しかった。私の初期の英雄はジョン・バカンだったが、彼の本を再読したときに、リチャード・ハネイの冒険から同じ快楽を得ることがもはやできなくなっていることに気づいた。会話や状況だけが時代遅れなのではなかった。道徳的な環境がもはや私の少年時代のそれではなくなっていた。愛国心は第一次世界大戦の激戦地となったパッシェンデールにおいて、男子学生にとってさえ魅力を失っていたし、帝国が最初に想起させるのは、ビーヴァーブルック男爵の帝国自由貿易自由軍であった。他方で、大恐慌の数年の間にロンドンのシティやイギリス憲法の高邁な目的を信じるのは困難であった。もはやバカンの世界ではなかったのだ。飢餓行進参加者のほうが政治家よりもリアルに思われた。その頃書き出した『拳銃売ります』の追われる男はレイヴンであって、ハネイではなかった。人生のあらゆる汚い手

口に対して復讐を決意している男であって、自分の国を救済することを目的としている男ではなかった。(*WE* 68-69)

ここでいくつか注意すべき点がある。まずグリーンが『拳銃売ります』を交換可能な複数の用語で形容している点である。『拳銃売ります』は「エンターテインメント」であると同時に、「スリラー」であり、また「メロドラマ」でもあるのだ。それはどういうことだろうか。

われわれはグリーンが「エンターテインメント」を副題に掲げたことの意義をもっと真剣に論じるべきだろう。セドリック・ワッツが指摘しているように、ハイネマン社の『拳銃売ります』の前付において、グリーンは彼の作品群を「エンターテインメント」と「小説」の二つのカテゴリーに分割するばかりか、初期の二つの失敗作──『行動の名前』(一九三〇年)と『夕暮れの噂』(一九三一年)──をそこから除外している。ワッツの言葉を借りるならば、「グリーンは『小説』を比較的真剣で精巧な作品として、『エンターテインメント』を比較的人気の高い商業的な作品として考えた」(Watts *A Preface*, 38)。この二つのカテゴリーの区分はあくまで恣意的なものであり、後にこの区分自体がグリーン本人によって放棄されることになるが、グリーンが『拳銃売ります』刊行の一九三六年の段階で、自己の作品群の中間的な総括を行なっている点は注目に値する。こうしてグリーンは、『内なる私』、『ここは戦場だ』、『英国が私をつくった』の三作を「小説」として、彼の出世作の『スタンブール特急』と最新作の『拳銃売ります』を「エンターテインメント」として打ち出すことになるだろう。

グリーンは自伝のなかで「エンターテインメント」を「スリラー」や「メロドラマ」といった言葉で置き換えながら、自身の小説家としての立ち位置をバカン以降の冒険小説の正統的かつ批判的な後継者として演出している。「スリラー」という用語は、「エンターテインメント」の言い換えとして適切な用語であろう。プローマーが『拳銃売ります』を「はらはらさせるスリラー」と呼んでいたことを思い出してほしい。では、「メロドラマ」はどうだろうか。「エンターテインメント」と「メロドラマ」は、いかなる文脈において交換可能なのだろうか。

ここで気になるのは、自伝におけるグリーンの映画に関する寡黙である。プローマーが的確に指摘したように、『拳銃売ります』の「エンターテインメント」としての革新性は、グリーンが「映画脚本家と平凡な冒険物語作家の両方のお株を奪った」点にある。しかし、グリーンはあたかも映画とは無関係かのように、自身の作品をバカン以降の冒険小説の文脈から、つまり「スリラー」の文脈から論じようと躍起になっている。

だがプローマーが続けて述べているように、グリーンの「スリラー」は、そもそも映画的な影響と無関係ではありえない。「彼が書き上げたのは、はらはらさせるスリラーだが、それは矢継ぎ早のスピードのギャング映画が見え、聞こえるのとまったく同様に読むことができる」からだ。

プローマーは同じ書評欄のなかでグリーンの映画的技法に関して以下のように述べている。

> 政治的な暗殺に関するいくつかの明白な事実によって不気味な影を作品に投げかけると、グリーンはすぐさま緊張感と不吉な予感を作り出し、素早いカメラワークと巧みな音響効果によって、さまざまな個人の緊密に結びついた運命を追いかける。(Plomer 110-111)

『拳銃売ります』のスピード感あふれる冒頭部を分析したプローマーの記述は、グリーンの「エンターテインメント」の要約としては適切であるが、グリーンと映画の関係をめぐって考察を進めるには、あまりにも概括的である。そもそもプローマーはグリーンの「スリラー」を「ギャング映画」の小説版になぞらえているが、彼は具体的にどの映画を念頭においていたのだろうか(3)。

ここでプローマーを離れ、グリーンと一九三〇年代の映画史との接点を探っていくことにしよう。一九三〇年代半ばにグリーンが自身の「エンターテインメント」をブランド化していく際に参照した映画ジャンルは、ギャング映画ではない。グリーンが参照した映画作家は、同時代人のヒッチコックにほかならない。自伝『逃走の方法』のなかでグリーンは映画批評家時代を回想して以下のように述べている。

これらの四十年以上前の映画批評を読み直してみると、ノスタルジアの感覚によってのみ修正可能な多くの偏見に気づく。私はグレタ・ガルボに関してははっきりした疑念を抱いており、彼女を美しいアラブの雌馬に喩えたし、ヒッチコックの「不十分な現実感」は、私をいらいらさせたし、いまもいらいらさせる。彼がどんなに言い訳できないほど『三十九階段』を台無しにしたことか。（トリュフォー氏がなんと言おうと）以下のように書いたとき、私は正しかったと今でも信じている。「彼の映画は一連の小さな『愉快な』メロドラマ的状況から成り立っている。バカラ・ボードに落ちた殺人犯のボタン、誰もいない教会に音を鳴り響きさせ続ける絞め殺されたオルガン奏者の手……とてもおざなりに彼はこうした巧妙な状況に向かって（その途上で矛盾や未解決の部分や心理的な不合理に注意を払うことなく）次第に盛り上げていき、そして放り出すのである。それらは何も意味しないし、何にも行き着かないのである」。（*WE* 59）

ヒッチコックへのライヴァル意識が一気に噴出した一節である。グリーンの映画に関する寡黙の理由はもはや明らかだろう。グリーンが『拳銃売ります』に「エンターテインメント」の副題を与え、バカン以降の冒険小説の批判的かつ正統的な後継者を名乗り出たとき、いわば仮想敵として彼の念頭にあったのは、バカン原作のヒッチコック映画『三十九夜』(一九三五年)だったに間違いない。

『三十九夜』の原作となったバカンの『三十九階段』が、リチャード・ハネイを主人公にした一連の「ショッカー」の最初の作品であり、グリーンが少年時代に強い愛着を示していた冒険小説であることは、すでに述べたとおりである。この批評的にも商業的にも大成功であった映画に対してグリーンが示した異常なほどの敵意は、同時代のイギリスでもっとも成功した映画作家へ対する嫉妬と、バカンという少年時代の英雄を寝取られたことへの怒りに由来するものと考えられよう[4]。

興味深いことに、自伝におけるグリーン自身の映画批評の引用元は、『三十九夜』の映画批評ではない。グリーンがヒッチコックの「一連の小さな『愉快な』メロドラマ的状況」を批判する際に分析の対象としているのは、『間諜最後の日』(一九三六年)であった。おそらく、グリーンは『三十九夜』の完成度の高さに感銘さえ受けていたにちがいない。なぜならば、プロットの挿話的な構成においても、メロドラマ的な主題設定においても、『拳銃売ります』にもっとも近しい映画は『三十九夜』だからだ。自伝においてグリーンが自身の「エンターテインメント」を「メロドラマ」と呼び、ヒッチコック映画の「メロドラマ的状況」をあげつらうとき、グリーンは図らずもヒッチコックへのおさえがたい関心を露呈してしまうのである。

以下、一九三〇年代のヒッチコックとグリーンのライヴァル関係に注目し、「メロドラマ」の観点から『三十九夜』と『拳銃売ります』の比較検証を試みる。「メロドラマ」には、二つの異なる位相がある。表層的な技法的位相と深層的な倫理的位相である。前者はいわゆる「サスペンス」の位相のことであり、グリーンが自伝のなかで「メロドラマ」に言及するとき、それは基本的にこの位相のことを指していると考えられる。グリーンにとって「メロドラマ」と「スリラー」が交換可能な概念であるのは、そのためである。だがグリーンの映画批評には、そしてとりわけ彼の小説には、この表層的な「メロドラマ」の概念には回収されないもう一つの概念が息づいている。ここでは「メロドラマ」の深層的な位相を浮き彫りにするために、比較文学研究者ピーター・ブルックスの「メロドラマ的想像力」の概念を導入していく。

2　イギリス時代のヒッチコック

第一章でも参照したように、グリーンが執筆した「ミドルブラウ映画」（一九三六年）というエッセーは、辛口の男性映画批評家とミドルブラウ的な趣味の中年女性との対話形式をとったイギリス映画論となっている。したがって、二人のうちの片方の見解を映画批評家グリーンのものとして受け入れるのには、細心の注意が必要だ。だがこのイギリス映画談義において、グリーンの本音が辛口の男性映画批評家の発言にあらわれているのも事実である。

グリーンのヒッチコック批判は主に以下の二点に要約される。トリックの過剰さとメロドラマとしての未熟さである。まずは前者について見ていくことにしよう。対談相手の女性にヒッチコックの『暗殺者の家』（一九三四年）と『三十九夜』（一九三五年）は気に入ったかと聞かれると、この辛口映画批評家は以下のように答える。

退屈しなかった。『三十九夜』はかなり楽しんだ。でもヒッチコックに関して語るべきことがあるだろうか。アンソニー・アスキスと同じで、彼は技巧的なだけで、想像的ではない。彼のトリックのなかにはかなり優れたものもある。『三十九夜』において、殺害された女性を発見した掃除婦の悲鳴が北部へ向けて疾走するフライング・スコッツマンの汽笛の甲高い音にカットされるのを覚えているだろう。アスキスとヒッチコックが、この種のトリック以上に重要なことに関しては、インタヴューに応じたがらない時期もあった。ヒッチコックの映画、特に『暗殺者の家』は、プロットにおいても、演出においても、トリックから成り立っているにすぎない。とても活発な印象を一時的に与えるが、それだけだ。(*GGFR* 399)

グリーンはヒッチコックの映画技法、とりわけ音のモンタージュの技巧を評価しつつも、そこに物足りなさを認めている。対談相手の女性にヒッチコックを美的に判断してはいけない、映画を「エンターテインメント」として議論する了解ではなかったか、とたしなめられると、辛口批評家は次のように切り返す。

だがメロドラマは、はらはらさせなければならない。ヒッチコックに対する私の不満は、彼は楽しませるが、はらはらさせないところにある。ヒッチコックがベン・トラヴァーズの笑劇を映画化するのを見てみたいくらいだ。彼は観客をはらはらさせるほどの想像力を持ち合わせていない。彼には説得力がない。ひとつには彼はとても不注意である。『三十九夜』において追われたヒーローがいとも簡単にスコットランドからロンドン・パラディウムに戻ってくるのを考えてごらん。スコットランドへいたる道中、そしてスコットランド滞在中、追跡者たちがいつも彼の背後に迫っていたのに。(*GGFR* 399)

興味深いことに、ここでグリーンは「エンターテインメント」を「メロドラマ」と言い換え、その上でヒッチコックの映画のメロドラマ的想像力の未熟さを指摘し、その原因を映画上のリアリズムの欠如に求めている。

現実感の欠如という論点は自伝『逃走の方法』のなかでも反復されており、ヒッチコックに対するグリーンの評価は、その意味で一貫している。だからこそ、ヒッチコックの『サボタージュ』(一九三六年)——前章で論じたコンラッドの『密偵』(一九〇七年)の翻案である——がこの敵対的な批評家から賞賛を得たことは、注目に値する。

一九三六年一二月一一日付の『スペクテイター』誌の映画批評において、グリーンは「このメロドラマはリアリスティックで、説得力がある」と述べ、コンラッドの『密偵』の翻案に例外的に高い評価を与えているが、同時にヒッチコックの前作『間諜最後の日』を「モームの『アシェンデン』の嘆かわしい翻案」としてこき下ろすことを忘れていない(*GGFR* 164)。『サボタージュ』において何が起きたのだろうか。ここでイギリス時代のヒッチコックの仕事を簡単に振り返っておいてもよいだろう。

イギリス時代のヒッチコックの黄金時代は、『暗殺者の家』(一九三四年)、『三十九夜』(一九三五年)、『間諜最後の日』(一九三六年)、『サボタージュ』(一九三六年)、『第三逃亡者』(一九三七年)、『バルカン超特急』(一九三八年)とともに到来する。現在「古典的なスリラー六つ組」(Durgnat 20)として知られているこれらの映画は、『バルカン超特急』を除いて、ヒッチコックと映画脚本家チャールズ・ベネットとの持続的な共同作業の賜物であった（Barr 16）。ヒッチコックはこれらの映画を通じて「スリラー」の名手として知られるようになる。

あまり知られていないのは、このフォーマットの完成が翻案の原作のジャンルの変化と同期しているという事実である。「サスペンスの巨匠」は、「小説の翻案の巨匠」（Leitch 13）であった。一九二〇年代半ばから一九三〇年代初頭にかけてのヒッチコックの初期作品は、翻案のインスピレーションを小説と演劇に等しく依拠していたが、『暗殺者の家』以降、ヒッチコック映画の原作は小説へと傾いていく。アダプテーション研究の第一人者トマス・リーチは、ヒッチコック映画の原作の変化とそれがもたらした映画上のスタイルの変化を以下のように説明する。

『暗殺者の家』の高度に挿話的な構造は、『ふしだらな女』（一九二七年）、『農夫の妻』（一九二八年）、『ジュノーと孔雀』（一九三〇年）、『スキン・ゲーム』（一九三一年）などのより緊密に織り上げられた演劇型の作品との切断を画するものだった。この切断は『三十九夜』において決定的となった。というのもこの映画の原作はすでにピカレスク的なスパイ小説であったが、それはヒッチコックと、チャールズ・ベネット、アルマ・レヴィル、イアン・ヘイといった脚本家たちの手によって、さらにずっと挿話的なものになったからだ。ヒッチコックがイギリスで監督した残りのすべての映画――『間諜最後の日』、『サボタージュ』、『第三逃亡者』、『バルカン超特急』、『巌窟の野獣』（一九三九年）――は、演劇ではなく、小説を原作とした。（Leitch 12）

ヒッチコックがインスピレーションの源泉を演劇から小説に移行するとともに、彼の映画は緊密な構成から挿話的な構成へと変化していく。一九三〇年代のグリーンとヒッチコックのスタイル上の親近性は、こうしたメディア横断的な観点から考察されるべきだろう。グリーンの小説が同時代の映画作品の批判的な検証を通じて「映画的な」スタイルを獲得していったのと同様に、ヒッチコックの映画は翻案の原作を小説に求めていく過程で「小説的な」スタイルを獲得していくことになった。

だがヒッチコック映画の原作の変化は、リーチが提案するほど明確なものではなかった。実際、彼は移行の過程がより複雑な過程であったことを認めている。

唯一の例外は『サボタージュ』と『間諜最後の日』である。前者がジョウゼフ・コンラッドの一九〇七年の小説と一九二三年の同名の演劇にインスピレーションを得ているのに対して、後者のクレジットによれば、この映画は「キャンベル・ディクソンの演劇に、W・サマセット・モームの小説『アシェンデン』(一九二八年)に基づいている」。(Leitch 12)

グリーンが対照的な評価を下した二つのヒッチコック映画が、ともに小説と演劇をインスピレーションの源泉としていることは、注目に価する。『間諜最後の日』の原作のラディカルな異種混淆性に関しては、ヒッチコック自身が一九三六年五月三〇日付の『フィルム・ウィークリー』誌のなかで明らかにしている。

『間諜最後の日』は、アシェンデンの二つの物語、「裏切り者」と「無毛のメキシコ人」と、キャンベル・ディクソンの演劇によって成り立っている。われわれは二つの物語の順番を入れ替え、ケイパーを無罪の犠牲者に仕立て上げ、ギリシア人をアメリカ人へと変更し、劇的な要素を付け加えるために列車の衝突を導入し、演劇から恋愛の主題を獲得した。(quoted in Barr 236)

ここに原作と映画との間の厳密な対応関係を求めるのは、不可能だろう。グリーンが『間諜最後の日』を「モームの『アシェンデン』の嘆かわしい翻案」として切り捨てたのも無理はない。では『サボタージュ』の原作はどうなっているだろうか。

トマス・リーチによれば、『サボタージュ』はコンラッドの小説と演劇の双方からインスピレーションを得ている。それに対して名著『イギリスのヒッチコック』のチャールズ・バーは、以下のような簡潔な事実を述べるにとどまっている。

コンラッド自身による小説『密偵』の演劇版は、一九二二年一一月にロンドンで公演されたが、わずか数回の上演であった。ヒッチコックと彼の協力者たちはこの上演には言及していないように思われる。(Barr 237)

両者の差異はコンラッドの演劇の扱い方にある。バーが演劇のパフォーマンスそれ自体に触れているのに対して、おそらくライチの念頭にあるのは、公演の終了後に千部限定で自費出版された脚本『密偵——三幕の劇』(一九二三年)である。(5) 問題は、『サボタージュ』の二重の源泉を主張する際にライチが証拠を提示していない点にある。実際、映画のクレジットは「ジョウゼフ・コンラッドの小説『密偵』

より」と提示しているにすぎない。

常識的な判断をすれば、通説どおり、ヒッチコックの『サボタージュ』の原作は、コンラッドの小説『密偵』に求められる。リーチの精緻な分類に異議を唱えるつもりはないが、『サボタージュ』は明らかに『密偵』の翻案であり、その挿話的な構造をコンラッドの小説に多く負っている。『サボタージュ』と『間諜最後の日』の原作の異種混淆性を同じレヴェルで議論することは、明らかに見当違いだ。

むしろここで驚くべきことは、原作の多様性、そしてその単一性、複数性の差異にもかかわらず、ヒッチコックとベネットが彼らの黄金時代となる一九三〇年代を通じて、ほぼ同一のフォーマットに基づいて「スリラー」＝「メロドラマ」を生み出し続けたという事実である。それはどのようなフォーマットであったのだろうか。

3　サスペンス、あるいはメロドラマの表層的位相

ここで翻案をめぐる一つの洞察に目を向けよう。映画制作の現場において、源泉となるテクストは、アダプテーション研究が前提としているよりもはるかに自由に翻案されてきたということだ。だからこそ、ヒッチコックとベネットの共同作業が重要なのだ。彼らの長期にわたるパートナーシップによって、ヒッチコックは「サスペンスの巨匠」の地位を築き上げたのである。

ベネットは「サスペンス」を生み出す秘訣を以下のように記している。

サスペンスとは、物語に取り入れることのできるもっとも重要なものだ。それを付随的なサブプロ

ットや恋愛のエピソードと競い合わせてもよいだろう。だが成功したメロドラマの秘密はあなたの物語の最後の十分にある。もしその時間あなたのアクションが観客をぞくぞくさせることができたら、その物語は成功だ。しかし、もし観客をクライマックスでがっかりさせたら、あなたがそれまでのプロットでどれだけ恐怖を築き上げてきたとしても、負け戦となるだろう。(Bennett *Hitckcock's Partner*, 55)

これこそがヒッチコックとベネットが確立した「スリラー」のフォーマットである。インスピレーションの源泉の多様性にもかかわらず、彼らはこのような均一のプロット構造を反復することによって、ぞくぞくさせる「メロドラマ」を生産し続けたのである。

『三十九夜』はその成功例である。たとえば、『マンスリー・フィルム・ブレティン』誌の批評家は、『三十九夜』を「ロンドンとスコットランドを舞台とし、ジョン・バカンの小説から自由に、そして申し分なく翻案されたはらはらさせるスパイ映画」として紹介し、「サスペンスが決して緩むことのない」第一級のエンターテインメントと褒めちぎっている("The Thirty-Nine Steps," 72)。グリーンの本音もおそらくは同じだったにちがいない。こうしてヒッチコックとベネットは、バカンの翻案に引き続いて、今度はモームとコンラッドの自由な翻案に着手することになる。

これらの二つの翻案は、しかしながら、「古典的なスリラー六つ組」のなかでもっとも注目されない作品であり、実際、同時代の批評家の評価もきっぱりと分かれていた。チャールズ・バーはその原因を彼らの強みであった「ラディカルな映画翻案の戦略」(Barr 162) の欠如に求めている。

バーの批評の妥当性は、『間諜最後の日』を論じる『マンスリー・フィルム・ブレティン』誌の批評家によっても裏付けることができよう。

ヒッチコックは雰囲気を伝える名人であり、彼の作り出す背景——たとえば、スパイの事務局でもあるチョコレート工場や、敵の領土を走り抜ける輸送列車——は堅固でリアルである。背景となる音声も賢く操作されている。完全な沈黙とやかましい執拗な騒音——教会のオルガンの音、すぐ近くから鳴り響く教会の鐘、スイスのカフェの芸人たちの騒音、機械の轟音、廊下で歌を歌う兵士たちを乗せた列車の轟音——の背景の間を彼は慎重に往復する。しかし、ヒッチコックが失敗しているのは、プロットの構築の細部であり、クライマックスへとつながり、そこから離れていく箇所であり、彼の全般的な目的をはっきりとさせるべき箇所である。しばしば一体彼が何を狙っているのか、彼が心から戦争と無意味な殺人へ抗議しているのか、それともただ単純なメロドラマを提供しているのか、よくわからないのだ。("Secret Agent," 83)

この慧眼な批評家は、ヒッチコックの卓越したミザンセンと巧妙な音声の操作に敬意を払いながらも、そのプロット構築の細部に致命的な欠陥を認めている。ベネットが警告したように、「もし観客をクライマックスでがっかりさせたら、あなたがそれまでのプロットでどれだけ恐怖を築き上げてきたとしても、負け戦となるだろう」(Bennett 55)。

負け戦の原因の一つは、モームの短編集『アシェンデン』のクライマックスとなる「裏切り者」の挿話の配置場所にある。この裏切りの物語は、主人公のアシェンデンが、飼い主のスパイの死を直感した犬が哀しそうに吠え続けるのを聞き、罪の意識にやんわりと苛まれる印象的なシーンで幕を閉じる。しかし、先ほど紹介したヒッチコック自身の説明からも明らかなとおり、映画ではこのクライマックスとなるべきシーンを「やかましい執拗な騒音」の一つとして処理しているため、アンティクライマックスのような印象を生み出している。だが、もしヒッチコックの狙いが「戦争と無意味な殺人へ抗議」する「単純なメロドラマを提供」することにあったとしたら、どうだろうか。

ここで思い出してよいのは、グリーンがヒッチコックの映画を終始一貫して「メロドラマ」と呼び続けた点である。実際、『キネマトグラフ・ウィークリー』誌の批評家は、『間諜最後の日』を「スパイ・メロドラマ」として紹介し、「この映画は、この種のエンターテインメントにふつう結びつけられる直截なやり方で話を展開する代わりに、物語を主要な登場人物の心理的なリアクションのなかに反映している」と主張している（"Secret Agent," 26)。また『フィルム・ウィークリー』誌の批評家は、この「ヒッチコック流のメロドラマ」を『三十九夜』と「手法としては似ているが、ムードとしては似ていない」作品として、『三十九夜』よりも「コメディの要素は少ないが、劇的な力ははるかに大きい『スパイ・スリラー』」として歓迎している（"Secret Agent," 27)。

またこの映画批評には、『三十九夜』に引き続いて『間諜最後の日』でも主演を務めた女優のマデリン・キャロルの写真が付いていて、ヒッチコックの新作が女性主人公の倫理観の揺らぎを中心に展開する心理的な「メロドラマ」として読みうる可能性を示唆している。この女性中心的な視点は、グリーンが『拳銃売ります』のなかで女性主人公のアンに託した視点とも重なり合う。そして、このような女性主人公の心理的な「メロドラマ」の前景化こそ『間諜最後の日』が次作『サボタージュ』に肉薄する箇所なのである。(6)

4　メロドラマ的想像力

『オックスフォード英語辞典』によれば、メロドラマという言葉の語源は、「オペラ」を意味するイタリア語の「メロドラマ」(molodramma)にまで辿ることができる。ここでは「メロドラマ」の項目1・bを参照してみよう。

元々は、たいていは恋愛もので、センセーショナルなプロットの、歌が散りばめられている演劇を意味した。(当時は)アクションがさまざまな状況にふさわしいオーケストラ音楽を伴っていた。後になって(音楽の要素が不可欠とみなされなくなると)誇張された登場人物や、感情に訴えることを目的としたセンセーショナルなプロットを特徴とした演劇や映画、その他の劇作品を意味するようになった。("melodrama")

一九三〇年代において「メロドラマ」が「スリラー」と交換可能な用語であった理由は、これで明らかだろう。「スリラー」もまた「感情に訴えることを目的としたセンセーショナルなプロット」を特徴としていたからだ。ヒッチコックの『サボタージュ』が同時代の批評家たちにこれらの両方の用語で記述されるようになったのは、驚くに値しない。

チャールズ・バーの『サボタージュ』に対する否定的なコメントは、同時代の批評家たちの判断と多くを共有している。彼らはこの映画の「メロドラマ」としての未熟さを指摘する。たとえば、『ピクチャーゴウアー』誌の批評家は「そのサスペンスの価値があまりにも引き延ばされているため、全面的に効果的ではなくなっている」("Sabotage" 26) と述べているし、『フィルム・ウィークリー』誌の批評家はその「アンティクライマックス」に言及している ("Sabotage" 32)。

彼らがこの映画の「サスペンス」、あるいはクライマックスと認めたのは、あの有名なスティーヴィの悲劇的な死のシークエンスにほかならない。この残酷なクライマックスは批評家の評価を分かつことになった。たとえば、映画批評家のC・A・ルジューンは「この手の物惜しみしない虐殺には基準があって、ヒッチコックは『サボタージュ』においてその基準を超えてしまった」(*LFR* 107) と嘆いた。ふたたびベネットは正しい。「もし観客をクライマックスでがっかりさせたら、あなたがそれまでのプロットでどれだけ恐怖を築き上げてきたとしても、負け戦となるだろう」(Bennett 55)。

しかしながら、私が主張したいのは、『サボタージュ』は「負け戦」ではなかったということだ。なぜなら、この映画にはもう一つのクライマックスが周到に準備されているからだ。スティーヴィの爆死は、映画の幕切れとしてではなく、映画の真のクライマックスとなるヴァーロック夫妻の対決への布石として設定されているのである。

一九三六年一二月一一日付の『スペクテイター』誌の映画批評において、グリーンは『サボタージュ』の第二のクライマックスとなる問題の場面を以下のように記述している。

夫の夕飯を給仕しているときに、ヴァーロック夫人は、自分の意志に反して、繰り返しカーヴィング・ナイフを手に取っていることに気づく。ジャガイモを配るために、キャベツを掬うために、ヴァーロック氏を殺すために。(*GGFR* 164)

グリーンがこの家庭内のドラマを真の劇的なクライマックスとして捉えていることは、明らかだろう。彼はさらに「のろまで優しい自暴自棄のヴァーロック氏を演じたオスカー・ホモルカと、彼の無邪気な妻を演じたシルヴィア・シドニーは、ときにこのメロドラマを悲劇のレヴェルにまで高めている」（*GGFR* 165）と付け加えている。ここで初めてグリーンは、ヒッチコックを「サスペンス」の観点からだけでなく、「メロドラマ」の現実的な提示という観点からも高く評価している。

映画の問題のシークエンスは、コンラッドの『密偵』のクライマックスとなる同様のシーンに多くを負っている。

仰向けになってじっと上を見ていたのだ。彼が見ていたのは、その手にしっかりとカーヴィング・ナイフを握りしめた右腕の、一部は天井に、一部は壁に投げかけられた動く影であった。影は上下にゆらめき、その動きはゆっくりだった。その動きがじつにゆっくりだったので、ヴァーロック氏も腕と凶器を認識することができた。

その動きがじつにゆっくりだったので彼はその不吉な兆しの意味を完全に了解し、喉にこみ上げてきた死の味をあじわう余裕があった。妻が発狂して狂乱のあまりおれを殺そうとしている！　その動きがじつにゆっくりだったので、その凶器を持った狂人との身の毛のよだつような格闘になんとしても勝つんだという断固たる決意よりさきに、この妻に殺されるという発見の、感覚を麻痺させるような効果がまずさきにあらわれた。その動きがじつにゆっくりだったので、ヴァーロック氏は、テーブルの背後にダッシュして重い木製の椅子で女を打ち倒すことをも含めて防御の計画を練る余裕があった。しかしその動きはヴァーロック氏に手なり足なりを動かす余裕を与えるほどゆっくりではなかった。ナイフはすでに彼の胸に突き立てられていた。ナイフの進行を邪魔するものはなにもなかった。骰子一擲もかくやの正確さ。（コンラッド　三七八―三七九頁）

この一節で興味深いのは、コンラッドの語りのモードである。「その動きがじつにゆっくりだった」という表現が四回も反復された後、それを否定する致命的な一文が現れる――「その動きはヴァーロック氏に手なり足なりを動かす余裕を与えるほどゆっくりではなかった」。これは過剰のモードである。「誇張とセンセーショナリズム」のモードである。つまり、「メロドラマ」なのだ。

比較文学研究者のピーター・ブルックスは、「メロドラマ」を過剰のモードとして、「誇張した脚色のモード」として提示する。彼のメロドラマの明察は、「ある表象の過剰」の背後に、「登場人物たちの意識に作用する道徳的主張の強度」を見出した点にある。メロドラマの定義に関するブルックスの多大なる貢献は、演劇のメロドラマへの以下のような考察に由来している。

われわれはそこに善悪の二元論的葛藤に基づいた激しい感情的倫理的ドラマを見出すことだろう。その世界では、人間の生きる目的や方法が、もっとも根源的な心的関係と宇宙的倫理的力によって捉えられるとともに、こうした力によって決定される。善悪の二極化は、その両者の存在と作用を世界における現実の力として示そうとする。善悪の葛藤が示すのは、悪を認識し、悪に立ち向かう必要であり、悪と闘い、悪を駆逐し、社会の秩序を浄化する必要である。人間は転機や衝突、媒体のないこれ以上単純化できない自分の力を超えた要請といった地点を構成する劇場において演じていると捉えられるとともに、そのように自己を認識しなければならない。これが宇宙においてもっともリアルなものなのだ。メロドラマの華々しい演技は、これらの力や要請を恒常的に表現し、それらを目立つかたちで示し、それらの証拠を押し付けようとする。(Brooks 12-13)

コンラッドの小説では、カーヴィング・ナイフのスローモーションが「メロドラマ」を活性化し、「善悪の二元論的葛藤に基づいた激しい感情的倫理的ドラマ」を誘発することだろう。同様に、ヒッチコックの映画では、カーヴィング・ナイフをジャガイモに突き刺す無意識のジェスチャーが「メロドラマ」を活性化し、ヴァーロック家の日常生活の背後に横たわる「もっとも根源的な心的関係と宇宙的倫理的力」を垣間見せる。

ヒッチコックの「メロドラマ」に対するグリーンの判断は、妥当であったと言っていい。グリーンには、彼自身の「メロドラマ」のヴィジョンがあり、それはブルックスが提示した「メロドラマ」の概念と響き合うものであった。「善悪の二元論的葛藤に基づいた激しい感情的倫理的ドラマ」とは、「グリーンランド」(Greeneland)――「薄汚い下宿屋や魚の缶詰、萎れた葉蘭や運の尽きた登場人物たちの世界」(Naremore 65)――のドラマにほかならない。(7) グリーンは映画批評家として、同時代の映画から、とりわけヒッチコックの作品群から「メロドラマ」のフォーマットを学び取り、それを自身の小説世界の原理として発展させていった。『拳銃売ります』にはその痕跡が色濃く残っている。

以下、メロドラマ的な想像力という観点から、グリーンの「エンターテインメント」とヒッチコックの「メロドラマ」の交流を分析していきたい。

5　スクリューボール・コメディの影

一九三〇年代の「メロドラマ」をめぐる状況を概観して明らかになるのは、その二つの重なり合う、異なった位相である。グリーンが自身の「エンターテインメント」を「スリラー」や「メロドラマ」と交換可能な用語として使用してきたことは、すでに述べたとおりである。ヒッチコックを「サスペンスの巨匠」へと育て上げたベネットによれば、「メロドラマ」を可能にするものこそ「サスペンス」にほかならなかった。ベネットの「サスペンス」の概念は、主にプロットの構築をめぐる技法的な概念であった。映画全体のクライマックスを適切な場所に配置し、そこまで恐怖をかき立て続けることこそ「サスペンス」の要諦であった。ベネットの概念は、ヒッチコックのイギリス時代の一連の「スリラー」のプロット構成を分析するうえで重要な指標となる。「サスペンス」とは、「メロドラマ」の技法的表層的位相とまとめてもよいだろう。

「メロドラマ」のもう一つの位相とは、「サスペンス」の位相の上に築き上げられる心理的ドラマの位相である。ピーター・ブルックスは、「メロドラマ」を過剰のモードとして、「誇張した脚色のモード」として定義したが、そこでは「善悪の二元論的葛藤に基づいた激しい感情的倫理的ドラマ」が繰り広げられることになるだろう。この過剰のモードこそ「メロドラマ」の倫理的深層的位相として考えられよう。

このような「メロドラマ」の折り重なる二つの位相の観点から、グリーンとヒッチコックを比較してみたときに何が見えてくるのだろうか。まずは「メロドラマ」の表層的位相たる「サスペンス」の観点からジャンルを越えた両者の親近性について考察していきたい。

映画研究者のマーク・グランシーは、『三十九夜』の「スリラー」の特徴に関して以下のように述べている。「それはサスペンスとユーモアを混合させた最初のスリラーというわけではなかったが、この新しいタイプのスリラーの初期作品の一つであり、その両方の点でもっとも成功した作品の一つだった」(Glancy 6)。グランシーはこのジャンル混交的な新種の「スリラー」を文学史と映画史の交差する地点において探求していくことになるだろう。

すでに説明したように、ヒッチコックの『三十九夜』は、バカンの『三十九階段』の翻案である。グランシーが試みるのは、映画研究者によってしばしば忘却されがちな、ヒッチコック映画におけるジョン・バカンの文学的遺産の再検証である。

> バカンの小説のもっとも顕著な特徴——サスペンス、スリル、スピード、追跡——のどれを取っても、「ヒッチコック的」と容易に特定されうるだろう。おそらくもっともすぐに目につく影響は、「二重追跡」として知られるストーリーラインである。この追跡は無実の主人公をめぐって展開されるが、彼は犯してもいない犯罪で訴えられ、警察と本当の犯罪者たちの双方から逃げ回らなければならない。(Glancy 14)

「二重追跡」のストーリーラインはたしかにヒッチコックがバカンから受け継いだ遺産にほかならない。『三十九夜』の主人公リチャード・ハネイは「犯してもいない犯罪で訴えられ、警察と本当の犯罪者たちの双方から逃げ回らなければならない」からだ。観客はこの「間違えられた男」の間一髪の逃亡を、固唾を飲んで見守っているうちに、次第に彼に共感を抱き始める——ヒッチコックの「サスペンス」と「スリル」は、この「二重追跡」のストーリーラインによって担保されていると言っていい。

グリーンの『拳銃売ります』は、ヒッチコックがバカンから受け継いだ「二重追跡」のストーリーラインを見事になぞっている。主人公の殺し屋レイヴンは、チェコの戦争大臣を殺害した礼金として、エージェントのデイヴィス氏から盗まれた紙幣を手渡され、警察の厄介者となり、ロンドンからの逃亡を余儀なくされるからだ。たしかにレイヴンは無実の主人公ではない。しかし、レイヴンは強盗という「犯してもいない犯罪で訴えられ、警察と本当の犯罪者たちの双方から逃げ回らなければならない」運命を背負わされている。

『三十九夜』と『拳銃売ります』の「二重追跡」のストーリーラインの驚くばかりの共通性に関しては、これまで十分な関心が払われてこなかったように思われる。『三十九夜』のハネイは、殺害された女性スパイのアナベラが残した地図を手がかりにロンドンからスコットランドへと列車で向かうのに対して、『拳銃売ります』のレイヴンは、彼を裏切ったエージェントを追いかけて、ユーストンから列車に飛び乗り、北部の産業都市「ノトウィッチ」——ノッティンガムのフィクション上の名前である——へと向かう。

「追われた者」が次第に「追う者」へと転身していくダイナミクスこそ、両者の「サスペンス」の核心をなすものであったと言っていいだろう。チャムリーをタクシーで追いかけるレイヴンが言うように、「彼は追いかけられるのに慣れてなかった。このほうがよかった。追いかけるほうが」(*GFS* 28)。こうしてハネイはスコットランドの小さな村で敵国のスパイの首領「ジョーダン教授」に、レイヴンはノトウィッチのミッドランド製鋼の本社で黒幕のマーカス卿に遭遇することになるだろう。

だが「二重追跡」のストーリーラインだけでは、映画と文学をつなぐ糸としてはまだ細い。ヒッチコックとグリーンが冒険小説の巨匠ジョン・バカンの腹違いの兄弟であると主張しているにすぎないからだ。ここで重要な意義を持ってくるのは、両者の映画史的な文脈である。グランシーがヒッチコックの「スリラー」の特徴を「サスペンス」と「ユーモア」の混合として捉えていたことを思い出してほしい。グランシーにとって、ヒッチコックの「ユーモア」とは、同時代のスクリューボール・コメディの影響を意味するものであった。

『三十九夜』の恋愛の側面は、ハリウッドの二つの初期スクリューボール・コメディ——W・S・ヴァン・ダイクの『影なき男』(一九三四年)とフランク・キャプラの『或る夜の出来事』(一九三四年)——によって明らかに影響されている。スクリューボール・コメディの冗談を飛ばし合う恋愛関係は、愛情よりも辛辣さを多く含んでいて、一九三四年には新鮮で解放的でまったくモダンなものに映った。そうした関係が提供したのは、恋愛が感情の観点よりはスラップスティックの観点から提示され、登場人物たちがお互いに感傷的になるよりはお互いを茶化し合い、もっとも高圧的な男でさえ恐れを知らない女という好敵手に出会うような、そうした映画の青写真であった。『影なき男』では、夫婦のニック・チャールズとノラ・チャールズが気の利いた冗談を飛ばし合いながら、殺人事件の謎を捜査する。その謎は、この映画のユーモアにもかかわらず、不吉な真にサスペンスに満ちた瞬間を含んでいる。一九三四年の時点では、これは異例のジャンル混交であり、たいへんな人気を博した。『或る夜の出来事』は、『三十九夜』により大きな影響を与えたように思われる。なぜならその映画の口論するカップルは一緒に全国横断の旅行をするはめになり、そのような

状況に置かれて初めて彼らはついに停戦し、恋に落ちるからだ。(Glancy 27)

ヒッチコックがバカンの原作にはなかった要素で新たに付け加えたものとは、こうしたスクリューボール・コメディの「ユーモア」の要素にほかならなかった。リチャード・ハネイの役にイギリスの名優ロバート・ドーナットを割り当て、その相手役のパメラに同じくイギリスの名女優マデリン・キャロルを迎え、両者に気の利いた冗談を飛ばし合わせるとき、ヒッチコックの「スリラー」は、イギリス版のスクリューボール・コメディの様相を帯びてくるのである。

6　二つのスクリューボール・コメディ

グリーンとスクリューボール・コメディの関係について概観しておこう。グリーンの映画批評を見ていくと、彼が一九三〇年代に数多くのスクリューボール・コメディを視聴し、全般的に好意的な甘口のコメントを残していることがわかる。

ヴァン・ダイクの『影なき男』(一九三四年)は、ダシール・ハメット原作のユーモアあふれる探偵映画であるが、『夕陽特急』(一九三六年)、『第三の影』(一九三九年)、『影なき男の影』(一九四一年)、『風車の秘密』(一九四五年)、『影なき男の息子』(一九四七年)と、次々と続編が作られるほどの人気ぶりであった。

グリーンは『影なき男』シリーズの第二作『夕陽特急』を以下のように紹介している。「『影なき男』のスターと監督と作者が一緒になって陽気な殺人と夫婦の冗談の新作を生産した」(*GGFR* 190)。グリーンのコメントからは、この批評が書かれた一九三七年四月九日の時点で、「陽気な殺人と夫婦の冗談」の映画が、つまり「サスペンス」と「ユーモア」の混合からなる新しいスリラーが、すでに定着したジャンルとなっていたことが窺える。

『影なき男』シリーズのチャールズ夫妻を演じたのは、ウィリアム・パウエルとマーナ・ロイであったが、パウエルはとりわけグリーンのお気に入りの俳優であった（図1）。探偵映画をまとめて論じたある映画批評のなかで、グリーンはスクリーンに持続的に登場する数少ない探偵キャラクターについて触れているが、ウォレン・ウィリアムの「ペリー・メイソン」、ワーナー・オーランドの「チャーリー・チャン」に加えて、『影なき男』や『深夜の星』（一九三五年）のような軽快で愉快な映画に見られるウィリアム・パウエルの洗練された柔らかな演技」（*GGFR* 69）に言及している。

グリーンはパウエル主演の『一対二』（一九三六年）に関しては「とてつもなく面白いスリラー」（*GGFR* 110）と評しているし、同じくパウエル主演の『襤褸と宝石』（一九三六年）については「激烈におかしい」（*GGFR* 144）と賞賛を惜しまない。パウエルの主演したこれらの映画は、ミステリー仕立ての作品が大半を占めるものの、広義のスクリューボール・コメディの範疇に収まる映画群である。[8] グリーンランドのうらぶれた世界には、ウィリアム・パウエルのような洗練された登場人物は似つかわしくない。しかし、『影なき男』周辺の「陽気な殺人と夫婦の冗談」の雰囲気は、

図1　ウィリアム・パウエルとマーナ・ロイ、映画『影なき男』

図２　クローデット・コルベール、映画『或る夜の出来事』

姿を変えてグリーンの小説世界に侵入していくことになるだろう。

　プロローグでも確認したように、フランク・キャプラは、グリーンが映画批評家としてもっとも敬愛した映画監督の一人である。グリーンが論じたキャプラ作品には、『オペラハット』（一九三六年）、『失はれた地平線』（一九三七年）、『我が家の楽園』（一九三八年）、『スミス都へ行く』（一九三九年）があり、一九三〇年代後半のキャプラ作品をすべてカヴァーしている。グリーンがこのアメリカの映画監督に払った偉大な敬意は、彼の映画批評の紙面に反映されている。通常グリーンは複数の映画作品を一つの映画批評のなかで論じていくのだが、キャプラ作品については、毎回ほぼ単独で取り扱い、濃密なキャプラ論を展開している。『或る夜の出来事』は、グリーンが『スペクテイター』誌の映画批評家に就任する前に発表された作品ということもあり、他のキャプラ作品のように丁重な扱いを受けることはなかったが、ことあるたびに参照されるグリーンのお気に入りの映画作品であった。

　その理由の一つは『或る夜の出来事』の主演女優にある。この映画のなかでスクリューボール・コメディの「口論するカップル」の原型を提示したのは、俳優のクラーク・ゲイブルとクローデット・コルベールであったが、裕福な家庭のお転婆娘を演じたコルベールこそグリーンの偏愛の対象となったのだった（図2）。ある映画批評のなかでグリーンはコルベールを以下のように評している。「コルベール嬢はいつも見ていて心地よい。正しい役を与えられれば、彼女は有能な女優だ。『或る夜の出来事』の彼女の演技をしばらく忘れることはないだろう」(*GGFR* 12)。また別の映画批評では、以下のように述べている。「クローデット・コルベール嬢は三度幸運だった。(中略)彼女の最高の映画『或る夜の出来事』において、『社長は奥様がお好き』(一九三五年)において、そして激しやすい気性のそりが合わない恋人たちが戦いを通じて結婚にいたるコメディ『花嫁の感情』(一九三五年)において」(*GGFR* 63)。同じ映画批評のなかでグリーンは「コルベール嬢はもっとも魅力的な軽喜劇映画女優である」(*GGFR* 64)とさえ述べている。これらの三つの映画作品が、スクリューボール・コメディの範疇に収まる作品であるのは、言うまでもない[9]。

しかし、当然ながらグリーンはコルベールに魅了されていただけではなかった。彼はかなり早い段階で『或る夜の出来事』を嚆矢とするスクリューボール・コメディのジャンルの鉄則を見抜いていた。一九三五年一一月二二日の『スペクテイター』誌の映画批評において、グリーンはシドニー・ランフィールドの『レッド・サルート』(一九三五年)を「『或る夜の出来事』以来のもっとも優れたコメディの一つ」として捉え、以下のように分析を進めていく。

これらの二つの映画はとても立派な起源を持っている。それは王政復古時代の性の決闘、ドライデンの口論する恋人たちである。その恋の哲学は『偽占星術師』のなかで美しく述べられている。

セリミナよ、わたしの心を
誰もあなたから奪うことはできないだろう
もしわたしがあなたの良き許しを得て

一日に一度あなたと言い争うことができるのならば
わたしがあなたと離れることはないだろう
(*GGFR* 47-48)

ここでグリーンはスクリューボール・コメディを王政復古期の劇作家ジョン・ドライデンの喜劇と結びつける離れ業を行なっているが、それによってスクリューボール・コメディの本質が「口論する恋人たち」にあることを浮き彫りにしている。

グリーンとスクリューボール・コメディの関係を概観して明らかになるのは、グリーンが『影なき男』と『或る夜の出来事』というその後スクリューボール・コメディの原点とみなされていく二つの映画に関して、映画史的に先鋭的な洞察を示していたという事実である。グリーンには、『影なき男』を「陽気な殺人と夫婦の冗談」の映画として、『或る夜の出来事』を「口論する恋人たち」の映画として要約する類まれな洞察力があった。ヒッチコックが『三十九夜』の制作にあたってこの二つのスクリューボール・コメディの影響下にあったのは、すでにグランシーの述べたとおりである。ここで付け加えたいのは、グリーンもまたこの二つのスクリューボール・コメディの古典から多くのインスピレーションを得ていたということである。グリーンとヒッチコックは映画史的にも近親相姦の関係にあったのだ。

7　平等性のコメディ

現在スクリューボール・コメディとして曖昧に定義される映画ジャンルを「再結婚のコメディ」とし

て提示したのは、映画研究者、哲学者のスタンリー・カヴェルであった。名著『幸福の追求——ハリウッドの再結婚のコメディ』の第二章「逸脱としての知識」は、『或る夜の出来事』の見事な分析となっているが、そこでカヴェルが注目するのは、彼が「ドラマの歴史においてもっとも有名な毛布」(Cavell 80)と呼ぶもの、つまり「エリコの壁」——旧約聖書のヨシュア記で語られるイスラエルの民による「エリコの占領」のエピソードへの言及——にほかならない。

『或る夜の出来事』の「口論する恋人たち」——クラーク・ゲイブル演じるピーターとクローデット・コルベール演じるエリー——は、マイアミからニューヨークへの長距離バスと徒歩とヒッチハイクの旅の過程で、知り合ったばかりにもかかわらず、三度二人だけで夜を共にすることになる。彼らがその「初夜」を過ごすことになるオートキャンプ場の小屋のなかで、ピーターが洗濯物干し用の紐と一枚の毛布を使ってとっさに作り出した「障壁=スクリーン」(Cavell 80)こそ、映画内の「エリコの壁」なのだった。

二つのシングルベッドの間に降ろされ、空間を二つに分断する毛布がこの映画の「男女関係」のアレゴリーとして機能していることは、言うまでもないだろう(図3)。『或る夜の出来事』の物語は、「エリコの壁」の構築と崩壊の物語である。二人の主人公が「第三夜」を過ごすことになるモーテルの部屋のシークエンスでは、エリーによって「エリコの壁」を迂回する境界侵犯が行なわれようとするが、ピーターはそれを制止する。旧約聖書の記述どおり、「エリコの壁」はイスラエル側の騒々しく響き渡るトランペットの音によって正攻法的に攻略されなければならないからだ。実際、この映画は、元のパートナーとの結婚式から逃げ出したエリーがピーターとわざわざモーテルに宿泊し、響き渡るトランペットの音によって、正式に「エリコの壁」を崩壊させる場面で幕を閉じる。

図３　エリコの壁、あるいは映画史上もっとも有名な毛布、映画『或る夜の出来事』

カヴェルの慧眼は、誰がトランペットを吹いたのかという映画的な細部に注目した点である。実際、われわれはこの最後の宿泊のシークエンスにおいて、鳴り響くトランペットを耳にするだけで、小屋のなかで何が行なわれているのかを目にすることはないからだ。旧約聖書の世界においては、当然ながら主導権は、イスラエルの民のリーダーであるヨシュアにある。神の命令どおり、ヨシュアはイスラエルの民とともに、角笛を鳴り響かせながらエリコの街を一周するのを六日間繰り返した後、七日目には街を七周し、その七周目に七人の祭司たちに角笛を吹き鳴らさせ、民に鬨の声をあげさせることによって、ついにエリコの城壁を崩壊させる（「ヨシュア記」第六章一—二一）。したがって、『或る夜の出来事』においても、最後にトランペットを吹いたのは、映画内で「エリコの壁」の規則を遵守し続けたピーターと想定できる。しかし、カヴェルはまさしくこの男性中心的な想定に疑問を呈する。この映画には「トランペットを吹くように勧められ、勇敢にその勧誘を受け入れたのは、女性のエリーのほうであると自由に想像する」（Cavell 81）余地が残されているからだ。

カヴェルはこのような映画内の「エリコの壁」の崩壊をめぐるジェンダー上の主導権の曖昧さのなかに「再結婚のコメディ」の本質を見出そうとする。[10]

この映画を再結婚のコメディのジャンルを定義する作品と私が捉えていなかったら、誰がトランペットを吹いたのかという点に関する曖昧さをこれほど強調することはないだろう。というのも、私が考えるこのジャンルの本質的な特徴は、男と女のどちらが行動的もしくは受動的なパートナーなのか、そもそも行動的、受動的といったものが男性と女性の差異を説明する適切な特徴なのか、本当にわれわれは男性と女性の差異について考える方法を十分に知っているのか、といった問いを曖昧のままにとどめておく点にあるからだ。だからこそ、私はこの映画ジャンルは「古いコメディ」と「新しいコメディ」の区別を拒否すると述べたのだ。前者においては女が、後者においては男が支配的なのである。またこうした理由で私はこのジャンルを平等性のコメディと呼んだのだった。(Cavell 82)

このようにカヴェルは、『或る夜の出来事』において典型的に表れる男女関係の主導権をめぐる曖昧さのなかに「再結婚のコメディ」の本質を見出していき、それを「平等性のコメディ」と名づける。なるほどシンプルな指摘である。だがこれほど的確な指摘もないだろう。スクリューボール・コメディの本質は、男女の平等性の追求のなかにあるのだ。

8　ジャンルの法則、あるいは初夜について

ヒッチコックの『三十九夜』がスクリューボール・コメディの影響下にあることを指摘したのは、マーク・グランシーであったが、その影響を「再結婚のコメディ」の観点から再検証したのは、カヴェル

の弟子であり、古典的な名著『殺人的な視線』で知られるヒッチコック研究者のウィリアム・ロスマンであった。

近著『われわれは愛するものを殺さなければならないのか？』において、ロスマンは『三十九夜』以降のイギリス時代のヒッチコック作品のなかに「ヒッチコック流のスリラー」と「ハリウッドの再結婚のコメディ」の結合を見出すが、その結合は「ある程度までにすぎない」(Rothman 6) と主張する。つまり、ヒッチコック作品には二つの両立不可能な世界観の間の緊張や葛藤が含まれているというのだ。この二つの世界観とは、「再結婚のコメディ」を規定する「エマーソン的な完成主義」——「われわれは、未達成ではあるが、達成可能な自己へ向かって進まなければならないという思想、そしてこれが自由への道であるという思想」(Rothman 5) ——と「ヒッチコック流のスリラー」を規定する「人間は愛するものを殺すものだ」(Rothman 6) というオスカー・ワイルド風の達観を指している。

ロスマンが「エマーソン的な完成主義」と名付けるものとは、カヴェルが「平等性のコメディ」という言葉に託した男女の平等性の追求にほかならない。ヒッチコックの『三十九夜』においては、ロバート・ドーナット演じるリチャード・ハネイとマデリン・キャロル演じるパメラによって、スリラー仕立ての「平等性のコメディ」が演じられることになるだろう。

では、ヒッチコックの『三十九夜』と同様に、グリーンの『拳銃売ります』を「再結婚のコメディ」の文脈において、「平等性のコメディ」の文脈において論じることは可能だろうか。当然可能である。なぜならば、『三十九夜』と同様に、『拳銃売ります』は男女の平等性の追求を主題とした物語であるからだ。

グリーンの『拳銃売ります』にはたしかに恋愛の要素があるものの、それは『或る夜の出来事』や

『三十九夜』のカップルのそれとは一見したところ別物に見える。「口論するカップルは一緒に全国横断の旅行をするはめになり、そのような状況に置かれて初めて彼らはついに停戦し、恋に落ちる」(Glancy 27) ところまでにはいたらないからだ。

だが、同時にグリーンがスクリューボール・コメディの伝統を踏まえて、登場人物の関係を構築していることは明らかだ。『拳銃売ります』は、殺し屋のレイヴンと刑事のマザーとその恋人のアンの三角関係を物語の主軸に据えているが、アンにたっぷりとユーモアと機知を与え、アンとレイヴンの間に疑似恋愛関係を生み出すことによって、伝統的なスリラーにスクリューボール・コメディの要素を付け加えることに成功しているからだ。

プロットの基本的な構成を見ていくと、グリーンが自作にスクリューボール・コメディの要素を付け加えるにあたって、ヒッチコックの『三十九夜』のプロットを参照していたことがわかる。『三十九夜』においてハネイとパメラは二度出会う。最初はフライング・スコッツマンの車両のなかで、二度目はスコットランドの田舎町の政治集会場のなかで。同様に『拳銃売ります』においてレイヴンとアンは二度出会う。最初はノトウィッチ駅のプラットフォームで、二度目はノトウィッチの連れ込み宿で。いずれも最初の出会いは一時的なもので、女は男をまったく信頼していない。しかし、二度目の出会いは決定的なもので、女は次第に男を信頼し始める。

ハネイはスコットランドの田舎町の集会場でパメラと再会するものの、彼らが警察と信じ込んだスパイの手に落ち、二人は手錠をかけられ、逃避行をともにすることを余儀なくされる。グランシーが的確に指摘しているように、この再会以降、映画のトーンはすっかりと変わり、「スリラー」よりは「スクリューボール」の要素が色濃くなる (Glancy 66-67)。

同様に、レイヴンとアンの再会は、二人を疑似恋愛関係へといたらせる。アンはすでにレイヴンの「共犯者」として探偵活動を開始しており、レイヴンを裏切ったエージェントの黒幕を知るために、デイヴィスに接近するのだが、レイヴンとの共犯関係をほのめかしたため、連れ込み宿の密室で両手両足を縛られ、猿ぐつわをかまされ、暖炉の奥に押し込められる。ここでアンを奇跡的に救出することになるのは、恋人のマザーではなく、レイヴンなのである。

レイヴンとアンのカップルとしての阿吽の呼吸は、連れ込み宿の密室を脱出する際のアクション・シーンによって見事に表現されている。部屋の外に出ようとしたレイヴンは、ドアの外に張りめぐらされた紐につまずき、待ち構えていた宿主のアキィから火かき棒で左肩を強打され、その場でうずくまるが、アンはレイヴンが落とした拳銃を拾い上げ、アキィに突きつけ、見事なサポートぶりを示している（*GFS* 96）。

この二人の男女の協力関係に、たとえば『影なき男』の夫婦探偵ニックとノラの面影を見出すのは、難しいことではないだろう。実際、アンの恋人であるマザーは、レイヴンとアンが貨車置場へと消えていく様子を眺めながら次のように考察する。

マザーは貨車に上がり、石炭の燃殻と転轍機の暗い荒れ果てた土地や、もつれあった線路や小屋、石炭やコークスの山を見つめた。それは鉄の破片が散らかった第一次世界大戦の無人地帯のようだったが、そこを一人の兵士が負傷した仲間を腕に抱えてゆっくりと気をつけて横切っている。マザーは奇妙な恥ずかしい気持ちで二人を見守っていた。まるでスパイであるかのように。足をひく細い影は、マザーの愛する女を知っている人間になっていた。彼らの間には関係のようなものが生じ

ていた。（*GFS* 99）

マザーとアンとレイヴンの間に、奇妙な三角関係が生まれつつあることを示す興味深い一節である。レイヴンとアンは、スクリューボール・コメディの伝統にしたがって、『或る夜の出来事』や『三十九夜』のカップルたちと同様に、荒れ地のなかのみすぼらしい小屋で、二人きりで一晩を過ごすことになるのである。

しかしながら、グリーンが、キャプラやヒッチコックによって洗練されていったスクリューボールの伝統と袂を分かつのは、まさしくこの「初夜」のシーンなのである。「再結婚のコメディ」における「初夜」の物語上の重要性については、カヴェルの議論のなかで明らかにしたとおりである。『或る夜の出来事』においてキャプラは「初夜」を迎える男女の緊張関係を一枚の毛布によって視覚化した。

ヒッチコックが「再結婚のコメディ」の伝統に、キャプラにもっとも接近するのも、この「初夜」のシーンなのである。ヒッチコックはキャプラの「初夜」の状況設定を反復しつつ、そこに独自のひねりを加えている。『三十九夜』において、主人公のハネイとパメラはスコットランドの荒野の逃避行を経て、夜遅くある宿屋にたどり着く。出会ったばかりの男女が全国横断の旅の途中で夫婦を装って宿屋に宿泊するという設定は、明らかにキャプラのアイデアの反復である。しかし、ヒッチコックはここにキャプラにはなかった独自のアイデアを加えている。それは手錠である。

ハネイとパメラは手錠で繋がれているため、ピーターとエリーのように適切なプライヴァシーを保つことができない（図4）。エリーがストッキングを脱ぐときに、ピーターの手はすぐそばにある。ベッドもシングルベッドが二つではなく、四柱式ベッドが一つの設定になっているため、二人はベッドをと

図４　ロバート・ドーナットとマデリン・キャロル、映画『三十九夜』

もにせざるをえない。しかし、この強制的な近接関係のなかで二人の間に信頼が生まれてくる。手錠を外すことに成功したパメラは、部屋の外に出たときに、敵のスパイたちの会話を盗み聞き、ハネイが真実を語っていたことを認識し、ハネイを心から受け入れる。

部屋に戻ったパメラは、スーツのままベッドの上に眠っていたハネイに毛布をかけてあげ、自分はベッドの足元の長椅子で眠ろうとするが、寒さに耐え切れず、毛布をもう一度自分のために奪い取る（図５・６）。「ドラマの歴史においてもっとも有名な毛布」（Cavell 80）への見事なオマージュであろう。

すでに確認したように、グリーンは自身の映画批評のなかで『或る夜の出来事』にも『影なき男』にも触れており、スクリューボール・コメディというジャンルに関して先鋭的な理解を示した。彼が「再結婚のコメディ」における「初夜」の物語上の機能について無自覚であったとは想定しづらい。だが、小説家グリーンはスクリューボール・コメディの伝統を踏まえつつも、そのジャンルの法則から大きく逸脱していく。

グリーンがスクリューボール・コメディのジャンルの法則を踏まえていることは、レイヴンとアンが初めて一緒に夜を過ごすことになる「初夜」のシーンを、彼がノトウィッチ郊外の貨車置場の放置された物置小屋に設定していることから明らかだ。キャプラやヒッチコックの映画とは異なり、ここにはベッドのような快適なものはない。隙間風が吹き荒ぶ寒い物置小屋で身を温めることができるものは、石炭を入れる大袋だけである。しかも、その枚数も限られている。レイヴンは大袋をすべてアンに差し出し、自身は使い古されたコートで寒さを紛らわせる。この男が女に示す気遣いは、あくまでスクリューボール・コメディの伝統に忠実である。二人の間に信頼関係が生まれるのも時間の問題であるように思われる。しかし、グリーンはここで「告白」の要素を付け加えることによって、一気にスクリューボール・コメディの伝統から逸脱していく。

　この小説の最初のクライマックスとなる「初夜」のシーンを描き出すのは、第五章であるが、この章は二つのセクションに区分されており、前半はレイヴンを主体に、後半はアンを主体に物語が描かれている。

図５・６　一枚の毛布をめぐる戦い

　前半では、まずアンからの捜査報告があり、デイヴィスの勤務先やチェコの戦争大臣の出自などがレイヴンに伝えられる。レイヴンは短い眠りに落ちた後、見たばかりの夢をアンに語り、母の自殺や彼自身の生い立ち、最初の殺人について語り続ける。このシーンは、明らかにキリスト教的な「告白」を意図したセクションとなっている。だが、レイヴンが自身の夢の内容と偽って、チェコの戦争大臣と彼の女性秘書の殺害を打ち明けるとき、アンの共感は決定的にレイヴンを離れていく。第五章の後半では、アンの視点を中心に彼女の心情の変化が、アンのレイヴンに対する強烈な嫌悪感が語られる。「今までは特に醜いと思わなかった彼の唇が、突然思い浮かんだ。それを思い出したら吐き気を催したことだろう」(*GFS* 125-126)。そして、アンはレイヴンが体を覆う大袋を一枚もかぶっていないのに気づいても「まったく憐れみを感じなかった」(*GFS* 128)。アンは黄色い霧が出てきていることに気づくと、すっかりと心の重みを下ろし、眠りについたレイヴンを起こし、彼女自身がレイヴンの外套と帽子を着て小屋の外に飛び出し、おとりになるという名案を突きつける。これが二人の最後の別れとなるのは、言うまでもないだろう。「初夜」はうまくいかなかったのだ。

9 メロドラマの深層

ヒッチコックの『三十九夜』とグリーンの『拳銃売ります』を「メロドラマ」の表層的位相、つまり「サスペンス」の観点から比較してみるときに明らかになるのは、両者のメディアを超えた親近性である。グランシーが的確に指摘したように、ヒッチコックの「スリラー」は、「サスペンス」と「ユーモア」を混合させたジャンル混交的な新種のスリラーであり、それはバカン風の「二重追跡」のストーリーラインとハリウッドの初期スクリューボール・コメディが交差する地点において生まれたものであった。グリーンの強みは、映画批評家としてこうした同時代の映画史の展開を視野に収めたうえで、それに独自のひねりを加えることによって、自身の「スリラー」を一流のエンターテインメントとしてブランド化していくことができた点にあった。

すでに述べたように、グリーンがヒッチコックから袂を分かつのは、スクリューボール・コメディのクライマックスをなす「初夜」のシーンである。『三十九夜』においては、男女の和解と愛の芽生えが「ユーモア」たっぷりに描かれるのに対して、『拳銃売ります』においては、途中までは健在だった「ユーモア」が告白のもたらす悪夢的な雰囲気によって台無しにされ、男女の関係には亀裂が生じ、女の心は男から決定的に離れていく。

この両者の差異は、スクリューボールのジャンルが要求する「初夜」のシーンの後に配置された物語全体のもう一つのクライマックスに決定的な影響を及ぼす。『三十九夜』においては、ハネイとパメラが力を合わせて、敵国のスパイの首領「ジョーダン教授」の陰謀を食い止め、ハッピー・エンドを迎えるのに対して、『拳銃売ります』においては、レイヴンは単身でミッドランド製鋼に乗り込み、エージエントのデイヴィスと黒幕のマーカス卿に復讐を遂げるが、デイヴィスからアンの裏切りを知らされ狼狽し、その混乱のさなかに背後からマザーの部下に撃ち殺される。

グリーンとヒッチコックは、物語の最初の山場となるスクリューボール・コメディのクライマックスにおいて、異なる男女関係のかたちを描き出した。これはグリーンが独自の世界観を強調するために不可欠の身振りであっただろう。

だがグリーンの小説世界においても、ヒッチコックの映画世界と同様に、「サスペンス」は最後まで維持されている。チャールズ・ベネットの「サスペンス」の鉄則——「もし観客をクライマックスでがっかりさせたら、あなたがそれまでのプロットでどれだけ恐怖を築き上げてきたとしても、負け戦となるだろう」(Bennett 55)——は、グリーンが自身の「エンターテインメント」を「スリラー」として打ち出す際にもっとも注意を払ったものにちがいない。適切な場所に配置されたクライマックスに向かって、恐怖を築き上げていくこと――この「メロドラマ」の技法的表層的位相において、グリーンは、ヒッチコックから、そして彼の共犯者のベネットから多くを学び、彼らの「スリラー」を自家薬籠中のものとしていったのである。

グリーンは自伝においてヒッチコックの『間諜最後の日』を批判する際に、「彼の映画は一連の小さな『愉快な』メロドラマ的状況から成り立っている」と述べ、その「矛盾や未解決の部分や心理的な不合理」をあげつらった。皮肉なことに、こうした批判はすべてグリーンの「メロドラマ」にあてはまる。結局、ヒッチコックはグリーンの兄弟子だったのだ。

しかしながら、グリーンがヒッチコックに一歩先んじて、「メロドラマ」のもう一つの、心理的深層的位相の探求に取りかかった点は、注目に値する。グリーンはレイヴンの人物造形を行なうにあたって、アルフレッド・テニソン卿の『モード』を下敷きにしている。レイヴンは、『モード』の語り手と同様、心に深い傷を負っている。レイヴンの父が絞首刑にされると、母は包丁で自分の喉をかき切り、レイヴンは孤児となる。この設定が『モード』に影響を受けたものであるのは、言うまでもない。『モード』の語り手は、父の自殺が原因で母を失い、婚約者まで奪われた末に、精神病院に収容されることになるからだ。

レイヴンがアンの優しさに触れ、変容を遂げていく様子を描いた箇所で、『モード』の一節がラジオで朗読されるのは偶然ではない。

影がさっと通り過ぎる
あなたに似ているが、あなたではない

ああ、キリストよ、たとえ短い時間でも
われらの愛した魂に会えるならば
彼らは教えてくれるかもしれない
何となってどこにいるのかを

(*GFS* 62-63)

レイヴンはラジオで『モード』の朗読を聞いて、自身の両親のことを思い出しているが、それは彼がテニソンの語り手の置かれた状況を本能的に把握していることを表している。つまりレイヴンは、『モード』の語り手と同様に、両親ばかりか、愛する女性まで失うことになるのを予感しているのだ。『拳銃売ります』の最後のクライマックスは第七章に設定されている。毒ガスの予行演習という都合のよい「メロドラマ的」設定のなかでレイヴンのアクションが冴え渡る見事な復讐シーンである。医学生からガス・マスクと白衣を奪い取ったレイヴンは、医学生に変装することによって彼の正体を明かす兎口を隠し通し、ガス・マスクをつけ忘れたデイヴィスに「罰金」を徴収するという口実で彼とともにミッドランド製鋼の本社ビルへと乗り込み、マーカス卿のオフィスでついにこの二人の悪人を撃ち殺す。

レイヴンの一連のアクションが「スリラー」のクライマックスとして、「メロドラマ」の表層的位相たる「サスペンス」の次元において、適切な内容であることは言うまでもないだろう。だがこの復讐のシーンが「メロドラマ」のクライマックスとして決定的に重要なのは、それがレイヴンの心理的ドラマを過剰なモードとして、「誇張した脚色のモード」として、つまりピーター・ブルックスが述べるところの深層的な「メロドラマ」の次元で描き出しているからだ。

レイヴンがマーカス卿を撃ち殺すのは、彼を沈黙させる以上の意味は持たない。しかし彼がデイヴィスを撃ち殺すのは、彼が「友人」と信じたアンの裏切りと彼女とマザーの関係をほかならぬデイヴィスの口から聞かされるからだ。

レイヴンはデイヴィスを撃った。絶望に駆られつつも冷静に、彼は自分の最後の逃走の機会を撃った。一発で十分なのに二発の弾丸を撃ち込んだのだ。まるで血を流しながらうめいている太ったデイヴィスの体に全世界を撃つかのように。実際にレイヴンはそうしていたのだ。というのも、男の世界が彼の命なのであり、彼はそれを撃っていたのだから。母親の自殺、保護院の長い年月、競馬場のギャング、カイトやあの老人やその女性秘書の死を。(*GFS* 164)

レイヴンの心理的ドラマは、デイヴィスの射殺を描写する過剰なレトリックによって、深層的な「メロドラマ」として、「善悪の二元論的葛藤に基づいた激しい感情的倫理的ドラマ」として提示される。ここでレイヴンとデイヴィスは「善悪の二元論的葛藤」を体現する存在として描かれていると言っていい。レイヴンはデイヴィスに二発の弾丸を撃ち込むことによって、彼を生み出した世界それ自体への復讐を試みたのだった。

その証拠に復讐を遂げた後のレイヴンは、彼を背後から狙っていたマザーの部下には、怒りも口惜しさも感じない。「善悪の二元論的葛藤」を通過したレイヴンにとって、残された使命は自身の人生をありのままに受け入れることだけだ。

生まれてきたことの唯一の問題は、入ってきたときよりもきちんと迅速に人生を出ていくことだ。するとと初めて母親の自殺のことが苦々しさを伴わずに浮かんできた。だがそのとき嫌々ながらに狙いを定めていると、背後の開いたドアからソーンダーズが彼を撃った。死が耐え難い苦痛として彼にやってきた。まるで女が子供を産むように彼はこの苦痛を産まなければならないようだった。そうしようとして彼はむせび泣き、呻き声をあげた。ついに苦痛が彼から出てくると、レイヴンは彼の唯一の子供を追って広大な荒れ地へと落ちていった。(*GFS* 166)

不思議な高揚感を伴った一節である。レイヴンが自身の裏切りの人生とその結末を受け入れ、死を覚悟するとき、彼は自殺した母親のことを初めて受け入れる。そして、その母と想像的に一体化するかのように、レイヴンは苦痛を産み落とし、その子供の後を追って闇のなかへ消えていく。過剰なレトリックによって、レイヴンのトラウマの解消は、深層的な「メロドラマ」として、「激しい感情的倫理的ドラマ」として提示されている。その「メロドラマ」のなんと静謐なことだろう。

註

(1) 同時代の文芸批評家たちはこの小説が「エンターテインメント」の枠に収まらない良作であることを見抜いていたが、そのなかでもとりわけグリーンの新作を高く評価したのは、『リスナー』誌のエドウィン・ミュアーであった。ミュアーは「物語の全体的な扱い方、手段の目的への適合は本当にすばらしい。これは誰もが自分自身のために読むべき小説である」(Muir 278) と述べ、賞賛を惜しまない。

(2) 近年、ジョン・バカンの再評価が進んでいる。ケイト・マクドナルドが編集に関わった以下の二冊の論文集はその代表例である。Kate McDonald, ed. *Reassessing John Buchan: Beyond the Thirty Nine Steps.* Kate McDonald and Nathan Waddell, ed. *John Buchan and the Idea of Modernity.*

(3) たしかにグリーンの映画批評には、マーヴィン・ルロイの『犯罪王リコ』(一九三〇年)、ウィリアム・ウェルマンの『民衆の敵』(一九三一年)、ハワード・ホークスの『暗黒街の顔役』(一九三二年)などのアメリカの初期ギャング映画の古典への言及が空白となっている。しかし、それはグリーンのギャング映画への無関心を立証するものとはならない。実際、グリーンは自身の映画批評のなかで繰り返し、ウィリアム・ケイリーの『Gメン』(一九三五年)に言及しているが、それは主役を演じたジェイムズ・キャグニーへの彼の偏愛によるものである。同じくケイリー監督、キャグニー主演のギャング映画『イーチ・ドーン・アイ・ダイ』(一九三九年)に関して、グリーンは以下のように述べている。「それは今までに聞いたことのあるはらはらさせる物語にすぎず、『Gメン』のそれほどすばらしいとは言えない監督によって作られたものであるが、ジェイムズ・キャグニーの機敏で神経質な演技のためだけでも見る価値がある」(*GGFR* 361)。一九三〇年代のアメリカのギャング映画に関しては、以下の文献を参照。Fran Mason. *American Gangster Cinema: From* Little Caesar *to* Pulp Fiction. 1-50.

(4) グリーンとヒッチコックの同時代性に関しては、これまでいくつかの論考が発表されてきた。たとえば、映画批評家のギャヴィン・ランバートは、名著『危険な鋭利さ』のなかで両者にそれぞれ一章を割いている。Gavin Lambert. *The Dangerous Edge.* 132-170, 235-263.

(5) 私の手元にある脚本『密偵——三幕の劇』を参照してみると、小説と演劇の差異が浮き彫りになる。たとえば、演劇版では、小説の真のクライマックスとなるウィニーとヴァーロックの家庭での対決がやや淡白に描かれている。ト書きには「ヴァーロックのソファーに向かう際に、彼女の手はカーヴィング・ナイフをつかんだ。顔は少し歪んでいる」(Conrad *The Secret Agent,* 157)と記されているだけで、ここで場面転換されている。つまり、ヴァーロックの刺殺の場面は省略されているのだ。これから見ていくように、ヒッチコックが翻案の際に参照したのは、明らかに小説版の『密偵』であって、演劇版のそれではなかったのである。

(6) ジョン・マーサーとマーティン・シングラーによれば、「メロドラマとは、フィルム・ノワールと同様に、批評的なカテゴリーであり、それは家族と女性の社会的な立場を物語の焦点として利用する（主に一九四〇年代と一九五〇年代に作られた）一連の映画を特定する際に誕生したカテゴリーである」（Mercer and Shingler 3）。詳細な議論はここでは行なわないが、こうした批評的なカテゴリーとしての「メロドラマ」は一九三〇年代のイギリス映画にも適用が可能であろう。ヒッチコックの一九三〇年代の「メロドラマ」は、ダグラス・サークの一九五〇年代の「メロドラマ」のいわば原型として位置づけることができるだろう。

（7）「グリーンランド」（Greeneland）は、北大西洋にある世界最大の島「グリーンランド」（Greenland）のもじりであるが、グリーンの作品世界を形容する言葉として現在では『オックスフォード英語辞典』にも収録されている。「グリーンランド」とは、「グレアム・グリーンの小説世界の典型的な設定と言われている、みすぼらしい、政治的に不安定で危険な世界」（"Greeneland"）を指す。

（8）狭義のスクリューボール・コメディに関しては、批評家のアンドリュー・サリスを参照。Andrew Sarris. *"You Ain't Heard Nothin' Yet": The American Talking Film History & Memory, 1927-1949.* 89-100.『影なき男』シリーズの影響か、スクリューボール・コメディの研究文献において、ウィリアム・パウエルは、マーナ・ロイとセットで語られる傾向がある。たとえば、下記の二冊の文献を参照。Doris Millberg. *The Art of the Screwball Comedy: Madcap Entertainment from the 1930s to Today.* 102-111. James Harvey. *Romantic Comedy in Hollywood: From Lubitsch to Sturges.* 167-181.

（9）クローデット・コルベールについては、前出のジェイムズ・ハーヴェイがその著書の一章を割いている。James Harvey. *Romantic Comedy in Hollywood: From Lubitsch to Sturges.* 335-350. コルベールは、キャロル・ロンバート、アイリーン・ダン、ジーン・アーサーと並んで、スクリューボール・コメディの常連であった。

（10）カヴェルが提示した「再結婚のコメディ」の歴史的な再検証に関しては、下記の論文集の第四部「イデオロギー——ロマンティック・コメディの場合」を参照。Kristine Brunovska Karnick and Henry Jenkins, ed. *Classical Hollywood Comedy.* 265-347.

第四章　聖と俗の弁証法
――『ブライトン・ロック』と『望郷』

1　カトリック小説とは何か

グリーンは自伝『逃走の方法』のなかで「『ブライトン・ロック』の出版以降、私は何度もカトリック作家ではなく、たまたまカトリック教徒である作家として名乗り出なくてはならなくなった」（WE 74）と述べている。つまり、『ブライトン・ロック』（一九三八年）は、『権力と栄光』（一九四〇年）、『事件の核心』（一九四八年）、『情事の終わり』（一九五一年）といった、グリーン文学の中心となる一連の「カトリック小説」の嚆矢として受け取られることになったのだ。[1]

ここで簡単に二〇世紀初頭の「カトリック小説」の興隆について説明しておきたい。文学研究者のマーク・ボスコによれば、「ヨーロッパのカトリック小説の起源は、啓蒙の哲学の支配的な言説やフランス革命の反宗教主義に対する反発として、一九世紀および二〇世紀初頭に誕生したフランス文学の新ロマン主義およびデカダンスにある」（Bosco 7）。これらの潮流を代表する作家としてボスコは、ジョリス＝カルル・ユイスマンス、レオン・ブロイ、シャルル・ペギー、ジョルジュ・ベルナノス、フランソワ・モーリアック、ポール・クローデルを挙げている(2)。

グリーンが「カトリック作家」というレッテルを貼られていく過程は、彼がこうしたフランスの「カトリック作家」たちへの傾倒を自身の小説やエッセーのなかで明らかにしていく過程と同期している。たとえば、『ブライトン・ロック』の結末部において、司祭はローズに彼女と「同じ考えを持っていたあるフランス人」の話をする——「彼は善い人だった。信心深い人だった。魂が地獄の苦しみを受けるという考えに我慢できないために、一生を罪のなかで生きた」(*BR* 268)。このフランス人の思想がシャルル・ペギーのそれであることは、グリーン研究の定説となっている。またグリーンは自身のエッセー「怒らされた男」(一九三九年)においてこのフランス人に触れており、戦後の『事件の核心』にいたっては、ペギーの言葉をエピグラフとして使用している。

ペギーと並んで、グリーンの宗教的な想像力に多大な影響を与えたフランスの「カトリック作家」は、フランソワ・モーリアックにほかならない。両者の思想的な影響関係についての詳細は、フィリップ・ストラットフォードの優れた研究書に譲りたいが、『ブライトン・ロック』の執筆にいたる過程で、グリーンがモーリアックのいくつかの著作——『テレーズ・デスケルウ』(一九二七年)、『蝮のからみあい』(一九三二年)、『神とマモン』(一九二九年)、『イエスの生涯』(一九三六年)——を英訳で読んでいたという事実は、イギリスにおける「カトリック作家」の誕生を考察するうえで大きな意味を持っている。

グリーンは自身のエッセー「フランソワ・モーリアック」(一九四五年)において、「ヘンリー・ジェイムズの死とともに宗教的な感覚がイギリス小説から失われ、宗教的な感覚とともに人間の行為の重要性の感覚がなくなってしまった」(*CE* 115)と述べ、独特の文学史観を披露しているが、まさにこの文学史的な空白を埋める救世主としてモーリアックを迎え入れる。

イギリスの読者にとってのモーリアック氏の最初の重要性は、彼が伝統的な偉大な小説家の一団に属しているということだ。彼は目に見える世界が存在をやめていない作家であり、彼の登場人物たちは、救ったり失ったりする魂を持った人間の堅固さと重要性を備えている。また彼はコメントし、自分の考えを表現するという小説家の伝統的で本質的な権利を主張する作家である。(*CE* 116)

ここでグリーンがモーリアックの登場人物たちの存在様式に多大なる関心を示していることに注意しておきたい。グリーンは別の箇所で「モーリアックの登場人物たちは並外れた物理的な完全さを備えて存在しており」、「彼らの個々の行動は、神であれ、悪魔であれ、彼らを駆り立てる力ほど重要ではない」(*CE* 119) と述べており、「宗教的な感覚」の回復によって「人間の行為の重要性の感覚」を取り戻すことの文学的な重要性を強調している。

グリーンがモーリアックの登場人物について語っていることは、彼がこの後に執筆することになる『事件の核心』の青写真として読めると同時に、彼の最初の本格的な「カトリック小説」となった『ブライトン・ロック』の試みの要約としても読める。実際、グリーンは自伝において「一九三七年の段階でカトリック教徒の登場人物を使う機が熟していたと言ってもよいだろう」(*WE* 74) と述べており、ヘンリー・ジェイムズ以降の文学史の精神的な空白を埋めるためには、「救ったり失ったりする魂を持った人間の堅固さと重要性を備え」た登場人物、つまり「カトリック教徒の登場人物」の創造が鍵を握っていることにグリーンが自覚的であったことを物語っている。

このようにグリーンの「カトリック小説」について考察をめぐらせるためには、ペギーやモーリアックのようなフランスの「カトリック作家」との精神的交流についての知識が不可欠であるが、ここで戦後のイギリスの文脈に目を向けよう。

英語圏でグリーンの「カトリック作家」としての評価を決定付けたのは、一九四八年の『事件の核心』の出版であり、同時代の二人のイギリス人作家イーヴリン・ウォーとジョージ・オーウェルによる書評であったと言っていい。両者のアプローチは正反対のものとさえ言えるが、『ブライトン・ロック』以降のグリーンの「カトリック小説」の思想的な深まりを見事に捉えたものとなっている。

一九四八年六月五日付の『タブレット』誌に寄稿したエッセー「幸福なる罪過」において、『回想のブライズヘッド』(一九四五年)を出版したばかりのカトリック作家イーヴリン・ウォーは、グリーンの「小説」と「エンターテインメント」の差異をまさしく宗教性に求め、以下のように力強く主張している。

グリーンの「小説」は洗礼を施されている。つまり、生命の水に深く浸されている。グリーンが言ったように「これらの登場人物は、私の創造物ではなく、神の創造物なのだ。彼らには永遠の運命がある。彼らはただ単に読者の娯楽のための役割を果たしているのではない。彼らはキリストが自らの命と引き換えに救済した魂なのだ」。(Waugh 97)

グリーンの宗教的な想像力に対するウォーの共感的なコメントとは対照的に、『一九八四年』(一九四九年)を執筆中のジョージ・オーウェルは、一九四八年七月一七日付の『ニュー・ヨーカー』誌に寄稿したエッセー「神聖な罪人」において、「『事件の核心』の中心的な思想は、罪を犯したカトリック教徒であることのほうが道徳的な異教徒であることよりも優れており、精神的に高い次元にあるというものだ」と述べ、グリーンのカトリック小説全般に「上流気取りのようなもの」を嗅ぎつけている。

グリーンはボードレール以来流布している思想、つまり地獄行きにはどこか高貴なところがあるという考えを共有しているように思われる。地獄は高級なナイトクラブのようなところで、そこに入ることができるのはカトリック教徒だけなのだ。(Orwell 107)

ウォーとオーウェルは、文学的政治的な立場こそ違うが、『ブライトン・ロック』から『権力と栄光』を経て、『事件の核心』にいたるグリーンの小説家としての思想の深まりを「カトリック小説」の観点から分析しようとしている点で同じ土俵に立っている。この二人の文学者が『事件の核心』のエピグラフとして掲げられたシャルル・ペギーの引用——「罪人はキリスト教の中心にある……罪人ほどキリスト教についてよく知っているものはいない。おそらく聖人を除いては誰も」——に敏感に反応しているのは、偶然ではない。

『ブライトン・ロック』がグリーンの小説家としてのキャリアの転換点となる重要な作品であることは間違いない。そして、そこにカトリックの思想が重要なテーマとして関与していることも間違いない事実だ。二人の主人公ピンキーとローズが信仰の問題に無関心だったとしたら、小説はまったく別の様相を見せたことだろう。だが同時に『ブライトン・ロック』はカトリックの信仰の問題だけを焦点化したテクストではない。

興味深いのは、グリーンがこの小説を「単純な探偵小説」（*WE* 76）として書き始めた事実である。つまり、グリーンは当初『ブライトン・ロック』を「エンターテインメント」として意図していたのであり、その痕跡はこの「カトリック小説」のなかに奇妙に残存している。[3]『逃走の方法』のなかでグリーンは面白いコメントを残している。

『ブライトン・ロック』の最初の五〇ページは、この探偵小説の残骸である。今それを読み返してみれば、いらいらすることだろう。なぜならば、その部分を取り除く決断力をもって、現在第二部となっているところからもう一度物語を始めるべきであったことに自分でも気づいているからだ。たとえ修正作業がどれほど難しいものであったとしても。（*WE* 77）

グリーンのコメントは、『ブライトン・ロック』のジャンルとしての異種混交性を裏付けるものと捉えてよいだろう。実際、「探偵小説」と「カトリック小説」の要素は、さらには「エンターテインメント」と「小説」の要素は、『ブライトン・ロック』のなかで複雑かつ包括的な混交を見せており、両者の混交は第一部の削除だけでは解決のつかないほど根源的なものとなっている。

本章は大きく分けて以下の二つの目的を持っている。まずは『ブライトン・ロック』のジャンル上の異種混交性に注目しつつ、テクストを精読することによって、従来のカトリック的な解釈をすり抜けるテクストの世俗性を浮き彫りにする。そして、この精読の延長線上に『ブライトン・ロック』の聖と俗の世界を同時代の映画史の文脈へと切り開いていく。

『ブライトン・ロック』と同時代の映画の共犯関係に関しては、これまで数多くの批評家の注目を集めてきた。とりわけ伝記作家ノーマン・シェリーによるいくつかの映画テクストの言及は的を射たものとなっている。ここではシェリーの知見を踏み台にしつつ、さらにグリーンのテクストをフランスの「詩的なリアリズム」の文脈へと位置づけていく。

2 宗教と道徳の弁証法

バーナード・バーゴンジィが『ブライトン・ロック』の批評史について総括しているように、「この小説の議論の核心となってきたのは、善悪（Good and Evil）と正邪（Right and Wrong）の対立であった」(Bergonzi 96)。実際、グリーンの登場人物の造形およびプロットの構成は、こうした二項対立的な図式的読解を積極的に促すものとなっている。カトリック教徒の二人の主人公ピンキーとローズがそれぞれ「悪」と「善」を体現する人物として設定されているのに対して、社会的な正義を信じるもう一人の主人公アイダ・アーノルドは「正」を体現する人物として設定されている。

小説のプロットは、アイダがブライトンのパブでたまたま知り合ったヘイルの死の真相の探求に乗り出すとき、一気に動きだし、中年の素人探偵アイダは、ギャングのボスを抗争で失い、わずか一七歳でリーダーとなったカトリック信者ピンキーを追いつめていく。ピンキーはおじけづいた仲間のスパイサーを殺すばかりか、口封じのために付き合い始めた一六歳のローズと役所で結婚し、性交する。挙げ句の果てには、ローズと心中の約束を交わし、自分だけ生き残ろうとする。言うまでもなく、教会の外での結婚および性交、そして自殺は、厳格なカトリック教徒にとって「大罪」を意味する。読者はこうしてピンキーの悪行の数々を共有することを余儀なくされる。

このような倒錯した宗教的な悪の追求に強い不快感を表したのは、グリーンのもう一人の伝記作家マイケル・シェルデンであった――「『ブライトン・ロック』は大胆な小説である。悪魔を精神的な英雄的人物として描き出すことによって、芸術や道徳に関するわれわれの基本的な想定に力強い攻撃をしかけている」(Shelden 243)。

文学研究者のジョン・ケアリーも名著『知識人と大衆』のなかでグリーンの宗教的なエリート主義に強い不快感を表している。「アイダとピンキーの扱いによって、グリーンはカトリック教徒以外の読者を故意に侮辱した。殺人犯のほうが法を守る親切な女性よりも本質的にリアルであるという彼の主張は、自己満足した物質主義的な大衆に向けられた知的な挑戦の身振りなのだ」(Carey 84)。シェルデンとケアリーは、グリーンの「カトリック小説」の独善的なエリート主義をいち早く見抜いたオーウェルの後継者として位置づけられる。

シェルデンとケアリーの批判は感情的な感は否めないものの、ある意味では正統的なテクスト読解に基づいている。たとえばJ・M・クッツェーは、ヴィンテージ版の『ブライトン・ロック』のイントロダクションにおいて、この小説の結末部を以下のように要約している。

> アイダの世界観は最後には勝利を収めるように見えるが、それを狭量で圧政的なものとして疑っているところが、グリーンの巧妙な達成の一つである。最後には物語はアイダのものではなく、ローズとピンキーのものとなる。なぜならば、どれほど未熟なやり方にせよ、究極的な問題に直面するのは彼らであり、彼女ではないからだ。(Coetzee X)

この物語の最終的な着地点を二人のカトリック信者へと委ねるとき、クッツェーはオーウェルにではなく、ウォーに限りなく接近する。クッツェーが「究極的な問題」と述べるものこそ信仰の問題にほかならないからだ。文学的政治的な立場こそ違うが、シェルデン、ケアリー、クッツェーの三人の論客は、究極のところ『ブライトン・ロック』を「カトリック小説」として、つまり宗教的な想像力を主題とした小説として位置づけている。そして彼らの背後には、オーウェルとウォーの影が見え隠れする。

しかしながら、『ブライトン・ロック』のテクストとしての豊穣さは「善悪と正邪の対立」にあるのであって、そのどちらかに軍配を上げることは、テクストの一面的な理解に貢献するだけであろう。ここであらためてこの小説のジャンル上の異種混交性に立ち返ってみたい。

『ブライトン・ロック』は「カトリック小説」であるとともに、「探偵小説」でもある。「小説」であるとともに、「エンターテインメント」でもある。そして二人の若きカトリック信者の「善悪」の物語は、一人の世俗的なアマチュア探偵の「正邪」の物語によって絶えず侵食されている。逆説的なことに、アイダの世俗的な介入なくしては、ピンキーとローズの宗教的な物語は決定的な発展を見せることはない。宗教か道徳かの二者択一ではなく、その両者の相互交流に目を向けることこそ、このジャンル的にも物語的にも異種混淆的なテクストの可能性の中心に近づく正攻法なのだ。

3　世俗の逆襲

『ブライトン・ロック』において、宗教と道徳、「善悪」と「正邪」の対立がもっとも顕著に表れるのは、二人の女性の登場人物ローズとアイダのやり取りにおいてである。アイダはローズをピンキーの支配から救出しようとして、幾度もローズのもとを訪れ、説得を試みる。これはピンキーの下宿屋に乗り込んだアイダの最後の説得の場面である。

「あなたの知らないことを私は一つ知っている。正邪の区別。あなたはそれを学校で学ばなかった」

ローズは答えなかった。この女の言うことは本当に正しかった。その二つの言葉は彼女には何も意味しなかった。それらの味わいは、それよりも味の強い食べ物、つまり善悪によって打ち消されていた。この女は彼女が知る由もない善悪についてローズに何も語ることはない。ローズは数学のように明らかな試験によってピンキーが悪であると知っていた。だとすれば、ピンキーが正しいか、正しくないかは、どれほど重要なのだろうか。（*BR* 217）

カトリック的な世界観と世俗的な世界観が激しくぶつかりあう印象的な場面である。一九六三年一月一七日付の『リスナー』誌に寄稿したエッセー「悪と今日の小説家」において、アンガス・ウィルソンは、このアイダとローズの対立の場面をグリーンの「過剰な図式化」の一例として取り上げ、こうした二つの世界観の明快な差異が小説から「形而上学的な主張」を生み出す結果となってしまったと嘆いている（Wilson 115）。

この場面の分析に関する限り、ウィルソンの指摘は的を射ている。二人の女性のくっきりとした見解の相違は、たしかに「形而上的な主張」の好例と言えるだろう。では小説の中盤に置かれた次の対決の場面はどうだろうか。ローズの職場であるティーハウスに乗り込んだアイダは、ピンキーを牽制しつつ、ローズに果敢な説得を試みる。

「彼女から離れなさい」とその女は言った。「あなたのことはすべてわかっている」。彼女はまるで異国にいるかのようだった。外国に旅行中の典型的なイギリス人女性。基本会話表現集さえ持っていなかった。地獄や天国から遠くかけ離れているほど、彼女は二人のどちらからも遠くかけ離れていた。善と悪は同じ国に住み、同じ言語を話し、旧友のように団結し、同じ完成を感じながら、鉄のベッドの骨組みのそばで手を触れ合っていた。「ローズ、あなたは正しいことをしたいでしょう？」アイダは懇願するかのように言った。

ローズはもう一度囁いた。「ほっておいて」

「ローズ、あなたは善い子なのよ。彼とは関わりになりたくないでしょう」

「あなたは何もわかっていない」（*BR* 135）

先ほどの場面と同様に、ローズとアイダの見解は相違のままに終わっている。ローズとピンキーの精神的な紐帯が強調される一方で、二人の宗教的な世界観は、アイダの世俗的な世界観とはかけ離れたものとして提示されているように見える。だが細部に目を向けると、二つの世界観がそれほど明快に区分されたものではないことが明らかになる。

アイダはローズに「正しい」（Right）ことをするべきだと主張するとともに、ローズを「善い子」（Good Girl）だと呼んでいるが、グリーンがこの二つの形容詞を大文字で使用している点は注目に値する。少なくともアイダにとって、「善悪」と「正邪」の対立は解決不可能な対立としては捉えられていない。「正しい」ことをすることと「善い子」であることは矛盾をきたさないのである。むしろ二つの異なる世界観が「形而上的な主張」には収まらないテクスト内の緊張を生み出していると言えないだろうか。

続いてアイダの世俗的な世界観とその揺らぎに注目していこう。まずはアイダの世俗的な世界観を要約する一節を引用してみたい。

というのもアイダ・アーノルドは正しいのだから。彼女は上機嫌だった。健康だった。気に入った仲間たちとほろ酔いになれた。遊びが好きだった。彼女の巨乳は彼らの肉欲を率直にオールド・ステイン通りへと運んでいった。（中略）彼女は正直だった。親切だった。法律を守る偉大なる中産階級に属していた。彼女の娯楽はみんなの娯楽だった。彼女の迷信はみんなの迷信だった。（中略）彼女は誰かのことをみんなが愛するほどにしか愛さなかった。（*BR* 84）

アイダの飲酒と性欲への寛容は、ピンキーの飲酒と性欲への嫌悪感と対照的である。またアイダの大衆的な楽観主義は、ピンキーのエリート主義的な悲観主義と好対照を成している。「善悪」と「正邪」、宗教と道徳の根本的な対立を軸に、グリーンは二人の登場人物の世界観を、宗教的な世界観と世俗的な世界観の対立の観点からくっきりと描き分けているように見える。

だが、すでに指摘したように、テクストを精読してみると、ローズとピンキーの宗教的な世界観は、アイダの世俗的な世界観と必ずしも矛盾するようなものとしては提示されていないことが判明する。実際、アイダはイギリスの中産階級の世俗的な価値観を体現する一方で、宗教的な感受性に鋭い人物として描かれている。アイダは聖書にも十分通じている――「アイダ・アーノルドの記憶のなかで、聖書についての曖昧な記憶が巻き起こった。『あなたが彼と一緒にいるのを見たことがある』と彼女は嘘をついた。中庭、焚火のそばで料理をする女中、鶏の鳴き声」(*BR* 176)[4]。

またグリーンは友人とのセックスを終えたばかりのアイダに興味深い感慨を与えている。

私は何が正しくて、何が正しくないかわきまえている。神は人間性については少しも気にかけていない。神が気にかけているのは……彼女の頭脳は、ズボンを穿いたフィルから彼女の使命へと、善を為し、悪が苦しむのを見届けることへと切り替わった。(*BR* 164)

われわれは目を疑うばかりの価値の転倒が生じていることに気づくことだろう。素人探偵アイダの使命は「正邪」という世俗的な価値観に基づくだけでなく、「善悪」という宗教的な価値観に基づいているのだ。つまり、アイダにとって、世俗的な世界観から宗教的な世界観への跳躍は決して困難なことではないのである。

プロットの進展にしたがって、アイダの世俗的な世界観は、ローズとピンキーの宗教的な世界観へと接近していく、あるいは両者の境界は曖昧なものへと転じていく——この点は、『ブライトン・ロック』を「カトリック小説」として位置づけ、その宗教性をローズとピンキーの物語の観点から一面的に捉えてきた批評史の致命的な死角となっている。

4 生と死の哲学

世俗的な世界観と宗教的な世界観の境界の曖昧さは、アイダの物語だけでなく、ローズとピンキーの物語にも見出すことができよう。両者の世界観の差異を生と死の哲学の観点から確認したうえで、その境界線の揺らぎに目を向けていくことにしよう。

アイダの世俗的な世界観の根底には、生命を全面的に肯定する「生の哲学」が横たわっている。そしてこの「生の哲学」こそ世俗的な世界観と宗教的な世界観を隔てるものなのである。

死はアイダをぞっとさせた。生はそれほど重要だった。彼女は宗教的ではなかった。天国や地獄を信じておらず、幽霊や心霊術の占い盤、とんとんと音を立てるテーブルや花について悲しそうに語る馬鹿げた小声だけを信じていた。カトリック信者は死を軽薄に扱うがよい。おそらく彼らにとっては、生はその後にやってくるものほど重要ではないのだ。だが彼女にとっては、死はすべての終わりなのだ。（*BR* 34-35）

生とは真鍮の寝台柱に輝く日光のこと、ルビーポートのこと、自分の賭けた勝ち目のない馬が一位となって、さまざまな色の旗が突然現れたときの心のときめきのこと。生とは遊歩道に沿って走りながら、エンジンで振動するタクシーのなかで、彼女の唇に押し付けられたかわいそうなフレッドの唇のこと。（*BR* 35）

こうしてアイダがいわば「生の哲学」の信奉者として設定されるのに対して、ピンキーはアイダの擬似哲学を正面から否定するニヒリストとして登場することになる。

マルクス主義文芸批評家のテリー・イーグルトンは、近著『悪とはなにか』のなかで、ピンキーを

『無への意志、生への嫌悪』を持ち、『生に関するもっとも根源的な前提に対して反乱を』起こすニーチェ流のニヒリストの好例」(Eagleton 52) として挙げたうえで、その存在様式について以下のような考察を行なっている。

彼の存在様式は無限と同じくらい非物質的である。彼は超然としていて、謹厳なだけでなく、物質世界それ自体に対して激しく敵対的である。そしてこれから見ていくように、これこそが悪の特徴なのだ。まるで若さの重要な部分が取り除かれたかのようだ。彼にはあらゆる共感的な想像力が欠けていて、他者が何を感じているのか想像することができないのだ。(Eagleton 52)

イーグルトンの「悪」をめぐる考察は、ピンキーの「悪」の本質を「物質世界」に対する彼の根源的な敵意のなかに見出している。アイダとピンキーの二人が、対極的な世界観を体現する登場人物として措定される理由はもはや明らかだろう。なぜならば、アイダの信奉する「生の哲学」こそ、「物質世界それ自体」の全面的な肯定にほかならないからだ。それに対して、ニーチェ流のニヒリストたるピンキーはいわば「死の哲学」に取り憑かれている。

ここまでの議論を要約するならば、アイダとピンキーの世界観の対立は、「正邪」と「善悪」、世俗的な世界観と宗教的な世界観の対立として、プラグマティズムとニヒリズム、「生の哲学」と「死の哲学」の対立として整理することができるだろう。

しかし、アイダにとって、世俗的な世界観と宗教的な世界観の境界線が次第に曖昧なものに変化していったのと同様に、ローズとピンキーにとっても、異なる二つの価値観の境界線は、プロットの進展とともに薄れていく。そもそもピンキーは世俗的な世界観たる「生の哲学」と決して無縁ではない。その萌芽はすでにローズとピンキーのシェリーズでの最初のデートの場面に垣間見ることができる。

ピンキーがキャバレーの男性歌手に魅了されていく様子をグリーンは以下のように描き出す。

「少年」はスポットライトを見つめた。音楽、愛、ナイチンゲール、郵便配達――これらの言葉は彼の頭脳のなかで詩のように揺れ動いた。片手はポケットのなかの硫酸の瓶を愛撫し、もう片方の手はローズの手首に触れていた。拡声器の非人間的な声がギャラリーの周りに響き、「少年」は黙って座っていた。今警告されていたのは、彼だった。生が硫酸の瓶を摑んで、彼に警告していた――おまえの顔を台無しにしてやると。(*BR* 52-53)

「生が硫酸の瓶を摑んで、彼に警告していた」という表現は、ピンキーの宗教的な世界観が世俗的な世界観によって侵食されていく際の脅威を見事に捉えている。

グリーンは続けてピンキーの内面に生じつつある二つの異なる世界観の葛藤を以下のように提示する。

「なあ、おれはむかし聖歌隊にいたんだ」と「少年」は打ち明けた。そして駄目になった少年の声で突然穏やかに歌い始めた。「世の罪を除き給う天主の小羊、我等に平安を与えたまえ」。彼の声のなかで失われた世界全体が動いた――オルガンの下の明るい片隅、香の匂い、洗濯してアイロンをかけた短白衣、音楽。音楽――どの音楽かは問題ではなかったのだ。「天主の小羊」、「見た目がすばらしく、抱きしめても美しい」、「椋鳥が私たちの散歩道で」、「我が唯一の天主を信ず」――いか

なる音楽も彼を感動させるのだった。彼には理解できないことを語って。(*BR* 54)

ピンキーは一方で聖歌隊の頃への強烈なノスタルジーに駆り立てられている。だが、他方で彼の宗教的な世界観は、かつてのように堅固な要塞ではなくなっている。「天主の小羊」、「我が唯一の天主を信ず」といった聖歌の言葉は、「見た目がすばらしく、抱きしめても美しい」、「椋鳥が私たちの散歩道で」といったキャバレーの流行歌の言葉と交換可能なもの、等価なものとして提示されており、ピンキーの内面で宗教的な世界観と世俗的な世界観がせめぎあっている様子を暗示している。

興味深いのは、グリーンが世俗的な世界観に否定的なニュアンスを与えてはいないということだ。「いかなる音楽も彼を感動させるのだった。彼には理解できないことを語って」という一節には、世俗的なもののなかに宗教的なもの、超越的なものの代替物を見出していこうとする肯定的な姿勢が垣間見られる。

宗教的な世界観と世俗的な世界観の奇妙な混在は、ローズとピンキーの初夜のエピソードにも如実に表れている。教会ではなく、役所で形式的な結婚の手続きを終えた二人は、パレス・ピアで遊んだ後、映画館へと向かい、そこで恋愛映画の求愛の場面を見ることになる。この場面は、ピンキーの世俗的な世界観、「生の哲学」への抵抗が奇妙にも宗教的な世界観の到来をもたらす不思議な一節となっている。

白い顔の広がりに一筋の黒髪を垂らした俳優が言った。「あなたは私のもの、すべて私のもの」。眠れない星空の下、とてつもない月光のなかで、彼はふたたび歌い出した。するとどういうわけか「少年」は急に泣き始めた。目を閉じて涙をこらえようとするが、音楽は鳴り続ける——それは囚人にやってくる釈放のヴィジョンのようだった。彼は締め付けられる感じを覚えながら――絶対に手の届かないところにある――無限の自由を見た。恐れもない。憎しみもない。妬みもない。

それは自分が死んでしまって、心を安らげる告白の効果を、赦罪の言葉を思い出しているかのようだった。しかし、死んでいるので、それは記憶でしかなかった――悔悛を経験できたわけではなかった――彼の体の肋骨は鉄のバンドのように彼を永遠に悔悟できない状態へ押さえつけた。（*BR* 196）

ピンキーに不意に訪れる涙は、宗教的なもの、「彼には理解できないこと」の突然の到来を意味していると受け取っていいだろう。ここで注目しておきたいのは、この宗教的な啓示の到来をもたらすのが「白い顔の広がりに一筋の黒髪を垂らした俳優」の求愛の音楽であるという点である。一方でピンキーは彼が「遊び」と呼ぶもの、つまり性交を恐れている。それは彼のカトリック信者としての禁欲主義の表れである。しかし、他方でピンキーは、求愛の言葉を通じて、映画の俳優と想像的に一体化することによって彼自身の恐怖を一時的に克服し、「無限の自由」の可能性を垣間見る。

ピンキーの「無限の自由」は、悔悛のメタファーによって宗教的なニュアンスを与えられているが、それが映画館という世俗的な空間で、映画俳優という世俗的な登場人物によってもたらされているという逆説は、この複雑に織り込まれたテクストを理解するうえで重要な意味を持っている。つまり、ピンキーは世俗的な世界観を拒否するのではなく、それを受け入れることによって、図らずもまた別の次元の宗教的な世界観を構築しているのだ。

5　サスペンスとしての恩寵

ローズとピンキーのセックスは、『ブライトン・ロック』のプロットの展開の上で重要なエピソードとなっている。セックスという「大罪」を経験したピンキーは、さらに大胆になってローズを心中へと、「すべての行為のなかで最悪の行為、絶望の行為、許されざる罪へと」(*BR* 249) 追い込んでいく。

だが教会の外での結婚および性交は、カトリック信者のローズとピンキーにとって、たしかに「大罪」を意味するとしても、それは二人の生身の人間にとっては、また別の何かを意味するものであった。心中先へと向かう車のなかで、ローズはピンキーに次のような質問を投げかける。

「昨晩、そしてその前の晩も、わたしたちがしたことについて、私のこと憎まなかった?」

彼は言った。「うん、憎まなかった」

「たとえそれが大罪でも?」

それは本当にそうだった――彼は彼女のことを憎まなかった。その行為を憎みさえしなかったのだ。ある種の快楽、ある種の自負、ある種の――それ以外の何かがあった。車体をガタガタ揺らせながら幹線道路に戻ってくると、車はブライトンに向けて走り出した。巨大な感情が彼を叩きつけた。それは何かが入り込もうとしているようだった。巨大な翼がガラスに押し付けられているかのようだった。我等に平安を与えたまえ。彼はそれに抵抗した。学校のベンチやセメントの遊び場、セント・パンクラス駅の待合室、ダローとジュディのひそかな性欲、ピアでの寒い不幸な時間といった、あらゆる苦々しい力でもって。もしガラスが壊れたら、もし獣が――それが何であれ、入り込んできたら、それが何をしでかすかわかったものではない。彼は巨大な破壊の感覚を感じた。告白、告解、秘跡。（*BR* 261）

ピンキーを不意打ちする「巨大な感情」とは、宗教的なもの、「彼には理解できないこと」の突然の到来にほかならない。この擬似宗教的な啓示の到来が、ピンキーの肉体的な欲望に由来していることは、「巨大な翼」を持った「獣」という表現から明らかだ。二人の行為のなかに「ある種の快楽、ある種の自負、ある種の――それ以外の何かがあった」と回想するとき、ピンキーはローズへの愛を認めているのである。

この啓示の瞬間は、ピンキーの宗教的な世界観がアイダの世俗的な世界観にもっとも接近する瞬間でもある。ピンキーは自身の隠された性的欲望を「獣」として認識することによって、生、そして「物質世界」を全面的に肯定する「生の哲学」をほとんど受け入れようとしているように見えるからだ。

宗教的な世界観から世俗的な世界観へのほとんど直感的な跳躍を体験するのは、ピンキーだけではない。ローズは自殺の瀬戸際で死ではなく、生を選択することになるからだ。

彼女は銃を耳に当てたが、吐き気がして下におろした――死ぬのを恐れているのは、愛が足りないからだった。彼女は大罪を犯すことを恐れなかった。彼女を怯えさせていたのは、地獄行きではなく、死だったのだ。（*BR* 263）

案の定助けが来て、状況が変化したことを悟ると、「自己保存のおぞましい力」(*BR* 264) がどっと戻ってきて、ローズは叢のなかに銃を放り投げる。ローズの本能的な生の選択は、皮肉にもピンキーの死をもたらすことになるだろう。

宗教的な世界観と世俗的な世界観の奇妙な混在は、『ブライトン・ロック』の最後まで健在である。この小説は教会の告白室で司祭との会話を終えたローズが、ピンキーの下宿屋に向けて歩き始める印象的な場面で幕を閉じる。まずはこの有名な一節を引用することにしよう。

彼女は教会の外に出て、通りに入っていった。痛みはまだそこにあった。言葉でそれを払い落とすことはできないだろう。だが彼女が考えていた最悪の恐怖は終わった。一回転して元の場所に戻るという恐怖、あたかも「少年」が存在しなかったかのように、家に戻り、職場のスノーズに戻るという恐怖――彼らは彼女を取り戻そうとするだろう――は終わったのだ。彼は存在したのだし、いつも存在することだろう。彼女は突然自分が命を抱えていることを確信した。そして彼女は誇らしげに考えた。もし彼らにできるものなら、それを否定してみればよい。それを否定してみればよい。彼女はパレス・ピアの向かいの遊歩道まで出て、彼女の家の方角から下宿先のフランクの家へ向けて力強く歩き始めた。あの家の部屋から救い出さなければならないものがあった。彼らが否定することができないもう一つのものが――彼女へ向けてメッセージを語りかける彼の声が。もし子供がいれば、その子供にも語りかけるだろう。「もし彼があなたを愛していたのなら」と司祭は言った。「そのことが……」。彼女は六月の淡い日光のなかをあらゆる恐怖のなかで最悪の恐怖に向かって足早に歩いていった。(*BR* 269)

なんとも残酷な結末である。なぜならば読者はローズが聴くことになるピンキーのメッセージの内容をすでに知らされているからだ。結婚を記念するプレゼントとしてローズが欲しがったレコードにピンキーが刻み込んだメッセージとは、「ちくしょう、あばずれめ、どうしていっそのこと家に帰って、そっとしておいてくれないのか？」（*BR* 193）というおぞましいものであった。

「彼女は六月の淡い日光のなかをあらゆる恐怖のなかで最悪の恐怖に向かって足早に歩いていった」という最後の一文は、ローズを待ち受けるもう一つの試練の破壊的な性格を物語っている。しかし、ここで大切なのは、「最悪の恐怖」とは誰にとってのものなのか、という物語上の問題である。『ブライトン・ロック』の最後の一文は明らかに全知の語り手の視点から描かれている。ピンキーのメッセージの内容を知っているのは、全知の語り手とその共犯者たる読者だけである。したがって、この段階で「最悪の恐怖」を予見するのは、あくまで読者であって、ローズではない。そもそもローズはいわば認識論的に宙づりにされた状態で物語を退出するように運命づけられている。そして究極的には読者たるわれわれも、ローズとともに宙づりのまま物語を退出するよう要請されているのである。

こうした「サスペンス」の問題を考察する際に、神学者のイアン・カーがグリーンの一連のカトリック小説を「精神的なスリラー」と呼んでいたことを思い出してもよいだろう。カーによれば、グリーンの小説の「精神的なスリラー」たる所以は、グリーンがカトリックの教義の根本的なパラドックスを作品の中心的なスリルとして提示している点にある。

グリーンのカトリック小説は、カトリック教会が強調する二つの教義を未決定の状態にとどめている。人類は無条件の選択の自由意志を与えられているという教義（だからこそ必然的に神の不在、つまり地獄を選択する可能性が含まれる）と、神は絶対的な愛であり、だからこそ神はすべての創造物が救われることを望むものだという教義のことである。これらの二つの教義の緊張関係なくしては、これらの小説は、いまそうであるような精神的なスリラーではいられなくなるだろう。（Ker 124-125）

カーの洞察にしたがうならば、『ブライトン・ロック』の結末部を飾るローズの宙づり状態、ひいては読者のサスペンスは、グリーンの「精神的なスリラー」の真骨頂として捉えることができるかもしれない。

しかしながら、驚くべきことに、グリーンはすでにローズにとっての「最悪の恐怖」とは何かについて多くを語っている。ローズにとっての「最悪の恐怖」とは「一回転して元の場所に戻るという恐怖、あたかも『少年』が存在しなかったかのように、家に戻り、職場のスノーズに戻るという恐怖」（*BR* 269）であり、ローズはその恐怖の終焉をこの最後の段落の冒頭で高らかに宣言しているのだ。ローズの「最悪の恐怖」を取り除くものとは、彼女の懐胎の可能性である。その可能性はローズの意識に強く刻まれる――「彼は存在したのだし、いつも存在することだろう。彼女は突然自分が命を抱えていることを確信した」（*BR* 269）。そしてローズはこのことを否定することは誰にもできないと述べ、「彼らが否定することができないもう一つのもの」、つまりピンキーの残したレコードに思いを馳せる。ここでローズがもっとも恐れているのは、ピンキーの存在の消滅である。そしてその恐れを取り除くものこそ、ピンキーの子供であり、ピンキーの声なのである。ローズの希望が宗教的な性格を帯びていることは、司祭との会話からも明らかだ――「『もし彼があなたを愛していたのなら、たしかに』、と老人は言った。『そのことが何か善い……』」（*BR* 268）。ローズの宗教的な世界観の観点からこの小説の結末を眺めるとき、『ブライトン・ロック』は、ペシミズムに満ちた悲劇的な物語として立ち現れてくることだろう。なぜならば、レコードに刻まれたピンキーのメッセージは、愛の言葉ではなく、憎しみの言葉であり、それは司祭がローズに与えた希望、つまり「何か善い」出来事の到来の可能性を否定する性質のものだからだ。司祭が主張する「おそろしい神の恵みの奇妙さ」（*BR* 268）は、空々しく響くばかりである。これは恩寵の喪失を意味していると言っていいだろう。

だがここで思い出しておきたいのは、ローズの立場の二重性である。たしかにローズは宗教的な世界観を持ち合わせている。しかし、ローズには独特の世俗的な世界観がある。生命を全面的に肯定する「生の哲学」がある。ピンキーの死への誘惑に抗して、土壇場で生を選ぶことを可能にする生存本能を備えている。生きることへの執着において、ローズとアイダの立場は近いところにある。だからこそ、ローズはアイダに妊娠に気をつけるようにと警告されたとき、その可能性に大きな希望を見出すことになるのだ。

そのことは考えもしなかった。すると自分が大変な目に遭っていたかもしれないという考えが、栄光の感覚のようにやってきた。子供、そしてその子供が子供を産む。……それはピンキーのために仲間の軍隊を招集するようなものだ。もし彼らが彼と彼女を地獄に落とすのなら、彼らは子供たちも地獄に落とさなければいけなくなるだろう。二人が昨晩ベッドの上で行なったことには終わりがない。それは永遠の行為なのだ。（*BR* 218）

ローズの思考には宗教的な世界観が長い影を落としている。「栄光」や「永遠の行為」といった言葉は、ローズが宗教的な言説から決して自由でないことを物語っている。しかし、ローズが固執しているのは、ピンキーの存在の証としての子供であり、それは生命の伝達と維持を目的とする世俗的かつ物質的な何かなのである。ローズはピンキーとのセックスの経験を以下のように記述する。「わたしは彼によって刻み込まれた。彼の声がエボナイトの上に刻み込まれたように」(*BR* 213)。ここでローズが自身の身体とレコードを同じ世俗的、物質的なレヴェルで捉えていることは注目に値する。だとすれば、ローズの希望もまたそのレヴェルで、つまり世俗的な世界観のレヴェルで検証する必要があるだろう。

この世俗的な世界観の観点からローズの希望を再検証してみるとき、そこに希望の萌芽を見出すことは困難ではないだろう。なぜならば、そのメッセージがどのように悪意に満ちたものであろうとも、ピンキーの存在の証となるレコードはたしかに存在しており、それを「否定する」ことは誰にもできないからだ。同様に、もしローズが「突然自分が命を抱えていることを確信した」のならば、誰にもそれを「否定する」ことはできないだろう。それは母体のなかに物質的な基盤を形成しているのだから。もちろん懐胎は究極的には可能性の次元にとどまっている。テクストは読者を宙づりにしたまま幕を閉じるからだ。だが、グリーンはこの懐胎の物理的な可能性を宗教的な観点から積極的に擁護している。司祭はローズに言う。「『もし彼があなたを愛していたのなら、たしかに』、と老人は言った。『そのことが何か善い……』」(*BR* 268)。われわれは知っている。たとえそれがピンキー本人の意図に反したものであろうとも、ピンキーがローズとのセックスのなかに「ある種の快楽、ある種の自負、ある種の——それ以外の何か」(*BR* 261)、つまり愛を見出していたことを。

『ブライトン・ロック』は、かくして世俗的な世界観と宗教的な世界観の渾然一体となった複雑な世界観を提示しているのである。

6　三つの映画

テクストの精読を通じて明らかになったのは、『ブライトン・ロック』のジャンルとしての根源的な異種混交性である。厳密な意味では、この小説はカトリック小説でもなければ、探偵小説でもない。宗教的な世界観と世俗的な世界観の奇妙な混交こそ、小説のもっとも魅力的な特徴だからだ。

このようなジャンル上、あるいは主題上の異種混交性の由来を正確に位置づけることには、困難が伴う。だがグリーンはいくつかの手がかりを残している。『ブライトン・ロック』の執筆期間は、グリーンが映画批評家として成長を遂げていく時期とちょうど重なっているからだ。グリーンが『ブライトン・ロック』の登場人物を構想し、肉付けしていく際に、同時代の映画は彼にさまざまなヒントを提供することになった。

伝記作家のノーマン・シェリーは、『ブライトン・ロック』に少なからぬ影響を与えた三つの映画に言及している。メイ・ウェスト主演の『美しき野獣』（一九三六年）、バジル・ライトの『学校の子供たち』（一九三七年）、ウィリアム・ワイラーの『この三人』（一九三六年）である。シェリーの言及を紹介しつつ、議論を先に進めてくことにしよう。

シェリーは「パブの女性バーテンダー、アイダの実在のモデルはいなかったし、彼女は生き生きとするのを頑固に拒んだ」（*WE* 78）というグリーンの言葉を引用した直後に「しかしメイ・ウェストこそそのモデルであったのかもしれない」（Sherry Volume One, 635）と自説を披露する。シェリーが証拠として提示するのは、『美しき野獣』を扱ったグリーンの映画批評の最初の段落である。

「わたしは西洋の女、東洋のムードの」。タイトな白いシークイン・ドレスを着た巨乳の肉食性の生き物が、売春街の入れ墨をした太った女たちのように、どっしりと謎めいて座っている。ハスキーな声がものうげに歌い、指輪をはめた太った指が楽器の弦をはじき、視線が斜めに向けられるとき、すでにわれわれはおなじみの雰囲気のなかにいる。（中略）ギネスの広告のかかったパブの高級室の、友好的でタバコの煙のするアルコールの雰囲気のなかに。（Sherry 635; *GGFR* 103）

図１　セックス・シンボルとしてのメイ・ウェスト、映画『美しき野獣』

シェリーが主張するように、セックスと飲酒に寛容なアイダには、たしかにメイ・ウェストの影が見え隠れする。

実際、グリーンはセックス・シンボルとしてのメイ・ウェストにすっかりと魅了されている（図１）。グリーンはこの書評を次のように書き進めている。

中年男性にとって途方もなく刺激的な個性的人物に賞賛の意を表さずにはいられないだろう。私はメイ・ウェストに全く無批判である。私は彼女の映画をすべて楽しんでいる——その設定がバワリー街であろうと、クロンダイクであろうと、テキサスであろうと、ニューヨークの居間であろうと——いつも彼女のずんぐりと太った中年の姿の周りに、セラピムのように目につかないように集まった山高帽子を被った一団を意識しながら。(*GGFR* 103)

グリーンの偏愛は、彼が映画批評家としてメイ・ウェストの多くの映画に言及していることからも明らかだ。デビュー作の『夜毎来る女』(一九三二年)から、『わたしは別よ』(一九三三年)、『浮気名女優』(一九三六年)にいたるまで、メイ・ウェストの同時代の映画を丁寧にカヴァーしている。シェリーの洞察をさらに一歩進めるならば、とりわけグリーンが『美しき野獣』のメイ・ウェストに惹かれていることは注目に値する。なぜならば、メイ・ウェストはこの映画のなかで『ブライトン・ロック』のアイダと同様に、世俗的な世界観と宗教的な世界観の間を揺れ動くからだ。グリーンのプロットの要約と彼のコメントを参照してみることにしよう。

(彼女は中国系の恋人を刺して)警察から逃れると、死んだ救世軍活動家の衣装を身にまとい、社会奉仕に活気を吹き込むことによって、クロンダイクのセツルメント施設に繁栄をもたらす。私の少数派の意見によってお金を無駄にした人が現れたとしたら、申し訳なく思うが、私は他の論者のように信仰復興運動家への風刺を悪趣味とは思わなかった。私は映画全体を面白いと思った。実に優れた時代物『わたしは別よ』以降のメイ・ウェストのどの映画よりも面白いのだ。しかし、だとしてもウェストの転向が真剣に受け取られるように意図されていたとは、私には考えも及ばなかった。(*GGFR* 103-104)

メイ・ウェストの映画に特徴的なように、『美しき野獣』のプロットは彼女を中心に展開し、すべての登場人物は彼女の魅力に圧倒される。メイ・ウェストの「転向」と救世軍活動家としての活躍も、彼女の人間としての圧倒的な魅力を証明するエピソードの一つにすぎない。グリーンもその点をしっかりと見抜いている。

おそらくグリーンを引きつけたのは、まさしくこの世俗的な世界観と宗教的な世界観の境界線をいとも簡単にくぐり抜けるメイ・ウェストの奔放な仮装的アイデンティティにあったのではないか。メイ・ウェストの伝記を記した歴史家のジル・ワッツは、『美しき野獣』の撹乱的なアイデンティティの戦略について以下のように述べている。

> この映画が取り組んだのは、彼女が両親の居間でモノマネをしていた子供の頃からウェストの作品を駆り立ててきた中心的な問題だった。アイデンティティは『美しき野獣』のすべてのレヴェルで鍵となる重要な問題となった。ドール（別名ダイアモンド・リル、別名メイ・ウェスト）がシスター・アニーと入れ替わるとき、仮装者はまた別の仮装を身にまとうことになるのだ。『美しき野獣』の力は、それが詐欺師による詐欺師の物語として構築されている点にあった。（Watts *Mae West*, 214）

メイ・ウェストが自身の演劇『ダイアモンド・リル』の同名の主人公のペルソナを自己のスター・イメージとして採用し、華やかな仮装を成し遂げたのと同様に、『美しき野獣』のドールも亡くなったシスター・アニーの衣装に身を包むことによって、救世軍活動家という新たなアイデンティティを獲得する（図2）。つまり、映画『美しき野獣』の中心的なプロットは、女優メイ・ウェストの撹乱的な仮装

図２　救世軍活動家へと変身を遂げたメイ・ウェスト、映画『美しき野獣』

的アイデンティティの戦略を忠実に反復しているものと考えられるのである。

グリーンがウェストの詐欺に魅了されていたのは想像にかたくない。なぜならば、罪を犯したキャバレー歌手が、新天地のアラスカで救世軍活動家に「転向」して成功を収めるというプロットは、薄められたかたちで、アイダ・アーノルドの物語に引き継がれているからだ。どこまでも世俗的な登場人物でありながら、アイダはローズとピンキーの宗教的な世界へと足を踏み入れていき、そこで事件の核心へと近づいていく。

『逃走の方法』のなかでグリーンが「アイダの実在のモデルはいなかったし、彼女は生き生きとするのを頑固に拒んだ」(*WE* 78)と述べているのは、興味深い。おそらくグリーンはメイ・ウェストを映画の世界から連れ出し、彼自身の小説のなかによみがえらせるのに、苦労したのだろう。映画のなかでメイ・ウェストが衣装の交換によって視覚的にいとも簡単に成し遂げる世俗的な世界観と宗教的な世界観の領域侵犯は、文字を媒体とする小説のなかでは、レトリック以外の方法では再現が困難なことは言うまでもない。だがグリーンのアイダには、メイ・ウェストと同様の独特の迫力と存在感がある。アイダのモデルを知ることは、『ブライトン・ロック』のプロットの破天荒さの由来を知ることでもあるのだ。

シェリーの残りの二つの映画は、ピンキーの人物造形への影響を推測させる映画テクストとなっている。まずはバジル・ライトのドキュメンタリー映画についてのシェリーの考察を追いかけていこう。シエリーはピンキーが受けたと考えられる「一九三〇年代の極貧の子供たちの粗野な学校教育」に触れ、それがライトの『学校の子供たち』に基づいている可能性を示唆する（Sherry Volume One, 637）。ふたたびシェリーが証拠として挙げるのは、グリーンの映画批評の一節である。

小さな子供が寂しいコンクリートの廊下を急ぎ足でかけてくる。（中略）ひび割れた天井や梁、湿った壁、時代遅れの校舎のひどいゴシック風の外観、釘の出た欄干、狭い窓、大昔のコンクリートで作られた傷つきひび割れた運動場、（中略）針金のゴミ箱、欠けた洗面器、ひどい便座、そして校庭の裏で列車が通過する際の不愉快な騒音。（Sherry 637; *GGFR* 230）

シェリーの慧眼は、この一節を導入する際にグリーンが使用した一文――「地獄もまた幼少期のわれわれのそばにある」――が、ほぼ同じかたちで――「地獄は幼少期のピンキーのそばにあった」――『ブライトン・ロック』において反復されているのに注目し、ピンキーの「悪」の社会学的な背景について考察を深めている点にある（Sherry 638）。ローズとピンキーは、ネルソン・プレイスというブライトンのスラム地区の出身であり、彼らの宗教もその出自と無関係ではないのである。[5]シェリーの考察をより精緻にしようと試みるならば、『ブライトン・ロック』におけるピンキーの社会学的な背景の考察は、『学校の子供たち』をその一例とするイギリスのドキュメンタリー運動に多くを負っていることを指摘しなければならないだろう。

ここではエドガー・アンスティのドキュメンタリー映画『住宅問題』（一九三五年）に対してグリーンが表した賞賛の言葉を紹介するにとどめよう。

『住宅問題』において、アンスティは見事なまでに美的な欲求に迷わされていない。彼はカメラを第一級のレポーターとして使用する。このレポーターはあまりにも正直で鮮烈なため、現代の新聞に場所を見つけるのは難しいだろう。ただカメラとマイクロフォンをスラムへ、壁紙のはげかけたひどい小部屋へ、壊れた階段の上へ、風通しの悪い中庭へ持ち込み、女性たちに彼女たちのやり方で埃や鼠や虫について語らせることによって、彼は心に強く訴える説得力のあるドキュメントを生み出した。(*GGFR* 147-148)

グリーンがネルソン・プレイスという現実のスラム地区を表象する際に、より具体的に言えば、ピンキーがローズの両親を説得するために彼女の粗末な実家を訪れる場面を描き出す際に、アンスティのドキュメンタリーは少なからぬ影響を及ぼしたにちがいない。

シェリーが最後に挙げる映画は、ウィリアム・ワイラーの『この三人』である。シェリーは「グリーンが彼のギャングを若いサディストに変えることになった原因」を『この三人』に求め、この映画が「おそらくは学校時代にグリーンが彼の敵であるカーターから受けた古傷を開くことになった」のではと推測している(Sherry Volume One, 643)。その典拠はまたしてもグリーンの映画批評であるが、ここではシェリーが便宜的に省略した箇所も補いつつ、その一節を引用してみたい。

これらの三人の大人〔マール・オベロンとミリアム・ホプキンスが演じる二人の女性教師とジョエル・マクリーが演じる勤務医〕は、悪の世界における無垢を表象している。悪の世界とは、子供時代の世界、道徳的な混乱、嘘、残酷、完璧な冷酷さの世界のことだ。子供時代がこれほどまでに説得力のあるかたちで、自分自身の記憶によって保証される真実味を帯びて、スクリーンに再現されたことはなかった。嘘つきのサディスト的な子供の人間を超えた悪は、ボニータ・グランヴィルによるきわめてショッキングな支配によって暗示されている。この登場人物は映画を単なる逸話的なものから高めている。その逸話がどれだけ独創的で感動的なものであったとしても。それは子供時代の暗黒面全体を表すほどの真実と強烈さを備えている。そこでは多数の無知と弱さが完全な支配を少数者へと委ねるのだ。(*GGFR* 97)

シェリーが「嘘つきのサディスト的な子供の人間を超えた悪」をピンキーのなかに見出しているのは、言うまでもないだろう。伝記作家ならではの卓越した推察である。

ニール・シニャードは、シェリーの見解をさらに発展させるかのように、ボニータ・グランヴィルと彼女の支配下に陥るマルシア・メエ・ジョーンズの関係を「『ブライトン・ロック』におけるピンキーとローズの関係の前身」(Sinyard 54) として提示しているが、それはグリーンの映画批評においてすでにほのめかされていることであった。

一一才の女優マルシア・メエ・ジョーンズは、弱者の一人として、ボニータ・グランヴィルとほとんど同じくらい優れた演技を見せている。彼女は別の少女の腕輪を盗んだためにゆすり屋の支配下に陥ってしまったのだ。意志の弱いそばかすだらけの子供が、裏切ると脅された彼女の学友かつ拷問者に、真剣な「騎士の」忠誠の誓いを繰り返したとき、観客は笑ったが、それはあの年頃にあの

図３　「騎士の」忠誠の誓いを強制するボニータ・グランヴィル、映画『この三人』

自己中心的な世界に存在するタブーの見事に選ばれた恐ろしい一例なのだ。（*GGFR* 97）

ここで注目したいのは、ボニータ・グランヴィルがマルシア・メエ・ジョーンズに「騎士の」忠誠の誓いを強制しているという事実であろう（図3）。ボニータとマルシアの忠誠の誓いは、ピンキーとローズの心中の誓いとして『ブライトン・ロック』に引き継がれていると言ってもよいだろう。そして『この三人』のクライマックスにおいて、忠誠の誓いがマルシアによって一方的に破棄されるのと同様に、『ブライトン・ロック』のクライマックスにおいても、心中の誓いはローズによって一方的に破棄されることになるだろう。

このようにウィリアム・ワイラーの「嘘つきのサディスト的な子供の人間を超えた悪」は、グリーンの小説世界を真っ黒に染めていくのである。グリーンの独自の貢献は、この二人の登場人物のサディズムとマゾヒズムの関係に宗教的な世界観をまとわせた点にある。

ノーマン・シェリーの洞察を引き継ぎつつ、それを発展させるときに明らかになるのは、グリーンの『ブライトン・ロック』が、主要な登場人物の構想および主要なプロットの構築の双方において、同時代の映画に多くを負っているという事実である。とりわけ『美しき野獣』のメイ・ウェストと『この三人』のボニータ・グランヴィルとマルシア・メエ・ジョーンズは、それぞれアイダ、ピンキー、ローズの人物造形に多大なる影響を及ぼしている。

またこの二つの同時代の映画は、プロットの構築においても決定的な影響を及ぼしている。グリーンはアイダの物語を探偵小説の試みとして位置づけているが、この領域侵犯的な女性探偵の物語は、メイ・ウェストの物語としか形容しようがないほど独創的で、逸脱的な物語となっている。ピンキーの物語も同様である。グリーンは宗教的なテーマを覆いかぶせることによって、ピンキーの物語をカトリック小説として読めるように読者を誘っているが、ピンキーの幼稚なサディズムはボニータのサディズムをより包括的に発展させたものにほかならない。

『ブライトン・ロック』のジャンル上、および主題上の異種混交性は、まさしくこうした同時代のさまざまなジャンルの映画作品のフランケンシュタイン的な包摂によって生み出されたものと捉えても、間違いではないだろう。宗教と道徳、「善悪」と「正邪」、死と生の哲学といった一連の図式的な二項対立は、このフランケンシュタインとしての小説を縫い合わせる二種類の糸にすぎないのだ。

7　フランスの詩的なリアリズム

『ブライトン・ロック』と同時代の映画史の関係について、これまで主に登場人物の造形やプロットの構成という観点から考察を行なってきた。本章を締めくくるに当たって最後に検証してみたいのは、『ブライトン・ロック』の美学の映画史的な文脈である。ここではグリーンの小説のペシミズムの美学をフランスの「詩的なリアリズム」の文脈へと切り開いていきたい(6)。

「詩的なリアリズム」という言葉をめぐって興味深い一致がある。バーゴンジィは「詩的なリアリズム」という言葉こそ用いなかったが、『ブライトン・ロック』の小説としての評価を以下のように記している。「小説として見たときに、リアリズムと詩を結びつけた『ブライトン・ロック』は、グリーンの才能の印象的な発展を示している」(Bergonzi 84)。またグリーンは映画批評家として「詩的なリアリズム」を映画の重要な判断基準として打ち出している。「おそらくデュヴィヴィエとともに他の場所には見出すことのできないもの――詩的なリアリズム、道徳的な価値の感覚――が死んでしまうのだろう」(*GGFR* 429)。この一致は決して偶然のものではない。なぜならば、『ブライトン・ロック』に決定的な影響を与えた映画監督こそ、フランスの「詩的なリアリズム」を代表する映画監督ジュリアン・デュヴィヴィエにほかならないからだ。[7]

映画研究者のジネット・ヴァンサンドーは、デュヴィヴィエの映画史的な位置づけとその美学的な特徴について以下のように述べている。

デュヴィヴィエは、とりわけ一九三〇年代後半に、ギャバン三部作――『地の果てを行く』(一九三五年)、『我等の仲間』(一九三六年)、『望郷』(一九三七年)――によって、人民主義的なメロドラマという彼自身のブランドを発展させた。私が「人民主義的なメロドラマ」と呼ぶものは、「詩的なリアリズム」としてより一般的に知られている。それはフランスの一九三〇年代の映画や文学、ポピュラー音楽や写真の鍵となる重要な芸術的感性を指す。詩的なリアリズムとは、日常の状況の叙情的(「詩的」)な描写を意味し、労働者階級もしくは下層中産階級の環境に設定され、法の周縁にある悲劇的もしくはメロドラマ的な物語を実演する。しかし、「人民主義的」と呼ぼうと、「詩的なリアリスト」と呼ぼうと、デュヴィヴィエの一九三〇年代後半の映画は、フランスのフィルム・

ノワール――それ自体、アメリカのフィルム・ノワールの重要な影響源――の美学の洗練にとって中心的な役割を果たした。（中略）眩惑的な白黒の視覚的な詩と、フランスの労働者階級の失われた世界へのノスタルジアを内包するペシミズムのトーンにおいて、『望郷』はフランスのノワール映画の根本原理となっている。（Vincendeau *Pépé*, 11）

ヴァンサンドーは「詩的なリアリズム」を「人民主義的なメロドラマ」や「フランスのフィルム・ノワール」と交換可能な用語として扱っているが、大切なのはその内実である――「詩的なリアリズムとは、日常の状況の叙情的（「詩的」）な描写を意味し、労働者階級もしくは下層中産階級の環境に設定され、法の周縁にある悲劇的もしくはメロドラマ的な物語を実演する」（Vincendeau *Pépé*, 11）。そして、ヴァンサンドーの見解にしたがうならば、デュヴィヴィエは、とりわけ彼の代表作の『望郷』は、このペシミズムの美学を体現するものであった。

ここで思い出しておきたいのは、グリーンが映画批評家として同時代のフランスの「詩的なリアリズム」に精通していたという事実である。グリーンの映画批評に登場する作品をいくつか挙げてみよう。ジャン・ルノアールの『どん底』（一九三六年）、『獣人』（一九三八年）、マルセル・カルネの『北ホテル』（一九三八年）、ジュリアン・デュヴィヴィエの『地の果てを行く』（一九三五年）、『望郷』（一九三七年）、『舞踏会の手帳』（一九三七年）。ヴァンサンドーの「詩的なリアリズム」の定義をさらに広く捉えるならば、このリストはさらに長くなることだろう。

英語圏のフランス映画研究の分野において、グリーンの映画批評は頻繁に言及されており、彼の映画批評がフランスの「詩的なリアリズム」の研究において重要な礎石となっていることが窺える。(8) 実際、グリーンの映画批評を読み直してみると、グリーンがフランスの「詩的なリアリズム」の特徴を正確に把握していたことがわかる。たとえば、グリーンはルノアールの『獣人』について以下のような優れた考察を示している。

『獣人』は俳優の映画というよりは監督の映画である。登場人物の日常生活と彼らの日常の仕事を最大限に活用する方法を知っている監督の映画だ。この場合、そうした日常生活は大きな鉄道の駅のすぐまわりの環境を指すが、それはイギリスの映画監督が、「物語の筋に関係して」おらず、プロットを進展させないという理由で、脚本から削ってしまうようなあらゆる細かな出来事なのである。(*GGFR* 288-289)

グリーンの考察は「日常の状況の叙情的(「詩的」)な描写」(Vincendeau *Pépé*, 11)という「詩的なリアリズム」の定義をそのまま適用したような見事な記述となっている。もう一つ例を挙げよう。カルネの『北ホテル』についてのグリーンの考察もまた単なる作品論を超えた優れたフランスのリアリズム論となっている。

成熟したフランスの映画監督は、「ニュース」で扱われるようなリアリティよりも親密なリアリティを提示するこつをつねに心得ている。デュヴィヴィエやクレールの手にかかれば、ひどい、もしくは滑稽な状況も、継続的な日常生活の注意深い背景によって説得力をもたされる。(中略)したがって、わたしたちが『北ホテル』において自暴自棄の恋人たちや、みすぼらしい部屋の真鍮のべッドでの心中の約束を信じてしまうのは、まさしく波止場の自転車乗りや、ホテルの別の部屋で女と口論するぽん引きや、一階で無関係で不適当な会話に興じる初聖体のパーティのためなのだ。

(*GGFR* 305)

しかしながら、フランスの「詩的なリアリズム」を代表する映画監督のなかで、グリーンがもっとも心酔していたのは、ルノアールやカルネではなく、デュヴィヴィエであった。デュヴィヴィエは映画批評家としてのグリーンを魅了するだけにとどまらず、小説家としてのグリーンにまで甚大な影響を及ぼすことになった。

『ブライトン・ロック』を執筆中のグリーンに決定的な影響を与えた映画とは、デュヴィヴィエの『望郷』にほかならない。グリーンの映画批評は、その強烈な印象を物語るものとなっている。グリーンは最初の段落で映画の主要な三人の登場人物――「泥棒」と「現地の警部」と「百万長者の愛人」――を紹介し、アルジェのカスバというフランスの植民地空間において彼らが置かれた状況と、彼らの人物造形を的確に要約したうえで、「私が思い出す限りもっとも刺激的で感動的な映画の一つは、これらの三人に依拠している」(*GGFR* 193) とこの段落を締めくくっている。

興味深いのは、この映画批評を通じてグリーンが俳優への言及をまったくしていないことである。「泥棒」のペペを演じているのが、フランスの「詩的なリアリズム」の常連ジャン・ギャバンであるにもかかわらず(9)。だがこの意外な沈黙は、グリーンの物語の主題への没頭を裏付けるものとなっている。

グリーンの考察は深く鋭い。以下の引用は、『望郷』および「詩的なリアリズム」の核心をつく卓越した洞察であるとともに、グリーンの作家としての関心のありかを窺わせる内容となっている。

このようにプロットの構築に制約されることなく映画が制作されるのは、まれな、非常にまれなことである。そこでは主題が出来事をとても巧妙に支配している。われわれはこの映画において本当の主題を幾多の細部のなかで忘却することはない。つまり、閉じ込められ、鎖で繋がれた自由を愛する人間の精神という主題である。単純な主題だ。しかしフィクションは複雑なテーマを要求しない。そして、彼の心は別の場所にあるのに、自由に動き回れるのは、みすぼらしい異邦人地区だけという男の物語は、誰にでも起きうる国外生活の経験を広げて、現実離れしたものにする。もっとも巧妙でもっとも感動的な場面の一つは、泥棒と愛人が彼らのパリの思い出を数え上げる場面である。当初彼らの思い出はかけ離れていて、彼女の「ブーローニュの森」は彼の「ポルト・ドルレアン」によって受け返されるが、ついには同時に「プラス・ブランシ」を口にして、彼らは共通の場で出会うことになる。この恋愛の場面において、われわれは通常のスタジオの陳腐な言葉からかけ離れている。最愛の女性のジェスチャーがブルヴァールのフィッシュ・アンド・チップスの店を思い起こさせ、彼女の香りがメトロを思い起こさせるとき、（まれな、思いがけない喜びだが）われわれは、見当違いの意見や、グロテスクな機知、精神を形成する連想の不合理で情熱的な混乱を、ドラマの言葉に本当に翻訳しようとしている映画に気づくのである。（*GGFR* 193-194）

グリーンは『望郷』のなかに「閉じ込められ、鎖で繋がれた自由を愛する人間の精神という主題」を直感する。そして、この「本当の主題」が「幾多の細部」のなかに実現されているところに、この映画の決定的な重要性を見出している。だからこそグリーンは「もっとも巧妙でもっとも感動的な場面の一つ」として「泥棒と愛人が彼らのパリの思い出を数え上げる場面」を取り上げ、その日常的な「細部」を克明に言葉で再現することになるのだ（図４）。

プロットの構築に制約されることのない映画、主題が出来事を巧妙に支配している映画、本当の主題が幾多の細部において実現される映画――グリーンがデュヴィヴィエの映画のなかに見出している特徴とは、フランスの「詩的なリアリズム」のそれにほかならない。グリーンの映画批評家としての才能が見事に開花した卓越した洞察となっている。

デュヴィヴィエの『望郷』は、そして究極的にはフランスの「詩的なリアリズム」は、グリーンの小説『ブライトン・ロック』にも大きな影響を与えることになるだろう。それは主に主題に関わるものだ。

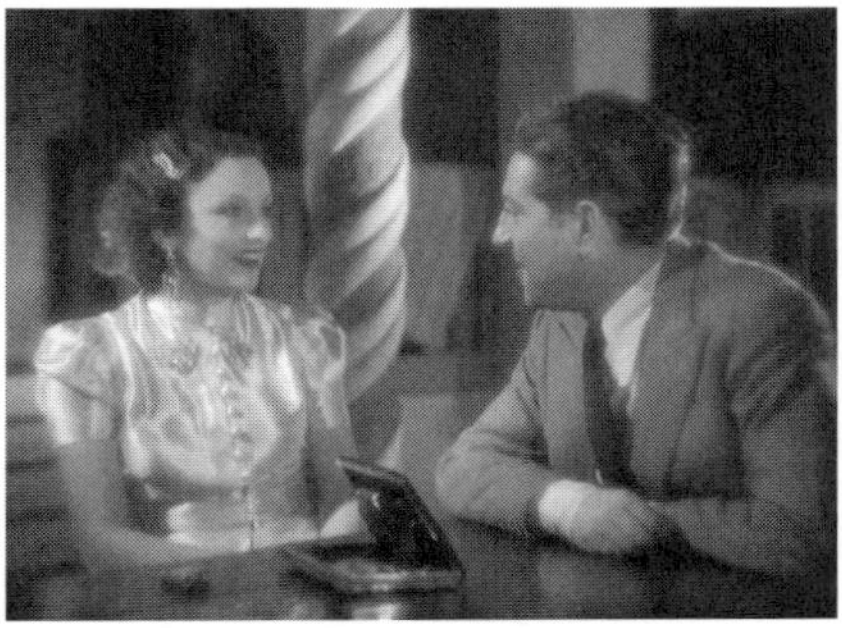

図４　パリの思い出に耽るジャン・ギャバンとミレーユ・バラン、映画『望郷』

グリーンはデュヴィヴィエの映画のなかに「閉じ込められ、鎖で繋がれた自由を愛する人間の精神という主題」を見出しているが、それはフランスの「詩的なリアリズム」の多くの作品に共通するものであった。ヴァンサンドーはこの単純な主題を「神秘的などこか別の場所への逃走を夢見る閉じ込められた英雄たち」と言い換え、彼らの「封鎖の感覚」について考察を進めていく。

ぺぺはパリに、子供時代に帰りたいと望む。この点において、ぺぺは多くの「詩的なリアリズム」の主人公たち――（しばしばギャバンによって演じられる）神秘的などこか別の場所への逃走を夢見る閉じ込められた英雄たち――の運命の前兆と

図5　ジャン・ギャバン、あるいは「神秘的などこか別の場所への逃走を夢見る閉じ込められた英雄」、映画『望郷』

なる。『獣人』のジャックはアルコール中毒の先祖の遺産から逃れることを望む。『どん底』のペペルはあいまいな「何か別のもの」を欲する。マルセル・カルネの『日は昇る』（一九三九年）のフランソワはコート・ダジュールについて、同じくカルネの『霧の波止場』（一九三八年）のジャンはラテン・アメリカについて空想をめぐらせる。（中略）これらの夢はすべて破られる。『獣人』のなかでセヴリーヌがジャックに語るように「あなたの行先はすでに塞がれている」。『望郷』はこの封鎖の感覚をこれらの他の映画よりも先鋭的に表現している。なぜならば、ペペはすでに「別のどこか」にいるからだ。(Vincendeau *Pépé*, 36)

作家としてのグリーンの注意を引きつけたのは、まさしくこうした「神秘的などこか別の場所への逃走を夢見る閉じ込められた英雄たち」であり、彼らの「封鎖の感覚」であったにちがいない。そしてヴァンサンドーが的確に指摘しているように、この「封鎖の感覚」は『望郷』においてもっとも先鋭的に表現されることになるだろう（図5）。

『ブライトン・ロック』をフランスの「詩的なリアリズム」の文脈から捉え直すときに浮き彫りになるのは、グリーンが『望郷』のなかに見出した「閉じ込められ、鎖で繋がれた自由を愛する人間の精神という主題」である。ギャング間の闘争の果てに生まれ育ったブライトンで居場所を失っていくピンキーは、詩的なリアリズムの「神秘的などこか別の場所への逃走を夢見る閉じ込められた英雄たち」の仲間なのだ。

『望郷』のぺぺがアルジェのカスバに閉じ込められているのと同様に、『ブライトン・ロック』のピンキーもブライトンに閉じ込められている。小説の終盤で仲間のダローにブライトンからの撤退を誘いかけられると、ピンキーは以下のように答え返している。

「おれはここで生まれた」と「少年」は言った。「グッドウッドとハースト・パークならわかる。ニューマーケットにも行ったことがある。でもここを離れたら、異邦人のような気がするだろう」。彼は物寂しいプライドを匂わせて主張した。「おれは本当のブライトン人なんだろう」。まるで彼の一つの心に、あらゆる安物の娯楽や、プルマン・カー、けばけばしいホテルでの愛のない週末、性交の後の悲しみが含まれているかのように。(*BR* 238-239)

この一節はピンキーのブライトンへの心理的な執着を雄弁に物語っている。ぺぺがカスバに物理的に閉じ込められているのに対して、ピンキーはブライトンに精神的に閉じ込められているのだ。いずれにしても、「封鎖の感覚」は両者をじわじわと追いつめていくことになるだろう。「神秘的などこか別の場所への逃走を夢見る閉じ込められた英雄たち」を最後に待ち受けているのは、死にほかならない。グリーンはぺぺの「神秘的などこか別の場所への逃走」の帰結を以下のように淡々と記述している。「蒸気船がフランスへ向けて出航すると、ぺぺは埠頭の門の外側で、手錠をかけた手に握られたペンナイフで喉を切る」(*GGFR* 194)。同様に、一人きりになりたいというピンキーの漠然とした自由への渇望は、彼自身の痛ましい凄惨な死をもたらすことになるだろう。硫酸を顔に浴びて、イギリス海峡の白亜の絶壁を静かに落下していくピンキーを見届けるのは、心中の危機を免れたばかりのローズである。

ローズには何が起きたかわからなかった。どこかでガラスが割れ、ピンキーは悲鳴をあげた。彼女は彼の顔が蒸気を立てているのを見た。彼は手を両目に当てて叫び続けた。そして方向を変えて走り出した。彼女は彼の足元に警棒とガラスの破片を見つけた。凄まじい苦悶によって体を折り曲げられ、彼は実際の半分の大きさに見えた。まるで地獄の炎が文字どおり彼を捕えたかのようで、彼は縮んでいった。彼は恐怖と痛みで駆け出した男子生徒へと縮んでいき、フェンスをよじ登り、走り続けた。
「彼を止めるんだ」とダローは叫んだ。だがそれは役に立たなかった。彼は崖の端から落ちていった。水音さえ聞こえなかった。まるで一本の手によって、突然彼が過去あるいは現在の存在から引き上げられ、虚無へ——無へと投げ入れられたかのようだった。（*BR* 264）

ピンキーの「神秘的などこか別の場所への逃走」の末路を描き出す際のグリーンの筆致は、冷静で制御されたリアリズムの文体である。しかし、そこには静謐で詩的な美しさがある。ペシミズムの美学がある。グリーンの『ブライトン・ロック』をデュヴィヴィエの『望郷』と比較してみるときに明らかになるのは、両者の美学の本質的な同一性である。「詩的なリアリズム」という言葉ほど、グリーンの文学の特徴を正確に捉えた言葉はないだろう。そして、この言葉は、グリーンの文学が同時代の映画との複雑な交渉の産物であることを雄弁に物語っている。

註

(1) グリーン文学と信仰の関係に関しては、これまで数多くの研究がなされてきた。ここではその代表的な文献を二つ挙げておきたい。Mark Bosco, S.J. *Graham Greene's Catholic Imagination*. Wm. Thomas Hill, ed. *Perceptions of Religious Faith in the Work of Graham Greene*.

(2) ヨーロッパの「カトリック小説」の概観に関しては、Theodore P. Fraser. *The Modern Catholic Novel in Europe* を参照。またイギリスの「カトリック小説」の歴史的発展に関しては、Ian Ker. *The Catholic Revival in English Literature, 1845-1961: Newman, Hopkins, Belloc, Chesterton, Greene, Waugh* を参照。

(3) 一九三八年七月にイギリスでハイネマン社から出版された際には、『ブライトン・ロック』は、「エンターテインメント」ではなく、「小説」の副題を伴っていた(Wise and Hill 21)。執筆のどこかの段階で路線変更があったと思われるが、これから見ていくようにこの小説は「エンターテインメント」と「小説」が渾然一体となったテクストとなっている。

(4) これは新約聖書のすべての福音書のなかで描かれている「ペドロの離反の予告」への言及である。ここでは「マタイによる福音書」から引用する。「イエスは言われた。『はっきり言っておく。あなたは今夜、鶏が鳴く前に、三度わたしのことを知らないと言うだろう。』ペドロは、『たとえ、御一緒に死なねばならなくなっても、あなたのことを知らないなどとは決して申しません』と言った。弟子たちも皆、同じように言った」(「マタイによる福音書」第二六章三四―三五)。アイダは、カビットのピンキーへの裏切りを、ペドロのイエスへの裏切りに喩えているのである。

(5) 『ブライトン・ロック』のスラム表象とその文化社会史的背景の考察に関しては、拙論「ポピュラー・カルチャーとイングリッシュネスの政治学――グレアム・グリーンの『ブライトン・ロック』と後期モダニズムの困難」を参照。

(6) 映画史家のクリスティン・トンプソンとデイヴィッド・ボードウェルは、『映画史入門』において、フランスの

「詩的なリアリズム」を以下のように簡潔に紹介している。「もっともよく記憶されている一九三〇年代のフランス映画の多くは、『詩的なリアリズム』と称されている一群に属している。この一群は、フランスの印象主義やソヴィエトのモンタージュ派のような統一された運動ではなく、むしろ緩やかな傾向のようなものであった。しばしば詩的なリアリズム映画は、失業した労働者階級の人々や犯罪者として社会の周縁に生きている登場人物たちを中心に扱う。失望の人生の後で、これらのみすぼらしい人物たちは、激しい理想の愛をつかむ最後の機会を見つける。だが少し時間が経つと、彼らはふたたび失望し、映画はこうした中心的な登場人物たちの幻滅や死で幕を閉じる。全体のトーンは、ほろ苦いノスタルジアのトーンである」(Thompson and Bordwell 264)。

(7) 英語圏で書かれた「詩的なリアリズム」に関するもっとも重要な学術的貢献は、ダドリー・アンドリューのモノグラフである。Dudley Andrew. *Mists of Regret: Culture and Sensibility in Classic French Cinema.* この流派の入門的な紹介としては、たとえば、以下の二つの文献を参照。Rémi Fournier Lanzoni. *French Cinema: From Its Beginnings to the Present.* 43-94. Colin Crisp. *French Cinema: A Critical Filmography. Volume 1, 1929-1939.* 145-296. また小林隆之、山本眞吾の『映画監督ジュリアン・デュヴィヴィエ』は、格好のデュヴィヴィエ入門書である。

(8) たとえば、ヴァンサンドーは『フランス映画読本』に所収されたエッセー「スペクタクルの芸術——古典的フランス映画の美学」において、グリーンの映画批評に二度言及している(Vincendeau "The Art," 140, 148)。ダドリー・アンドリューにいたっては、『後悔の霧』の議論の柱となる「詩的なリアリズムの自己言及性」、つまり観客と映画との親密な関係の構築という論点を展開するために、デュヴィヴィエの『望郷』を論じたグリーンの映画批評をブロック引用し、以下のように考察をめぐらせている。「グリーンが感銘を受けたのは、カスバの環境の窮屈さを生み出す明白な細部、つまりドキュメンタリー風のすばらしい冒頭部においてこの映画の本物らしさの証として最初に提示された細部であった。この同じ細部への注目は、解放への欲求をこの映画のスターであるジャン・ギャバンの振る舞いや衣装、顔つきのなかで明らかにする。グリーンの考えによれば、フランス映画は、リアリズムの秘密をプロットや主題やメッセージのなかにではなく、単純な主題が作品の具体的な細部に広がっていくやり方のなかに見出したのであり、そのような細部において観客は彼らが日常生活において個人的に心配することをスクリーン上で物理的に体験するのである」(Andrew

225-226)。グリーンの映画批評がアンドリューの考察のインスピレーションとなっていることは、明らかであろう。
(9) フランス映画研究において洗練されたスター論を継続的に執筆しているのは、ジネット・ヴァンサンドーである。ジャン・ギャバンのスター論に関しては、下記の文献を参照。Ginette Vincendeau. *Starts and Stardom in French Cinema*. 59-81.

第三部　映画の彼方へ

第五章　プロパガンダへの抵抗
――『恐怖省』と『マン・ハント』

1　グリーンの「神経戦」

『恐怖省』（一九四三年）は、グレアム・グリーンのスパイ・スリラーのなかでもとりわけ完成度が高い作品として知られている。近年のモダニズム研究では、ロンドン大空襲（the Blitz）――一九四〇年九月七日から一九四一年五月一一日にかけてのドイツによるロンドンを中心とするイギリスの諸都市への集中的な爆撃――の経験を描き出したテクストの一つとして重要な位置づけを与えられている。[1] ロンドン大空襲がグリーンにとってトラウマ的な経験をもたらすものであったことは、それがかたちを変えて『情事の終わり』（一九五一年）の中心的な事件として回帰していることからも明らかだ。実際、『恐怖省』においても、ロンドン大空襲は物語の物理的な背景であるにとどまらず、主人公の人生を左右する重要な出来事として描かれている。

ここでもう少し時間をさかのぼって、グリーンが『恐怖省』の執筆にいたる歴史的なコンテクストを確認しておきたい。一九三九年九月三日、イギリスはフランスとともにドイツに宣戦布告する。第二次世界大戦の始まりは、グリーンの映画批評家時代の終わりを予告するものでもあった。一九四〇年三月一五日付の映画批評は、グリーンが『スペクテイター』誌に寄稿した最後の映画批評となった。その後、一九四一年に数回にわたってBBCのスペイン放送のために行なった映画に関するトークの抜粋が残されているが、基本的にグリーンの映画批評家としての仕事は、第二次世界大戦が始まって数ヶ月のうちに終わりを迎えたと言っても過言ではない。

映画批評家としてのキャリアの終わりと前後して、グリーンはイギリスの情報省の作家部門で六ヶ月ほどプロパガンダの仕事に従事する。(2) イギリスの著名な作家をパンフレットの作成などに動員するかたわら、自身もプロパガンダ短編小説「中尉は最後に死んだ」(一九四〇年)を執筆している。一九四〇年五月にはベルギーが、六月にはフランスがドイツに降伏する。グリーンは情報省の官僚としてナチス・ドイツの快進撃をどのように受け止めていたのだろうか。

一九四〇年九月にロンドン大空襲が始まると、グリーンは防空監視人としてロンドン市民の生活を手助けするようになる。非常事態のロンドンを防空壕で寝泊りしながら、防空監視人として過ごした経験が、『恐怖省』や『情事の終わり』といった戦中から戦後にかけてのグリーンの傑作の背景を形作っていくようになっていったことは、すでに述べたとおりである。翌年の五月には、大空襲は終わりを迎えるが、グリーンの戦争へのコミットメントは、さらに深まっていった。秘密情報部の情報将校としてのトレーニングを受けると、一九四一年一二月九日に、リヴァプールから西アフリカのフリータウンへと貨物船で旅立っていった。アメリカが日本に宣戦布告した翌日のことであった。(3)

一九四二年一月三日にグリーンを乗せた貨物船は、西アフリカのフリータウンに到着する。グリーンはこの年ロンドンから遠く離れた異郷で、諜報活動のかたわら、スパイ・スリラー『恐怖省』を書き上げることになる。

『恐怖省』の執筆にいたる過程を概観して明らかになるのは、この小説が一九三〇年代のグリーンの作品とは違って、同時代の映画の直接的な影響を論じるには困難なテクストであるということだ。第二次世界大戦の進展とともに、グリーンは、映画批評家から情報省の官僚へ、防空監視人から秘密情報部の情報将校へと素早く転身していった。『恐怖省』の執筆にいたる過程は、グリーンが歴史の圧倒的な迫力の前に、映画への関心を失っていく時期と捉えても間違いではないだろう。

しかし、事はそれほど単純ではない。興味深いのは、グリーンがこのスパイ・スリラーを「映画的な」小説として、「簡単に翻案可能な」小説として書いたという事実である。伝記作家のノーマン・シェリーは、グリーンと出版エージェントのローレンス・ポリンジャーとのやりとりを以下のように描き出している。

一九四二年八月四日、興奮したグリーンは、ポリンジャーにこのエンターテインメントに『恐怖省』というよいタイトルが見つかったと報告している。「おそらく七万語に少し及ばないくらいの長さになるだろう。六万語書き終えて、その後の見当もついている」。グリーンは彼のすべてのエンターテインメントのなかで最高のものを書いていることに気づいていたにちがいない。「そのなかにはすばらしい映画的なアイデアがあるんだ」。八月一二日の手紙では、この話題に戻ってきて、ポリンジャーに「『恐怖省』には、映画化に適したすばらしい、新たな中心的な状況が含まれていて、『密使』のような駄作ではないと、パラマウント社の耳に入れておくように」頼んでいる。「というのも彼らは『拳銃売ります』の映画化でちょっと成功したばかりなんだから」。(Sherry Volume

Two, 147)

ここでグリーンが『拳銃売ります』の映画化に触れていることは、注目に価する。グリーンのエンターテインメント『拳銃売ります』は、一九三六年に出版されているが、パラマウント社がその映画化の著作権のために一万二千ドルを支払ったのは、一九四一年のことであった（Biesen 50）。グリーンは映画『拳銃貸します』（一九四二年）の評判について控えめなコメントを残しているが、実際には映画は大当たりだった。

コスト削減の手段にもかかわらず、映画の五〇万ドルの費用は、四四万九千ドルの予算を上回った。しかしながら、映画は批評家に対しても、観客に対しても成功だった。『ヴァラエティ・ウィークリー』誌は、『拳銃貸します』は百万ドルを稼いだと報道した。一九四二年三月から六月にかけての宣伝と封切りは、戦争を大いに利用したものだった。パラマウント社は、総動員体制を想像的に活用するはっきりと男性的で心理学的なエートスや「戦闘心理」を推進した。（Biesen 55-56）

真珠湾攻撃とアメリカの第二次世界大戦参入を挟んで制作されることになった映画『拳銃貸します』には、同時代の戦争が色濃く影を落とすことになった。舞台は一九三〇年代の戦前のイギリスから一九四〇年代の戦時中のカリフォルニアに移り、レイヴンは警察に追われる殺し屋から、日本という「敵」に立ち向かう愛国的な殉教者へと格上げされる（Biesen 50）（図1）。

グリーンがこの時事的なプロットの挿入の話を耳にしていたかどうかは、伝記の記述からはわからない。しかし、映画に付け加えられた反ファシズム闘争という愛国的なプロパガンダこそ、グリーンが自身の新たなエンターテインメントに見出した「映画化に適したすばらしい、新たな中心的な状況」にほかならなかったのではないか。『恐怖省』には、反ファシズム、反ナチスのプロパガンダ的なメッセージがしっかりと刻印されているからだ。パラマウント社が『恐怖省』の出版以前に、映画化のための著作権の購入に踏み切ったのは、偶然ではない。フリッツ・ラングは、グリーンのエンターテインメントを反ナチス映画として翻案することになるだろう。

図１　アラン・ラッドとヴェロニカ・レイク、映画『拳銃貸します』

『ブライトン・ロック』と『権力と栄光』という二作のカトリック小説を出版し、作家としての名声を確立したグリーンが、あえてこの時期に映画化を視野に入れたエンターテインメントを執筆したという事実は、一見誤解を与えかねない。グリーンが映画化の著作権を生活の糧にしていたことは、よく知られているからだ。おそらく、そうした経済的な利益は、グリーンの計算に入っていたはずだ。一九四二年には、パラマウント社による『拳銃売ります』の映画化に加えて、彼のプロパガンダ短編小説「中尉は最後に死んだ」が、『今日はうまくいったかい？』というタイトルでイギリスのイーリング・スタジオによって映画化されている。グリーンのエンターテインメントの執筆には、映画化の著作権を見込んだ経済的な行為の側面があることは否めない。

だが、とりわけ『恐怖省』をグリーンが映画化を視野に入れ

図2・3・4　ナチズムのモンタージュ、映画『ナチス・スパイの告白』

たエンターテインメントとして執筆したことに関しては、細心の注意が必要だ。なぜならば『恐怖省』は、反ナチスのプロパガンダ的なメッセージを前景化したテクストであり、そのようなプロパガンダは、小説という文字媒体よりは、映画という感情に訴える視聴覚メディアを通じて、初めて広範囲に波及し効果的に機能するものであるからだ。

第二次世界大戦開始前後のグリーンの映画批評には、プロパガンダ映画の機能に関して卓越した分析が散見される。ここでは、一九三九年にアメリカとイギリスで制作された二つのプロパガンダ映画に関するグリーンの考察を追いかけていくことにしよう。

一つ目の映画は、アナトール・リトヴァク監督の『ナチス・スパイの告白』（一九三九年）である。ワーナー・ブラザーズ社は、一九三〇年代半ばから反ファシズムを匂わせる扇情的な映画を作り続けてき

たが、一九三九年四月二八日にニュー・ヨークで封切りとなった『ナチス・スパイの告白』は、ナチス・ドイツを正面から批判したハリウッド初の反ナチス映画として映画史にその名を刻まれることになった（図2・3・4）[4]。映画批評家グリーンの洞察をまずは見てみよう。

『ナチス・スパイの告白』は、感銘深いプロパガンダ作品である。アメリカでの最近のスパイ裁判に基づいていて、ニュース映画の『マーチ・オブ・ザ・タイム』の技法を採用している——フィクションの場面の間に、ナレーションや地図やニューズリールからの抜粋が挿入されている。教訓を引き出すのは裁判官である。他の者たちがゲシュタポのエージェントによって彼らの祖国へと強制送還された後もアメリカに残った四人の囚人に、裁判官は判決を下す。「お前たちは幸運だ」と裁判官は彼らに告げた。「ここでは刑務所の運動場の表面におがくずを撒き散らしたりはしない」。（プロパガンダは理性ではなく、感情に訴えるものだ。さもなければ、『ビッグ・ハウス』のような映画によって、われわれがアメリカの刑務所の運動場と聞いて連想するようになった運動場の過密ぶりや残酷さ、催眠ガスやマシンガンなどを忘れるのは難しいだろう。）神経戦（the war of nerves）は今も続いている。昨年の秋にはミュンヘン会談を批判した『マーチ・オブ・ザ・タイム』を通さなかった検閲官が、今ではゲッペルス博士を演じた俳優が「ミュンヘンでのわれらの輝かしい勝利」に言及するのを許しているのだ。しかも彼はほとんどの西部劇に与えることのない「年齢無制限の」証明をこの組織的な暴力と背信の映画に与えているのだ。私たちの子供たちは憎しむことを許されなければならない。イギリス映画検閲局が宥和政策を手放すとき、われわれはそれがついに本当に死んだのだと真に感じることができる。だから、かすかな震えは抑圧して、このすばらしく構築された兵器

（engine of war）を心から迎え入れようではないか。（*GGFR* 303-304）

映画史家のマイケル・バードウェルは、戦前から戦中にかけて生産されたワーナー・ブラザーズ社の一連の反ナチス映画を「セルロイドの兵士たち」と名付けた。グリーンの映画批評は、孤立主義が幅を利かせていた第二次世界大戦前夜のアメリカの政治文化のなかで、周囲のさまざまな圧力を受けながら制作され、公開までこぎつけたプロパガンダ映画『ナチス・スパイの告白』が、そのような「神経戦」の「兵器」であることを見抜いている。

グリーンがさりげなく言及した「神経戦」という軍事的なメタファーがこの時代の産物であることは指摘しておきたい。『オックスフォード英語辞典』によれば、神経戦とは「士気を低下させたり、混乱や不安定をもたらしたりするために、敵対的もしくは転覆的なプロパガンダを使用すること」、つまり「心理学的な戦争」を指す。この言葉の初出は一九三九年の『ミシシッピ・ヴァァレー歴史評論』であり、以下のような文章が載せられている。「プロパガンダの戦争は、物理的な破壊の戦争の代わりとなりうる。神経戦のしばらくの間は、そんなことが起こるかもしれないように思われた」（"War of Nerves"）。

グリーンの文章からは、彼がもはや映画批評家という役目を超えてしまっていることが窺える。一方でグリーンは、フィクションとドキュメンタリーの混合したこのプロパガンダ映画の独特の形式的スタイルに関して鋭い分析を示す。だがその一方で、グリーンの関心はプロパガンダ映画の情動的な側面に引かれていく――「プロパガンダは理性ではなく、感情に訴えるものだ」。そして、イギリス映画検閲局をある意味で機能不全に追い込んだアメリカの一映画会社のプロパガンダ映画を、ナチス・ドイツとの「神経戦」のための「すばらしく構築された兵器」として賞賛する。つまり、グリーンにとって映画とはプロパガンダの戦争を戦うための道具にすぎなくなっているのだ。

このことは、アレグザンダー・コルダの制作したプロパガンダ映画『翼の生えたライオン』(一九三九年)を論じた一九三九年一一月三日付の『スペクテイター』誌の映画批評にも見て取れる。グリーンの分析はまずは映画の形式へと向けられる。

翼の生えたライオンは、アレグザンダー・コルダ氏の作った英国空軍のドキュメンタリー映画と同じくらい珍妙な見世物と言っていいだろう。この映画はラルフ・リチャードソンやマール・オベロンたちによって演じられた小さなフィクションの場面と、コルダ氏の制作した不幸な歴史映画『無敵艦隊』の本筋と無関係なショット、二年前に作られた『ギャップ』という名のすばらしい募兵映画から取られた防空中央管理室のシークエンスから成り立っている。(*GGFR* 340)

こうしてこのイギリスのプロパガンダ映画のスタイルが、『ナチス・スパイの告白』の場合と同様に、フィクションとドキュメンタリーの混交から成り立っていることを指摘した後に、グリーンはその前半部がイギリスらしい「知的なプロパガンダ」と成りえている点を高く評価する。

この映画の前半部はすべて本当にすばらしい。「ここはイギリスで、われわれは自由を信じている」という冒頭のナレーションから、ホップの乾燥所や田舎の教会や草をはむ牛のショット、新しい労働者のための住宅や新しい病院や新しい学校のショット、そして「一人の男が世界を支配したいという理由で、こうしたすべてが終わりを迎えなければならないのか」というナレーションにいたるまで。これは知的なプロパガンダだ。平和時のイギリスが戦争に向けて準備を進めるドイツと対比されている。(*GGRF* 340)

だが、グリーンの肯定的な評価はここまでである。グリーンは映画の後半部におけるフィクションとドキュメンタリーの形式的な矛盾に、『翼の生えたライオン』のプロパガンダ映画としての致命的な欠陥を見出していく[5]。

戦争の描写とともにこの映画は力と真正さを失う。われわれはすぐに訓練を受けた俳優たちの偽物の雄弁家の声にうんざりし始める。ドイツ人ならば、キールの戦いがコルダのデナムのスタジオで撮影されたことに気づくことだろう(むしろおとなしく戦われたことがわかるだろう)。そして、戦闘機中隊と(なんらかの理由で「強盗」と呼ばれている)襲撃機との間の想像上の戦いを見ていると、その手柄話に関してあることに気づく。つまり、すべての死がドイツのものであり、すべての英雄的行為がイギリスのものなのだ。私が思うに、スタジオだけでなく、空中でもわれわれは襲撃機からロンドンを救出できるということを示せるようになるまでは、この映画をアメリカで公開するのは、深刻な過ちとなるだろう。想像上の戦いはスリラーでは結構だが、ドキュメンタリーでは不快なほど場違いであり、空威張りの感が否めない。古いプロパガンダ映画を使用することの興味深い効果は、注目に値する。『ギャップ』からのショットは全体の主題と矛盾を引き起こしているのだ。『ギャップ』が示そうとしているのは、募兵状況が改善しない限りは、襲撃機が通り抜けてやってくるにちがいないということだ。われわれが今目にしているのは管制室で興奮して爪を嚙んでいる

俳優であって、それは無敵を説教する映画の一部となってしまっている。(*GGFR* 340)

グリーンの映画の評価の基準は、プロパガンダとしての使用価値に絞られている。グリーンは、ドイツとの戦争を一面的に単純化して描き出したフィクションの部分が、募兵状況をめぐる現実のリアルなドキュメンタリーの部分と齟齬をきたしている点を指摘しつつ、コルダの『翼の生えたライオン』がその作品の未完成さによって、中立国への戦争協力を呼びかけるプロパガンダとしては、十分に機能していないことを指摘している(図5)。この映画批評が書かれたのが、イギリスがドイツに宣戦布告をしてからちょうど二ヶ月後のことであったのは注目に値する。グリーンの関心は、『翼の生えたライオン』の作品そのものの評価ではなく、この映画がアメリカで反ナチスのプロパガンダとして効果的に機能するかどうかに向けられていた。グリーンの「神経戦」は、ドイツに対してだけなく、アメリカに対しても行なわれていたのだ。

図5　ラルフ・リチャードソンとマール・オベロン、映画『翼の生えたライオン』

第二次世界大戦開始前後の二つのプロパガンダ映画についてのグリーンの映画批評を読んで明らかなのは、グリーンの真剣さである。映画について語る際の軍事的なレトリックは、グリーンが映画批評家として「神経戦」つまり、プロパガンダの戦争に従事していることを物語っている。その意味では、映画批評家から情報省の官僚、そして防空監視人、秘密情報部の情報将校へという一見破天荒な戦時中の転身は、グリーンのなかでは首尾一貫した選択だったと言っていい。『恐怖省』というある意味で遅すぎたエンテーテインメントの執筆はこのような歴史的なコンテクストにおいて検証されなければならない。

私の考えでは、グリーンは作家としてプロパガンダの戦争に介入するために反ナチスのプロパガンダ小説『恐怖省』を執筆したわけではない。グリーンはわずかな部数の出版物でイギリス国民を戦争協力に動員できると考えるほど政治的にナイーブではない。グリーンの意図は、映画化されやすいストレートな反ナチスのメッセージを持ったエンターテインメントを執筆することにより、それを第三者の手を通じてプロパガンダ映画として世に問うことだった。『拳銃売ります』を反ファシズムのプロパガンダ映画として換骨奪胎したパラマウント社は、『恐怖省』を見事に「神経戦」の「兵器」として再構築することになるだろう。『恐怖省』を監督することになったのは、アメリカに亡命を果たしたオーストリア出身のユダヤ人映画監督フリッツ・ラングであった。

本章では、以上のようなプロパガンダの戦争へのグリーンの真摯かつ継続的なコミットメントを踏まえつつ、グリーンの文学テクストを第二次世界大戦と映画をめぐるアメリカとイギリスの二つのより広い文化史的な文脈へと位置づけていきたい。

第一の文脈は、フリッツ・ラングの反ナチス映画である。ラングが第二次世界大戦とナチスの問題を正面から取り扱った作品には、『マン・ハント』(一九四一年)、『死刑執行人もまた死す!』(一九四三年)、『恐怖省』(一九四四年)、『外套と短剣』(一九四六年)の四作がある。言うまでもなく、ラングの『恐怖省』はグリーンの小説の翻案となっている。これまでグリーンとラングの影響関係に関しては、この戦時中の翻案の忠実さを中心に議論されてきたと言っていいが、ここでは小説と映画の二つの『恐怖省』の前に最初の反ナチス映画『マン・ハント』を置いてみることによって、両者の影響関係を双方向的な関係として提示してみたい。[6]『マン・ハント』と『恐怖省』のテクストの構造分析を通じて、グリーンのスパイ・スリラーの特異性を浮き彫りにする。

もう一つの文脈は、第二次世界大戦下のイギリスのプロパガンダ映画である。ジェイムズ・チャップマンの研究が明らかにしたように、第二次世界大戦下のイギリス映画は、ドキュメンタリー映画、商業映画ともに、情報省のプロパガンダ政策を忠実に体現していくことになった。[7]

ここで興味深いのが、グリーンのねじれた立ち位置である。映画批評家としてグリーンは、開戦当初から『翼の生えたライオン』に興味を示し、『今日の標的』(一九四一年)にいたっては、戦争を淡々と描き出す日常のリアリズムを惜しみなく賞賛している。いずれも英国空軍の戦争を主題とするプロパガンダ映画である。[8] グリーンの愛国心の高揚のしるしをここに見出すことは困難ではない。実際、すでに説明したように、グリーンは一九四〇年の半年間ほど情報省の作家部門に勤務し、プロパガンダの広報に努めるとともに、プロパガンダ短編小説「中尉は最後に死んだ」を執筆している。後にアルベルト・カヴァルカンティがこの短編小説の翻案となる『今日はうまくいったかい?』(一九四二年)を監督することになるが、この映画はナチス・ドイツのイギリス侵略の可能性を警告する好戦的なプロパガンダ映画となっている。カヴァルカンティの映画を見る限り、グリーンの戦争協力は功を奏していたと言って間違いないだろう。

だが作家としては、グリーンは単純な善悪二元論に還元されえない複雑な世界観を好んだ。「中尉は最後に死んだ」は、情報省のプロパガンダ政策の一環として執筆された短編小説であるが、プロパガンダ映画の情動的な機能についてあれほど先鋭的な理解を示した人物の作品とは思えないほど、複雑で曖昧な作品となっている。イギリス国民の戦争協力を呼びかけるプロパガンダとしては決して十分に機能していない。

同じことは、『恐怖省』に関しても言えるだろう。ロンドン大空襲を背景として、ナチスの協力者たちのイギリス国内での暗躍を描き出した『恐怖省』は、本質的にセンセーショナルなプロパガンダ小説として読める。作品の雰囲気としては、同じく空襲下のロンドンを舞台としたアルフレッド・ヒッチコックの初の反ナチス映画『海外特派員』（一九四〇年）によく似ている。[9] グリーンのエンターテインメントが同時代の良質のプロパガンダ映画の諸要素をうまく取り入れていることがわかる。しかし、『恐怖省』は小説である。グリーンの小説は白黒の世界からもっとも遠い場所にある。『恐怖省』を読み進めていくと、プロパガンダの要請に抵抗するテクストの別の姿を目にすることになるだろう。プロパガンダへ魅了されつつも、そこから逃れようと抵抗するテクスト――それこそがグリーンのエンターテインメントの達成であったのだ。

2　ラングとグリーン、あるいは二つの『恐怖省』

フリッツ・ラングとグレアム・グリーンの出会いには、どこか運命的なものがある。一九三三年のナチスの政権掌握とともに、ラングはそれまでの活動拠点であったドイツを離れ、まずはパリに亡命し、そこで『リリオム』（一九三三年）という映画を撮影する。そしてパリに滞在中にＭＧＭ社と契約を交わし、一九三四年六月一二日にプロデューサーのデイヴィッド・セルズニックとともにニュー・ヨークに到着している。そこから列車で揺られてハリウッドに到着し、新天地でアメリカの映画監督としてのキャリアをスタートする。(10)

グリーンもまた同じ頃、新たな冒険を始めようとしていた。『スタンブール特急』(一九三二年)と『ここは戦場だ』(一九三四年)という同時代の映画に強烈なインスピレーションを受けた二つの小説を出版した後、グリーンは『スペクテイター』誌の映画批評家となり、毎週定期的に映画批評を執筆するようになる。一九三五年七月のことである。

グリーンが映画批評家として最初に論じることになったラング作品は、奇しくもラングのアメリカでのデビュー作『激怒』(一九三六年)となった。一九三六年七月三日付の『スペクテイター』誌の映画批評において、グリーンはこの映画について以下のように語っている。

『激怒』——南部の小さな町の暴徒たちが、誘拐の容疑で逮捕された無実の男をリンチする物語——は、驚くべき作品である。「偉大な」という形容語をつけたいと思う、私の知る限り唯一の映画である。(中略)スクリーンの限界にもかかわらず、偉大な主題、精神の高潔さの感覚がこちらに伝わってくるような映画は、これまでにもあった。しかし、価値を滑り落とすことなく、音と映像によって、いかなるメディアよりもうまく物語の憐憫と恐怖を完璧に伝えた映画は他にはない。

(*GGFR* 117)

グリーンの映画批評の経済性と凝縮力の例証となる見事な一節である。グリーンはこうして『激怒』というリンチの物語の「憐憫」と「恐怖」について筆を走らせていく。スペンサー・トレイシー演じる無実の男の恋人を演じたシルヴィア・シドニーの演技に関して、「彼女はこれほど深く苦しみと言葉には表せない優しさを伝えたことはなかった」（*GGFR* 116）と激賞し、運命に見放された二人の恋人の苦悩について考察を進めていく。

どしゃぶりの雨を逃れて二人の恋人が高架鉄道の下に避難し、顔と手を霧で覆われた濡れた窓に押し付けながら駅で別れを告げる場面には、映画の情熱や、ふつうの人間的な感情の誇張は見られない。それはふつうの見覚えのある苦悩である。わたしたちが知っているありのままの人生だ。（*GGFR* 117）

グリーンの「憐憫」の情がこちらにまで伝わってくるかのようだ。だが、グリーンにとってもっと衝撃的だったのは、この映画の掻き立てる「恐怖」にほかならない。

真実を語る細部を鮮明に把握する同じ力が、リンチの光景をほとんど堪え切れないほど恐ろしいものにしている。私は誇張しようとしているのではない。だが、電気式の穿孔機が道路に穴を開けるときとまったく同じように、真実がさっと再来するたびに脳がたじろぐのである。善良な市民たちの恐ろしい笑いと思い上がりの高潔さ、バーの上で飛び跳ねて「楽しもうぜ」と叫ぶ若者、腕を組んで戦争初日の新兵のように笑いながら興奮してカメラに向かって道路を行進する男女の連隊、保安官に向かって「アイム・ポパイ・ザ・セイラーマン」と歌う少年、最初に石が投げつけられ、監獄に火がつけられる、無実の男が格子の背後で窒息しかけている、監獄の火事を見せようとして女

が赤ん坊を高く掲げる。(*GGFR* 117)

グリーンがラングによる暴徒たちのリンチの表象に身体的な「恐怖」を感じていることは、明らかであろう(図6・7・8・9・10)。この恐怖の正体こそ、ファシズムのそれにほかならないのである。ラングの映画監督としてのキャリアに関しては、ドイツ時代とアメリカ時代の仕事を分断されたものとして捉えるのではなく、両者の連続性を前提に議論を進めるのが、現在では映画研究の主流となっている。[11] したがって、ドイツのファシズムに批判的な眼差しを持ち続けたラングが、新天地ハリウッドにおいてアメリカの潜在的なファシズムに批判的にならざるをえなかったとしても驚くには値しない。

映画研究者のアントン・カイズは、ラングを含めたアメリカへの亡命者や移民たちの批判的な眼差し

図6・7・8　無実の男をリンチする善良なアメリカ市民、映画『激怒』

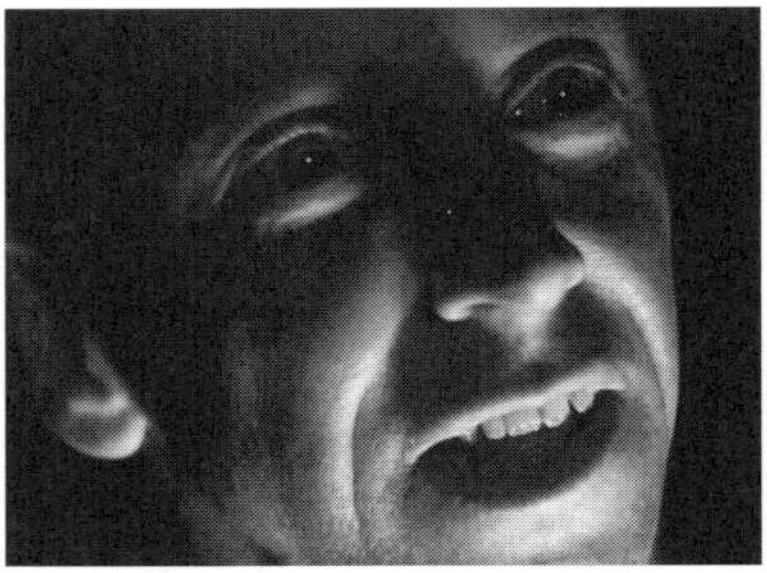

図9・10　同前

について以下のように述べている。

　理想化されたアメリカを求めてファシズムのヨーロッパを逃れた亡命者や移民たちは、群衆心理や法と秩序の崩壊に対する警戒を呼びかける強い衝動を感じた。彼らは大衆が狂信的に知性を失っていくのを自分たちの目で見てきたのだ。『激怒』はラングがドイツ時代からよく知っているファシズムの暴徒たちについての映画である。ただし、それは一九三五年のアメリカという歴史的な時期に置き換えられている。(Kaes 302)

　ここでカイズが指摘する「群衆心理や法と秩序の崩壊」といったファシズム的な衝動の表象こそ、映画批評家グリーンを恐怖で震え上がらせたものにほかならない。一見善良なアメリカ市民がリンチという魅惑的なスペクタクルに巻き込まれて暴徒化していく様子を克明に記録することによって、グリーンはラングの亡命者の批判的な眼差しを反復し再構成しているのである。

　グリーンがラングの『激怒』を通じて、リンチというアメリカのファシズム的な衝動への関心を深めていったという事実は、ここで触れておきたい。カイズが別の箇所で指摘しているように、「ラングの

『激怒』はリンチを社会的な問題として取り上げた最初の映画であったが、すぐに同じ問題を扱った他の映画が続いて現れた。マーヴィン・ルロイの『彼らは忘れない』(一九三七年)、チャールズ・コールマンの『恐怖のリージョン』(一九三六年)、アーチー・メイヨの『ブラック・リージョン』(一九三七年)である」(Kaes 314)。『恐怖のリージョン』には言及がないものの、グリーンは『彼らは忘れない』と『ブラック・リージョン』に対して情熱的な映画批評を寄せている。[12] どちらの映画も国内外のファシズムに対する敵対的な姿勢を一九三〇年代前半から崩さなかったワーナー・ブラザーズ社の制作によるものである。[13]

アメリカ時代の最初の作品『激怒』を通じて、ラングとグリーンがすでに反ファシズムの問題系を共有していたという事実は注目に値する。アメリカの第二次世界大戦参戦の前夜から、ラングは反ナチズムのメッセージを鮮明にした一連のプロパガンダ映画を生み出した。『マン・ハント』(一九四一年)、『死刑執行人もまた死す!』(一九四三年)、『恐怖省』(一九四四年)、『外套と短剣』(一九四六年)の四作である。グリーンのエンターテインメント『恐怖省』(一九四三年)が、ナチズムへの敵対姿勢を共有する映画監督ラングによって映画化されるようになったのは、運命の必然と言ってもいいだろう。

しかし皮肉なことに、映画化はグリーンの思いどおりには運ばなかった。『逃走の方法』のなかで、グリーンはラングへの不満を明らかにしている。

私にとって精神病院の場面は小説のなかで一番よくできている場面だ。だからこそ、かつて『M』と『スピオーネ』を監督したフリッツ・ラングがそれらの場面を小説の映画版からそっくり排除し、全体の物語を無意味なものに変えてしまったのは、私にとって驚きだった。(*WE* 100)

グリーンの不満はもっともなものである。『恐怖省』は「第一部　不幸な人間」、「第二部　幸福な人間」、「第三部　破片・断片」、「第四部　完結した人間」と四部構成になっていて、第一部の終わりで爆弾を浴びて記憶を失った主人公のアーサー・ロウが、第二部でシェル・ショック患者のための病院に収容されたリチャード・リグビーとして再登場するところに物語の独自性があるからだ。

ラングの『恐怖省』では、リグビーが病院で記憶を取り戻していく過程を描いた第二部が削除されており、たしかに原作の物語のダイナミズムは台無しにされている。[14] グリーンの不満が二つの『恐怖省』を比較検証する研究者たちにも共有されるようになっていったのは、驚くに値しない。しかし他方でラングの映画は、グリーンの原作の第一部で描かれた主人公ロウを襲う数々の出来事をその精神に忠実に再現していると言っていい。

第一部のアーサー・ロウを突き動かす原理とは、「運命」のそれにほかならない。第一部は「第一章　自由諸国の母の会」、「第二章　私立探偵」、「第三章　正面攻撃」、「第四章　ミセス・ベレアズの家の一夜」、「第五章　夢と現と」、「第六章　孤立」、「第七章　書物の荷」と七章構成になっており、小説の紙面のおよそ半分を占めているが、第一部のアーサー・ロウは、第二部のリチャード・リグビーとは対照的に、つねに危険にさらされており、正体のわからない自分の力を超えた存在を相手に逃避行を重ねることを余儀なくされる。

ここで気をつけておきたいのは、ロウの身に降りかかる危険な状況は、明確な輪郭をもった「敵」によってもたらされるものには必ずしも限らないということだ。そもそもロウが一連の事件に巻き込まれるきっかけとなったのは、ノスタルジーにかられて慈善バザーに参加し、国家機密のフィルムの入ったケーキを持ち帰るはめになったことに由来する。この偶然をグリーンが「運命」(fate)として提示していることは注目に価する――「慈善バザー(fête)には、アーサー・ロウをなすすべもなく引き寄せるところがあった」(*MF* 11)。

第一部のロウの行動を支配する「運命」は、とりわけ二度の爆弾のかたちをとって現れる。第一章の終わりにおいて、ケーキを取り戻しに来た訪問者によって毒殺されかけたことにロウが気づくや否や、彼のアパートはロンドン大空襲の爆撃を受けて崩壊し、ロウは警防団員によって地下室のキッチンから救出されるはめになる。また第七章の終わりで、ホテルの一室にいよいよ追い詰められたロウは、中身を確かめようとスーツケースを開けるが、それが爆弾となっており、ロウはふたたび吹き飛ばされることになる。

文学研究者のクリスティーン・A・ミラーは、この二回の爆弾の物語上の機能に関して以下のように説明している。

かつてロウはヒオスシンの味によってもたらされた殺人の記憶を抑圧しようとして英雄の役についた。そして今ロウは自ら殺しのライセンスを発行し、殺人行為を勇気の証として正当化した。だがロウが妻の安楽死を抑圧しようが、正当化しようが、小説はふたたび彼が諜報活動のファンタシーを通じて過去から逃れようとするのを妨げる。顔の見えない敵と戦うための武器を探してスーツケースを開けると、爆弾が爆発し、彼はほとんど殺されるところだった。第一部の最初だけでなく、最後においても、『恐怖省』は慣習的なスパイ・ストーリーが始まろうとする前に、それを破壊してしまうのである。(Miller *British Literature*, 137)

ミラーの記述は、二回の爆弾の爆発がスパイ・スリラーのジャンル上の法則を転倒する役割を果たしている点を明らかにしている点で興味深い。しかしまた別の観点から眺めるならば、この爆弾の爆発の反復は、ロウに立ちはだかる「運命」の機械的な性質を表現しているとも言えるだろう。

ここでトム・ガニングの「運命＝機械」の概念を参照してみたい。名著『フリッツ・ラングの映画』のなかで、ガニングはラングの作品世界を支配する運命的な出来事の連鎖を「運命＝機械」なる概念で表そうとした。

運命＝機械とは、ラングの登場人物たちが悪戦苦闘する環境を決定づけるものであり、多くの場合障害として機能する。これは多くの点で運命や宿命の主題に対応しているが（ゴダールの『軽蔑』のなかでラングは彼の映画『オデュッセイア』を「神に対する戦い」として紹介している）、それはラング批評のクリシェとなってしまったため、最近の評論家はそれを軽蔑して取り扱う傾向にある。しかし私の考えでは、彼の映画の運命の概念を単に平凡だと片付けてしまえば、われわれはラングのドラマツルギーの原動力を見失うことにもなりかねない。大切なのは、ラングにとって運命とは形而上学的な概念ではなく、（実際には「神に対する戦い」でもなく）物質的な概念であり、意味よりは構造を表すものであるということなのだ。ラングの映画においては、運命は哲学としてではなく、機械として登場するが、その機械的な性質は彼の映画のほとんどの作品においてきわめて文字どおりのものとなっている。これはラングの映画がラッダイト式の機械に対する闘争を扱っているということを主張するものではない（たしかに『メトロポリス』はそのような反乱を扱っているが）。ラングにおける機械とはそれ自身を超えた何かを表している。しかしながら、機械は人間性や形而上学に関する見解の隠喩というよりは、むしろ換喩となっている。つまり、ラングが複雑で決定的な運命として捉える現代世界の全体的でシステマティックな性質の代わりとなる断片となっているのだ。
(Gunning 10)

ガニングが繰り返し主張しているように、ラングの映画世界において、運命は形而上学的な概念ではなく、物質的な概念として登場する。「運命＝機械」という概念は、その物質性、機械性を強調するためのものと言っていいだろう。ラングの登場人物たちは必然的にこの「運命＝機械」との悪戦苦闘を余儀なくされるのである。

ラングの『恐怖省』においてガニングが主張するところの「運命＝機械」を体現するのは、俳優のスティーヴン・ニールが乗ったロンドン行きの列車を襲うナチス・ドイツの爆撃機である。この列車の爆撃の場面は、原作のロンドン大空襲の場面の置き換えとなっているが、主人公の移動を文字どおり妨害する爆撃機の表象は、ラングのドラマツルギーの原動力をなす「運命＝機械」の姿を鮮明に表している。ラングの『恐怖省』において、たしかに主人公の記憶喪失とその回復のエピソードは姿を潜めている。だがラングの翻案は、グリーンの原作、とりわけその第一部を濃密に支配する「運命」の感覚を作品全般にわたって維持することに成功している点で、一つの達成となっていると言っていいだろう。グリーンがラングの世界観に忠実であったのと同様に、ラングはグリーンの世界観に忠実であったのだ。「運命＝機械」の次元において、二つの『恐怖省』はたしかに合わせ鏡のような存在となっている。

では、両者はどこで袂を分かつのだろうか。グリーンの『恐怖省』の先行テクストとしてラングの最初の反ナチス映画『マン・ハント』を措定して、両者の世界観の差異を検証していくことにしよう。

3　反ナチス映画

一九四一年八月一四日のBBCスペイン放送のトークのなかで、グリーンは『マン・ハント』の前評判を以下のように記している。「われわれはいまアメリカがラングの最高傑作だと考えている映画を待ちわびている。それは『マン・ハント』というタイトルで、偉大なハンターのイギリス人がかつてライオンを狩っていたときと同じ粘り強さと高揚感で総統を捕らえようとする」(*GGFR* 520)。

ここにはラングの反ナチス映画へのグリーンの期待が垣間見られるが、実際にグリーンが『マン・ハント』を見たかどうかは、彼の伝記的な事実からは明らかにされていない。記録で残されている限りでは最後の出演となるこのBBCスペイン放送のトークのなかでグリーンがもっとも熱心に論じているのは、「英国空軍の爆撃機の活動についてのドキュメンタリー」(*GGFR* 521)となるハリー・ワット監督の『今日の標的』(一九四一年)であった。王立映画班によって制作されたこのイギリスのプロパガンダ映画が、グリーンが映画批評家として論じる最後の映画作品となったという事実は、グリーンにとっての第二次世界大戦の重みを物語るものとなっている。

その意味で、『イギリスの作家とメディア——一九三〇年から一九四五年まで』の著者キース・ウィリアムズは、グリーンがラングの新作を見たことを前提にしているばかりか、それが『恐怖省』へ与えた影響にまで考察を進めている点で、大胆な仮説の提唱者となっている。

グリーンの小説の大衆的なアピールは、戦争中の長編映画において利用され、大きな成功を収めた。フリッツ・ラングは、グリーンの『恐怖省』の出版とほぼ同時期にその作品を映画化した。反ナチス的なメッセージを持った形而上学的なスリラーであるグリーンのテクストは、そもそもこの映画監督の仕事に対する長期にわたる賞賛に多くを負っているように思われる。（中略）一九四一年にラングはジェフリー・ハウスホールドの大西洋両岸でのベストセラー『ローグ・メイル』を『マン・ハント』として映画化するが、この映画はグリーンの『恐怖省』の特定の影響源であったように思われる。『マン・ハント』のファンタシーのアレゴリー的な方法に対するグリーン自身の高い期待がこの仮説を裏付けている。（Williams 220-221）

ウィリアムズがグリーンの『恐怖省』を「反ナチス的なメッセージを持った形而上学的なスリラー」として捉え、このエンターテインメントにラングの反ナチス映画『マン・ハント』の影響を見出そうとしているのは、注目に価する。

これまでのアダプテーション研究において軽視されがちであったラングからグリーンへの直接的な影響に関して、ウィリアムズは以下のように考察を進めていく。

脅威を感じさせる表現主義的なスタイルで撮影され、ラングのトレイドマークである「警告的な影」に満ち溢れた『マン・ハント』は、フロイト的な意味においても地政学的な意味においても、抵抗への意志を無力にする言わば「内なる敵」を形成する心理的に複雑な圧力と感情を探求する。敵のエージェントによるイギリス中の追跡以外にも、グリーンの小説との雄弁な左右対称性がある。

『マン・ハント』においてヒーローが抵抗への意志を発見するのは、戦前ヒットラーに「狩りの競技のように忍び寄ったこと」が実際には彼の犠牲者たちの仇を取ろうとする無意識の願望であったと彼がついに認めるときである。ゲシュタポによる彼自身の迫害によって、ヒーローは彼自身のごまかしや道徳的な臆病さに直面するのである。グリーンの小説においては、ヒーローが彼の追跡者たちを滅ぼそうとするように転じるのは、末期的な病状の妻を安楽死させたことに関してもはや自己憐憫的に罪悪感にさいなまれなくなるときである。ナチのエージェントはもはや許容可能な復讐鬼ではなく、凶悪な狂信者に見えてくる。（Williams 221）

ウィリアムズのテクスト分析は、ラングの映画とグリーンの小説に共通する精神分析的なメカニズムに注目し、両者のヒーローの物語を「転向の物語」として提示している点で興味深い。たしかに物語のレヴェルでは、ヒーローの精神分析的なメカニズム——「抵抗への意志を無力にする言わば『内なる敵』を形成する心理的に複雑な圧力と感情」（Williams 221）——は、両者の物語の構造と深く結びついている。『マン・ハント』においては、ゲシュタポによる容赦のない迫害を受ける過程で、ヒーローが自身の自己充足的な生活を反省し、紳士的なハンターから冷酷な暗殺者へと変貌を遂げていく。また同様に『恐怖省』においては、近過去の記憶を喪失することによって、ヒーローは妻殺しの罪の意識から心理的に解放され、「幸福な人間」となり、無邪気に諜報活動を開始する。しかしウィリアムズの精神分析的な読解は、両者の並行関係を立証するにはやや大雑把な分析と言わざるをえない。

ウィリアムズはグリーンの小説を「反ナチス的なメッセージを持った形而上学的なスリラー」として捉えている。その点に関してはおおむね賛成である。『恐怖省』の執筆の過程を振り返ってみれば、グリーンが自身のエンターテインメントを反ナチスのプロパガンダとして想定していたことは、明らかだからだ。しかし、また同時に『恐怖省』のなかに『マン・ハント』に見られるほど鮮明な「反ナチス的なメッセージ」を読み込むことは難しい。

そもそもグリーンのヒーローは「彼の追跡者たちを滅ぼそう」などとは考えていない。アーサー・ロウの関心および行動は、究極的にはナチスに対する諜報活動という意味合いを帯びているが、それは同時に自己と周囲の環境との関係を正確に把握しようとする自己探求的な性格を強く帯びている。おそらくウィリアムズの精神分析的な読解が有効に機能しないのは、グリーンのヒーローの成長物語に「抑圧されたものの回帰」の決定的な瞬間を特定するのが困難であるからだ。アーサー・ロウの失われた記憶の回復はつねに先延ばしにされていく。その意味でグリーンのヒーローの物語は「転向の物語」としては成立しない。

だがそれとは対照的に、ラングの映画を「転向の物語」として析出した点は、ウィリアムズの慧眼と言っていい。

映画学者のルッツ・ケプニクは、『マン・ハント』が「転向の物語」として制作されるようになった歴史的な背景について以下のように述べている。

アメリカの第二次世界大戦参加以前に撮影され、公開された『マン・ハント』は、転向の物語としてデザインされた。ハンターから暗殺者へ、スポーツマンから兵士への主人公ソーンダイクの変容は、個人的な余暇や自由といった贅沢に対する政治的なコミットメントの優先を例示している。この映画はそうすることによって、戦争はヨーロッパの出来事にすぎないと宣言する孤立主義的なレ

トリックに対してはっきりと警告を発しているのだ。(Koepnick 420)

ケプニクの指摘は、『マン・ハント』のヒーローの「転向」がラングの政治的なコミットメントに裏付けされている点を明らかにしている点で興味深い。第二次世界大戦介入前夜のアメリカにおいて、「転向の物語」はアメリカ国民を戦争に動員するプロパガンダの役割を担っていたのだ。[15] 一九四一年七月二日にニュー・ヨークで封切られたワーナー・ブラザーズ社の『ヨーク軍曹』(一九四一年)もまた良心的徴兵忌避者が第一次世界大戦の英雄に生まれ変わる「転向の物語」であった。[16]

だがここでは、ケプニクはその「転向」の契機については具体的な言及を避けている。アラン・ソーンダイクは、何がきっかけとなってハンターから暗殺者へと変貌を遂げたのだろうか。すでに確認したように、ウィリアムズは、ここに精神分析的なメカニズムを見出している――「『マン・ハント』においてヒーローが抵抗への意志を発見するのは、戦前ヒットラーに『狩りの競技のように忍び寄ったこと』が実際には彼の犠牲者たちの仇を取ろうとする無意識の願望であったと彼がついに認めるときである」(Williams 221)。

『マン・ハント』のヒーローの「転向」に精神分析的なメカニズムを適用することそれ自体に問題があるわけではない。物語のレヴェルにおいてヒーローの無意識の欲望の認識は、物語の重要な転換点となりうる。実際、ウィリアムズの分析は、ライム・リージスの森のなかの隠れ家でのソーンダイクとゲシュタポとの対決の場面を念頭に置いているものと考えられる。この場面においてゲシュタポはソーンダイクにヒットラー暗殺の意図を強制的に告白させるのである。

しかしながら、この強制された告白をヒーローの「転向」の契機として捉えることはできるのだろうか。むしろケプニクは『マン・ハント』の冒頭部分に関して、作品全体の十全な理解を促す興味深い論点を提供している。

『マン・ハント』の冒頭部において、ヒトラーの命を救う（そして第二次世界大戦の開始につながる）ものとは、ソーンダイクの最初の曖昧さやためらいなのではない。それは銃を撃つ準備の整ったソーンダイクの視界を気まぐれに覆い隠し、ナチの守衛が彼を打ち負かすのを可能にする一枚の葉の力にほかならない。ドイツの神話学、そしてラング自身のヴァイマール時代の映画作品は、当然ながら、気まぐれな葉のもたらす効果に深く親しんでいる。（中略）『マン・ハント』においては、葉の物質性がヴィジョンと行動のカップリングを妨害し、専制君主の命を救い、ついにはヨーロッパを戦争の深淵に突き落とす。『マン・ハント』の残りは、すべてこの気まぐれで致命的な葉の力に逆らうことにある。（Koepnick 423）

ケプニクの即物的なアプローチは、ウィリアズムの精神分析的なアプローチと対照的であるが、軍配は前者に上げられる。『マン・ハント』において物語を駆動する論理は、ヒーローの決断や行動にあるのではない。またもしそうであるとしても、映画の冒頭部においてヒーローはすでに決断し、行動している（図11・12）。それはヒーローの視界を気まぐれに覆い隠す一枚の葉の力にあるのだ[17]。

ケプニクがラングの「気まぐれで致命的な葉の力」に言及するとき、『マン・ハント』の物語はラング映画に特有の「運命＝機械」の様相を呈してくる。ソーンダイクもまた「運命＝機械」との勝ち目のない戦いを宿命づけられたラングの映像世界の犠牲者なのであり、そこでは抵抗的な意志は――それが

図11・12　ヒットラーをライフルの照準に捉えるイギリス人ハンター、映画『マン・ハント』

意識的なものであろうとも、無意識的なものであろうとも——気まぐれな一枚の葉ほどの力を持たないのだ。

　ウィリアムズの精神分析的な読解は、『恐怖省』と『マン・ハント』の左右対称性を立証するには不十分である。たしかに『恐怖省』のなかにも精神分析的な物語を見出すことは不可能ではない。「不幸な人間」のロウが、「幸福な人間」のリグビーを経由して、「完結した人間」へと成長していく過程は、精神分析的な「抑圧」を経過して「抑圧されたものの回帰」と直面していく過程として読めないこともない。だが、グリーンのヒーローの物語に「抑圧されたものの回帰」の決定的な契機を探し出すことは難しい。

　また『マン・ハント』の分析に関して言えば、ラングの映画に「転向の物語」を見出した点は注目に価する。ウィリアムズは、ソーンダイクが紳士的なハンターから冷酷な暗殺者へと変貌を遂げていく様子に注目し、その「転向」の契機を精神分析的な観点から浮き彫りにしようとする。だがケプニクがいみじくも指摘したように、『マン・ハント』の映画世界は、「気まぐれで致命的な葉の力」の支配する世界である。無意識の概念を持ち出すことにどのような効果があるのだろうか。

　『恐怖省』の先行テクストとして『マン・ハント』を設定しようとするウィリアムズの試みは、端的に破綻している。しかし、その試みを批判的に検証することは、決して無駄な試みではない。なぜならば、その検証は両者の左右非対称性を明らかにする試みでもあるからだ。

ウィリアムズが見過ごした両者の左右対称性とは、トム・ガニングがラングの映画世界に認めた「運命＝機械」の存在にほかならない。グリーンの『恐怖省』においては、二回の爆弾の爆発というかたちで「運命＝機械」がロウの人生に立ちはだかる。同様にラングの『マン・ハント』において、「運命＝機械」は気まぐれな一枚の葉として、そっとソーンダイクの視界に降りかかる。重みや大きさは重要ではない。重要なのは運命の機械性であり、物質性なのだ。

グリーンが『恐怖省』の執筆前に『マン・ハント』を見たと仮定してみるのは、それほど無理な設定ではない。だとしたら、グリーンはラングに何を学び、何を学び落としたのだろうか。グリーンがラングから学んだであろうものとは、主人公の人生に度重なる障害として立ちはだかる「運命」の機械性であり、その物質性であったにちがいない。スパイ・スリラーのジャンルの法則を打ち破る爆弾の機械的な反復は、ロンドン大空襲というトラウマ的な歴史的出来事に起因するだけでなく、ラングの映画世界を支配する「運命＝機械」の無慈悲な運動に起因していると想定しても、あながち的外れではないだろう。

では、両者の左右非対称性はどこにあるのだろうか。それはプロパガンダに対する両者の微細な差異にあると言っていいだろう。アメリカの第二次世界大戦参加前夜に制作され、上映されたラングの『マン・ハント』には、必然的に「反ナチス的なメッセージ」が刻印されることになった。ケプニクの言葉を借りるならば、「第二次世界大戦へのアメリカの参加のおよそ六ヶ月前に上映された『マン・ハント』とともに、ラングは自身を『アメリカの映画監督』として、アメリカの文化と戯れるだけでなく、大胆不敵な敵と戦争を行なうための強力なメディアおよびテクノロジーとしての映画の使命を宣伝するアメリカの映画監督として位置づけることになった」(Koepnick 417)。ラングの反ナチス映画はこうして強烈なプロパガンダ性を帯びることになる。

一方でグリーンの小説は、たしかにラングの映画と同様に「反ナチス的なメッセージを持った形而上学的なスリラー」として読みうる。そもそもロンドン大空襲はナチス・ドイツの残虐な破壊行為にほかならない。グリーンのエンターテインメントがプロパガンダの機能を帯びていることを否定するのは難しい。だが他方でグリーンの小説には、敵味方を截然と区別するプロパガンダには収まりのつかない曖昧さが残されている。グリーンがラングから学び落としたものがあるとすれば、それは『マン・ハント』の一面的な「反ナチス的なメッセージ」にあったのではないだろうか。

4 「敵」の表象

イギリスのプロパガンダ政策に対するグリーンのコミットメントには、二律背反的なところがある。映画批評家としてのグリーンは、明らかにプロパガンダ映画に大きな関心を示していたし、また彼自身プロパガンダ映画のナレーション制作にも関与していた。情報省のために制作されたドキュメンタリー映画『新しい英国』(一九四一年)にグリーンが寄せたナレーションには、彼の愛国的な心情がこぼれ出ている。その最後のナレーションの箇所を引用しよう。

われわれは子供たちの未来を台無しにさせたりはしない。イングランドの精神は自分たちの戦いを行なう。長い海岸線の内側で、静かな牧草地のなかで育まれた精神、それは単純で、控えめで、壊すことのできないものである。(*GGFR* 506-507)

『新しい英国』のナレーションを聞いて明らかになるのは、グリーンがドキュメンタリー映画のフォーマットに精通していたばかりか、彼が同時代のプロパガンダの言説を自家薬籠中のものとしていたという事実である。

しかし他方で、グリーンは作家としては、白黒のはっきりとした単純なプロパガンダに与しない曖昧な立場を取り続けることを好んだ。たとえば、一九四〇年にグリーンが情報省のプロパガンダ政策の一環として執筆した短編小説「中尉は最後に死んだ」は、単純な英雄崇拝には回収されない後味の悪い作品となっている。

「一九四〇年の記録されなかった勝利」の副題を持つこの短編小説は、イギリスのある村をドイツ軍のパラシュート部隊が侵略するという筋立てのものであるが、この村のアウトサイダーである密猟者のビル・パーヴィスが鉄道の破壊活動を行なうドイツ兵たちを一人一人猟銃で始末していく様子が丁寧に描かれる。一方でこの侵略物語は、ドイツ軍の侵略を食い止めるイギリスのふつうの人々を描き出すことによって、イギリス国民の侵略に対する危機意識を覚醒させるプロパガンダの効果を持っている。だが他方で、この物語は最後に殺されるドイツ軍中尉を、家族を持つ一人の人間として描き出すことによって、単純なプロパガンダ作品に収まることを拒否している。

パーヴィスは爆弾で傷を負ったドイツ軍中尉を憐憫の情から安楽死させると、彼のポケットから裸の赤ん坊の写真を見つける。そしてこの侵略物語はプロパガンダには似つかわしくない老兵士の感傷で幕を閉じる。

パーヴィスが誰にも見せなかった記念品があった。マットの上の赤ん坊の写真である。ときどき彼はそれを引き出しから取り出して一人で眺めた。落ち着かなかった。彼には理由がわからなかったが、それを見ると気分が悪くなった。(CSS 473)

『今日はうまくいったかい?』は、一九四二年にアルベルト・カヴァルカンティがグリーンの短編小説「中尉は最後に死んだ」を自由に翻案した映画であるが、情報省のプロパガンダ政策を忠実に体現した作品であった。[18] 映画研究者のアンソニー・オールドゲイトが主張するように、「この映画はなによりもイギリス国民の独りよがりに対する警告として働くように意図されており、映画の大部分は、侵略の可能性および侵略がとるかたちに関して国民がだまされて安心させられているという説に異論を唱えることに集中していた」(Aldgate 130)。そのためグリーンの原作の曖昧さは、カヴァルカンティのプロパガンダ映画のなかでは姿を潜めることになった。

むしろこの映画のなかで際立っていたのは、「ぞっとするほど効果的で、同時代のイギリス映画においては異例の暴力描写」(Aldgate 133) であった。オールドゲイトはカヴァルカンティの暴力の表象を羅列していく。

教会の鐘を鳴らそうとした教区司祭の射殺、ドイツ人の捕獲者に斧で斬りかかる女性の郵便局長(そして彼女は銃剣で突き殺される)、国土防衛軍の待ち伏せ攻撃、ノラによるオリヴァー・ウィルスフォードの殺害、包囲されたマナーハウスからドイツ人のパラシュート部隊を狙撃する際に村人たちが見せる肯定的な歓喜と楽しみ、たとえば決戦の間に爆発中の貨物自動車の炎で燃えている死体などを収めたいくつかのショット。(Aldgate 132-133)

このような凄惨な暴力の連鎖のさなかに、憎しみ以外の曖昧な感情が生まれる余地はない。イギリス人にとってドイツ人は「敵」なのであり、ドイツ人にとってイギリス人は「敵」なのである。「敵」の表象をめぐってカヴァルカンティの映画は、グリーンの短編小説から遠く隔たった場所へ来てしまったように思われる。

両作品の差異をグリーンとカヴァルカンティの気質の差異や、小説と映画のメディア的な差異に還元することは簡単であるが、ここではその差異を第二次世界大戦下のプロパガンダ映画の表象の変遷の角度から検証していきたい。

名著『戦時中のイギリス人』のなかで、ジェイムズ・チャップマンは敵の表象の変遷について以下のように述べている。

敵の表象も最初に想定されるような明確なものではなかった。映画プロパガンダの特徴となったのは、戦争初期のナチスと「良い」ドイツ人の区別から戦争後期のドイツとナチズムの一般的な同一視への緩やかな移行であった。これは大体イギリス人の敵に対する態度に一致していた。その態度は爆撃の効果が感じられるようになると著しく硬化した。イギリス世論協会の調査によれば、一九三九年九月の段階では、質問を受けたうちの六パーセントの人々だけが、戦争はドイツ国民のリーダーに対してではなく、ドイツ国民全体に対して行なわれていると考えたのに対して、ロンドン大空襲の頃までには、この割合は五〇パーセントに増加した。第一次世界大戦中に効果的であった敵の残虐行為を強調する類のプロパガンダからは距離を取ろうと気をつけていたにもかかわらず、情報省は敵への憎しみを引き起こす「怒りのキャンペーン」を開始した。戦争中期にはナチスと「良い」ドイツ人の区別は奨励されず、とりわけヴァンシタート主義——ロバート・ヴァンシタート卿の『ブラック・レコード』(一九四一年)のなかで表明された意見、つまり、ドイツ人は根本的に攻撃的で野蛮な民族であるし、彼らはつねにそうであったという意見——が受け入れられた。

(Chapman *The British*, 220)

チャップマンの考察は、第二次世界大戦下の映画プロパガンダが最初から明確な輪郭を与えられた固定的なシステムではなく、戦争の進展とともにかたちを変えていく流動的なシステムであることを明示した点で、画期的な意味を持つ。「映画プロパガンダ」、すなわち映画という視聴覚メディアによる「敵」の表象は、第二次世界大戦の進展とともに、ナチスと「良い」ドイツ人を区別する傾向からドイツ人とナチズムを同一視する傾向へと移り変わっていくが、チャップマンがその転換点としてロンドン大空襲に言及している点は注目に価する。

グリーンの短編小説「中尉は最後に死んだ」(一九四〇年)とカヴァルカンティの映画『今日はうまくいったかい？』(一九四二年)を分かつものとは、ロンドン大空襲の集団的なトラウマ的経験にほかならない。一九四〇年九月から一九四一年五月にかけてのロンドン大空襲の経験は、イギリス国民の「敵」に対する態度を硬直化させ、情報省の「敵」の表象をめぐる政策方針に決定的な影響を及ぼす。

「中尉は最後に死んだ」において、ドイツ軍中尉をナチスとしてだけでなく、一人の父親として捉える眼差しを可能にしたものとは、ナチスと「良い」ドイツ人を区別することの心理的な余裕のあった戦争開始直後のプロパガンダ体制であったと言えるだろう。また同様に『今日はうまくいったかい?』において、ドイツのパラシュート部隊を冷酷な「敵」として一枚岩的に表象することを可能にしたものとは、ドイツとナチズムを一般的に同一視することを可能にしたロンドン大空襲以降のプロパガンダ体制であったと言っていい。その意味でグリーンの短編小説とカヴァルカンティの映画は、第二次世界大戦下のプロパガンダ政策、および「敵」の表象の変遷をはっきりと刻印したテクストであると言える。

5　だまし絵のヴィジョン

グリーンの『恐怖省』は、ロンドン大空襲以降に書かれた小説であり、またロンドン大空襲を主題にした小説でもある。そこにロンドン大空襲以降のプロパガンダ体制の痕跡を見出すことは困難ではない。それは暴力の表象に典型的に表れている。「第三部　破片・断片」のなかの二つの暴力表象の例を見ていくことにしよう。

最初の例は、追い詰められた敵のスパイが凄惨な自殺を遂げるいわゆる「ローマ式の死」の場面である。

ロウは割れたガラスのつららの下に、コストであり、トラヴァースであり、フォードであった人物を見ることができた。背の高い三面鏡の向かいにある顧客用の肘掛け椅子に前屈みになって座っていた。喉を刺し貫かれ、裁断用の大ばさみを膝の間に垂直にしっかりと抱えて。それはローマ式の死であった。(*MF* 171)

もう一つの例は、精神科医のフォレスターに安楽死させられた特別病棟患者のストーンの死体にロウが直面する場面である。

エリザベス朝演劇のスケールの大虐殺だった。ロウはそこで心を乱されていないただ一人の人間だった。ストーンの姿を見るまでは。死体は発見された場所にそのまま横たわっていた。ストーンは拘束服に縛り付けられたままで、麻酔のスポンジが彼のそばの床に転がっていた。手を使おうと望みのない試みを行なおうとして体はねじ曲げられたままの状態だった。(*MF* 180)

これらの例から明らかなように、『恐怖省』の「敵」の表象には、ヴァンシタート主義、つまり「ドイツ人は根本的に攻撃的で野蛮な民族であるし、彼らはつねにそうであったという意見」(Chapman 220) の痕跡が色濃く残っている。ウィリアムズが『恐怖省』を「反ナチス的なメッセージを持った形而上学的なスリラー」として捉えることになった理由には、こうした残酷な「敵」の表象が一枚買っていたのだろう。だが物語上大切なのは、これらの残酷な暴力の行使者は、あくまでナチスの協力者であって、ドイツ人ではないという点である。グリーンの人物描写から判断する限り、凄惨な自殺を遂げるコストにしても、病棟で大虐殺を行なうフォレスターにしても、おそらくはイギリス人である。そこにはナチスの暴力を内面化したイギリス人というねじれがあり、グリーンはロンドン大空襲以降のプロパガンダを一捻りしたかたちで導入しているとも言える。

グリーンの小説には、同時代のプロパガンダと戯れつつも、そこから適当な距離を取ろうとする両義的な態度が窺える。「第四部　完結した人間」で初めてナチスのスパイと判明するヒルフェ兄妹にしても、ドイツ人ではなく、オーストリア出身のイギリスへの亡命者という位置づけになっている。ロウのヒルフェ兄妹に対する態度には、同時代のプロパガンダ体制のなかで再生産される「敵」の表象を攪乱するところがあり、グリーンの小説に独特の強度を与えている。ロウがヒルフェ兄妹のフラットを突き止め、兄のヒルフェと対面する場面を引用してみよう。

ヒルフェはジャケットを脱いで、首までシャツを開いて、ベッドに仰向けになっていた。深くすっかりと安らいでいて、あまりに無防備だったので、彼は無垢に見えた。とても淡い金髪が彼の顔に熱い筋となってかぶさっていた。あたかもゲームの後で横になったかのようだ。彼はとても若く見えた。そこに横たわっていると、彼は鏡のそばで血を流しているコストや拘束服のストーンとは同じ世界には属していなかった。「それはプロパガンダだ、ただのプロパガンダだ、彼にできるはずが」。その顔はロウにはとても美しく、妹の顔よりも美しく思われた。(*MF* 203)

若きヒルフェの美貌に魅了されるロウのホモエロティックな眼差しが精妙に描き出されている。ロウはヒルフェの無垢な寝顔からナチスのスパイたちの暴力的な世界を想像することができず、その落差に戸惑っている。興味深いのは、グリーンがヒルフェをナチスと同一視する思考パターンを「プロパガンダ」と呼んでいることである。ここには、同時代のプロパガンダの言説を真摯に検証しようとする一人の作家の姿を垣間見ることができるだろう。

『恐怖省』のクライマックスとなるロウとヒルフェの最後の対決の場面は、駅のプラットフォーム内の男子トイレに設定されている。ロウはヒルフェの拳銃を奪い取っており、すでに勝負はついているのだが、ヒルフェの姿を見ているうちにロウは勝負を放棄することに決める。

それは子供雑誌のだまし絵のようだった。それを熱心に見つめると何かが見えてくる。花瓶だ。そして焦点を急に変えると、今度は人々の顔の輪郭だけが見えてくる。この二つの像が消えては現れる。すると突然、きわめて明瞭に、ロウはベッドで横たわって眠っていたヒルフェの姿を見た。男の優美な外観には、すべての暴力が静まりかえっている。彼はアナの兄なんだ。ロウは床を横切って洗面台のところまで行くと、ホンブルク帽の男には聞こえないほどの低い声で言った。「わかった。あげるよ。もっていけ」。

彼は拳銃をヒルフェの手に急いで滑り込ませた。(*MF* 218)

ここで描かれているのは、ヒルフェをナチスのスパイとしてだけでなく、家族のある一人の人間として見つめるロウのあまりにも人間的な眼差しである。グリーンはロウの二重の眼差しをだまし絵の二重の像のメタファーによって表現しているが、まさしくこのだまし絵の二重の視線こそ、同時代のプロパガンダ政策の下で再生産され、流通していた一枚岩的な「敵」の表象を相対化し、その画一的なヴィジョンに揺さぶりをかけるものなのである。このだまし絵的な二重のヴィジョンが、『恐怖省』のロウだけのものではないことは、すでに明らかだろう。「中尉は最後に死んだ」の密猟者ビル・パーヴィスもまたたまし絵の二重の眼差しの持ち主であった。

グリーンの『恐怖省』を第二次世界大戦下のプロパガンダ映画の文脈においたときに浮き彫りになるのは、グリーンの主人公アーサー・ロウのあまりにも人間的な眼差しである。そのだまし絵的な二重のヴィジョンは、ドイツとナチズムを同一視することを促したロンドン大空襲以降のプロパガンダ体制とは異質のものである。たしかにグリーンの小説は、ナチスの協力者たちの一面的で残酷な「敵」の表象において同時代のイギリスおよびアメリカのプロパガンダ映画に限りなく接近する。だが他方で、グリーンの『恐怖省』は、そのしなやかで両義的な「敵」の表象においてそれらと一線を画す。映画批評家として、情報省の官僚として、秘密情報部の情報将校として、グリーンはプロパガンダにあまりにも精通していたので、もはや作家としてそれを単純に信奉することなどできなかったのだ。

註

（1）ロンドン大空襲と同時代のモダニズム文学との関係について書かれた近年の研究書のなかでとりわけ重要なのは、以下の二冊である。Leo Mellor. *Reading the Ruins: Modernism, Bombsites and British Culture.* Kristine A. Miller. *British Literature of the Blitz: Fighting the People's War.* また下記の集団的な伝記は、グレアム・グリーンやエリザベス・ボウエンなど五人の作家のロンドン大空襲以降の戦争体験を扱っており、大変興味深い。Lara Feigel. *The Love-Charm of Bombs: Restless Lives in the Second World War.*

（2）グリーンの情報省との関係については、Norman Sherry. *The Life of Graham Greene. Volume Two: 1939-1955.* 35-38 を参照。また情報省それ自体の歴史的任務に関しては、下記の歴史書が有益な情報を提供してくれる。Ian McLaine. *Ministry of Morale: Home Front Morale and the Ministry of Information in World War II.*

（3） グリーンのアフリカへの旅路と同時代の戦況に関しては、Norman Sherry. *The Life of Graham Greene. Volume Two: 1939-1955*. 91-99を参照。

（4） ワーナー・ブラザーズ社の反ファシズム、反ナチズムの態度に関しては、Michael E. Birdwell. *Celluloid Soldiers: Warner Bros.'s Campaign against Nazism*がもっとも包括的である。また『ナチス・スパイの告白』は、ハリウッドにおけるナチスの表象を論じる際に避けては通れない映画であるが、その映画史的、文化史的な位置づけに関しては、たとえば、以下の文献を参照。Michael E. Birdwell. *Celluloid Soldiers: Warner Bros.'s Campaign against Nazism*. 57-86. Sabine Hake. *Screen Nazis: Cinema, History, and Democracy*. 32-65. David Welky. *The Moguls and the Dictators: Hollywood and the Coming of World War II*. 116-132. Thomas Doherty. *Hollywood and Hitler 1933-1939*. 311-350.

（5） この作品の「ごた混ぜ」感がひとえに映画制作期間の短さに由来するものであることは、ハンガリー出身のイギリスへの亡命者であり、この時代を代表する名プロデューサーであったアレグザンダー・コルダの名誉のために付け加えておきたい。一九三九年九月三日の第二次世界大戦開戦の数日前にイギリス空軍についての映画の構想がコルダから提案されてから、一一月三日の『翼の生えたライオン』の劇場公開までおよそ二ヶ月しかかかっていない。しかも、このイギリス初のプロパガンダ長編映画は、多くの批評家にも受けが良く、興行的にも大成功であった。『翼の生えたライオン』の制作背景および受容に関しては、以下の文献を参照。James Chapman. *The British at War: Cinema, State and Propaganda, 1939-1945*. 59-65. S. P. MacKenzie. *British War Films 1939-1945*. 27-32.

（6） グリーンとラングの二つの『恐怖省』の比較に関しては、以下の文献を参照。James M. Welsh and Gerald R. Barrett. "Graham Greene's *Ministry of Fear*: The Transformation of an Entertainment." Gene. D. Phillips. *Graham Greene: The Films of his Fiction*. 27-31. Judith Adamson. *Graham Greene and Cinema*. 34-35. Falk Quentin. *Travels in Greeneland: The Cinema of Graham Greene*. 15-19.

（7） 情報省の映画プロパガンダ政策に関しては、James Chapman. *The British at War: Cinema, State and Propaganda, 1939-1945*. 41-57を参照。

（8） 英国空軍を取り扱った第二次世界大戦中のイギリスの長編映画に関しては、S. P. MacKenzie. *British War Films 1939-1945*. 27-62を参照。ちなみに『今日の標的』はプロパガンダ映画として大成功を収めた。「一九四一年七月後半にこの映画が最初に映画館で上映された時に、批評家も一般の人々も『今日の標的』が士気を高揚させるだけでなく、戦時中のイギリス空軍爆撃司令部を正確に映し出した作品として受け入れた」(MacKenzie 43)。

(9) ヒッチコックの反ナチス映画としては、『海外特派員』のほかに、『逃走迷路』(一九四二年)、『救命艇』(一九四三年)、『汚名』(一九四六年)などが挙げられる。これらのセルズニック時代のヒッチコック作品の映画史的な位置づけに関しては、Ina Rae Hark. "Hitchcock Discovers America: The Selznick-Era Films." が参考になる。またヒッチコックはイギリスの情報省のために『闇の逃避行』(一九四四年)、『マダガスカルの冒険』(一九四四年)という二つのプロパガンダ短編映画を監督している。

(10) パリ時代および初期ハリウッド時代のラングの伝記的事実に関しては、Patrick McGilligan. *Fritz Lang: The Nature of the Beast*. 189-239を参照。

(11) 斉藤綾子の「『復讐は俺に任せろ』――50年代アメリカのラングに関する覚書」の第二節「ドイツかアメリカか、アメリカかドイツか」は、国内外のラング批評およびラング研究の趨勢の優れたレヴュー・エッセーとなっている。日本の映画批評においては、蓮實重彦の「フリッツ・ラング、または円環の悲劇」の決定的な影響下にアメリカ時代のラングの評価が圧倒的に高かったことが明らかにされている。斉藤　四一―四四頁を参照。

(12) 『彼らは忘れない』は、北部出身の若い男性教師が、赴任先の南部の町で、おそらくは無罪であるにもかかわらず、北部出身者への偏見も手伝って、女子学生殺害の容疑で逮捕され、裁判で有罪と判決された挙句、暴徒と化した南部の住民たちによってリンチされ殺害される物語である。グリーンは『彼らは忘れない』に関して以下のように映画批評を切り出している。「真実と悲劇的な価値を持った映画がどうにかしてハリウッドから映画館のスクリーンまでやってくることがたまにある。それは説明しようがないことである。ステージを使用しなくてはならなかったのか、すべての大物経営幹部が最新のマムーリアンの『傑作』についての会議に出席していたのだろうか。エホバは眠りについており、目を覚ましたときには、『激怒』を手にしていたり、さらに悪いことには、『彼らは忘れない』を手にしていたりするのだろう。さらに悪いというのは、少なくともラングは偉大な映画監督であるとともにショーマンだからだ。彼はこの混合物の飲み込み方を心得ている。メロドラマ的な終幕やハッピーエンディングを与えられると、最初はびっくりしていた経営幹部たちは、この映画がうまくいくことに気づく。しかし、『彼らは忘れない』が同じように成功するかどうかは疑わしい。この国ではうまくいっていない。この映画は『激怒』よりもすばらしい非妥協的な映画である。マーヴィン・ルロイはラング級の監督ではないが、この映画は全体として『激怒』よりも優れている」（*GGFR* 235-236）。『ブラック・リージョン』は、ハンフリー・ボガート演じる真面目な工場労働者が、職長への出世をポーランド系の仲間に奪われたことがきっかけで、白人至上主義的な自警団「ブラック・リージョン」の一員となり、鞭打ちや放火などの組織的な人種差別的暴力を繰り返した挙句、秘密を知った親友を誤って射殺してしまい、裁判でこれらの事件に関与した自警団員がすべて終身刑を言い渡される物語である。グリーンはこの映画の面白さを以下のように描き出す。「『ブラック・リージョン』は知的な映画である。なぜならば監督と脚本家が真の恐怖の所在を知っているからだ。この映画の真の恐怖は、黒のローブや頭蓋骨の印にあるのではなく、店のカウンター越しに会ったことがあったり、隣の機械の世話をしていたりする弱々しい平凡な顔が、これらの儀式的な衣装によって覆い隠されているという事実にあるのだ」（*GGFR* 202）。グリーンはハッピーエンドで終わっていない点を『ブラック・リージョン』の『激怒』に対する利点として指摘する一方で、「『激怒』は、そのすべての欠点にもかかわらず、本当に偉大な監督の作品であるが、『ブラック・リージョン』は知的な監督の作品にすぎない」（*GGFR* 203）と述べ、ラングの映画に軍配を上げている。

（13）『ブラック・リージョン』制作のアメリカの歴史的コンテクストに関しては、Michael E. Birdwell. *Celluloid Soldiers: Warner Bros.'s Campaign against Nazism.* 35-56 を参照。

（14）数々のインタヴューのなかでラングは、グリーンの小説の映画化の失敗の原因を契約後に手渡された脚本の出来の悪さと、脚本への改変を一切認めないパラマウント社との契約条件に求めている。Peter Bogdanovich. *Fritz Lang in America.* 65. Barry Keith Grant, ed. *Fritz Lang Interviews.* 94, 110, 131-132, 185.

（15）現在から振り返ってみるならば、「転向の物語」はラングのもう一つの反ナチス映画の物語上の一つの特徴でもあった。『死刑執行人もまた死す！』においては、ドイツ占領下のプラハで大学教授を父に持つ娘のマーシャの「転向」を映画の物語上の重要な転換点として設定している。総督代理ラインハルト・ハイドリヒの暗殺者を逮捕するために、ゲシュタポが脅迫や拷問や人質の銃殺を繰り返し、プラハ市民への弾圧を強化していくなかで、マーシャは家庭内の女性としてのアイデンティティを最優先するブルジョアジーの良家の子女から、チェコのレジスタンス運動の戦士へと変貌を遂げていくのである。

(16)『ヨーク軍曹』もまたワーナー・ブラザーズ社の「セルロイドの兵士たち」の一人であった。ヨーク軍曹は実在の人物であり、第一次世界大戦の国民的なヒーローであったため、その物語の映画化はアメリカの第二次世界大戦参戦を呼びかけるプロパガンダとして非常に大きな意味を持つものであった。『ヨーク軍曹』制作の時代背景およびその後日談に関しては、Michael E. Birdwell. *Celluloid Soldiers: Warner Bros.'s Campaign against Nazism*. 87-153を参照。

(17)「フリッツ・ラング——あるいはイデアリズムから遠く離れて」において、小松弘もまた『マン・ハント』の冒頭部を取り上げ、「ソーンダイクのヒットラー暗殺を阻む木の葉」を「運命のなせる仕業」という観点から論じている。小松　八三頁参照。

(18)『今日はうまくいったかい?』の映画史的な意義および位置づけに関しては、Penelope Houston. *Went the Day Well?* を参照。

第六章　男たちの絆
――『第三の男』と『ヴァージニアン』

1　偽装するモダニズム

似たもの同士、敵対関係、たとえそれがどんな関係であろうと、二人組という関係は、モダニズム小説のなかでは主要な形式と呼んでもいいほど頻発する。『ユリシーズ』のレオポルドとスティーヴン、『ダロウェイ夫人』のセプティマスとクラリッサは、その代表例である。遅れてきたモダニストたるグリーンもまた、同様の登場人物の組み合わせを自身の小説のなかで援用していくことになるだろう。『夕暮れの噂』（一九三一年）のチェイスとクレイン、『ここは戦場だ』（一九三四年）の副総監とコンラッド・ドローヴァーは、その典型例だ。(1)

だがジョイスやウルフのモダニズム小説の場合とは異なり、グリーンの作品世界においては、「ダブル」の偽装された関係は、「第三の男」の介在によってさらに複雑かつ曖昧なものとなっている。たとえば、『ここは戦場だ』において、パラノイアに駆り立てられた主人公コンラッドは、真面目な保険会社中間管理職から、副総監のストーカーへと変貌していくが、それは監獄で死刑を待つばかりの兄ジムの苦境を思ってのことであった――兄の名前がジョウゼフ・コンラッドの『ロード・ジム』へのオマージュであるのは、言うまでもないだろう。こうしてドローヴァー兄弟と副総監との間に男同士の三角関係が成立する。

キャロル・リードの『第三の男』（一九四九年）公開直後に出版されたグリーンの中編小説『第三の男』（一九五〇年）は、こうしたモダニズムにおけるダブルのモチーフの探求の一つの頂点をなすものと捉えられる。なぜならばこの古典的なスリラーは、ロロ・マーティンズとハリー・ライムという二人の主人公の男同士の絆を偽装されたダブルの関係として提示しているからだ。そしてこのダブルの関係は「第三の男」の介在によって一筋縄ではいかない関係として描かれている。

本章の議論は以下の三つの論点を追いかける。まずはグリーン独自の「ダブル」の概念をコンラッドの中編小説『闇の奥』（一八九九年）を参照しながら検証していく。この正典的なモダニズムのテクストは、マーロウとクルツの友人関係を偽装されたダブルの関係として提示しているが、その谺はマーティンズとライムの問題含みの友人関係にも聞き取ることができるからだ。『第三の男』には、クルツという名前のオーストリア人が登場し、コンラッドとグリーンのテクストを緊密に結びつけているが、『闇の奥』への遡行は、グリーンの物語とリードの映画をモダニズムにおける偽装された「ダブル」の援用の観点から明らかにすることにつながるだろう。

次に分析の対象とするのは、グリーンのダブルの関係を特徴づけるパラノイアのモチーフである。なぜグリーンの小説世界において、ダブルの関係は迫害者と被迫害者の関係へと変換されるのか。フロイトのパラノイア論を参照することによって、グリーンの中編小説『第三の男』のテクスト上の戦略を精神分析的な観点から検証していきたい。

最後にこのパラノイア的なダブルの関係をグリーンが映画批評家時代に親しんだ西部劇のジャンルの法則の観点から再文脈化していく。キャロル・リードの『第三の男』は、ジャンル的にはつねにフィルム・ノワールに位置づけられる[2]。これは映画のスタイルの観点から見ても、戦後のリードの映画監督としてのキャリアを顧みても、正当な評価だと言えよう――『第三の男』は、明らかに『邪魔者は殺せ』(一九四七年)、『落ちた偶像』(一九四八年)の延長線上にある。しかし、グリーンの原作は第二次世界大戦後に流行を見せるフィルム・ノワールではなく、戦前の西部劇映画に多くを負っている。この事実はこれまで文学史と映画史の盲点となっている。グリーンが映画批評家をやめてから十年近く経とうとしていたが、グリーンと映画の情事はまだ終わっていなかったのだ。

2　二つの『第三の男』

グリーンが中編小説『第三の男』の序文で明らかにしているように、「『第三の男』は読んでもらうためにではなく、見てもらうために書いたものだ」(*TM* 7)。そしてこの物語は映画脚本とははっきりと区別されるべきものとして提示されている。映画『第三の男』において、原作と脚本のクレジットがグリーンにきちんと与えられていることを考慮に入れると、なんとも不思議な事態である。

なぜ彼は完成した映画脚本ではなく、中編小説としては完成度が高いとは言いがたい原作の物語を最初に出版したのだろうか[3]。グリーンの序文は中編小説の出版の経緯についてのヒントを与えてくれる。

まず物語を書いてからでないと、脚本を書くのは私にはほとんど不可能である。映画でさえも、プロットだけでなく、性格描写のある種の手法や、気分や雰囲気といったものに依存している。それらを最初から脚本の単調な省略表現で捉えるのは、私にはほとんど不可能のように思われる。別の媒体で捉えられた効果を再生産することはできるが、脚本のかたちで最初から創造することはできない。必要最小限の題材よりも多くのことを知っていなければならない。だから『第三の男』は、出版を意図していたわけではなかったが、台本から台本へと無限とも思える変容を始める前に、まずは物語として書かなければならなかったのである。（*TM* 8-9）

この引用箇所を読むと、読者はグリーンがあたかも原作の物語だけでなく、映画の脚本も彼自身の創造物として扱っているような印象を受けることだろう。実際、映画脚本のクレジットは、グリーンの単独名となっている。だがそれは現実とはまったくかけ離れたものだった。

『第三の男を求めて』のなかで映画研究者のチャールズ・ドレイジンが明らかにしているように、『第三の男』の脚本は、グリーン一人の創造物ではなく、原作者のグリーンと監督のリードを含め、複数の映画制作陣の共同作業の賜物であった。中編小説『第三の男』の序文のなかでグリーンが脚本という形式に繰り返し躊躇を示し、原作の物語の重要性を主張しなくてはならなかった背景には、こうした要因があったのである。つまり、グリーンにとって、物語の執筆とは彼自身のアイデアを単独で管理できるものであったのに対して、脚本とは他者の介入を余儀なくされるもので、作者一人では制御不可能なものであることを意味した。

だからこそ、われわれはグリーンの原作のなかに彼が意図したとおりの「プロット」や、「性格描写のある種の手法や、気分や雰囲気」（*TM* 8）を見出すことになるだろう。映画監督のリードは、脚本の共同執筆および映画制作の過程で「別の媒体で捉えられた効果を再生産する」ことに見事に成功する。実際、リードはグリーンが原作のなかで描き出した戦後の荒廃したウィーンの雰囲気を美しくスクリーン上に再現している。「プロット」に関しては、原作と映画との間の細かな差異を数え出したら切りがないが、プロットの基本的な構成には大きな変更は見られない。リードはグリーンの原作の意図に敬意を払いながら、映画としてもっとも説得力のある物語を紡ぎ上げていった。

　原作から映画への翻案の過程で失われてしまったものがあるとすれば、それは「性格描写のある種の手法」をめぐるものであった。ドレイジンが主張するように、

図1・2　オーソン・ウェルズとジョゼフ・コットン、映画『第三の男』

> キャスティングは『第三の男』の性格を大きく変えることになるだろう。バミューダでのトップ会談のノートのなかに、われわれはグリーンの物語のイギリス人の登場人物たちが次第にアメリカ人になっていく過程を辿ることができる。(Drazin 29)

　グリーンの原作では二人の主人公マーティンズとライムは、イギリス

人の設定になっている。彼らはパブリック・スクールの同門なのだろう。だがこの二人の登場人物をアメリカ人俳優ジョゼフ・コットンとオーソン・ウェルズが演じるとき、原作の微妙なニュアンスはすっかりと抜け落ちてしまう（図1・2）。イギリスでの映画公開から間をおかずに、グリーンが二人のイギリス人男性の「男の絆」を主題とする原作の出版を急いだのは、映画化の際にキャスティングの事情によって失われてしまった、おそらくはグリーンにとって強い思い入れのあったテーマを忘却の淵から掬い上げたかったからにちがいない。

3　ダブルの増殖

グリーンの原作の物語は、モダニズム的ダブルへの執着を立証するテクストとなっている。マーティンズとライムの交友関係だけが問題なのではない。この物語において興味深いのは、グリーンがダブルという偽装された関係を「性格描写」の基本的な戦略として採用している点にある。たとえば、「ロロ・マーティンズのいつもの仕事は、バック・デクスターという名前で安いペーパーバックの西部劇を書くことだった」（*TM* 17）が、この『サンタ・フェの孤独な騎手』の著者は、E・M・フォースターがモデルと思われる国際的な大作家ベンジャミン・デクスターと見間違われる。(4) こうしてフィクション内に新たなダブルの関係が構築されていく。マーティンズがロンドン警視庁のキャロウェイをキャラハンと間違った名前で呼び続けるのも、『第三の男』におけるダブル増殖の一現象と言っていいだろう。

われわれをさらに困惑させるかのように、主人公のロロ・マーティンズは、引き裂かれた二重のアイデンティティを与えられた登場人物として造形されている。

ロロ・マーティンズにはいつも葛藤があった——ばかげた洗礼名と（四代も続く）たくましいオランダ名の名字との葛藤である。ロロは通りすぎるすべての女に目を向けたが、マーティンズは彼女たちをあきらめ続けた。これら二人のどちらが西部劇を書いたのか私にはわからない。（*TM* 24-25）

増殖するダブルへのグリーンの執着は、「第三の男」のミステリーによって説明できる。グリーンの小説世界において、「第三の男」のミステリーは、物語のあらゆる登場人物のアイデンティティの特定を困難にすることに貢献している。タイトルからも明らかなように、原作の物語の論理は「第三の男」のアイデンティティを特定することにあるが、この不在の中心的登場人物ハリー・ライムは、彼のダブルたるマーティンズが彼の恋人のアナと恋に落ち、彼の後釜にすわるその瞬間まで地下に潜伏し続ける。最後にはライムの交通事故現場に居合わせた問題の「第三の男」が、ライム本人であることが判明するが、物語の冒頭でマーティンズは（そして読者は）ライムのでっちあげられた葬式をすでに目撃しており、「第三の男」のアイデンティティに関して、物語はいわば最後の瞬間まで宙づりにされたまま展開していく。

不在であるとともに現前しており、死んでいるとともに生きている「第三の男」ライムは、マーティンズの友人であるとともに彼の宿敵でもあるような、曖昧で両義的な存在として位置づけられていて、マーティンズの本質的な「ダブル」としてフィクション内で機能している。このようにイギリス人主人公二人の分身関係が「第三の男」のミステリーによって偽装されているからこそ、『第三の男』の世界は曖昧なアイデンティティを備えたダブルたちの跋扈する闇の領域となっているのだ。この世界のバランスを正すためには、ライムは二度死ななければならない。

4　ホモソーシャルとは何か

モダニズム小説において、ダブル同士の関係は必ずしも十全に探求されるわけではない。むしろ便利な文学的装置として利用されている場合が多い。たとえば、『ダロウェイ夫人』の二人の主人公クラリッサとセプティマスは、両者のプロット上の並行関係にもかかわらず、最後まで他人のままで終わっている。だがモダニズム小説のなかには、ダブルの関係を感情のダイナミズムの観点から発展的に描き出すことに主眼を置くものもある。コンラッドの『闇の奥』はその好例だ。

『闇の奥』のマーロウとクルツの友人関係は、ある種ホモエロティックな感情を帯びているが、それはアフリカの「闇の奥」で結ばれた彼らの友情の実存的な性格だけではなく、語り手のイギリス人マーロウがテムズ河口のネリー号上で、彼がコンゴで知り合うことになった友人クルツの物語を四人のイギリス人仲間に向かって親密かつ情熱的な方法で再構成する際の語りのモードに由来する。[5]同様に『第三の男』の中心的な交友関係は男たちの絆によって彩られているが、それはマーティンズとライムの関係を特徴づける「英雄崇拝」の要素だけでなく、小説『第三の男』の語り手たるロンドン警視庁のキャロウェイがイギリス人の仲間たちの物語を、愛情を込めて親密に再構成する際の語りのモードに由来する。[6]

ある意味では『第三の男』の物語は、イギリス人の古い友人と新しい友人との間で引き裂かれる主人公マーティンズの忠誠をめぐって展開するものと要約できる。こうして男同士の三角関係が生まれる。主要な登場人物がほぼすべて男性であり、その中心をイギリス人が占めているのは、偶然ではない。その証拠に唯一の主要な女性登場人物であるハンガリー人のアナは、ジェンダーの観点からも、国籍の観点からも、イギリス人紳士のリビドーの経済から注意深く排除されている。ここで『闇の奥』のマーロウがクルツとの男同士の絆を守るために、クルツの婚約者についた嘘を思い出してもいいだろう(7)。いまや『第三の男』は、男性のホモソーシャルな欲望によって駆り立てられたテクストであると言ってもよいだろう。『男同士の絆——英文学と男性のホモソーシャルな欲望』の序章において、イヴ・コソフスキー・セジウィックは欲望の新たな概念を提示する。

この研究書のタイトルに含まれている「男性のホモソーシャルな欲望」という表現は、区別と逆説の両方を表すように意図したものである。まず「ホモソーシャルな欲望」という言い回しは一種の撞着語法である。「ホモソーシャル」という言葉は歴史や社会科学においてときどき使用される言葉であり、同性の人々の間の社会的な絆を記述するものである。この新語は明らかに「ホモセクシュアル」という言葉とのアナロジーによって形成され、また「ホモセクシュアル」という言葉との差別化を意図した表現となっている。実際、この言葉はたとえば「男同士の絆」のような行動に適用されるが、われわれの社会においてはそうした行動は、激しいホモフォビアや、ホモセクシュアリティへの恐怖と憎悪によって特徴づけられることになるだろう。したがって「ホモソーシャル」を「欲望」の軌道に、潜在的にエロティックなものの軌道に連れ戻すことは、ホモソーシャルとホモセクシュアルの連続体の潜在的なつながり——われわれの社会においてはこの連続体の男たちによる認識は根本的に中断されている——を仮定することにつながるだろう。(Sedgwick 1-2)

セジウィックの「ホモソーシャルとホモセクシュアルの連続体」というアイデアは、いまでは批評理論の前提となっている古典的な思考法であるが、『第三の男』や『闇の奥』に見られる男同士の絆の社会的かつエロティックな性質の理解を促す有効なアイデアであると言えるだろう。

マーティンズのライムへの愛着は、彼の友人を始末する際の躓きの石となる。小説のクライマックスとなる二人の会合は、二人だけを乗せてゆっくりと回転するプラーター公園の大観覧車の車両と地下下水道の入口付近のカフェで行なわれるが、そこで繰り広げられるのは、彼らの友情をめぐるポーカーゲームである。その勝者はいつもライムだ。マーティンズはライムを大観覧車から突き落とす機会を逃してしまうし、ライムが警察の取り巻くカフェに姿を現しても、マーティンズは彼を故意に逃がしてしまう。こうして二人の奇妙な友情は、地下下水道での撃ち合いのシーンまでかろうじて維持される。

しかし地下下水道においても、ライムが発砲し、彼に同行していたベイツを殺害するその瞬間まで、マーティンズはライムを撃つのをためらい続ける。この頼りないカウボーイが彼の最愛の人物に向けて発砲する場面を見てみよう。

> マーティンズはサーチライトの光の外縁に立って、下流を見つめていた。いま銃は彼の手に握られていた。彼はわれわれのなかで安全に発砲できる唯一の人間だった。何かが動いたのを見た気がしたので、「そこだ、そこだ、撃つんだ」と彼に大声で叫んだ。彼は銃をあげ、かつてブリックワース・コモンで同じ命令にしたがって撃ったのと同様に撃った。その時と同様に不正確に撃ったのだった。痛みの叫び声がキャラコの布のように地下の洞窟を引き裂いてやってきた。それは非難のようにも懇願のようにも聞こえた。(*TM* 153)

彼の新しい助言者キャロウェイの命令がなければ、マーティンズがライムに向けて発砲することはなかったにちがいない。皮肉なことに、このアームチェアのカウボーイは、ライムの苦しみを終わらせるため、狙いを定めてもう一度彼を撃つはめになる。

この安楽死の場面を劇的に描き出すために、映画監督のリードは銃撃戦にベイツとキャロウェイを巻き込み、マーティンズとライムの最後の無言のやり取りを映画全体のクライマックスとして描き出す。(8) だがリードの映画とは対照的に、グリーンの物語は長い友人関係のぎこちない終わりを強調すると同時に、古い友人関係が新たな友人関係に取って代わられる様子をほのめかす。物語を通じて、男同士のホモソーシャルかつホモエロティックな感情の構造は維持されている。ある意味では、キャロウェイはマーティンズ、ライムに次ぐ「第三の男」なのであり、ライムの後任者なのだ。

5　フロイトのパラノイア理論

マーティンズとライムの最後の対決の場面は、都市の無意識たるほの暗い地下下水道に設定されており、精神分析的な解釈を呼び込むものとなっている。フロイトの「パラノイア症例の自伝的な記述に関する精神分析的ノート」は、「男性のパラノイア症例の葛藤の核心にあるのは、男性を愛するというホモセクシュアルな願望のファンタシーである」(Freud 62) という仮説を前提としている。フロイトは続けて「よく知られたパラノイアの主要な形式はすべて『私(男)は彼(男)を愛する』という一つの陳述の否定として言い表すことができる」(Freud 63) と主張する。

ここでは最初の否定だけを引用するが、それはパラノイアの仕組みを説明する上で重要な「投影」の概念の意義を強調するためである。

「私（男）は彼を愛する」という陳述を否定するものとしては、

（a）迫害妄想がある。なぜならば彼らは次のように大声で主張するからだ。

「私は彼を愛してはいない――むしろ私は彼を憎んでいる」。

この否定は、無意識においてはこのように働いたにちがいないが、だがこの形式ではパラノイア患者の意識にあがらない。パラノイアの徴候形成の仕組みが要求するのは、内的な知覚、つまり感情が外的な知覚によって置き換えられることである。その結果「私は彼を憎んでいる」という陳述は、投影の仕組みによって別の陳述へと形を変える。つまり、「彼は私を憎んでいる（迫害している）、だから私が彼を憎むのは正当なことなのだ」。このようにして抑えがたい無意識の感情は、あたかも外的な知覚の結果であるかのように登場するのである。

「私は彼を愛してはいない――むしろ私は彼を憎んでいる。なぜならば彼は私を迫害しているからだ」。

(Freud 63)

これまでの観察によれば、この迫害者がかつて愛した誰かであるのは、疑問の余地がない。

内的な知覚を外的な知覚へと変換するパラノイアの「投影」の仕組みは、マーティンズがライムの親友から彼の宿敵へと変化する際の彼の精神の働きを理解する手助けとなるだろう。

『第三の男』の語り手のキャロウェイがマーティンズの発砲の瞬間を記述した一節をもう一度思い起こそう——「何かが動いたのを見た気がしたので、『そこだ、そこだ、撃つんだ』と彼に大声で叫んだ。彼は銃をあげ、かつてブリックワース・コモンで同じ命令にしたがって撃ったのと同様に撃った。その時と同様に不正確に撃ったのだった」(*TM* 153)。マーティンズの行動は、明らかに彼の新たな上司キャロウェイの命令への自動的な反応として提示されている。しかし大切なのは、この最後の対決の場面が少年時代にマーティンズがライムの命令でいやいやながらに兎を撃ったときの経験の反復として描かれている点を見逃さないことである。唯一の違いは、ライムはいまやマーティンズの助言者ではなく、このアームチェアのカウボーイによって狙いも定めずに撃たれる兎となっている点にある。

皮肉なことに、キャロウェイの命令は、ライムのかつての命令を思い起こさせるものとなっている。語り手のキャロウェイはすでに用意周到に少年時代の兎狩りのエピソードを読者と共有している。

そのときになって初めて、とマーティンズが私に話してくれた。その男が「兎」という言葉を使ったときに、死んだハリー・ライムが銃を持った少年として蘇ってきた。そのときライムはマーティンズに銃を「拝借する」方法を教えたのだった。少年はブリックワース・コモンの砂でできた長形墳の間から飛び出し、「撃つんだ、バカ、撃つんだ！　そこだ」と叫んだ。マーティンズの発砲によって傷を負った兎は、足を引いて隠れ場へと向かった。

(*TM* 21)

少年時代の兎狩りのエピソードをマーティンズの最後のアクションと併せ読むときに明らかになるの

は、マーティンズは少年時代のライムの命令に呼応するかのようにライムを撃っているのではないかという疑念である。つまりマーティンズは、あたかもライムがマーティンズに彼を憎み、そして撃つように促しているかのように、行動しているのだ。

私の考えでは、地下下水道の暗闇のなかでのマーティンズのほとんど無意識的な発砲は、フロイト的なパラノイアの「投影」の一例として捉えることができる。フロイトが主張したように、「『私は彼を憎んでいる』という陳述は、投影の仕組みによって別の陳述へと形を変える。つまり、『彼は私を憎んでいる(迫害している)、だから私が彼を憎むのは正当なことなのだ』」(Freud 63)。そして言うまでもなくこうした精神的なドラマの背後には、「男性を愛するというホモセクシュアルな願望のファンタシー」(Freud 62)が横たわっているのである。

ここまでの前半の議論を要約しよう。小説『第三の男』においてグリーンのダブルへの執着は、親友同士の対決というクライマックスを迎えるが、彼がそこで描こうとしたのは、二人の新旧のイギリス人男性の間で引き裂かれたマーティンズの忠誠の顚末であった。マーティンズとライムのダブルの関係がホモエロティックな性格を帯びるのは、イギリス人男性たちの絆を物語の中心に据えたホモソーシャルなプロット構成だけでなく、キャロウェイの親密な男性的な語りのおかげであった。こうしてホモソーシャルかつホモエロティックな感情構造は、フィクション内で終始一貫して維持されるが、それはグリーンがもっとも重要な登場人物をすべてイギリス人男性として設定したことと無関係ではないだろう。

小説『第三の男』における男同士のホモエロティックな絆の危機とその更新は、フロイト的なパラノイアの「投影」の概念によって説明される。この精神分析的なメカニズムを利用することによって、グリーンはマーティンズのいやいやながらの裏切りを見事に演出したと言っていいだろう。グリーンのダブルの関係を痛切なものにしているのは、友情が裏切りと不可分の関係にあることを彼が明快に提示した点にある。マーティンズがライムを憎むのは、彼を愛しているからなのだ。

原作の「ホモソーシャルとホモセクシュアルの連続体」がスクリーンからは十分に伝わってこないとしたら、それはライムの恋人アナを演じた女優アリダ・ヴァリのヒロインとしての圧倒的な存在感と、リードによるホモエロティックなダブルの関係の単純化に求められる(図3)。だがスクリーンにおいても、原作の友情と裏切りの不可分性は十分にドラマティックに再現されることになるだろう。

以下、グリーンの小説『第三の男』を貫く、このような愛と憎しみ、友情と裏切りのドラマの一つの源泉を彼の映画批評家時代の仕事に求めていくことにしよう。

図3　圧倒的な存在感を放つヒロイン、アリダ・ヴァリ、映画『第三の男』

6　西部劇への偏愛

『第三の男』の物語を彩るホモソーシャルかつホモエロティックな関係は、グリーン独自のものというよりは、ある系譜のなかに位置づけられるのではないか。西部劇における男同士の絆から始まる系譜に。実際、グリーンにとって、西部劇という映画ジャンルが特別な意味を持っていたことは、一九七〇年二月一五日のナショナル・フィルム・シアターでのトークのなかで、「かつてのように映画を真剣に捉えていないのは本当ですか」というオーディエンスの質問に以下のように答えていることからも明らかだ。

私は映画を本当に真剣に捉えている。『ウエスタン』（一九六八年）と、それと一緒に言及したもう一つの映画、ベルイマンの『沈黙』（一九六三年）を真剣に捉えているように。（*GGFR* 534）

興味深いことに、グリーンはイングマール・ベルイマンの作品については沈黙を守る一方で、セルジオ・レオーネのスパゲッティ・ウェスタンの緩慢なスピードの美学について熱心に語り続けている――「私は『ウエスタン』の特に最初の一五分位のほとんどバレーのようなクオリティを愛している」（*GGFR* 534-535）[9]。グリーンが映画批評家をやめてほぼ三〇年後のことだけに、彼の本音が垣間見られる貴重な瞬間でもある。

だがグリーンの西部劇への偏愛はすでに彼の映画批評家時代から健在だった。たとえば、『映画への脚注』（一九三七年）という論文集に寄稿した「主題と物語」という重要なエッセーのなかで、グリーンは「あるがままの人生」と「そうあるべき人生」という主題をチェーホフから譲りうけ、「チェーホフの記述があてはまる映画のなかにのみ詩的な映画を見出すことができる」（*GGFR* 409）と述べ、この「詩的な映画」の絶対的な基準から同時代の映画を概観している。

グリーンはこのエッセーの執筆時期に相当する一九三七年二月の第三週にロンドンの映画館で上映されている作品のリストを記し、そのなかに「芸術の唯一の主題」と言っていい「あるがままの人生」と「そうあるべき人生」を主題に据えたものがあるかと自問する。一九作の映画のなかでグリーンの「詩的な映画」の基準を満たす映画は、ジャック・フェデーの『女だけの都』（一九三五年）、キング・ヴィダーの『テキサス決死隊』（一九三六年）、セシル・B・デミルの『平原児』（一九三七年）とたったの三作であるが、そのうち二作を西部劇が占めているのは注目に値する。フェデーの映画について触れた後、グリーンはこれらの西部劇の特徴を以下のように記述している。

その他の二作の西部劇映画は、フェデーの映画と比べると面白みに欠けるが、フェデーのそれよりも明白ですばらしい主題を持っている。つまり、新たな国に移住するときには、その国を武装していない弱者たちにとって安全な場所にしなくてはならないという主題である。この主題はその性質上チェーホフの定義の二つの側面を併せ持っている。（*GGFR* 411）

グリーンにとって、社会的な正義という道徳的な主題に正面から取り組む西部劇は、「あるがままの人生」と「そうあるべき人生」を主題に据えた「詩的な映画」の好例を提供することになった。

グリーンの西部劇への偏愛は、しかしながら、彼の映画批評家としての判断を曇らせることはなかった。たとえば、グリーンはセシル・B・デミルの『平原児』を「間違いなく『ヴァージニアン』以降のもっとも優れた西部劇」として、「おそらくは映画史上もっとも優れた西部劇」として激賞する一方で（*GGFR* 174）、デミルの『大平原』（一九三九年）を「群衆を描き出す腕前の落ちた」西部劇として批判している（*GGFR* 297）。またグリーンはマイケル・カーティスの『無法者の群』（一九三九年）を「西部劇の定式の好例」として位置づけ、「個人的にはこの手の映画には決して飽きないし、『無法者の群』は演技もよければ、監督もよく、テクニカラーもすばらしい」と絶賛する一方（*GGFR* 326）、ヘンリー・ハサウェイのテクニカラー西部劇『丘の一本松』（一九三六年）を「ただのひどいけばけばしい絵はがきのようなもの」として一蹴している（*GGFR* 101）。

キング・ヴィダーの『テキサス決死隊』をジェイムズ・クルーズのサイレント西部劇『幌馬車』(一九二三年)と比較する際には、『テキサス決死隊』の物語は『幌馬車』のそれよりもはるかに優れている」と前者に軍配を上げている(*GGFR* 146)。グリーンはまたロイド・ベーコンの『オクラホマ・キッド』のような「新たなスタイルの西部劇」を「直接的な満足のいく映画」として評価するとともに(*GGFR* 290)[10]、ジョージ・マーシャルの『砂塵』(一九三九年)を「幾分疲れたディートリッヒの登場する幾分疲れた映画」と形容し(*GGFR* 373)、ノーマン・タウログのミュージカル西部劇『愉快なリズム』(一九三六年)にいたっては「まあまあ上出来の映画」と微妙な評価を与えている(*GGFR* 130)[11]。

7　西部劇としての『第三の男』

『第三の男』と西部劇の関係に関してはこれまでアカデミーでも議論の対象となってきた。たとえばジェイムズ・W・パーマーとマイケル・M・ライリーは、映画『第三の男』における「西部劇の神話」作用について以下のように述べている。

> グリーンが西部劇の神話を利用したのは、戦争の経験とそれを特徴づけるシニシズムのために疲れ果て血まみれになった戦後のヨーロッパ世界と、救済にも保護にもならないばかりか、危険なほど破壊的でいつも失敗するアメリカの無邪気や幻想との間の葛藤を検証するためだった。(Palmer and Riley 15)

この二人の見立てによれば、西部劇作家マーティンズは、アメリカの価値観を信じて戦後のヨーロッパというフロンティアをさすらう孤独なカウボーイとして位置づけられよう。すでに指摘したように、映画『第三の男』では、主人公のロロ・マーティンズとハリー・ライムは、ジョゼフ・コットンとオーソン・ウェルズによって演じられることになったため、原作とは異なり、二人はアメリカ人として登場する。[12]「西部劇の神話」は、映画『第三の男』の潜在的なモチーフとしてたしかに似つかわしい。

では、原作『第三の男』に関しても同様の指摘はできるだろうか。マーティンズとライムはイギリス人である。しかもマーティンズは、アメリカの西部には実際行ったことのないアームチェアの西部劇作家である。正直のところ、物語『第三の男』を読むときに、映画『第三の男』を鑑賞するときほど「西部劇の神話」を切実に感じることはないだろう。二人の主人公の国籍の設定の変更は、『第三の男』の受容経験に大きな差異を生み出すものであったのは間違いない。

だがすでにロロ・マーティンズをめぐる原作の設定のなかに「西部劇の神話」は巧妙に埋め込まれている。アームチェアの西部劇作家マーティンズとは、グリーンの偽装されたダブルにほかならない。そもそもマーティンズはなぜキャロウェイをキャラハンと間違った名前で呼び続けるのだろうか。実はこのエピソードは、ジョン・フォードの『駅馬車』（一九三九年）への明快なオマージュとなっている。『駅馬車』では、酔っ払いのブーン医師がウィスキー商人ピーコックの商品サンプルを飲み続け、「ピーコック」を「ヘイコック」と間違った名前で呼び続ける（図4）。たかり屋のブーン医師と小心者の商人ピーコックの二人組は、この記念碑的な西部劇映画において印象的なコミック・レリーフの役割を果たしているが、同様に『第三の男』においてマーティンズは飲んだくれのたかり屋として登場し、キャロウェイの世話になり続ける。マーティンズの言い間違いがフォードの『駅馬車』への映画史的な言

図４　ピーコックかヘイコックか、それが問題だ、映画『駅馬車』

及となっている点は、強調してもしすぎることはないだろう[13]。

一九三〇年代のグリーンの映画批評家としてのキャリアを思い起こすとき、そしてとりわけ彼の西部劇への偏愛を考慮に入れるとき、イギリス人のアームチェア西部劇作家という設定は、自己言及的な意味合いを帯びてくる。実際、ブリティッシュ・カウンシルと思しき「イギリス文化関係協会」(*TM* 157) 主催の講演会での質疑応答の場面で、新作について尋ねられると、マーティンズは『第三の男』を執筆中と答えている (*TM* 92)[14]。ここにはメタフィクションの萌芽がある。

マーティンズとグリーンの親近性は、ゼイン・グレイという実在の西部劇作家をめぐるマーティンズとクラビンの応酬のなかに見出すことができる。上記の講演会のなかで一番影響を受けた作家について尋ねられると、マーティンズは『紫よもぎの騎手たち』(一九一二年) の著者ゼイン・グレイを挙げている (*TM* 92)。この回答は、マーティンズの西部劇作家という立ち位置を考慮に入れると、きわめて妥当な選択であることがわかる。

古典的な名著『西部劇――フィクションと映画における男の構築』において、リー・クラーク・ミッチェルは、『紫よもぎの騎手たち』はグレイの作品のなかでもっとも人気のある小説であり、「現代的な西部劇」を堅固に確立することになったと述べ、そのジャンル上の意義について以下のように記している。

グレイの小説は西部劇の進化の注目すべき転換点となった。百万部をはるかに超える売り上げを誇り、西部劇のジャンルにもっとも緊密に一体化した作家のキャリアをしっかりと確立した。実際彼の書いた小説群は、現実に西部劇をジャンルとして定義するのに役立った。(Mitchell 123)

だが「イギリス文化関係協会」のクラビンにとって、ゼイン・グレイは歓迎できない名前だった。グレイをめぐるクラビンとマーティンズの応酬は、真面目な「小説」と通俗的な「エンターテインメント」を書き分け、ハイブラウとミドルブラウの読者の双方に気を配りながら、独自の文学的な地位を築いていったグリーンの心理的な葛藤が垣間見られる興味深い一節となっている。

オーストリア人のためにクラビンはすぐに口を挟んだ。「それはデクスターさんのちょっとした冗談です。彼が言いたかったのは、詩人のグレイです。優しくて穏やかで繊細な天才です。デクスターさんと似ています」

「その人がゼイン・グレイというのですね？」

「それはデクスターさんの冗談です。ゼイン・グレイはいわゆる西部劇の作家でした。山賊やカウボーイについての安物の大衆的な三文小説です」

「偉大な作家ではないのですね？」

「いいえ、いいえ。まったく違います」とクラビンは言った。「厳密な意味では作家とは決して呼べません」。それを聞いて初めて激しく抗議したくなったと、マーティンズは私に語った。彼は自分のことを作家だと考えたことはなかったが、クラビンの自信が彼を苛立たせた。光がクラビンの眼鏡に反射する様子さえ、さらなる苛立ちの原因となるようだった。クラビンは言った。「彼はただの大衆的なエンターテイナーでした」

「大衆的なエンターテイナーじゃいけないのか？」マーティンズは激しい口調で言った。（*TM* 93）

マーティンズのゼイン・グレイ擁護は、グリーンの映画批評家時代の西部劇偏愛を思い起こすとき重要な意味を帯びてくる。マーティンズをグリーンの腹話術人形として戯画的に捉えるとき、アームチェアの西部劇作家マーティンズの物語は、グリーンが映画批評家時代に慣れ親しんだ西部劇映画のパロディとして映ってくるのである。

8　ジャンルの法則、あるいは救済の原理について

グリーンの小説『第三の男』のなかに西部劇のパロディの要素を認めるのは、それほど困難なことではないだろう。グリーンが西部劇のジャンルの法則に通暁していたことは、すでに述べたとおりである。たとえば、グリーンはマイケル・カーティスの『無法者の群』を「西部劇の公式の好例」として位置づけ、そのプロットをわずか数行で見事に要約する。

開拓者が街を築き、ギャングが賭博場を建てる。開拓者は殺し屋を百対一の割合で凌駕しているが、彼らはすべて聖書を持った年寄りや、幼き者のためにシャツを裁縫する老女や、幼き者、哀れな寡

婦、死すべき運命のタイプといった具合だ。正直者のカウボーイが保安官になるように頼まれ、断り、子供が殺されるのを見て受け入れ、街を一掃する。必ず一つはすばらしいドラマの瞬間があり、歩道に沿って、あるいは広場を横切って、カウボーイがゆっくりと殺し屋へ立ち向かっていく。(『ヴァージニアン』や『駅馬車』を参照せよ。)(*GGFR* 326)

グリーンが戦後のウィーンを「フロンティア」の街に見立て、アメリカ、イギリス、フランス、ソ連の占領軍に「開拓者」の役割を、ハリー・ライムと彼の取り巻きに「ギャング」の役割を、ロロ・マーティンズに「正直者のカウボーイ」の役を割り当てているのは一目瞭然である。西部劇作家のマーティンズがイギリス占領軍のキャロウェイに協力して、悪玉のライムを一掃するという筋立ては、「西部劇の公式」どおりのものである。地下下水道でのクライマックスの撃ち合いのシーンは、まさしく西部劇の「すばらしいドラマの瞬間」として意図されている。

映画批評家のリチャード・スロットキンは、このような西部劇の「すばらしいドラマの瞬間」に関して、「暴力は西部劇映画の形式上、およびイデオロギー上の必需品となった」と説明し、それが西部劇というジャンルに投げかける根源的な問いについて考察を進めていく。

西部劇の形式とイデオロギーの要請にしたがって、物語の本質的な葛藤は暴力的な対決によって解決される。そのため、西部劇のプロットのこれ以上単純化できない核心は、この華々しい暴力行為を説明し、おそらくは正当化する理性的な枠組みを提供する点にあると言っていいだろう。暴力と権力は政治と社会的な管理の一側面であるため、映画監督が西部劇の暴力に動機とシナリオを提供するとき、その社会の基本的なイデオロギー的関心をかき立てることになる。社会的もしくは個人的な暴力が必然的に正当化されるのは、いかなるときなのだろうか。それは必要悪なのだろうか、それとも現実の善なのだろうか。その正当な標的となるのは誰なのか。西部劇映画の観点からこれらの問いを投げかけ、応答することによって、芸術家は西部劇というジャンルに特別な、倫理的もしくはイデオロギー的な語彙の限界と規範を受け入れるのである。(Slotkin 233)

スロットキンの考察は西部劇のジャンルの根幹に関わるものである。つまり、暴力はいかにして正当化されうるのかという本質的な問いである。だからこそ、スロットキンは「正当化のためには、暴力は救済をもたらすものでなければならない」と力強く主張する。

ある意味では、暴力は明らかに「前進的な」人間関係の変化を生み出すものでなければならない。救済はさまざまなかたちをとって現れる。単独に、または以下の諸要素が結びついたかたちで――暴力的なヒーローの純粋に個人的な救済、ヒーローが救出する他の個人の救済、社会のさらなる発展に対する陰険な脅威の暴力的な排除によって達成される社会の救済。(Slotkin 234)

暴力を正当化する原理となる救済とは、具体的には社会的な弱者たる女性や子供たちの救済、ひいてはコミュニティの救済を意味する。

グリーンが映画批評家として西部劇映画の救済の原理を的確に把握していたことは、さきほどの『無法者の群』に対するコメントからも明らかだ――「正直者のカウボーイが保安官になるように頼まれ、断り、子供が殺されるのを見て受け入れ、街を一掃する」（*GGFR* 326）。スロットキンが述べたように、暴力を原理とする映画ジャンルにおいて、社会的な弱者の救済は主人公たるヒーローの暴力を正当化する唯一の動機となる。

グリーンの作家としての才能は、この西部劇のジャンルの掟をリサイクルして、自身の物語に流用した点にある。マーティンズが親友のライムを裏切る決意を固めるのは、彼の闇商売である着色された水で薄めたペニシリンや砂を混ぜた粉末状のペニシリンの密売がほかならぬ社会的な弱者たちにもたらす破壊的な影響をキャロウェイから聞かされるときである。

「しかし、おそらくもっとも私をぞっとさせたのは、ここの子供病院を訪問したときのことだった。病院側は髄膜炎に対処するためにこのペニシリンを購入していた。数多くの子供が死に、また数多くの子供が発狂した。精神病棟に行けば、発狂した子供たちに会えるだろう」（*TM* 107）

ウィーンの地下下水道でマーティンズが行使する「暴力」――言うまでもなく、イギリスの一市民たるマーティンズの発砲は、通常の市民社会の論理によっては許容不可能であろう――は、このような西部劇ジャンル上の社会的な弱者の救済の原理を通じてはじめて「正当化」されるのである。

9　暴力の原風景

スロットキンは「正当化のためには、暴力は救済をもたらすものでなければならない」と力強く主張した。グリーンは西部劇を下敷きに『第三の男』の物語を紡ぎ上げていく際に、このような西部劇のジャンルの掟を参照することになった。もしグリーンの物語に西部劇の痕跡が露わではないとしたら、それはグリーンの換骨奪胎の見事さを立証するものと言っていい。冒頭部のバーでの拳闘からクライマックスの下水道での決闘にいたるまで、西部劇への言及は一貫している。女性や子供たちといった社会的な弱者たちの描き方も西部劇の定石を踏まえたものと言っていいだろう。

だが、おそらくグリーンにとって一番関心のあったものは、スロットキンが投げかけた西部劇の根本的な問いにほかならなかった。つまり、暴力はいかにして正当化されうるのかという本質的な問題である。

『第三の男』のクライマックスとなる撃ち合いの後の尊厳死の場面は、マーティンズ本人の語りによって導入される。

マーティンズが後になって語ってくれた。「ハリーを見つけようと上流へ歩いて行ったが、暗闇のなかで彼を見失ったにちがいない。（中略）彼の口笛を聞いて、水流の端に沿って戻ってくると、壁の終わりに気付き、そのまま通路を進んでいくとそこに彼がいた。『ハリー』と私が言うと、ちょうど私の頭の上で口笛がやんだ。鉄の手すりに手をやり、登って行った。彼が撃つのではないかと私はまだ恐れていた。三歩階段を上がると、そのとき私の足が彼の手を踏んだ。彼はそこにいたのだ。懐中電灯を彼に照らした。彼は銃を持っていなかった。私の弾丸が彼に当たったとき、銃を落としてしまったのにちがいない。一瞬、彼は死んでいるかと思ったが、痛みでしくしく泣いていた。『ハリー』と私が言うと、彼は一生懸命目を回し、私の顔を見ようとした。彼が話そうとしていたので、話を聞こうと屈み込んだ。『馬鹿野郎』と彼は言った。それだけだった。彼が彼自身——不十分ではあるが、ある種の痛悔の行為として（彼はカトリックだった）——のことを言ったのかはわからない。それとも私——千ポンドの年収から税金を納め、兎をきれいにしとめることもできないのに家畜泥棒について書いているこの私——のことを言ったのだろうか。すると彼はふたたびしくしくと泣き出した。私はそれにもう耐えられなくなって、彼に弾丸を撃ち込んだ」

「そのことはすぐに忘れるだろう」と私は言った。

マーティンズは言った。「絶対に忘れない」

(*TM* 153-155)

この場面は、グリーンの西部劇への偏愛が一番見事ににじみ出ている場面と言って差し支えないだろう。つまり、ここで描かれているのは、西部劇のジャンルの掟にもかかわらず、暴力はいかにしても正当化することはできないという本質的なアポリアである。社会的な弱者の救済という西部劇のジャンル上の口実は、一市民の発砲という暴力的な行為を物語のレヴェルで必然的な行為として承認する。だが他方で現実の世界で親友を殺害するという暴力行為は、その行為者の心に苦々しい暗い傷を残す。グリーンの『第三の男』が一九三〇年代後半の西部劇映画と肉薄するのは、まさしくこの暴力をめぐる諸矛盾との対峙にあると言っていいだろう。

グリーンの映画批評には、こうした解消しえない暴力への繊細な眼差しを見出すことができる。たとえば、デミルの『平原児』の映画批評では、グリーンは「デミルの映画でわれわれを驚かすのは、個々のドラマの力強い描き方だ」と述べ、映画のクライマックスとなる場面を克明に再現する。

ワイルド・ビル・ヒコックが彼の殺人犯となる者たちに会うために道を横断する際の、フロンティアのみすぼらしい町の誰もいない通りの沈黙の瞬間。閉鎖した酒場でヒコックが（軍隊が絞首刑にするために彼が保護している）白人の捕虜たちと交わすポーカーゲーム。バーのカウンター越しに山高帽子を被った小さな滑稽な裏切り者によってヒコックの背中へ撃ち込まれる避けられない一発を待つ間の運命の雰囲気。（*GGFR* 174-175）

グリーンがこのクライマックスの場面に着目したのは興味深い。なぜならばここで問題とされているのは、西部劇の暴力の行使をめぐる根本的な矛盾だからだ。最初の一文が描き出しているのは、ゲーリー・クーパー演じるヒコックと悪役ジョン・ラティマーの決闘へといたる西部劇の典型的なクライマックスである。だがその後に続く描写は、西部劇のジャンルの法則をある意味で心地よく裏切る内容となっている。ヒコックはラティマーを殺した後、彼の子分たちを生かしておくことを選択するからだ（図5）。だがヒコックはさらなる暴力の行使をあえて放棄し、法と秩序の体現者たる軍隊の到来を待ち続けたために、自らの命を落としてしまう（図6・7）。

暴力の行使をめぐる心理的葛藤がこれほどまでに劇的に描かれていることにグリーンは心を動かされたにちがいない。つまりこのクライマックスは、暴力の行使を放棄することが最終的な解決策にはならないことを強調することによって、西部劇の世界における暴力の必然性を逆説的に訴える効果を担っているのだ。

グリーンの暴力への繊細な反応は、『テキサス決死隊』の映画批評にも垣間見ることができる。グリーンはプロットを要約したうえで、その物語の根源的な葛藤について考察を進める。

この映画の物語はフレッド・マクマレイとジャック・オーキーが演じる二人の盗賊の物語であり、彼らは盗賊の友人に役に立つ助言を送るために決死隊に入隊する。彼らはいまや法と秩序の側に転身し、その一人がかつての友人を罠にかけようとして殺されると、もう一人が飛び出して行って敵を取る。彼らの行動の道徳は、それが奇妙に歪められているため、いっそう説得力がある。ときどきこの単純な魂の計り知れない複雑な洞穴へ少しばかり引きずり下ろされていくように感じられる。（*GGFR* 146）

図５　運命のポーカー、映画『平原児』

図６・７　ゲーリー・クーパー、あるいは暴力の不可避性について、映画『平原児』

図8・9　ロイド・ノーランとフレッド・マクマレイ、あるいはホモエロティックな決闘、映画『テキサス決死隊』

グリーンの要約はほぼ的確であるが、より正確に言うと『テキサス決死隊』は、フレッド・マクマレイ、ジャック・オーキー、ロイド・ノーランが演じる三人組の盗賊の友情と裏切りの物語である。そこには恋愛の要素も絡んでくる。この映画のクライマックスはマクマレイとノーランの決闘の場面に設定されており、西部劇のジャンルの法則に忠実なプロット構成となっている。

しかし、グリーンが正確に指摘しているように、彼らの行動道徳は「奇妙に歪められている」。たしかにマクマレイがかつての友人ノーランと袂を分かつのは、彼自身が「法と秩序」の側に転身したからであり、クライマックスの暴力は西部劇の救済の論理によって、とりわけノーランによるオーキーの殺害によって正当化される。だがこの映画を通じて印象に残るのは、彼らのホモソーシャルかつホモエロティックな人間関係の連続性である（図8・9）。マクマレイとノーランはいまや社会的に正反対の立場にいる。だがマクマレイは明らかにノーランのことを思い続けている。テキサス決死隊のヒーローとなって浮かれ騒いでいるオーキーとは対照的に、マクマレイはいわば「スパイ」としてノーランとの協力の可能性を模索しているし、ノーランの逮捕を命令されるとそれを拒否し、テキサス決死隊の除隊を申し出て、囚われの身となる。

西部劇のジャンルの掟にしたがって、最後の決闘はクールに客観的に描かれる。だが、マクマレイとノーランのホモソーシャルな友人関係を考慮に入れるとき、マクマレイの暴力的行為の背後に複雑な心理的ドラマが横たわっていることは想像にかたくない。グリーンが主張するように、われわれは「ときどきこの単純な魂の計りしれない複雑な洞穴へ少しばかり引きずり下ろされていくように感じられる」(*GGFR* 146)。

ここでグリーンが西部劇のヒーローの歪んだ行動道徳を「洞穴」のメタファーで言い表している点に注目してもいいだろう。『第三の男』のクライマックスが地下下水道の「洞穴」での撃ち合いに設定されていることを思い起こすとき、グリーンの物語と『テキサス決死隊』のプロット上の親近性は重要な意味を帯びてくる。マーティンズはライムへの友人としての忠誠をぎりぎりまで守り通しつつも、最後には彼の最愛の友人を裏切り、撃ち殺す。同様に、マクマレイはノーランという最愛の友人を守り続け、そして裏切る。

グリーンの濃密なホモソーシャルの関係のインスピレーションを一つの映画テクストに求めるのは、作家の複雑な心の動きを軽んじることにつながるだろう。しかしながら、グリーンが戦後のウィーンを舞台とした疑似西部劇を作り上げるとき、彼が西部劇映画のジャンルの掟に忠実であったという事実は、どれだけ強く主張してもしきれないだろう。そして、ただジャンルの掟に忠実なだけでなく、その根源的な歪みも正確に把握していた。

最後にもう一つグリーンにとって重要な意義を持ったと思われる西部劇映画を取り上げることにしよ

う。オーウェン・ウィスターのベストセラー小説『ヴァージニアン』が原作のトーキー西部劇『ヴァージニアン』である。西部劇のフィクションと映画の歴史において、両者はきわめて重要な位置を占めているので、ここでふたたびミッチェルの言葉を引用しておくことにしよう。

どの西部劇の歴史書を選んでも、オーウェン・ウィスターの『ヴァージニアン』（一九〇二年）は、必ずや決定的な過渡期のテクストとして引用されるだろう――すべてそれ自体で、抑制された穏やかな話し方をする腕の確かなカウボーイを一般大衆の持続的な関心を引きつける人物へと作りかえたのだから。ゼイン・グレイ、ルーク・ショート、マックス・ブランド、ルイス・ラムーアといった著者の数千の小説は、数百の西部劇映画や西部劇テレビ番組とともに、ウィスターの圧倒的なベストセラーによって導入された静かな暴力のイメージをただ潤色したにすぎなかった。最初のフルスクリーン映画『ヴァージニアン』（一九二九年）でさえ、ヒーローを口数の少ない男として称讃し、彼のトーキーデビュー作となる映画のなかでゲーリー・クーパーに「はい」か「いいえ」しか口にしない俳優の役を割り当てたのだった。この映画はヴァージニアンのトランパスへの敵意を演出する際にすでに確立した公式にしたがって、彼らの静かな緊張関係を原型的なウォークダウンと決闘へと引き締めていくことになった。(Mitchell 95)

グリーンがこの映画に多大なる関心を抱いていたことは、映画批評のなかでの『ヴァージニアン』への度重なる言及からも明らかだ。グリーンがゲーリー・クーパーの熱狂的な支持者であったことも忘れてはならないだろう。西部劇のジャンルの法則を打ち立てたとも言えるこの古典的な映画テクストは、一九二〇年代末に小説家として身を立て始めようとしていたグリーンに強い印象を残したことだろう。だが、グリーンにとって『ヴァージニアン』が決定的に重要だったのは、西部劇のジャンルの掟に忠実なプロット構成ではなく、物語の中盤で繰り広げられる「私刑」の光景であったにちがいない。保安隊の「ヴァージニアン」は、コミュニティの「法と秩序」を維持するために、子供の頃からの親友スティーヴを家畜泥棒のかどで絞首刑にしなければならなくなるからだ（図10）。

ここにはグリーンが西部劇映画において固執しつづけた暴力の根源的な問題が前景化している。つまり、暴力はいかなるときに正当化されるのかという本質的な問いである。親友の殺害という暴力の原風景は、解決不能なアポリアとしてグリーンランドの一風景となるのである。

図10　親友の最後を見守るゲーリー・クーパー、映画『ヴァージニアン』

註

（1）次作の『英国は私をつくった』（一九三五年）においては、グリーンのダブルのモチーフはアンソニーとケイトという双子の兄妹の絆のかたちをとって展開する。とりわけ初期のグリーン作品において、ダブルのモチーフおよびそこから派生する三角関係は小説の中心的な原理であり続けた。

（2）映画『第三の男』に関しては、Rob White. *The Third Man* を参照。キャロル・リードの映画監督としてのキャリアに関しては、Peter William Evans. *Carol Reed* の記述が簡潔で便利である。

（3）映画脚本の最初の出版は一九六八年のことであり、中編小説の出版から十数年も遅れている。本稿の執筆のために参照した映画脚本は、一九八四年の改訂を経て、一九八八年にフェイバー社から出版されたものである。

（4）『サンタ・フェの孤独な騎手』はマーティンズの代表作として作品内で繰り返し言及されているが（*TM* 38, 45, 49, 96)、サンタ・フェは西部劇にしばしば登場する土地名であった。たとえば、マイケル・カーティスの『カンサス騎兵隊』（一九四〇年）の原題は、『サンタ・フェ・トレイル』である。

（5）だが、『闇の奥』の語り手はマーロウだけではないことに注意しておきたい。『闇の奥』の冒頭部においてマーロウより先に語り手として登場するのは、物語それ自体を導入する「枠の語り手」である。ヤコブ・ルーテはこのように『闇の奥』において、マーロウと、彼の友人ではあるが、読者には名前が明かされることのない「枠の語り手」という二人の一人称の語り手が採用されている点に注目し、両者の緊張が生み出す生産的な関係について以下のように述べている。「『闇の奥』では、実存的な動機に基づき物事を秩序立てて検証する追体験という形をとったマーロウの一人称の語りと、はからずもその追体験に巻き込まれ驚くべき理解を示す枠の語り手の一人称の語りとの間に、生産的な相互関係が生じる」（ルーテ　二七九頁）。

（6）『闇の奥』と『第三の男』の影響関係に関しては、これまで多くの研究者の注目を集めてきた。たとえば、セドリック・ワッツは『闇の奥』と映画『第三の男』の親近性を以下のように指摘している。「グリーン原作、キャロル・リード監督の映画『第三の男』（一九四九）に登場する悪役ハリー・ライムはクルツ的カリスマの持ち主であり、その子分のひとりは『クルツ男爵』と呼ばれている。ライムを演じたオーソン・ウェルズは自分でも『闇の奥』の映画を作ろうとしたことがあった」（ワッツ　八七頁）。ジェイムズ・ネエモアはさらに一歩踏み込んで、『闇の奥』とグリーンの物語『第三の男』の構造的な類似性について考察を進めている。「この物語の主人公であり、語り手でもあるホリー・マーティンズは、ヘンリー・ジェイムズ流の無垢な人物とコンラッド流の秘密の共有者の双方に似ている。『闇の奥』のマーロウと同様に、マーティンズは衝動的で感傷的なロマンチストである。そしてマーロウと同様にマーティンズは悪役を捜し出すが、この悪役が物語に実際に登場するのは　ほかの人物たちによって彼のことが語られてからのことなのだ。興味深いことに、これらの語り手の一人はクルツという名の男で、マーティンズとの会話において、彼はハリー・ライムの親友であったと主張している――　『もちろん、あなたの次にということですが』」（Naremore 77）。ネエモアの指摘はもっともであるが、『闇の奥』と『第三の男』の類似性について考察を深めるためには、両者の語りの分析が必要となるだろう。たしかにマーロウとマーティンズは、悪役に魅了されて虜となっている点で似たような立ち位置を占めているが、語り手として両者の位置は微妙にずれている。『闇の奥』における語り手が「枠の語り手」とマーロウの二人三脚から成り立っているように、『第三の男』の語り手はキャロウェイとマーティンズの二人に委ねられている。だが、前者において「枠の語り手」はあくまでマーロウを補佐するような役割を果たしているのに対して、後者においてキャロウェイは「枠の語り手」というよりは、伝統的な三人称小説の語り手のような役割を果たしている。この二人の登場人物兼語り手の役割の差異が、『闇の奥』と『第三の男』の語りの構造に大きな差異をもたらしている。しかし、語り手がすべて男性に限定されている点は、両者の大きな共通点となっている。

（7）『闇の奥』のフェミニズム批評の概説に関しては、ワッツ　九〇―九一頁を参照。

（8）映画においてライムに最初の一発を撃ち込むのは、マーティンズではなく、キャロウェイである。この場面はマーティンズの逡巡を強調する原作との違いが際立つ場面であるが、ある意味では原作に見られるキャロウェイのイニシアティブを的確に視覚化している。

（9）当日のトーク・イベントの様子に関しては Philip Oakes を参照。

（10）映画『第三の男』では、『オクラホマ・キッド』はマーティンズの西部劇小説として紹介されている。これは題名の「オクラホマ・キッド」を演じたジェイムズ・キャグニーへのグリーンからのオマージュであろう。グリーンはこの西部劇のキャグニーの魅力について以下のように語っている。「社会的な良心を持ったガンマンを演じるジェイムズ・キャグニーは、黒い衣装に包まれた悪者のハンフリー・ボガードよりも大きな帽子やタイトな半ズボンや激しい性的な純潔さになじまない。だがキャグニーがすることはすべて見るだけの価値がある。軽快なダンサーの足と、敏捷で神経質な手と、すばらしいカメラへの無意識によって、もっともつまらない部分から非凡な演技を生み出すのである。そしてこの部分にはたっぷり肉がついているのだ」（*GGFR* 290）。

（11）グリーンが映画批評家として活躍した一九三〇年代後半は、西部劇の映画史の転換期でもあった。ハリウッドの大手スタジオがAクラスの西部劇映画のプログラム化に取り組むのは、この時期のことである。下記の文献を参照。Peter Stanfield. *Hollywood, Westerns and the 1930s*. 117-147.

（12）マーティンズの名前は、映画化の際にロロからホリーへと変更された。ハリーとホリーは韻を踏んでおり、ある意味で映画において二人の男性主人公のダブルの関係はさらに強調されることになった。

（13）興味深いことに、グリーンは『駅馬車』についてのきちんとした映画批評を残していない。もちろん、グリーンはこの映画を同時代に映画館で視聴している。一九三九年七月七日付の『スペクテイター』誌の映画批評では、「『駅馬車』は現在ロンドンで見られる最高の映画であり、簡潔さのモデルのような作品」（*GGFR* 30）として手短に紹介している。映画批評家グリーンの『駅馬車』に対するそっけなさを考慮に入れるとき、小説『第三の男』における『駅馬車』へのオマージュは、抑圧されたものの回帰の様相を帯びてくるのである。

（14）「イギリス文化関係協会」がブリティッシュ・カウンシルを基にしていることは疑いの余地がない。公式ホームページによれば、ブリティッシュ・カウンシルは、第二次世界大戦の終了する一九四〇年代半ばまでに、フランスとオーストリアに新たなオフィスを開いている。https://www.britishcouncil.org/organisation/history/europe を参照。

エピローグ

物語には、始まりも終わりもない。恣意的にある経験の瞬間を選択し、そこから振り返ったり、先を見つめたりするだけなのだ。私は職業作家としての不正確なプライドから「選択する」と述べた。作家として真剣に注目される時には、私は技術的な能力によって賞賛されてきたからだ。だが、私は実際に自分の意思で一九四六年のあの黒い湿った一月の夜のコモンでの出来事、つまりヘンリー・マイルズが幅広い川のような雨の中を、体を折り曲げて歩いていく光景を選択したのだろうか。それともこれらのイメージが私を選択したのだろうか。(*EA* 1)

『情事の終わり』(一九五一年)は、「始まり」と「終わり」のイメージに取り憑かれた小説家を主人公としたグリーンの半自伝的な小説である。一人称の語り手ベンドリックスと彼女の「盗まれた日記」のなかで同じく一人称の語り手となる愛人のサラ・マイルズが、グリーンと彼がおそらくはもっとも情熱を燃やした愛人キャサリン・ウォルストンをモデルにしていることは、グリーンの研究者や愛好家の間ではよく知られている。批評家のバーナード・バーゴンジィは、このサラ・マイルズを「グリーンのもっとも成功した女性の登場人物」(Bergonzi 128)と評しているが、それはグリーンのキャサリンへの奥深い情熱を如実に表している。実際、『情事の終わり』はC、つまりキャサリンに捧げられている。

この半自伝的な小説が「始まり」と「終わり」のイメージに取り憑かれている人物を主人公に据えて

いる理由は、もはや明らかだろう。グリーンにとって、キャサリンとの情事の「始まり」と「終わり」をフィクションのかたちで想像することは、お互いに家族のある二人のカトリック教徒の恋人たちの実存的状況を理解しようとする絶望的な企てにほかならなかったのである。

グリーンがキャサリンと激しい情事の関係に陥ったのは、一九四六年末のことと言われている。『ブライトン・ロック』（一九三八年）と『権力と栄光』（一九四〇年）とともに始まったグリーンのカトリック文学は、第二次世界大戦後にカトリック教徒の愛人を得て、さらなる高みへと到達する。すでに第四章で確認したように『事件の核心』（一九四八年）は、グリーンのカトリック作家としての地位を確立した重要な小説であったが、その主人公の心理的な葛藤の背後には、グリーンのキャサリンへの心理的な葛藤が横たわっていたのである。

皮肉なことに、『情事の終わり』は、二つの情事の終わりをもたらすことになった。伝記的な観点から言うならば、この小説の出版以降、グリーンとキャサリンの関係はゆるかやな終わりを迎えていくことになった。この件に関して、グリーンは自伝のなかで沈黙を守っているが、グリーンの伝記作家はきわめて雄弁である。もう一つの情事の終わりは、文学史的なものである。『情事の終わり』は、グリーンがカトリック的な主題を正面から取り扱った最後の作品となったのである。

グリーンの仕事の多面性と複雑性に一時的に目をつぶり、単純な図式を持ち出すならば、一九五〇年代は、グリーンの知的関心が宗教から政治に移行した時代として位置づけられる。グリーンは、マラヤやフランス領インドシナ、ヴェトナム、ケニア、ハイチ、中国、キューバ、コンゴへと出向き、現地の政治状況に批判的に介入する小説を書き続けた。『負けた者がみな貰う』（一九五五年）、『おとなしいアメリカ人』（一九五五年）、『ハバナの男』（一九五八年）、『燃えつきた人間』（一九六一年）は、こうしたグリーンの政治の季節の産物である。これらの小説のなかでは、あからさまに宗教的な主題は後景へと引き、政治的なコミットメントが前景化される。こうしてグリーンの宗教との情事はゆるやかな終わりを迎えていく。

では、グリーンの映画との情事はいつ始まり、いつ終わりを迎えたのだろうか。愛にさまざまなかたちがあるように、情事にもさまざまなかたちがある。波風を立てない穏やかな情事もあれば、嵐のような激しい情事もある。グリーンとキャサリンの情事は明らかに後者に属するだろう。『情事の終わり』のベンドリックスとサラの情事も。グリーンの映画との情事をこの身を焼くような激しいドラマの次元で捉えるならば、その始まりは彼の映画批評家時代に求められよう。

一九三〇年代前半のグリーンの小説家としてのブレイクスルーにとって、彼のシネフィル的な感性が不可欠の要素であったことは、第一部「トーキーの夜明け」で考察したとおりである。『スタンブール特急』（一九三二年）は、ジョセフ・フォン・スタンバーグ監督の『上海特急』（一九三二年）からのインスピレーションなしにはそもそも成立しえなかった小説であったのに対して、『ここは戦場だ』（一九三四年）は、コンラッドの『密偵』（一九〇七年）の焼き直しであると同時に、ルネ・クレール監督の『自由を我等に』（一九三一年）のリメイクにほかならなかった。この時代のグリーンの小説は、彼がシネフィルとして愛した同時代の映画作品へのオマージュに満ち溢れている。しかし、グリーンのシネフィル時代の映画との付き合いはむしろどこか淡白であり、情事と呼ぶには何かが欠けているように思われる。

グリーンの映画との情事の始まりは、彼の映画批評家としてのキャリアの始まりと同期する。最初はあまり乗り気ではなかったのかもしれない。だがすぐにグリーンは映画との深い愛に落ちていく。第二部「ジャンルの法則」において詳説したように、一九三〇年代後半のグリーンの小説は、彼が『スペクテイター』誌に四年半にわたって毎週のように寄稿した映画批評と切っても切り離せない関係にある。たしかにシネフィル時代にもグリーンは映画館で同時代の最先端の映画を鑑賞してきた。しかし、一九三〇年代後半の意味合いが異なるのは、グリーンがほかならぬ映画批評のかたちでスクリーン上でのかけがえのない出会いを分節化していく過程で、自身の作品の主題を見出していくことができた点にある。

幸運なことに一九三〇年代は、映画の黄金時代でもあった。たとえば、アルフレッド・ヒッチコックは、このイギリス時代の最後の数年にスリラーのフォーマットを完成させる。そしてまたほぼ同時期にフランク・キャプラは、アメリカでスクリューボール・コメディの嚆矢となる重要な作品を発表する。グリーンの『拳銃売ります』(一九三六年)は、ヒッチコックの『三十九夜』(一九三五年)とキャプラの『或る夜の出来事』(一九三四年)へのオマージュであり、それらを乗り越えようとする意思に貫かれた小説でもあるのだ。

『ブライトン・ロック』(一九三八年)は、グリーンの映画への情事がもっとも深まったことを感知させる小説である。同時代の映画へのオマージュが小説という容器にはち切れんばかりに詰め込まれており、ほとんどフランケンシュタイン的な容貌を晒している。そして、そうした数え切れないほどの映画史的な召喚のなかでもとりわけ重要なのが、フランスの「詩的なリアリズム」であり、ジュリアン・デュヴィヴィエの『望郷』(一九三七年)なのである。この時代のグリーンの映画批評は、彼が映画と情熱的な情事に陥っていることを明白に物語っている。

しかし、いかなる情事にも終わりがある。グリーンは一九四〇年三月に映画批評家としてのキャリアを終える。グリーンの映画批評家としての終わりは、「一週間に何度も映画を見る四年半の日々」の終わりを意味する。グリーンの映画との情事の終わりを彼の映画批評家としてのキャリアの終わりと同一視するのは、あながちうがった推測ではあるまい。それほどまでにグリーンの映画批評は、彼の映画への情熱で光り輝いているからだ。

だが、グリーンが『情事の終わり』の冒頭でベンドリックスに代弁させているように、「物語には、始まりも終わりもない。恣意的にある経験の瞬間を選択し、そこから振り返ったり、先を見つめたりするだけなのだ」（*EA* 1）。第三部「映画の彼方へ」で検証したのは、まさしくこうした情事の「終わり」の後日談なのであり、『恐怖省』（一九四三年）や『第三の男』（一九五〇年）を検証して明らかになるのは、明確な輪郭を与えられる情事の終わりではなく、その情動のゆるやかな変化なのである。もはやそこには映画批評家時代の荒々しい熱情はない。だが、そこには映画への愛がくすぶっている。グリーンのテキスト自体が映画的な魂を帯びていると言ったら大袈裟だろうか。

最後にもう一度同じ問いを繰り返そう。グリーンの映画との情事はいつ終わったのだろうか。本書を終えるにあたって考察してみたいのは、この根源的な問いである。ここでは、『情事の終わり』から一つのエピソードを抽出し、この問いに暫定的な回答を与えたいと思う。

冒頭の引用にもう一度目を向けよう。職業作家のベンドリックスは、物語に「始まり」も「終わり」もなく、すべては作家の恣意的な「選択」にすぎないことを認めている。しかしわれわれにとってより興味深いのは、「選択」の主体性をめぐるベンドリックスのより根源的な懐疑であろう。「だが、私は実際に自分の意思で一九四六年のあの黒い湿った一月の夜のコモンでの出来事、つまりヘンリー・マイルズが幅広い川のような雨の中を、体を折り曲げて歩いていく光景を選択したのだろうか。それともこれらのイメージが私を選択したのだろうか」（*EA* 1）。

自分がイメージを選択するのだろうか、それともイメージが自分を選択するのだろうか。こうしたベンドリックスの作家としての懐疑は、彼の宗教的な意識の覚醒と並行関係にある。自分が神の恩寵を発見するのだろうか、それとも神が恩寵として自分に到来するのだろうか。『情事の終わり』というカトリック文学の頂点をなす作品において、ベンドリックスが後者の可能性に次第に惹かれていくようになるのは、言うまでもない。

だが、ここでイメージ論あるいは宗教論を展開させるつもりはない。大事なのは、グリーンがベンドリックスの口を借りて、物語の「始まり」と「終わり」の選択が「イメージ」の選択にほかならないことを告白している点である。つまり、小説家グリーンにとって、物語を語ることは、「始まり」のイメージと「終わり」のイメージを選択し、それらのイメージを効果的に配列することにほかならないのである。

こうしたグリーンの小説作法は、個別のイメージ（映画で言えば、ショットおよびシークエンス）の作成とそれらの編集を基本原理とする点で、きわめて映画的と言っていいのではないか。実際「ヘンリー・マイルズが幅広い川のような雨の中を、体を折り曲げて歩いていく光景」は、こうした映画的なショットやシークエンスの小説的対応物と言ってよい。

小説『情事の終わり』のなかでもっとも鮮やかな印象を残す「終わり」のイメージが「一九四四年六月の後にV－1として呼ばれるものの最初の夜」（*EA* 54）となっているのは、偶然ではない。V－1、つまり「報復兵器第一号」とは、第二次世界大戦末期にナチス・ドイツがイギリスに向けて発射した無人飛行機型ロケット爆弾を指す。つまり、グリーンはここでふたたびロンドン空襲の歴史的経験を自身の小説内の重要なエピソードとして持ち込んでいるのである。

このロンドン空襲の終末的イメージは、いわば映画的なシークエンスとして小説内で鮮やかなスペクタクルを構成している。無人飛行機型ロケット爆弾は、ベンドリックスのアパートメントを直撃し、ベンドリックスとサラの情事は突然終わりを迎えることになるからだ。後に映画監督のニール・ジョーダンは、この空襲をめぐるドラマを説得力のある映像として再現することになるが、われわれ原作の読者は、彼らの情事の「終わり」のイメージを、まずはベンドリックスの不確かな語りを通じて、そして今度はサラの「盗まれた手紙」の確かな語りを通じて、あたかもトラウマのように二度経験することになるだろう。

このような個人的集団的トラウマとして回帰する「終わり」のイメージは、小説『情事の終わり』のなかでもっとも迫力のある強力なシークエンスとして機能している。この強烈な終末的イメージこそ、グリーンの小説を私的な姦通小説から歴史的宗教的な次元を備えた倫理的小説へと高めているものなのである。

では、二人の情事はいつどのように始まったのだろうか。情事の「終わり」のイメージが鮮やかなだけに、そしてそれが小説のタイトルと符合しているために、その「始まり」のイメージは後景に引いてしまい、あまり読者の印象に残らないのではないだろうか。しかし、実はこの「始まり」のイメージこそ、グリーンと映画との情事の「終わり」を探るうえで重要な鍵となってくるのである。「始まり」のイメージは、映画館とともに始まる。ベンドリックスは映画化された自作を一緒に見ようとサラを映画館へと誘い出す。

その映画はひどい映画だった。自分にはリアルに思われた状況が映画の陳腐な常套句へと歪曲されるのを目にするのは、ときに非常に苦痛だった。サラと他のものを見に行けばよかったと思った。最初は彼女に「あれは私が書いたものではない。わかるだろ」と言っていたが、いつまでもそう言い続けるわけにもいかない。彼女は同情を示すかのように触れてきて、われわれは子供たちや恋人たちがするように手を無邪気につないで座っていた。だがほんの数分だが、突然不意に映画が生き返った。私はこれが私の物語であり、今回だけはこれが私の会話であることを忘れていた。私は安いレストランの小さな場面に本当に心を動かされたのだ。恋人がステーキと玉ねぎを注文すると、少女は一瞬玉ねぎを皿に取るのを躊躇する。なぜなら彼女の夫は玉ねぎの匂いを嫌っているからだ。恋人は傷つき、怒る。なぜなら彼には彼女のためらいの背後にあるものがわかるからだ。それが意味するのは、帰宅後、彼女が夫に抱擁されることになるということなのだ。その場面はうまくいっていた。私は言葉によるレトリックやアクションに頼らずにありふれたシンプルなエピソードを通じて情熱の感覚を伝えたかったのだ。そしてそれはうまくいった。数秒間私は嬉しかった。これが書くということなのだ。世界中でそれ以外のものには関心がなかった。家に帰って、その場面を注意深く読み通したかった。何か新しいものに取り組みたかった。どれだけサラ・マイルズを夕食に招待しなければよかったと思ったことだろう。

後になって——レストランのルールズに戻り、ステーキがちょうどテーブルにやってきたとき——彼女は言った。「あなたが自分で書いた場面が一つだけあったわね」

「玉ねぎの場面かな?」

「そう」。そしてまさしくその瞬間に玉ねぎの皿がテーブルに置かれたのだった。私は彼女に言った——その晩彼女を欲望するとは思いもよらなかった——「ヘンリーは、玉ねぎは嫌いなのかい?」

「ええ、大嫌いよ。あなたは好き？」

「好きだよ」。彼女は私に玉ねぎを取り分け、それから自分の分を皿に取った。

付け合わせの玉ねぎをめぐって恋に落ちるのは可能だろうか。ありえなさそうに思われるが、私が恋に落ちたのはちょうどそのときだと断言してもいい。もちろん、ただの玉ねぎの話ではなかった。後になってしばしば私を幸せにもし、惨めにもしたのは、突如として一人の女性を、その率直さを感じ取ったときである。私はテーブルクロスの下に手を伸ばし、彼女の膝に手を置いた。すると彼女は手を下ろし、私の手を押さえつけた。「美味しいステーキだった」と私が言うと、「これまで食べたなかで一番美味しい」と彼女が返答するのをまるで詩のように聞いた。(*EA* 32-33)

情事の「始まり」のイメージが「玉ねぎ」に集約されていることに、私は大いなる驚きと喜びを感じる。ベンドリックスの玉ねぎをめぐる冒険は、グリーンの小説家としての成長の軌跡を自伝的に反復しつつ、グリーンの映画的人生のメビウス的円環を演出しているからだ。

ベンドリックスの小説家としての立ち位置は、一九四〇年代のグリーンのそれを模倣したものとなっている。現在、グリーンは自作のほとんどの作品が映画に翻案されたことのあるもっとも映画と相性のよい小説家として知られているが、その最初のピークを迎えたのが、彼自身が脚本家としても活躍した一九四〇年代後半であった。ジョン・ボールティング監督の『ブライトン・ロック』(一九四七年)のために、グリーンは劇作家のテレンス・ラティガンとともに脚本を執筆しているし、キャロル・リード監督の『落ちた偶像』(一九四八年)と『第三の男』(一九四九年)のためには、グリーンは原作と映画脚本の両方を提供している。第六章でも言及したように、グリーンの脚本家としての仕事の評価に関しては、若干の留保が必要であり、今後、実証的な検証が必要である。だが、グリーンの脚本がもっとも生き生きとするのは、ボールティングやリードのようなイギリスの映画監督との共同作業が行なわれるときである。この点はグリーン本人がよくわかっていたはずだ。

ベンドリックスには、脚本家としても映画に関与していた時期のグリーンの姿が重ねられている。小説内でベンドリックスがサラと手をつないで視聴する映画に、ベンドリックスが脚本家としても参加しているかどうかは、はっきりとはわからない。しかし、ベンドリックスの小説が原作となっている点はたしかである。「自分にはリアルに思われた状況が映画の陳腐な常套句へと歪曲されるのを目にするのは、ときに非常に苦痛だった」とは、一九四〇年代のグリーンの本音だったにちがいない。ジョン・フォード監督の『逃亡者』（一九四七年）は、『権力と栄光』の翻案であったが、一九三〇年代の映画批評家時代にフォードの映画の信奉者であっただけに、グリーンは自身の小説の映画化に大いなる失望を味わうことになった。

このようなグリーンの同時代の映画翻案への不信感を考慮に入れるとき、ベンドリックスが映画館で唯一自身の書き物として受け入れる玉ねぎのエピソードは重要な意味を帯びてくる。ベンドリックスがこのエピソードに魅了されるのは、それが「言葉によるレトリックやアクションに頼らずにありふれたシンプルなエピソードを通じて情熱の感覚を伝え」ることに成功しているからだ。「言葉によるレトリック」や「アクション」に依拠せず、「ありふれたシンプルなエピソード」によって「情熱の感覚」を伝えること——それは一九三〇年代の映画批評家時代にグリーンが「詩的な映画」という名によって映画芸術の理想として掲げたものではなかったか。情事の関係にある二人の男女の心理的な葛藤を体現するシンボルとしての玉ねぎ。それがわれわれに思い起こさせるのは、グリーンがヒッチコック映画のなかで唯一正当に評価した『サボタージュ』（一九三六年）であり、そのクライマックスにおけるジャガイモをめぐる家庭内のドラマであろう。またここにフランスの「詩的なリアリズム」に対する映画批評家グリーンの先見的な眼差しを付け加えてもいいかもしれない。「ありふれたシンプルなエピソード」によって「情熱の感覚」を伝えることこそ、「詩的なリアリズム」の真骨頂にほかならないからだ。

つまり、ベンドリックスが自身の小説の映画翻案のなかで唯一評価する玉ねぎのエピソードは、グリーンにとってもっとも根源的な映画的イメージだったのであり、ある意味ではグリーンの映画に対するオマージュそれ自体でもあったのだ。

ベンドリックスの原作に登場し、スクリーンにも登場する映画的魂としての玉ねぎは、ルールズのベンドリックスとサラのテーブルに再登場する。ベンドリックスが付け合わせの玉ねぎをめぐって恋に落ちたのは、夫のヘンリーが玉ねぎの匂いを嫌っているにもかかわらず、サラがベンドリックスに玉ねぎを取り分けた後、遠慮なく自分の分を取り分ける仕草を見せたからだ。ベンドリックスはその堂々たる身振りに、一人のおおらかな女性の存在を感じ取り、その重みに打ちのめされたのである。

フィクション内のフィクション（＝ベンドリックスの原作）に登場し、別のメディアのフィクション（＝映画）を媒介として、フィクション内の登場人物たち（＝ベンドリックスとサラ）にまで感染する原型的な玉ねぎのイメージ。しかし、このメタフィクション的な玉ねぎのアイデアは、グリーンとキャサリンの現実の情事に由来するものであった。玉ねぎとは、二人の間での愛の暗号であり、実際キャサリンの夫が嫌っていたのは、ニンニクの匂いであった（Sherry Volume Two, 261）。グリーンはニンニクを玉ねぎと置き換えて、キャサリンとの情事をフィクションのかたちで結晶化したのだった。どこまでもメタフィクショナルな玉ねぎのイメージは、どこまでも生々しい現実を原初的な映画的イメージとしてつなぎとめている。

グリーンと映画との情事はいつ終わったのだろうか。『情事の終わり』の「始まり」のイメージは、こうした問いの虚しさを示している。映画的魂としての玉ねぎのエピソードは、グリーンの映画との愛が半ば永遠のものであったことを物語っているからだ。

『情事の終わり』の出版とともに、グリーンのカトリック小説とグリーンのキャサリンとの情事はゆるやかな終わりを迎える。しかし、グリーンの作家としてのキャリアは、まだ中盤に入ったばかりである。政治の季節を迎えても、グリーンの映画的なスタイルへの意志は強まるばかりである。

そう、グレアム・グリーンの映画的人生はまだ始まったばかりなのだ。

あとがき

本書は私の五年間のグリーン研究の成果である。時間をかけて、じっくりと書き下ろした。最初の二年間はイギリスで、次の三年間は日本で執筆することになった。その間にさまざまな出会いがあった。この研究書は、彼らとの交流の賜物である。過ぎ去った時間を振り返りながら、一人一人に感謝の意を示していきたい。

まずは客員研究員として二年間も温かく受け入れてくれたキングス・カレッジ・ロンドンの映画学科の研究者たちに感謝したい。面倒な事務手続きを淡々とこなしてくれた当時の学科長サラ・クーパー、本家本元のイギリス映画研究とは何かを惜しげもなく披露してくれたローレンス・ナッパー、最新の映画研究だけでなく、最高の人生の楽しみ方を教えてくれたヴィクター・ファン。ヴィクターと映画仲間のジェイムズ・マッジとは、二年間に本当にたくさんのビールを一緒に飲んだ（この二人はおそらくはこのときの飲み過ぎが原因で、その後深刻な身体的危機を経験することになった）。

またこの二年間にグリーンの故郷バーカムステッドで毎年九月に開かれるグレアム・グリーン・インターナショナル・フェスティバルを通じて、魅力的なグリーン研究者、グリーン愛好家と知り合うことができた。文学と映画を同時に研究することの学問的なモデルを示してくれたニール・シニャード、グリーンの伝記的研究を通じて、文学的な人生を堪能しているリチャード・グリーン（リチャードは「グリーンとは親類でない同姓のグリーン研究者」というのを持ちネタにしている）、グレアム・グリーン・バースプレイス・トラストの役員であり、いつの間にか叔父のような存在になっていたビル・ウィレット。ビルの友人で、本書のブックカバーに作品を提供してくれたバーカムステッド生まれ、バーカムステッド育ちのアーティスト、メアリー・カサリー。彼らのたゆまない励ましに感謝する。

二〇一四年のフェスティバルでは、グリーンの日本文学への影響についての講演をする機会を頂戴した。そのときの講演の原稿は、国際的なグリーン研究雑誌『グレアム・グリーン・スタディズ』の第一号に所収され、無料でダウンロードできるので、関心のある方はご覧いただきたい（https://digitalcommons.northgeorgia.edu/ggs/）。今年はフェスティバルのイベントの一環として、グリーンの父がかつて校長を務め、グリーンも学生時代を過ごした名門校バーカムステッド・スクールで、現役生たちにグリーンと現代文学について講演する。グリーンはこれを聞いたらどう思うか、想像してみるだけで、笑いが止まらない。

イギリスでの一年目は、ロンドンの緑豊かな郊外リッチモンドに住み、講演、カンファレンス、ワークショップなど、毎日のようにイベントに参加し、インプットに専念した。ローレンスやヴィクターの授業にも、一学生として参加させてもらった。ロンドンは知的な刺激に事足らない数少ない文化的な都市だ。しかし、さすがにこれでは原稿が進まないので、二年目はブライトンに居を移し、学会発表と執筆に専念した。本書は基本的に書き下ろしであるが、その一部はイギリス国内のいくつかの学会で発表し、参加者のみなさんから貴重なフィードバックをもらった。

ブライトンは、言うまでもなく『ブライトン・ロック』の舞台である。この小説は私が最も好きなグリーンの小説である。論じるのもなんと二回目である。ピンキーやローズの住んでいた海辺の街で彼らの亡霊をあちこちに追いかけながら、『ブライトン・ロック』論を書きたかった。そして、私の夢は叶えられることになった。いま私は誰よりもこの小説についてよく知っていると断言することができる。いつか自分の言葉で翻訳してみたい小説である。

イギリスで本書の骨格はすでに出来上がっていた。しかし、日本に帰国したはいいものの、まったくと言っていいほど日本の文化的政治的状況に馴染めず（その違和感はいまも大事にしている）、原稿に手がつかなくなってしまった。日本での一年目はほぼリハビリ。二年目以降にようやく執筆の意志を取り戻していった。

日本での再起のきっかけとなったのは、御園生涼子さんに誘っていただいた個性豊かな映像研究会のみなさんとの出会いだった。吉本光宏先生には、学問の世界水準をつねに念頭に置いて研究することの大切さを教えていただいた。木下千花さんには、研究の質が究極的には人間の器の大きさと比例していることを教わった。難波阿丹さんには最先端のメディア研究について教わり、仁井田千絵さんにはアメリカの映画研究の面白さを教わり、滝浪佑紀さんにはフランクフルト学派や小津安二郎の研究とＡＫＢやＴＷＩＣＥの研究が両立しうることを教わった。何よりも残念なのは、この本を御園生さんに見てもらえないことである。メロドラマの章だけでも読んでほしかったのに。御園生さん、譲り受けた仲間たちをこれからもずっと大切にしていきます。

帰国後、科学研究費では二つのプロジェクトに参加させていただいた。「英国サイレント映画の社会史的研究」（基盤研究Ｃ：２６３７０１９６）では、研究代表者の吉村いづみさんにお世話になった。イギリスのサイレント映画について大いに勉強させていただいた。また「現代英語圏文学におけるモダニズムの遺産検証に関する包括的研究」（基盤研究Ｂ：１６Ｈ０３３９３）では、研究代表者の田尻芳樹先生にお世話になっている。田尻先生には大学院時代からずっと大きな知的刺激をもらい続けている。いつになったら師匠に挑戦するくらいの度胸がつくのだろうか。まだまだその境地には至らないが、本書がなんらかの恩返しになることを祈ってやまない。また同プロジェクトの共同研究者の吉田恭子さんと秦邦生さんは、私がもっとも敬愛する同世代の文学研究者である。イギリス映画で最初の単著を出版した後、次のプロジェクトを何にするか迷っていた時期に、モダニズムを研究するべきだと強く勧めてくれたのは、吉田さんである。秦さんにはいつも頭が上がらない。こんなにバランスの良い優秀な研究者と間近に接することができるのは、幸せである。

最近いつの間にかもう一人叔父が増えた。カリフォルニア大学のD・A・ミラーである。講演で通訳を務めたことがきっかけとなって、東京の夜をお供させていただく仲になった。ミラー先生は、ロラン・バルト以降もっとも繊細な批評家と言っても過言ではないだろう。オースティンを論じても、ヒッチコックを論じても、そこにはいつも新鮮な文体がある。ミラー先生に本書の概要を説明すると、英語でも書くべきだ、と強く勧められた。どうやらグリーンとの情事はなかなか終わりそうにないようだ。

英語圏の出版物の謝辞を読んでいると、一冊の書物の完成に数多くの仲間たちが関わっていることがよくわかる。それに比べると日本の研究書には、謝辞らしいものが少ない気がする。芸術家気質なのだろうか。私は英語圏の研究者と同様にまったくそのようなプライドはない。原稿がとりわけうまく進んでいないときには、信頼できる仲間たちに無理を言って読んでもらい、アドバイスをもらい、それを原稿に生かしていく。本書はまさに私の研究仲間たちとのコラボレーションなのだ。

仲の良い同僚の二人の英文学者、武藤浩史、近藤康裕、大学院時代の同級生であり、コンラッドおたくの設楽靖子、大学院時代からの親友で、一匹狼の匂いをいつになっても消せない孤高の日本文学研究者、坂口周、そして同じく大学院時代からの付き合いの比類なき比較文学研究者、脇田裕正。彼らの真摯なフィードバックに心から感謝したい。

編集者の村上文さんには、五年間本当にお世話になった。ときに厳しく、ときに優しく、絶妙なバランスで叱咤激励していただいたことに心から感謝している。佐藤先生らしさが出るのが一番です、自由に文学への愛を出してください、と言われて、安心して原稿に取り組むことができた。打ち合わせと称して村上さんと飲むビールがあれほど美味しくなかったら、原稿は早く仕上がったかもしれないが、それはつまらない執筆生活になったことだろう。村上さんはもう嫌かもしれないが、次のイシグロ・プロジェクトでも、またぜひパートナーになってほしいと今から考えている。

最後に感謝を伝えたい相手は、妻のチェン・アイチュンである。私は書斎を持たない。形式的にはあるのだが、もはや物置き場と化している。私の書斎はダイニングテーブルである。私はほとんど毎食自宅で食事をする。そして食後に同じテーブルで本を読み、執筆する。正直言って、これほど面倒な夫はいないだろう。私が妻だったら、間違いなく発狂すると思う。そんな生活を五年間もよく耐えてくれたものだと思う。アイチュン、本当にありがとう。この本をあなたに捧げます。

佐藤元状

二〇一八年一月二〇日 寒風の吹き荒ぶロンドンのビジネスホテルにて

グレアム・グリーン年譜

一九〇四年　一〇月二日にハーフォードシャー、バーカムステッド、セントジョンズにて、六人兄弟の四番目の子として生まれる。父のチャールズ・ヘンリーはバーカムステッド・スクールのセントジョンズ寮の寮監、母のマリオン・レイモンドはロバート・ルイス・スティーヴンソンの従姉妹であった。

一九一〇年（六歳）　一一月に父のチャールズがバーカムステッド・スクールの校長に任命される。任期は翌年の一月から。それに伴い、グリーン家はセントジョンズ寮からキャッスル・ストリートの校長公舎へ引っ越す。

一九一八年（一四歳）　第一次世界大戦の終結。寄宿生としてセントジョンズ寮に戻り、八学期を過ごす。父が校長ということもあり、クラスメートたちから陰湿ないじめを受ける。

一九二一年（一七歳）　ロンドンで六ヶ月間アマチュアの精神分析医ケネス・リッチモンドに治療を受ける。治療後は、バーカムステッドに戻り、通学生として最後の一年の学生生活を送る。

一九二二年（一八歳）　モダニズム誕生の年。オックスフォード大学ベイリオル・カレッジに入学。T・S・エリオットの初期の詩作に傾倒し、自身も在学中に同人誌の『オックスフォード・アウトルック』などに詩作を発表した。グリーンは後にこの同人誌の編集者になった。またこの雑誌を通じて、グリーンは将来の妻となるヴィヴィアン・デイレル＝ブラウニングに出会う。このとき二人は二〇歳であった。

一九二五年（二一歳）　詩集『おしゃべりな四月』を出版。オックスフォード大学を歴史学の「第二級優等賞」の文学士で卒業する。卒業後はジャーナリストを志し、『ノッティンガム・ジャーナル』紙の編集補佐の職を得る。

一九二六年（二二歳）　ゼネラル・ストライキ。二月にノッティンガム大聖堂にて洗礼を受け、ローマ・カトリック教会の一員となる。三月にはロンドンに居を移し、『タイムズ』紙の編集補佐となる（一九三〇年まで）。

一九二七年（二三歳）　ヴィヴィアンと結婚し、ハムステッドに居を構える。

一九二九年（二五歳）　大恐慌。一〇月のニューヨーク株式市場の大暴落をきっかけに世界的な大不況が発生。六月にハイネマン社より『内なる私』を出版。ハードカヴァーで一万三千部を売り上げ、大胆となったグリーンは、ハイネマン社と契約を結び、職業作家としての道を歩み始める。

一九三〇年（二六歳）　『行動の名前』を出版。『タイムズ』紙を辞職。

一九三一年（二七歳）　『夕暮れの噂』を出版。前作とともに商業的、批評的な失敗作であった。後にグリーンはこの二冊を絶版にしている。経済的な事情もあり、ロンドンからチッピング・カムデン周辺のコッツウォルズに引っ越す。

一九三二年（二八歳）コッツウォルズにて『スタンブール特急』の執筆に専念。十二月に『スタンブール特急』を出版。初年に二万一千部を売り上げ、二十世紀フォックス社から千五百ポンドの映画化の著作権料を獲得する。

一九三三年（二九歳）六月にオックスフォードのウッドストック・クロースへ引っ越す。十二月に娘のルーシー・キャロラインが誕生する。

一九三四年（三〇歳）『ここは戦場だ』を出版。映画『オリエント急行』（ポール・マーティン監督、原作はグリーンの『スタンブール特急』）の公開。

一九三五年（三一歳）『英国が私をつくった』を出版。短編集『地下室、その他の短編』を出版。従姉妹のバーバラと一緒にリベリアを訪問。クラッパム・コモン、ノースサイド十四番地の豪華な邸宅へ引っ越す。七月より『スペクテイター』誌の映画批評を担当（一九四〇年三月まで）。

一九三六年（三二歳）『拳銃売ります』を出版。リベリア旅行記『地図のない旅』を出版。九月に息子のフランシスが誕生。

一九三七年（三三歳）六月から一二月まで文芸雑誌『ナイト・アンド・デイ』の文芸編集者と映画批評家を兼務する。しかし、この文芸雑誌は、シャーリー・テンプル側が起こした名誉毀損訴訟によって短命を余儀なくされた。

一九三八年（三四歳）『ブライトン・ロック』を出版。カトリック教徒への残虐行為を調査するためにメキシコを訪問。

一九三九年（三五歳）イギリス、第二次世界大戦に参戦。『密使』を出版。メキシコ旅行記『掟なき道』を出版。ドロシー・グローヴァーとの情事が始まる。グリーンの家族はイースト・サセックスのクロウバラへ疎開。これ以降、グリーンとヴィヴィアンは別々に住むことになる。

一九四〇年（三六歳）ロンドン大空襲。『権力と栄光』の出版。情報省に勤務し、プロパガンダを目的としたパンフレットや本の執筆を依頼する仕事に従事する。夜になるとドロシーとともに、防空監視人としてロンドンの街をパトロールした。クラッパム・コモンの自宅は、地雷によって深刻な被害を受けた。

一九四一年（三七歳）日本の真珠湾攻撃とアメリカの第二次世界大戦参戦。七月に秘密情報部（ＭＩ６）に正式に加入し、「将校五九二〇〇」になる。

一九四二年（三八歳）エッセイ集『イギリスの劇作家』を出版。シエラレオネのフリータウンに到着する。情報将校として勤務するかたわら、『恐怖省』の執筆に専念する。映画『拳銃貸します』（フランク・タトル監督、原作はグリーンの『拳銃売ります』）の公開。映画『今日はうまくいったかい？』（アルベルト・カヴァルカンティ監督、原作はグリーンの短編小説「中尉は最後に死んだ」）の公開。
一九四三年（三九歳）『恐怖省』を出版。イギリスに帰国し、秘密情報部の「イベリア半島」部門（スペインおよびポルトガル近辺の諜報活動を管轄する部門）に勤務。直属の上司は、後にソヴィエトの二重スパイと判明するキム・フィルビーであった。
一九四四年（四〇歳）秘密情報部を辞任。出版会社エア・アンド・スポッティスウッドの取締役に就任（一九四八年まで）。映画『恐怖省』（フリッツ・ラング監督、グリーン原作）の公開。
一九四五年（四一歳）映画『密使』（ハーマン・シャムリン監督、グリーン原作）の公開。グリーンは女優のローレン・バコールにすっかり魅了された。
一九四六年（四二歳）児童書『小さなきかんしゃ』を出版。キャサリン・ウォルストンとの情事が始まる。
一九四七年（四三歳）短編集『一九の短編』を出版。映画『内なる私』（バーナード・ノウルズ監督、グリーン原作）の公開。映画『逃亡者』（ジョン・フォード監督、ヘンリー・フォンダ主演、原作はグリーンの『権力と栄光』）の公開。
一九四八年（四四歳）『事件の核心』を出版。イギリスで三十万部以上を超える売り上げ。映画『落ちた偶像』（キャロル・リード監督、ラルフ・リチャードソン主演、原作はグリーンの短編小説「地下室」、グリーンは映画脚本も担当）の公開。映画『ブライトン・ロック』（ジョン・ボウルティング監督、リチャード・アッテンボロー主演、グリーン原作、グリーンはテレンス・ラティガンとともに映画脚本も担当）の公開。
一九四九年（四五歳）映画『第三の男』（キャロル・リード監督、ジョゼフ・コットン主演、グリーンは原作と映画脚本を担当）の公開。カンヌ国際映画祭にて最高賞のグランプリを受賞。
一九五〇年（四六歳）小説『第三の男』を出版。児童書『小さなしょうぼうしゃ』を出版。
一九五一年（四七歳）『情事の終わり』を出版。エッセイ集『失われた幼年時代』を出版。
一九五二年（四八歳）児童書『小さな乗り合い馬車』を出版。マラヤとフランス領インドシナを訪問。
一九五三年（四九歳）児童書『小さなローラー』を出版。戯曲『居間』を出版。映画『事件の核心』（ジョージ・モア・オフェラル監督、トレヴァー・ハワード主演、グリーン原作）の公開。ヴェトナムを訪問。
一九五四年（五〇歳）短編集『二一の短編』を出版。『ニュー・リパブリック』誌のインドシナ特派員となる。ケニアを訪問。
一九五五年（五一歳）『おとなしいアメリカ人』を出版。『負けた者がみな貰う』を出版。映画『情事の終わり』（エドワード・ドミトリク監督、デボラ・カー主演、グリーン原作）の公開。
一九五六年（五二歳）スエズ危機。映画『負けた者がみな貰う』（ケン・アナキン監督、グリーンは原作と映画脚本を担当）の公開。ヴェトナムとハイチを訪問。

一九五七年（五三歳）『聖女ジャンヌ・ダーク』（オットー・プレミンジャー監督、バーナード・ショー原作、ジーン・セバーグ主演、グリーン映画脚本）の公開。中国とキューバを訪問。

一九五八年（五四歳）『ハバナの男』を出版。戯曲『鉢植え小屋』を出版。ボドリー・ヘッド出版社の取締役に就任（一九六四年まで）。『静かなアメリカ人』（ジョーゼフ・L・マンキーウィッツ監督、原作はグリーンの『おとなしいアメリカ人』）の上映。

一九五九年（五五歳）戯曲『従順な恋人』を出版。コンゴを訪問。西アフリカのダオメー（ベニン）で、生涯の愛人となるイヴォンヌ・クロエッタと出会う。映画『ハバナの男』（キャロル・リード監督、アレック・ギネス主演、グリーンは原作と映画脚本を担当）の公開。

一九六一年（五七歳）『燃えつきた人間』を出版。アフリカ旅行記『登場人物を探して』を出版。

一九六三年（五九歳）短編集『現実的感覚』を出版。

一九六四年（六〇歳）戯曲『像を彫る』を出版。フィデル・カストロと会う。

一九六六年（六二歳）『喜劇役者』を出版。イギリスから名誉爵位（Companion of Honour）を与えられる。ロンドンからアンティーブへ移住。

一九六七年（六三歳）短編集『旦那さまを拝借　性生活喜劇十二篇』を出版。映画『喜劇役者』（ピーター・グレンビル監督、グリーンは原作と映画脚本を担当）の公開。

一九六九年（六五歳）『叔母との旅』を出版。これまで出版された文芸批評をまとめた『随筆集』を出版。フランスからレジオンドヌール勲章（シュヴァリエ）を授与。ハンブルク大学からシェイクスピア賞を受賞。

一九七一年（六七歳）自伝『ある種の人生』を出版。チリでアジェンデ・ゴセンスに会う。

一九七二年（六八歳）これまで出版された短編をまとめた『短編小説集』を出版。『歓楽宮――グレアム・グリーン映画批評選集　一九三五―一九四〇年』（ジョン・ラッセル・テイラー編）を出版。映画『叔母との旅』（ジョージ・キューカー監督、マギー・スミス主演、グリーン原作）の公開。

一九七三年（六九歳）『名誉領事』を出版。映画『英国が私をつくった』（ピーター・ダフェル監督、グリーン原作）の公開。映画『映画に愛をこめて　アメリカの夜』（フランソワ・トリュフォー監督）に俳優として出演。

一九七四年（七〇歳）伝記『ロチェスター卿の猿　十七世紀英国の放蕩詩人の生涯』を出版。

一九七五年（七一歳）戯曲『A・J・ラッフルズの帰還』を出版。

一九七八年（七四歳）『ヒューマン・ファクター』を出版。

一九七九年（七五歳）映画『ヒューマン・ファクター』

（オットー・プレミンジャー監督、トム・ストッパード映画脚本、グリーン原作）の公開。

一九八〇年（七六歳）『ジュネーヴのドクター・フィッシャーあるいは爆弾パーティ』を出版。自伝『逃走の方法』を出版。

一九八一年（七七歳）戯曲『偉大なるジャウエット』を出版。エルサレム賞を受賞。

一九八三年（七九歳）『キホーテ神父』を出版。戯曲『はい、いいえ　誰のために鐘が鳴る』（二つの戯曲）を出版。映画『愛と名誉のために』（ジョン・マッケンジー監督、クリストファー・ハンプトン映画脚本、マイケル・ケイン主演、原作はグリーンの『名誉領事』）の公開。王立文学協会の最高賞文学勲章士を授与される。

一九八四年（八〇歳）ノンフィクション『トリホス将軍の死』を出版（パナマのトリホス将軍とグリーンは一九七六年に知り合っている）。

一九八五年（八一歳）『第十の男』を出版。

一九八六年（八二歳）イギリスから名誉あるメリット勲章（Order of Merit）を授与される。

一九八八年（八四歳）『キャプテンと敵』を出版。

一九八九年（八五歳）『投書狂グレアム・グリーン』（クリストファー・ホーリー編）を出版。公式伝記作家のノーマン・シェリーが『グレアム・グリーンの人生――第一巻　一九〇四―一九三九年』を出版。

一九九〇年（八六歳）短編集『最後の言葉』を出版。『回想録　一九二三―一九八八年』（ジュディス・アダムソン編）を出版。フランスを発ち、スイスのブベー郊外のコルソー村でイヴォンヌとともに最後の一年を過ごす。

一九九一年　四月三日、スイスのブベーにて血液の病気が原因で死去。四月八日にコルソー村の小さな墓場に埋葬された。

一九九二年『私自身の世界――夢日記』を出版。

一九九三年『グレアム・グリーン映画読本』（デイヴィッド・パーキンソン編）を出版。

一九九四年　ノーマン・シェリーが『グレアム・グリーンの人生――第二巻　一九三九―一九五五年』を出版。

一九九八年　第一回グレアム・グリーン・インターナショナル・フェスティヴァルがバーカムステッドにて開催される。

一九九九年　映画『ことの終わり』（ニール・ジョーダン監督、レイフ・ファインズ、ジュリアン・ムーア主演、原作はグリーンの『情事の終わり』）の公開。

二〇〇二年　映画『愛の落日』（フィリップ・ノイス監督、クリストファー・トンプソン映画脚本、マイケル・ケイン主演、原作はグリーンの『おとなしいアメリカ人』）の公開。

二〇〇四年　ノーマン・シェリーが『グレアム・グリーンの人生――第三巻　一九五五―一九九一年』を出版。

二〇一〇年　映画『ブライトン・ロック』（ローワン・ジョフィ監督、グリーン原作）の公開。

二〇一八年　グレアム・グリーン・インターナショナル・フェスティヴァルが第二十回を迎える。

グレアム・グリーン略年表の作成にあたっては、主に以下の三つの資料を活用させていただいた。とりわけ最初の資料は、グリーンの生誕百年を祝うフェスティヴァルのために出版された特別刊行物であり、大変ありがたい内部情報を多々学ぶことができた。

Graham Greene: A Genius Remembered. Gazette: A Tribute to Berkhamsted's Famous Literary Son, Marking 100 Years since His Birth. Special Publication Compiled by Victoria West. 2004.

Shelden, Michael. "Greene, (Henry) Graham." *Oxford Dictionary of National Biography.* Oxford University Press, 2018.

Sinyard, Neil. *Graham Greene: A Literary Life.* Basingstoke: Palgrave Macmillan, 2003.

著者紹介
佐藤元状（さとう　もとのり）
1975年生まれ。慶應義塾大学法学部教授。東京大学大学院総合文化研究科言語情報科学専攻博士課程単位取得退学。2012年に東京大学より博士号（学術）を取得。専門は英文学（モダニズム文学および現代の英語圏文学、世界文学）と映画研究（イギリス映画、スロー・シネマを中心とした現代映画）。主要業績に『ブリティッシュ・ニュー・ウェイヴの映像学——イギリス映画と社会的リアリズムの系譜学』（ミネルヴァ書房、2012年）がある。
ウェブサイト motonorisato.com

カバー図版
Mary Casserley, "Rex Interior 1939"
メアリ・カサリー（Mary Casserley）はバーカムステッド在住のアーティスト。グレアム・グリーンの学んだバーカムステッド・スクールでアートを教えている。本書カバーの絵は、1939年当時のバーカムステッドの映画館「レックス・シネマ」を表わしている。
ウェブサイト http://www.marycasserley.com/

グレアム・グリーン　ある映画的人生

2018年3月30日　初版第1刷発行

著　者————佐藤元状
発行者————古屋正博
発行所————慶應義塾大学出版会株式会社
〒108-8346　東京都港区三田2-19-30
TEL〔編集部〕03-3451-0931
〔営業部〕03-3451-3584〈ご注文〉
〔　〃　〕03-3451-6926
FAX〔営業部〕03-3451-3122
振替　00190-8-155497
http://www.keio-up.co.jp/
装　幀————岡部正裕（voids）
印刷・製本——萩原印刷株式会社
カバー印刷——株式会社太平印刷社

Printed in Japan　ISBN 978-4-7664-2510-9

人名索引

ア行

アスキス，アンソニー　Asquith, Anthony　39, 148
アダムソン，ジュディス　Adamson, Judith　15
アンスティ，エドガー　Anstey, Edgar　219-220
イーグルトン，テリー　Eagleton, Terry　202-203
ヴァン・ダイク，W. S.　Van Dyke, W. S.　73, 165-166, 215
ヴァンサンドー，ジネット　Vincendeau, Ginette　224-225, 229-230, 229, 234-235
ヴァンシタート卿，ロバート　Vansittart, Robert　274, 276
ウィスター，オーウェン　Wister, Owen　316
ヴィダー，キング　Vidor, King　300, 302
ウィリアム，ウォレン　William, Warren　167
ウィリアムズ，キース　Williams, Keith　262-269
ウェルズ，H. G.　Wells, Herbert George　85
ウェルズ，オーソン　Welles,Orson　289-290, 303, 318
ヴェルトフ，ジガ　Vertov, Dziga　59
ウォー，イーヴリン　Waugh, Evelyn　192-193, 197
ウォルストン，キャサリン　Walston, Catherine　321-323, 331-332
ウォン，アナ・メイ　Wong, Anna May　63
ウルフ，ヴァージニア　Woolf, Virginia　13, 27, 29, 31-34, 95, 285
ウルフ，レナード　Woolf, Leonard　29
エイゼンシュテイン，セルゲイ　Eisenstein, Sergei Mikhailovich　13, 22, 68
エリオット，T. S.　Eliot, Thomas Stearns　27
オーウェル，ジョージ　Orwell, George　192-193, 196-197
オーキー，ジャック　Oakie, Jack　313-314
オネゲル，アルテュール　Honegger, Arthur　61
オベロン，マール　Oberon, Merle　220, 247, 249
オルソン，リースル　Olson, Liesl　85
オールドゲイト，アンソニー　Aldgate, Anthony　272

カ行

カー，イアン　Ker, Ian　210-211
カイズ，アントン　Kaes, Anton　255-256
カヴァルカンティ，アルベルト　Cavalcanti, Alberto　251, 272-275
カーティス，マイケル　Curtiz, Michael　301, 306, 318
ガニング，トム　Gunning, Tom　260-261, 269
カービー，リン　Kirby, Lynne　59
カルネ，マルセル　Carné, Marcel　225-226, 230
ガルボ，グレタ　Garbo, Greta　50, 52-53, 145
カーン，スティーヴン　Kern, Stephen　99
ガンス，アベル　Gance, Abel　59
ギャバン，ジャン　Gabin, Jean　224, 227, 229-230, 234-235
キャプラ，フランク　Capra, Frank　16-20, 165, 168, 177-178, 324
キャロル，マデリン　Carroll, Madeleine　156, 166, 174, 178
ギリアット，シドニー　Gilliat, Sidney　74
キングレイク，アレグザンダー・ウィリアム　Kinglake, Alexander　88, 90
クッツェー，J. M.　Coetzee, John Maxwell

196-197
クーパー，ゲーリー　Cooper, Gary　312-313, 316-317
クラカウアー，ジークフリート　Kracauer, Siegfried　51, 80
グランシー，マーク　Glancy, Mark　163, 165, 170, 173, 180
グリアソン，ジョン　Grierson, John　66, 68
クリスティ，アガサ　Christie, Agatha　36-37, 40, 42-44, 64, 70-73, 75-76, 78, 81-82
クルーズ，ジェイムズ　Cruze, James　302
グレイ，ゼイン　Grey, Zane　304-306, 316
クレール，ルネ　Clair, René　14, 16-19, 84-85, 112-115, 117-126, 128-130, 134, 136, 226, 323
クローデル，ポール　Claudel, Paul　190
クロフォード，ジョーン　Crawford, Joan　50
ケアリー，ジョン　Carey, John　196-197
ゲイブル，クラーク　Gable, Clark　168, 171
ケプニク，ルッツ　Koepnick, Lutz　265-269
ゴダール，ジャン＝リュック　Godard, Jean-Luc　260
コットン，ジョゼフ　Cotten, Joseph Cheshire　289-290, 303
コール，G. D. H.　Cole, G. D. H.　69-70
コルダ，アレグサンダー　Korda, Alexander　247-249, 280
コルベール，クローデット　Colbert, Claudette　168-169, 171, 187
コンラッド，ジョウゼフ　Conrad, Joseph　13, 83-85, 87-88, 91-92, 94-95, 114, 116, 131-134, 139, 151-154, 159-161, 286, 292, 319, 323

サ行

サンダーズ，ジュリー　Sanders, Julie　42-44
ジェイムズ，ヘンリー　James, Henry　83, 134, 190-191, 319
シェパード，アーネスト・ハワード　Shepard, Ernest Howard　101-102
シェリー，ノーマン　Sherry, Norman　52, 62, 70, 81, 126, 195, 204, 214-216, 218-222, 241
シェルデン，マイケル　Shelden, Michael　196-197
シドニー，シルヴィア　Sidney, Sylvia　159, 254
シニャード，ニール　Sinyard, Neil　136, 221
ジョイス，ジェイムズ　Joyce, James　27, 40, 85, 95, 285
ジョーダン，ニール　Jordan, Neil　327
スタンバーグ，ジョセフ・フォン　Sternberg, Josef von　14, 49, 59, 323
スティラー，モーリッツ　Stiller, Mauritz　53
ストラットフォード，フィリップ　Stratford, Philip　190
スパーク，ミュリエル　Spark, Muriel　71-72
スロットキン，リチャード　Slotkin, Richard　307-310
セイユー，マイケル　Sayeau, Michael　84-87, 91
セジウィック，イヴ・コソフスキー　Sedgwick, Eve Kosofsky　293-294
セルズニック，デイヴィッド　Selznick, David　252, 281

タ行

タウログ，ノーマン　Taurog, Norman　302
チャップマン，ジェイムズ　Chapman, James　251, 273-274
チャップリン，チャールズ　Chaplin, Charles　16-19, 115-120, 122, 124, 128

ディクソン，キャンベル　Dixon, Campbell　151-152
ディートリッヒ，マレーネ　Dietrich, Marlene　49, 58, 302
ディーマート，ブライアン　Diemert, Brian　87
テイラー，ジョン・ラッセル　Taylor, John Russell　14
テニソン卿，アルフレッド　Tennyson, Alfred　182-183
デミル，セシル・B.　DeMille, Cecil　300-301, 311
デュヴィヴィエ，ジュリアン　Duvivier, Julien　224-227, 229, 232
テンプル，シャーリー　Temple, Shirley　19
トゥーリン，ヴィクトル　Turin, Viktor　49, 65, 67
ドーナット，ロバート　Donat, Robert　166, 174, 178
ドライデン，ジョン　Dryden, John　169-170
トラヴァーズ，ベン　Travers, Ben　148
トレイシー，スペンサー　Tracy, Spencer　253
ドレイジン，チャールズ　Drazin, Charles　288-289

ナ行

ナッパー，ローレンス　Napper, Lawrence　34-35, 79
ニコルソン，ハロルド　Nicolson, Harold George　30-31
ノース，マイケル　North, Michael　27, 78, 116
ノーラン，ロイド　Nolan, Lloyd　314-315

ハ行

バー，チャールズ　Barr, Charles　152, 154, 157
パウエル，ウィリアム　Powell, William　167, 187
バカン，ジョン　Buchan, John　20, 140-144, 146, 154, 163-166, 180, 185
パーキンソン，デイヴィッド　Parkinson, David　16, 22
バーゴンジィ，バーナード　Bergonzi, Bernard　92-93, 106, 134, 195, 223, 321
ハサウェイ，ヘンリー　Hathaway, Henry　301
ハックスリー，オルダス　Huxley, Aldous　30
バードウェル，マイケル　Birdwell, Michael　246
ハメット，ダシール　Hammett, Dashiell　166
バリモア，ジョン　Barrymore, John　50
バリモア，ライオネル　Barrymore, Lionel　50
ハンブル，ニコラ　Humble, Nicola　37
ビアリー，ウォーレス　Beery, Wallace　50
ヒッチコック，アルフレッド　Hitchcock, Alfred　20, 39, 59-60, 74-75, 88, 94-95, 102, 104-109, 112, 114, 135-136, 145-159, 161-166, 170, 173-175, 177-178, 180-182, 186-187, 252, 281, 324, 331
ファイト，コンラート　Veidt, Conrad　74, 80
ファッセル，ポール　Fussell, Paul　37
フィリップス，ジーン・D.　Phillips, Jean D.　15
フィールズ，グレイシー　Fields, Gracie　40
フェデー，ジャック　Feyder, Jacques　300-301
フォーク，クエンティン　Falk, Quentin　15
フォード，ウォルター　Forde, Walter　39, 49, 74
フォード，ジョン　Ford, John　303, 330
フォード，マドックス・フォード　Ford,

Ford Madox　83
フーコー，ミシェル　Foucault, Michel　130, 133
プドフキン，フセヴォロド　Pudovkin, Vsevolod Illarianovich　13, 68
プリーストリー，J. B.　Priestley, John Boynton　27, 78, 84, 116
プリチェット，V. S.　Pritchett, Victor Sawdon　92-93, 125, 128, 134
ブルックス，ピーター　Brooks, Peter　147, 160-162, 183
ブロイ，レオン　Bloy, Léon　189
フロイト，ジークムント　Freud, Sigmund　263, 286, 295, 298
フロベール，ギュスターヴ　Flaubert, Gustave　85
プローマー，ウィリアム　Plomer, William　139-140, 144-145
ヘイ，イアン　Hay, Ian　150
ペギー，シャルル　Péguy, Charles　189, 192-193
ベーコン，ロイド　Bacon, Lloyd　302
ベネット，チャールズ　Bennett, Charles　150, 153-155, 158, 162, 181-182
ベルイマン，イングマール　Bergman, Ingmar　300
ベルナノス，ジョルジュ　Bernanos, Georges　189
ベンサム，ジェレミー　Bentham, Jeremy　131, 133
ボウエン，エリザベス　Bowen, Elizabeth　71-72, 279
ボスコ，マーク　Bosco, Mark　189
ホプキンス，ミリアム　Hopkins, Miriam　220
ホモルカ，オスカー　Homolka, Oskar　159
ポリンジャー，ローレンス　Pollinger, Laurence　241
ボールティング，ジョン　Boulting, John　329-330

マ行

マクマレイ，フレッド　MacMurray, Fred　313-315
マクリー，ジョエル　McCrea, Joel　220
マーシャル，ジョージ　Marshall, George　302
マーティン，L. B.　Martin, L. B.　100-101
マーティン，ポール　Martin, Paul　43, 79
ミッチェル，リー・クラーク　Mitchell, Lee Clark　304, 316
ミラー，クリスティーン・A.　Miller, Christine A.　259-260
ミラー，ヘンリー　Miller, Henry　66, 69
メイヨ，アーチー　Mayo, Archie　257
モーム，サマセット　Maugham, Somerset　149, 151-152, 154-155
モムリー，マリーカ・リーバイ　Maamri, Malika Rebai　87
モーリアック，フランソワ　Mauriac, François　190, 192

ヤ・ラ行

ユイスマンス，ジョリス＝カルル　Huysmans, Joris-Karl　189
ライト，バジル　Wrihgt, Basil　51, 66-67, 218-219
ラティガン，テレンス　Rattigan, Terence　329
ラング，フリッツ　Lang, Fritz　17-19, 21, 243, 250, 252-253, 255-258, 260-270, 280-283
ランダル，ブライオニー　Randall, Bryony　85
ランフィールド，シドニー　Lanfield, Sidney　169
リーチ，トマス　Leitch, Thomas　150-153
リチャードソン，ラルフ　Richardson, Ralph　247, 249
リード，キャロル　Reed, Carol　74, 286-189, 295, 299, 318, 329-330

リード，チャールズ　Reade, Charles　40
リトヴァク，アナトール　Litvak, Anatole　244
リュミエール兄弟　Lumière, Auguste et Louis　57
ルジューン，C. A.　Lejeune, Caroline Alice　52, 54, 72, 88, 117-118, 120, 158
ルビッチ，エルンスト　Lubitsch, Ernst　16-18
ルメット，シドニー　Lumet, Sidney　43, 82
ルロイ，マーヴィン　LeRoy, Mervyn　186, 257, 282
レヴィル，アルマ　Reville, Alma　150
レオーネ，セルジオ　Leone, Sergio　300
ロイ，マーナ　Loy, Myrna　167, 187
ローサ，ポール　Rotha, Paul　66
ロスマン，ウィリアム　Rothman, William　174

ワ行

ワイラー，ウィリアム　Wyler, William　214, 220, 222
ワッツ，アーサー　Watts, Arthur　99-100
ワッツ，ジル　Watts, Jill　217
ワッツ，セドリック　Watts, Cedric　143, 318
ワット，ハリー　Watt, Harry　66-67, 262

作品名索引

＊書物には著者名を、映画には監督名を付した。

ア行

『青列車の秘密』（クリスティ）　*The Mystery of the Blue Train*　37, 70
『アガサ・クリスティ自伝』　*An Autobiography*　71
『悪とはなにか』（イーグルトン）　*On Evil*　202
『アシェンデン』（モーム）　*Ashenden: Or the British Agent)*　149, 151-152, 159
『新しい英国』（キーン）　*The New Britain*　270-271
『或る夜の出来事』（キャプラ）　*It Happened One Night*　16, 165, 168-174, 177-178, 324
『荒地』（エリオット）　*The Waste Land*　27
『暗黒街の弾痕』（ラング）　*You Only Live Once*　19, 23
『暗殺者の家』（ヒッチコック）　*The Man Who Knew Too Much*　147-150
『アンナ・カレーニナ』（映画、ブラウン）　*Anna Karenina*　52
『イエスの生涯』（モーリアック）　*La Vie de Jésus*　190
『イギリスの作家とメディア——1930年から1945年まで』（ウィリアムズ）　*British Writers and the Media, 1930-45*　262
『イギリスのヒッチコック』（バー）　*English Hitchcock*　152
『イタリア麦の帽子』（クレール）　*Un chapeau de paille d'Italie*　121
『一対二』（ロバーツ）　*The Ex-Mrs. Bradford*　167
『ヴァージニアン』（映画、フレミング）　*The Virginian*　285, 301, 307, 316-317
『ヴァージニアン』（小説、ウィスター）　*The Virginian*　316
『上を向いて笑おう』（ディーン）　*Look Up and Laugh*　40
『浮気名女優』（ハサウェイ）　*Go West Young Man*　216
『失はれた地平線』（キャプラ）　*Lost Horizon*　168
『内なる私』（グリーン）　*The Man Within*　12, 143, 263
『美しき野獣』（ウォルシュ）　*Klondike Annie*　214-218, 222
『映画』（ルジューン）　*Cinema*　117
『英国が私をつくった』（グリーン）　*England Made Me*　12-14, 142-143
『駅馬車』（フォード）　*Stagecoach*　303-304, 307
『M』（ラング）　*M*　257
『丘の一本松』（ハサウェイ）　*The Trail of the Lonesome Pine*　301
『オクラホマ・キッド』（ベーコン）　*The Oklahoma Kid*　302, 319
『落ちた偶像』（リード）　*The Fallen Idol*　287, 329
『オックスフォード・アウトルック』　*The Oxford Outlook*　11
『オックスフォード英語辞典』　*Oxford English Dictionary)*　28, 31, 157, 187, 246
『男同士の絆——英文学と男性のホモソーシャルな欲望』（セジウィック）　*Between Men: English Literature and Male Homosocial Desire*　293
『おとなしいアメリカ人』（グリーン）　*The Quiet American*　322
『オブザーヴァー』　*The Observer*　52, 55-56, 72, 88
『オペラハット』（キャプラ）　*Mr. Deeds Goes to Town*　16-18, 168
『オリエント急行』（マーティン）　*Orient*

Express 36, 43-51, 56, 65, 71
『オリエント急行殺人事件』(クリスティ) *Murder on the Orient Express* 27, 36, 44, 70, 72-73, 75, 77, 81
『オリエント急行殺人事件』(ルメット) *Murder on the Orient Express* 43, 82
『女だけの都』(フェデー) *La Kermesse héroïque* 300

カ行

『海外』(ファッセル) *Abroad* 36
『回想のブライズヘッド』(ウォー) *Brideshead Revisited* 192
『外套と短剣』(ラング) *Cloak and Dagger* 250, 257
『影なき男』(ヴァン・ダイク) *The Thin Man* 165-167, 170, 176, 178, 187
『影なき男の影』(ヴァン・ダイク) *Shadow of the Thin Man* 166
『学校の子供たち』(ライト) *Children at School* 214, 219
『蛾の死』(ヴァージニア・ウルフ) *The Death of the Moth* 31
『神とマモン』(モーリアック) *Dieu et Mammon* 190
『カメラを持った男』(ヴェルトフ) *Man with a Movie Camera* 59
『彼らは忘れない』(ルロイ) *They Won't Forget* 257, 281-282
『巌窟の野獣』(ヒッチコック) *Jamaica Inn* 150
『監獄の誕生』(フーコー) *Naissance de la prison* 130, 133
『間諜最後の日』(ヒッチコック) *Secret Agent* 146, 149-154, 156, 182
『歓楽宮――グレアム・グリーン映画批評選集 一九三五―一九四〇年』 *The Pleasure Dome* 14-15, 19, 22
『機械時代のコメディ』(ノース) *Machine-Age Comedy* 116
『北ホテル』(カルネ) *Hôtel du Nord* 225-226
『キネマトグラフ・ウィークリー』 *Kinematograph Weekly* 156
『ギャップ』(カーター) *The Gap* 247-248
『今日の標的』(ワット) *Target for Tonight* 251, 262, 280-281
『今日はうまくいったかい?』(カヴァルカンティ) *Went the Day Well?* 243, 251, 272, 274-275, 283
『恐怖省』(グリーン) *Ministry of Fear* 21, 239-241, 243-244, 250-252, 257-259, 261-265, 268-269, 274, 276, 278-279-280, 324
『恐怖のリージョン』(コールマン) *Legion of Terror* 257
『霧の波止場』(カルネ) *Le Quai des Brumes* 230
『グランド・ホテル』 *Grand Hotel* 50-55, 80
『クリミア侵略』(キングレイク) *The Invasion of the Crimea* 88, 90
『グリーンのマント』(バカン) *Greenmantle* 141
『グリーンランドの旅――グレアム・グリーンの映画』(フォーク) *Travels in Greeneland: The Cinema of Graham Greene* 15
『グレアム・グリーン映画読本』(パーキンソン) *The Graham Greene Film Reader* 16
『グレアム・グリーンと映画』(アダムソン) *Graham Greene and Cinema* 15
『グレアム・グリーンの小説とその映画化』(フィリップス) *Graham Greene: The Films of His Fiction* 15
『クローズアップ』 *Close Up* 12-13, 22
『軽蔑』(ゴダール) *Le Mépris* 260
『激怒』(ラング) *Fury* 17-18, 253, 255-257, 281-282
『拳銃売ります』(グリーン) *A Gun for Sale* 14, 20, 54, 109, 139-140, 142-144,

146, 156, 161, 164, 174-175, 180-181, 183, 241-243, 250, 324
『拳銃貸します』(タトル) *This Gun for Hire* 242-243
『権力と栄光』(グリーン) *The Power and the Glory* 14-15, 19-21, 109, 189, 193, 243, 322, 330
『行動の名前』(グリーン) *The Name of Action* 12, 143
『幸福の追求——ハリウッドの再結婚のコメディ』(カヴェル) *Pursuit of Happiness: The Hollywood Comedy of Remarriage* 171
『ここは戦場だ』(グリーン) *It's a Battlefield* 12-14, 83-84, 87-89, 92, 94-95, 105-106, 108-109, 114, 116, 120, 122, 125-126, 129, 133, 142-143, 153, 285, 323
『この三人』(ワイラー) *These Three* 214, 220, 222

サ行

『最後の億萬長者』(クレール) *Le Dernier Milliardaire* 119, 121-122
『砂塵』(マーシャル) *Destry Rides Again* 302
『サタデイ・レヴュー』 *Saturday Review* 29-30
『殺人的な視線』(ロスマン) *Hitchcock: The Murderous Gaze* 174
『サボタージュ』(ヒッチコック) *Sabotage* 88, 149-153, 156-158, 331
『三十九階段』(バカン) *The Thirty-Nine Steps* 141, 145-146, 163
『三十九夜』(ヒッチコック) *The 39 Steps* 20, 60, 139, 146-150, 154, 156, 163-165, 170, 173-175, 177-178, 180-181, 324
『三人の人質』(バカン) *The Three Hostages* 141
『ジェイコブの部屋』(ウルフ) *Jacob's Room* 27
『時間と空間の文化史』(カーン) *The Culture of Time and Space, 1880-1913* 99
『死刑執行人もまた死す！』(ラング) *Hangmen Also Die!* 250, 257, 282
『事件の核心』(グリーン) *The Heart of the Matter* 20, 189-193, 322
『シネマ・クォータリー』 *Cinema Quarterly* 51
『社長は奥様がお好き』(ラ・カヴァ) *She Married Her Boss* 169
『邪魔者は殺せ』(リード) *Odd Man Out* 287
『上海特急』(スタンバーグ) *Shanghai Express* 13, 49-50, 55-56, 58-60, 63-65, 71, 75, 323
『獣人』(ルノアール) *La Bête humaine* 225-226, 230
『住宅問題』(アンスティ) *Housing Problems* 219-220
『自由を我等に』(クレール) *À nous la liberté* 83, 119-127, 130, 323
『ジュノーと孔雀』(ヒッチコック) *Juno and the Paycock* 150
『情事の終わり』(グリーン) *The End of the Affair* 20, 189, 239-240, 321-323, 325-327, 332
『情事の終わり』(映画、ジョーダン) *The End of the Affair* 327
『女性的なミドルブラウ小説』(ハンブル) *The Feminine Middlebrow Novel* 37
『ジョン・オーロンドンズ・ウィークリー』 *John O'London's Weekly* 30
『シング・アズ・ウィー・ゴー』(ディーン) *Sing As We Go* 40
『深夜の星』(ロバーツ) *Star of Midnight* 167
『スキン・ゲーム』(ヒッチコック) *The Skin Game* 150
『スタンドファースト氏』(バカン) *Mr Standfast* 141
『スタンブール特急』(グリーン) *Stamboul*

Train　12-14, 27, 36-37, 40, 43-44, 49, 51-56, 59, 61-72, 75, 80, 109, 142-143, 253, 323
『スピオーネ』（ラング）　*Spione*　257
『スペクテイター』　*The Spectator*　14, 16-18, 21, 38, 50, 52, 67, 112, 115, 121, 139, 149, 158, 168-169, 240, 247, 253, 320, 323
『スミス都へ行く』（キャプラ）　*Mr. Smith Goes to Washington*　168
『西部劇――フィクションと映画における男の構築』（ミッチェル）　*Westerns: Making the Man in Fiction and Film*
『戦間期のイギリス映画とミドルブラウ文化』（ナッパー）　*British Cinema and Middlebrow Culture in the Interwar Years*　34
『1984年』（オーウェル）　*1984*　192
『ソヴィエト映画の影響』　*The Soviet Influence*　66

タ行

『ダイアモンド・リル』（演劇）　*Diamond Lil*　217
『第三逃亡者』（ヒッチコック）　*Young and Innocent*　149-150
『第三の男』（グリーン、映画脚本）　*The Third Man*　285, 288
『第三の男』（グリーン、小説）　*The Third Man*　21, 285-288, 290-294, 297-299, 303-304, 306, 310-311, 315, 318-320, 325
『第三の男』（リード、映画）　*The Third Man*　286-287, 289, 299, 302-303, 318, 329
『第三の影』（ヴァン・ダイク）　*Another Thin Man*　166
『タイムズ』　*The Times*　11-12, 53, 96-97, 102, 119-121, 135, 139
『タイムズ紙文芸付録』　*The Times Literary Supplement*　139
『タブレット』　*The Tablet*　192
『ダロウェイ夫人』（ウルフ）　*Mrs. Dalloway*　13, 95, 285, 292
『知識人と大衆』（ケアリー）　*The Intellectuals and the Masses*　196
『知識人のための世界の混沌の手引き』（コール）　*The Intelligent Man's Guide through World Chaos*　70
『地の果てを行く』（デュヴィヴィエ）　*La Bandera*　224-225
「中尉は最後に死んだ」（グリーン）　*The Lieutenant Died Last*　240, 243, 251, 271-272, 274-275, 278
『翼の生えたライオン』（コルダ）　*The Lion Has Wings*　247-249, 251, 280
『デイリー・テレグラフ』　*The Daily Telegraph*　96
『デイリー・メイル』　*The Daily Mail*　96, 135
『出来事に反して』（セイユー）　*Against the Event*　85
『テキサス決死隊』（ヴィダー）　*The Texas Rangers*　300, 302, 313-315
『鉄路の白薔薇』（ガンス）　*La Roue*　59
『テレーズ・デスケルウ』（モーリアック）　*Thérèse Desqueyroux*　190
『逃走の方法』（グリーン）　*Ways of Escape*　22, 48, 108, 142, 145, 149, 189, 194, 218, 257
『逃亡者』（フォード）　*The Fugitive*　330
『トルキスタン・シベリア鉄道』（トゥーリン）　*Turksib*　49, 55, 65-67, 69-70
『どん底』（ルノアール）　*Les Bas-Fonds*　225, 230

ナ行

『ナイト・アンド・デイ』　*Night and Day*　50
『ナチス・スパイの告白』（リトヴァク）　*Confessions of a Nazi Spy*　244-247, 280
『ニュー・ステイツマン』　*The New Statesman*　30-31, 34
『ニュー・ヨーカー』　*The New Yorker*　192
『農夫の妻』（ヒッチコック）　*The Farmer's*

Wife 150

ハ行

『ハイブラウ狩り』（レナード・ウルフ） *Hunting the Middlebrow* 29
「パシフィック 231」（オネゲル） *Pacific 231* 61
『花嫁の感情』（ラッグルズ） *The Bride Comes Home* 169
『ハバナの男』（グリーン） *Our Man in Havana* 322
『巴里の屋根の下』（クレール） *Sous les toits de Paris* 14, 112-113, 118, 121, 136
『バルカン超特急』（ヒッチコック） *The Lady Vanishes* 59, 74, 149-150
『パンチ』 *Punch* 28, 98-102
『ピクチャーゴウアー』 *Picturegoer* 45, 157
『ビッグ・ハウス』 *The Big House* 245
『羊の島』（バカン） *The Island of Sheep* 141
『日は昇る』（カルネ） *Le Jour se lève* 230
『フィルム・ウィークリー』 *Film Weekly* 151, 156, 158
『風車の秘密』（ヴァン・ダイク） *The Thin Man Goes Home* 166
『ふしだらな女』（ヒッチコック） *Easy Virtue* 150
『舞踏会の手帳』（デュヴィヴィエ） *Un carnet de bal* 225
『ブライトン・ロック』（グリーン） *Brighton Rock* 14-15, 19-20, 23, 109, 189-197, 201, 207, 209-214, 216, 218-219, 221-224, 227, 229-233, 243, 322, 324, 329
『ブラック・リージョン』（メイヨ） *Black Legion* 257, 282
『ブラック・レコード』（ヴァンシタート卿） *Black Record* 274
「フランソワ・モーリアック」（グリーン） François Mauriac 190
『フリッツ・ラングの映画』（ガニング） *The Films of Fritz Lang: Allegories of Vision and Modernity* 260
『平原児』（デミル） *The Plainsman* 300-301, 311, 313
『平行路線』（カービー） *Parallel Tracks* 59
『望郷』（デュヴィヴィエ） *Pépé le Moko* 189, 224-225, 227-232, 234, 324
『ホテル・インペリアル』（スティラー） *Hotel Imperial* 53, 55
『襤褸と宝石』（ラ・カヴァ） *My Man Godfrey* 167
『幌馬車』（クルーズ） *The Covered Wagon* 302

マ行

『負けた者がみな貰う』（グリーン） *Loser Takes All* 322
『マーチ・オブ・ザ・タイム』 *The March of the Time* 245
『蝮のからみあい』（モーリアック） *Le nœud de vipères* 190
『マンスリー・フィルム・ブレティン』 *The Monthly Film Bulletin* 154
『マン・ハント』（ラング） *Man Hunt* 239, 250-251, 257, 262-270, 283
『密使』（グリーン） *The Confidential Agent* 14, 241
『密偵』（コンラッド） *The Secret Agent* 13, 83, 87-88, 91-92, 94-95, 149, 152-153, 159, 186
『密偵――三幕の劇』（演劇脚本） *The Secret Agent: A Drama in Three Acts* 152, 186
「ミドルブラウ映画」（グリーン） Middlebrow Cinema 39, 60, 79, 147
『ミュンヘンへの夜行列車』（リード） *Night Train to Munich* 74
『無法者の群』（カーティス） *Dodge City* 301, 306, 308
『紫よもぎの騎手たち』（グレイ） *Riders of the Purple Sage* 304
『メトロポリス』（ラング） *Metropolis* 260

『燃えつきた人間』（グリーン）　*A Burnt-Out Case*　322
『モダニズム、毎日の時間、日常生活』（ランダル）　*Modernism, Daily Time and Everyday Life*　85
『モダニズムと普通さ』（オルソン）　*Modernism and the Ordinary*　85
『モダン・タイムス』（チャップリン）　*Modern Times*　18, 115-117, 119-120, 122, 128
『モード』（テニソン卿）　*Maud*　182-183

ヤ行

『夜行郵便列車』（ワット）　*Night Mail*　66-68
『闇の奥』（コンラッド）　*Heart Of Darkness*　286, 292-294, 318-319
『夕暮れの噂』（グリーン）　*Rumour at Nightfall*　12, 143, 285
『夕陽特急』（ヴァン・ダイク）　*After the Thin Man*　166
『幽霊西へ行く』（クレール）　*The Ghost Goes West*　120
『愉快なリズム』（タウログ）　*Rhythm On The Range*　302
『ユリシーズ』（ジョイス）　*Ulysses*　27, 95, 285
『良き仲間達』（プリーストリー）　*The Good Companions*　35, 40
『ヨーク軍曹』（ホークス）　*Sergeant York*　266, 283
『夜毎来る女』（メイヨ）　*Night After Night*　216
『夜の音楽』（ハックスリー）　*Music at Night*　30

ラ行

『リスナー』　*The Listener*　139, 185, 198
『リリオム』（ラング）　*Liliom*　252
『ル・ミリオン』（クレール）　*Le Million*　118, 121
『レッド・サルート』（ランフィールド）　*Red Salute*　169
『ローマ特急』（フォード）　*Rome Express*　49-51, 56, 65, 71-75, 78, 80

ワ行

『我が家の楽園』（キャプラ）　*You Can't Take It With You*　168
『わたしは別よ』（シャーマン）　*She Done Him Wrong*　216
『我等の仲間』（デュヴィヴィエ）　*La belle equipe*　224
『われわれは愛するものを殺さなければならないのか？』（ロスマン）　*Must We Kill the Thing We love?*　174

参考文献

Adamson, Judith. *Graham Greene and Cinema*. Norman: Pilgrim Books, 1984.

Aldgate, Anthony and Jeffrey Richards. *Britain Can Take It: British Cinema in the Second World War*. 1986. New Edition. London: I. B. Tauris, 2007.

Andrew, Dudley. *Mists of Regret: Culture and Sensibility in Classic French Film*. Princeton: Princeton University Press, 1995.

Barr, Charles. *English Hitchcock*. Moffat: Cameron & Hollis, 1999.

Baxendale, John. *Priestley's England: J. B. Priestley and English Culture*. Manchester: Manchester University Press, 2014.

Bennett, Arnold. "Queen of the High-Brows." *Evening Standard*. 28 November 1929. 9. Reprinted in *Virginia Woolf: The Critical Heritage*. Ed. Robin Majumdar and Allen McLaurin. London: Routledge & Kegan Paul, 1975. 258-260.

Bennett, Charles. *Hitchcock's Partner in Suspense: The Life of Screenwriter Charles Bennett*. Ed. John Charles Bennett. Lexington: University Press of Kentucky, 2014.

Bergonzi, Bernard. *A Study in Greene*. Oxford: OUP, 2006.

Bernthal, J. C. ed. *The Ageless Agatha Christie: Essays on the Mysteries and the Legacy*. Jefferson: McFarland, 2016.

——— *Queering Agatha Christie: Revisiting the Golden Age of Detective Fiction*. Basingstoke: Palgrave, 2016.

——— https://jcbernthal.com/events-organised/

Biesen, Sheri Chinen. *Black Out: World War II and the Origins of Film Noir*. Baltimore: The Johns Hopkins University Press, 2005.

Birdwell, Michael E. *Celluloid Soldiers: Warner Bros.'s Campaign against Nazism*. New York: New York University Press, 1999.

Bogdanovich, Peter. *Fritz Lang in America*. London: Studio Vista, 1967.

Bosco, Mark. *Graham Greene's Catholic Imagination*. Oxford: OUP, 2005.

British Council Homepage. https://www.britishcouncil.org/organisation/history/europe. <Accessed 11 September, 2017.>

"Broadbrow." *Oxford English Dictionary*. Oxford University Press, 2016.

Brooks, Peter. *The Melodramatic Imagination: Balzac, Henry James, Melodrama, and the Mode of Excess*. 1976. New Haven: Yale University Press, 1995.

Carey, John. *The Intellectuals and the Masses: Pride and Prejudice among the Literary Intelligentsia, 1880-1939*. London: Faber & Faber, 1992.

Cavell, Stanley. *Pursuits of Happiness: The Hollywood Comedy of Remarriage*. Cambridge: Harvard

University Press, 1981.

Chapman, James. "Celluloid Shockers." *The Unknown 1930s: An Alternative History of the British Cinema, 1929-1939*. 1998. Ed. Jeffrey Richards. London: I. B. Tauris, 2000. 75-97.

——— *The British at War: Cinema, State and Propaganda, 1939-1945*. London: I. B. Tauris, 1998.

"Charivaria." *Punch Historical Archive*. Issue 4437. 23 December 1925. 673.

Christie, Agatha. *An Autobiography*. 1977. London: Harper Collins, 1993.

——— *Murder on the Orient Express*. 1934. London: Harper Collins, 2007.

Clair, René. "Talkie versus Talkie." *French Film Theory and Criticism: A History/Anthology 1907-1939. Volume II: 1929-1939*. 1988. Ed. Richard Abel. Princeton: Princeton University Press, 1993. 39-40.

Coetzee, J. M. "Introduction." *Brighton Rock*. 1938. London: Vintage, 2004. VII-XV.

Cole, G. D. H. *The Intelligent Man's Guide through World Chaos*. 1932. London: Gollancz, 1933.

Collini, Stefan. *Absent Minds: Intellectuals in Britain*. 2006. Oxford: OUP, 2007.

Conrad, Joseph. *Heart of Darkness*. 1899. London: Penguin, 2007.

——— *The Secret Agent*. 1907. London: Penguin, 2007.

——— *The Secret Agent: A Drama in Three Acts*. London: T. Werner Laurie, 1923.

Crisp, Colin. *French Cinema: A Critical Filmography. Volume 1, 1929-1939*. Bloomington: Indiana University Press, 2015.

Cuddy-Keane, Melba. *Virginia Woolf, the Intellectual, and the Public Sphere*. Cambridge: CUP, 2003.

Curran, John. *Agatha Christie's Secret Notebooks: Fifty Years of Mysteries in the Making*. 2009. London: Harper, 2010.

Diemert, Brian. *Graham Greene's Thrillers and the 1930s*. Montreal: McGill-Queen's University Press, 1996.

Doherty, Thomas. *Hollywood and Hitler 1933-1939*. New York: Columbia University Press, 2013.

Donald, James, Anne Friedberg, and Laura Marcus, ed. *Close Up 1927-1933: Cinema and Modernism*. Princeton: Princeton University Press, 1998.

Drazin, Charles. *In Search of The Third Man*. 1999. London: Methuen, 2000.

Durgnat, Raymond. *The Strange Case of Alfred Hitchcock: Or the Plain Man's Hitchcock*. London: Faber & Faber, 1974.

Eagleton, Terry. *On Evil*. New Haven: Yale University Press, 2010.

Evans, Peter William. *Carol Reed*. Manchester: Manchester University Press, 2005.

Fagge, Roger. *The Vision of J. B. Priestley*. London: Bloomsbury, 2013.

Falk, Quentin. *Travels in Greeneland: The Cinema of Graham Greene*. Revised and Updated Edition. Dahlonega: University Press of North Georgia, 2014.

Faulkner, Sally, ed. *Middlebrow Cinema*. London: Routledge, 2016.

Feigel, Lara. *The Love-Charm of Bombs: Restless Lives in the Second World War*. London: Bloomsbury, 2013.

Foucault, Michel. *Discipline and Punish: The Birth of the Prison*. Trans. Alan Sheridan. 1977. London: Penguin, 1991.

Fraser, Theodore P. *The Modern Catholic Novel in Europe*. New York: Twayne, 1994.

Freud, Sigmund. "Psycho-analytic Notes on an Autobiographical Account of a Case of Paranoia (Dementia Paranoides) (1911)." *The Standard Edition of the Complete Psychological Works of Sigmund Freud*. Volume XII. 1958. London: Vintage, 2001. 1-82.

Friedberg, Anne. "Introduction: Reading *Close Up*, 1927-1933." *Close Up 1927-1933: Cinema and Modernism*. Ed. James Donald, Anne Friedberg, and Laura Marcus. Princeton: Princeton University Press, 1998. 1-26.

Fussel, Paul. *Abroad: British Literary Traveling Between the Wars*. Oxford: OUP, 1980.

Glancy, Mark. *The 39 Steps*. London: I. B. Tauris, 2003.

Grant, Barry Keith, ed. *Fritz Lang Interviews*. Jackson: University Press of Mississippi, 2003.

Greene, Graham. *A Gun for Sale*. 1936. London: Vintage, 2009.

——— *Brighton Rock*. 1938. London: Vintage, 2004.

——— "François Mauriac." *Collected Essays*. London: Bodley Head, 1969. 115-121.

——— *It's a Battlefield*. 1934. London: Vintage, 2002.

——— *Stamboul Train*. 1932. London: Vintage, 2004.

——— *The End of the Affair*. 1951. London: Vintage, 2004.

——— *The Graham Greene Film Reader: Reviews, Essays, Interviews & Film Stories*. 1993. Ed. David Parkinson. New York: Applause, 1995.

——— "The Last Buchan." *Collected Essays*. London: Bodley Head, 1969. 223-225.

——— "The Lieutenant Died Last." *Complete Short Stories*. London: Penguin, 2005. 464-473.

——— *The Ministry of Fear*. 1943. London: Vintage, 2001.

——— *The Pleasure-Dome: The Collected Film Criticism 1935-40*. Ed. John Russell Taylor. London: Secker & Warburg, 1972.

——— *The Third Man*. 1950. London: Penguin, 1999.

——— *The Third Man*. 1968. London: Faber & Faber, 1988.

——— *Ways of Escape*. 1980. London: Vintage, 1999.

"Greeneland." *Oxford English Dictionary*. Oxford University Press, 2016.

Gunning, Tom. *The Films of Fritz Lang: Allegories of Vision and Modernity*. London: BFI, 2000.

Habermann, Ina. *Myth, Memory and the Middlebrow: Priestley, du Maurier and the Symbolic Form of Englishness*. Basingstoke: Palgrave, 2010.

Hake, Sabine. *Screen Nazis: Cinema, History, and Democracy*. Madison: The University of

Wisconsin Press, 2012.

Hand, Richard J. and Andrew Purcell. *Adapting Graham Greene*. London: Palgrave, 2015.

Hark, Ina Rae. "Hitchcock Discovers America: The Selznick-Era Films." *A Companion to Alfred Hitchcock*. Ed. Thomas Leitch and Leland Poague. Chichester: Wiley Blackwell, 2014. 289-308.

Harvey, James. *Romantic Comedy in Hollywood: From Lubitsch to Sturges*. 1987. New York: Da Capo Press, 1998.

"Heinemann." *The Sunday Times*. Issue 5722. 11 December 1932. 6.

Highmore, Ben. *Everyday Life and Cultural Theory: An Introduction*. Abingdon: Routledge, 2002.

——— *Ordinary Lives: Studies in the Everyday*. Abingdon: Routledge, 2011.

Hill, Thomas, ed. *Perceptions of Religious Faith in the Work of Graham Greene*. Bern: Peter Lang, 2002.

Houston, Penelope. *Went the Day Well?* 1992. Second Edition. Basingstoke: Palgrave Macmillan, 2012.

Humble, Nicola. *The Feminine Middlebrow Novel 1920s to 1950s: Class, Domesticity, and Bohemianism*. 2001. Oxford: OUP, 2007.

Huxley, Aldous. "Foreheads Villainous Low." *Music at Night & Other Essays*. London: Chatto & Windus, 1931. 201-210.

Jameson, Fredric. *The Antinomies of Realism*. London: Verso, 2013.

Kaes, Anton. "A Stranger in the House: Fritz Lang's *Fury* and the Cinema of Exile. *A Companion to Fritz Lang*. Ed. Joe McElhaney. Chichester: Wiley Blackwell, 2015. 300-321.

Karnick, Kristine Brunovska, and Henry Jenkins, ed. *Classical Hollywood Comedy*. New York: Routledge, 1995.

Ker, Ian. *The Catholic Revival in English Literature, 1845-1961: Newman, Hopkins, Belloc, Chesterton, Greene, Waugh*. Notre Dame: University of Notre Dame Press, 2003.

Kern, Stephen. *The Culture of Time and Space, 1880-1913*. Cambridge: Harvard University Press, 2003.

Kirby, Lynne. *Parallel Tracks: The Railroad and Silent Cinema*. Exeter: University of Exeter Press. 1997.

Koepnick, Lutz. "Not the End: Fritz Lang's War." *A Companion to Fritz Lang*. Ed. Joe McElhaney. Chichester: Wiley Blackwell, 2015. 415-429.

Kracauer, Siegfried. "The Hotel Lobby." *The Mass Ornament: Weimar Essays*. Translated, Edited, and with an Introduction by Thomas Y. Levin. Cambridge: Harvard UP, 1995. 173-185.

Lambert, Gavin. *The Dangerous Edge*. London: Barrie & Jenkins, 1975.

Lanzoni, Rémi Fournier. *French Cinema: From Its Beginnings to the Present*. 2002. Second Edition. New York: Bloomsbury, 2015.

Leitch, Thomas. "Hitchcock from Stage to Page." *Hitchcock at the Source: The Auteur as Adaptor*.

Ed. R. Barton Palmer and David Boyd. Albany: SUNY Press, 2011. 11-32.

Lejeune, C. A. *Cinema*. London: Alexander Maclehose, 1931.

——— *The C. A. Lejeune Film Reader*. Ed. Anthony Lejeune. Manchester: Carcanet, 1991.

——— "The Pictures: 'Rome Express' Arrives." *The Observer*. 20 November 1932. 14.

Light, Alison. *Forever England: Femininity, Literature and Conservatism between the Wars*. Routledge: London, 1991.

Low, Rachel. *The History of the British Film 1929-1939: Film Making in 1930s Britain. The History of British Film Volume XII*. 1985. London: Routledge, 1997.

Lubbock, Percy. *The Craft of Fiction*. 1921. London: Jonathan Cape, 1926.

Maamri, Malika Rebai. "Cosmic Chaos in *The Secret Agent* and Graham Greene's *It's a Battlefield*." *Conradiana*. Volume 40. Number 2. 2008. 179-192.

MacKenzie, S. P. *British War Films 1939-1945*. 2001. London: Hambledon Continuum, 2006.

Marcus, Laura. *The Tenth Muse: Writing about Cinema in the Modernist Period*. 2007. Oxford: OUP, 2010.

Martin. L. B. "Motor Salesman. 'The Engine in This Car Is Practically Identical with That Used by the Scotland Yard Flying Squad'. "*Punch Historical Archive*. Issue 4618. 5 June 1929. 617.

Mason, Fran. *American Gangster Cinema: From* Little Caesar *to* Pulp Fiction. Basingstoke: Palgrave Macmillan, 2002.

Matthew, H. C. G. "John Buchan." *Oxford Dictionary of National Biography*. Oxford University Press. 2018.

McDonald, Kate, ed. *Reassessing John Buchan: Beyond 'The Thirty-Nine Steps.'* London: Pickering & Chatto, 2009.

——— and Nathan Waddell, ed. *John Buchan and the Idea of Modernity*. 2013. Abingdon: Routledge, 2016.

McGillian, Patrick. *Fritz Lang: The Nature of the Beast*. 1997. Minneapolis: University of Minnesota Press, 2013.

McLaine, Ian. *Ministry of Morale: Home Front Morale and the Ministry of Information in World War II*. London: Allen & Unwin, 1979.

Mellor, Leo. *Reading the Ruins: Modernism, Bombsites and British Culture*. Cambridge: CUP, 2011.

"Melodrama." *Oxford English Dictionary*. Oxford University Press, 2016.

Mercer, John, and Martin Shingler. *Melodrama: Genre, Style, Sensibility*. London: Wallflower Press, 2004.

"A Merry Mood Prevails in the London Theatre." *Daily Mail Atlantic Edition*. Issue 788. 8 March 1928. 3.

"Middlebrow." *Oxford English Dictionary*. Oxford University Press, 2016.

The Middlebrow Network. http://www.middlebrow-network.com/Home.aspx

Milberg, Doris. *The Art of the Screwball Comedy: Madcap Entertainment from the 1930s to Today*. Jefferson: McFarland, 2013.

Miller, Henry K. "From *Turksib* to *Night Mail*." *The Soviet Influence: From Turksib to Night Mail*. DVD Booklet. London: BFI, 2011. 1-14.

Miller, Kristine A. *British Literature of the Blitz: Fighting the People's War*. Basingstoke: Palgrave Macmillan, 2009.

Mitchell, Lee Clark. *Westerns: Making the Man in Fiction and Film*. Chicago: University of Chicago Press, 1996.

"M Rene Clair." Issue 60877. *The Times*. 16 March 1981. 14.

Muir, Edwin. "New Novels." *The Listener*. Issue 395. 5 August 1936. 278.

Napper, Lawrence. *British Cinema and Middlebrow Culture in the Interwar Years*. Exeter: University of Exeter Press, 2009.

Naremore, James. *More than Night: Film Noir in Its Contexts*. 1998. Updated and Expanded Edition. Berkeley: University of California Press, 2008.

North, Michael. *Machine-Age Comedy*. Oxford: OUP, 2009.

——— *Reading 1922: A Return to the Scene of the Modern*. Oxford: OUP, 1999.

Nox, E. V. "The Relativity of Speed." *Punch Historical Archive*. Issue 4579. 5 September 1928. 270.

Oakes, Philip. "Greene Screen." *The Sunday Times*. Issue 7657. 1 March 1970. 58.

O'Brien, Charles. *Cinema's Conversion to Sound: Technology and Film Style in France and the U. S.* Bloomington: Indiana University Press, 2005.

Olson, Liesl. *Modernism and the Ordinary*. Oxford: OUP, 2009.

"Orient Express. On the Screens Now by Lionel Collier." *The Picturegoer Weekly*. Volume 3. Number 155. 12 May 1934. 28.

"Orient Express Pressbook M." British Film Institute Leuben Library.

Orwell, George. "The Sanctified Sinner." *Graham Greene: A Collection of Critical Essays*. Ed. Samuel Hynes. Englewood Cliffs: Prentice-Hall, 1973. 105-109.

Palmer, James W. and Michael M. Riley. "The Lone Rider in Vienna: Myth and Meaning in *The Third Man*." *Literature/ Film Quarterly*. Volume 8. Issue 1. 1980. 14-21.

Phillips, Gene D. *Graham Greene: The Films of His Fiction*. New York: Teachers College Press, 1974.

"The Pictures: A Week of Plenty: 'The Battle of Life.'" *The Observer*. 20 March 1932. 16.

Plomer, William. "Fiction." *The Spectator*. Issue 5638. 17 July 1936. 110-111. http://archive.spectator.co.uk/article/17th-july-1936/30/fiction <accessed 1 April 2017.>

Priestley, J. B. "High, Low, Broad." *Saturday Review*. 20 February 1926. 222. Reprinted in *Open House: A Book of Essays*. London: Heinemann, 1929. 162-167.

——— "To a Highbrow." *John O' London's Weekly*. 3 December 1932. 354, 356.

Pritchett, V. S. "A Modern Mind." *The Spectator*. Issue 5511. 9 February 1934. 206. http://archive.spectator.co.uk/page/9th-february-1934/26 <accessed 22 January 2017.>

Randall, Bryony. *Modernism, Daily Time and Everyday Life*. Cambridge: CUP, 2007.

Rothman, William. *Must We Kill the Thing We Love?: Emersonian Perfectionism and the Films of Alfred Hitchcock*. New York: Columbia University Press, 2014.

Ryall, Tom. *Blackmail*. London: BFI, 1993.

"Sabotage. Reviews by Lionel Collier." *The Picturegoer*. Volume 6. Number 298. 6 February 1937. 26.

"Sabotage. What-And What Not-to See: 'Film Weekly's' Complete Guide to the New Films." *Film Weekly*. Volume 16. Number 426. 12 December 1936. 32.

Sanders, Julie. *Adaptation and Appropriation*. Routledge: London, 2006.

Sarris, Andrew. *"You Ain't Heard Nothin' Yet": The American Talking Film History & Memory, 1927-1949*. 1998. Oxford: OUP, 1999.

Sayeau, Michael. *Against the Event: The Everyday and the Evolution of Modernist Narrative*. Oxford: OUP, 2013.

Sayers, Dorothy L. "Train Drama in a Snowstorm." *The Sunday Times*. Issue 5778. 7 January 1934. 9.

"Scotland Yard's 'Flying Squad'. " *The Times*. Issue 44499. 7 February 1927. 16.

"Secret Agent." *Monthly Film Bulletin*. Volume 3. Number 29. May 1936. 83.

"Secret Agent. Reviews for Showmen." *Kinematograph Weekly*. Number 1517. 14 May 1936. 26.

"Secret Agent. What-And What Not-to See: 'Film Weekly's' Complete Guide to the New Films. Edited by John Gammie." *Film Weekly*. Volume 15. Number 395. 9 May 1936. 27.

Sedgewick, Eve Kosofsky. *Between Men: English Literature and Male Homosocial Desire*. New York: Columbia UP, 1985.

Shelden, Michael. *Graham Greene: The Man Within*. London: Heineman, 1994.

Shepard, Ernest Howard. "A Bolt from the Blue: The Flying Squad of To-Morrow." *Punch Historical Archive*. Issue 4690. 22 October 1930. 474.

Sherry Norman. *The Life of Graham Greene: Volume One 1904-1939*. London: Jonathan Cape, 1989.

——— *The Life of Graham Greene. Volume Two: 1939-1955*. London: Jonathan Cape, 1994.

Sinyard, Neil. *Graham Greene: A Literary Life*. Basingstoke: Palgrave, 2003.

Slotkin, Richard. "Violence." *The BFI Companion to the Western*. 1988. New Edition. Ed. Edward Buscombe. London: Andre Deutsch/ BFI, 1993. 232-236.

"Stamboul Train." *The Sunday Times*. Issue 5727. 15 January 1933. 10.

Stanfield, Peter. *Hollywood, Westerns and the 1930s: The Lost Trail*. Exeter: University of Exeter

Press, 2001.

Stratford, Philip. *Faith and Fiction: Creative Process in Greene and Mauriac*. Notre Dame: University of Notre Dame Press, 1964.

"The Talkies." *The Times*. Issue 45268. 30 July 1929. 13.

"The Thirty-Nine Steps." *Monthly Film Bulletin*. Volume 2. Number 17. June 1935. 72.

Thompson, Kristin, and David Bordwell. *Film History: An Introduction*. Third Edition. New York: McGraw-Hill, 2010.

Thomson, Brian Lindsay. *Graham Greene and the Politics of Popular Fiction and Film*. Basingstoke: Palgrave Macmillan, 2009.

"To-day's Attractions in London's Theatres." *Daily Mail Atlantic Edition*. Issue 869. 7 September 1928. 5.

"The Uncritical Cinema." *The Times*. Issue 47962. 6 April 1938. 12.

Vincendeau, Ginette. *Pépé le Moko*. London: BFI, 1998.

——— *Stars and Stardom in French Cinema*. London: Continuum, 2000.

——— "The Art of Spectacle: The Aesthetics of Classical French Cinema. *The French Cinema Book*. Ed. Michael Temple and Michael Witt. 2004. London: BFI, 2007. 137-152.

"War of Nerves." *Oxford English Dictionary*. Oxford University Press, 2017.

Watts, Arthur. "Bus Driver (to Small Car Cutting-in) 'An' 'Oo Might You Think You Wos? The Flying Squad?" *Punch Historical Archive*. Special Issue. 13 May 1929. n.p.

Watts, Cedric. *A Preface to Greene*. Harlow: Pearson Education, 1997.

Watts, Jill. *Mae West: An Icon in Black and White*. Oxford: OUP, 2001.

Waugh, Evelyn. "Felix Culpa?" *Graham Greene: A Collection of Critical Essays*. Ed. Samuel Hynes. Englewood Cliffs: Prentice-Hall, 1973. 95-102.

Welky, David. *The Moguls and the Dictators: Hollywood and the Coming of World War II*. Baltimore: The Johns Hopkins University Press, 2008.

Welsh, James M. and Gerald R. Barrett. "Graham Greene's *Ministry of Fear*: The Transformation of an Entertainment." *Literature/Film Quarterly*. Volume 2. Issue 4. Fall 1974. 310-23.

White, Rob. *The Third Man*. London: BFI, 2003.

Williams, Keith. *British Writers and the Media, 1930-45*. London: Macmillan, 1996.

Wilson, Angus. "Evil and the Novelist Today." *The Listener*. Issue 1764. 17 January 1963. 115.

"Wireless and Crime." *The Times*. Issue 43854. 8 January 1925. 9.

Wise, Jon, and Mike Hill. *The Works of Graham Greene: A Reader's Bibliography and Guide*. London: Continuum, 2012.

Woolf, Virginia. "Middlebrow." *The Death of the Moth and Other Essays*. 1942. London: Hogarth Press, 1943. 113-119.

Wright, Basil. "Rome Express. Films of the Quarter: Hollywood Speaks." *Cinema Quarterly*.

Volume 1. Number 2. Winter 1932. 113.

クレール，ルネ『映画をわれらに』山口昌子訳，フィルムアート社，1980年。

小林隆之，山本眞吾『映画監督ジュリアン・デュヴィヴィエ』国書刊行会，2010年。

小松弘「フリッツ・ラング――あるいはイデアリズムから遠く離れて」，『Library iichiko　特集フリッツ・ラング』，第99号（Summer 2008），81-96頁。

コンラッド『密偵』土岐恒二訳，岩波文庫，1990年。

斉藤綾子「『復讐は俺に任せろ』――50年代アメリカのラングに関する覚書」，『Library iichiko　特集フリッツ・ラング』第99号（Summer 2008），39-64頁。

佐藤元状「ポピュラー・カルチャーとイングリッシュネスの政治学――グレアム・グリーンの『ブライトン・ロック』と後期モダニズムの困難」，『転回するモダン――イギリス戦間期の文化と文学』遠藤不比人他編，研究社，2008年，221-241頁。

『聖書　新共同訳　旧約聖書続編つき』日本聖書協会，1997年。

中条省平『フランス映画史の誘惑』集英社新書，2003年。

蓮實重彦，山田宏一『傷だらけの映画史――ウーファからハリウッドまで』中公文庫，2001年。

武藤浩史「プリーストリーをなみするな！」，『転回するモダン――イギリス戦間期の文化と文学』遠藤不比人他編，研究社，2008年，242-262頁。

ルーテ，ヤコブ「コンラッドの語り」，『コンラッド文学案内』J. H. ステイプ編著，日本コンラッド協会訳，研究社，2012年，266-293頁。

ワッツ，セドリック「『闇の奥』」，『コンラッド文学案内』J. H. ステイプ編著，日本コンラッド協会訳，研究社，2012年，77-105頁。

初出一覧

本書は基本的に書き下ろしであるが、その過程で執筆のきっかけとなるいくつかの発表の機会を頂戴した。また慶應義塾大学の紀要を積極的に活用し、本書の完成の足がかりとさせていただいた。ここに初出の一覧を記す。

プロローグ　書き下ろし

第一章　ミドルブラウのアダプテーション空間

書き下ろしであるが、ミドルブラウという主題に関して、イギリスと日本で一度ずつ発表の機会に恵まれた。エクセター大学でのイギリス初となるアガサ・クリスティ・シンポジウムでの口頭発表と中央大学でのミドルブラウ文化研究会での口頭発表である。

"Conservative Modernism and Middlebrow Culture in the Early Thirties: A Comparative Reading of Greene's *Stamboul Train* and Christie's *Murder on the Orient Express*." Agatha Christie: Crime, Culture, Celebrity. 14 April 2014. University of Exeter (UK).

「保守的なモダニズムとミドルブラウ文化――グリーンの『スタンブール特急』とクリスティの『オリエント急行殺人事件』の比較研究」中央大学ミドルブラウ文化研究会公開研究会、中央大学駿河台記念館、2015 年 8 月 1 日。

第二章　風刺としての資本主義批判

慶應義塾大学の紀要に本章の完成版に近いものを一度発表している。

「風刺としての資本主義批判――『ここは戦場だ』と『自由を我等に』」『慶應義塾大学日吉紀要　英語英米文学』第 69 号（2017 年）、1-47 頁。

だが、本書の核となったアイデアは、イギリス時代の研究発表にさかのぼる。BAMS（英国モダニズム研究協会）の国際シンポジウムでの口頭発表である。

"Modernism and the Everyday Revisited: A Comparative Reading of Greene's *It's a Battlefield* and Conrad's *The Secret Agent*." BAMS (British Association for Modernist Studies) International Conference: Modernism Now!　26-28 June 2014. (27 June). Institute of English Studies, Senate House, London.

第三章　メロドラマ的想像力とは何か

書き下ろし。だが、そのアイデアの一部は、イギリス時代の研究発表に基づいている。ロンドン大学での「コンラッドの翻案」をめぐるシンポジウムでの口頭発表である。

"Adapting Conrad and Maugham: Hitchcock and the Melodramatic Imagination in the 1930s." Adapting Conrad. 30 May 2014. Institute of English Studies, Senate House, London.

第四章　聖と俗の弁証法

慶應義塾大学の紀要に本章の中間段階のものを一度発表している。
「宗教、倫理、詩的なリアリズム——『ブライトン・ロック』と映画史の諸問題」、『慶應義塾大学日吉紀要　英語英米文学』第 66 号（2015 年）、1-36 頁。

また文学部の宇沢美子、巽孝之の両氏には、慶應文学部総合講座「聖と俗」に講師としてご招待いただき、『ブライトン・ロック』について話す貴重な機会を頂戴した。
「グレアム・グリーンの聖と俗——『ブライトン・ロック』を読む」慶應義塾大学 2016 年度文学部総合教育科目「聖と俗 I 」慶應義塾大学三田キャンパス、2016 年 12 月 27 日。

第五章　プロパガンダへの抵抗

慶應義塾大学の紀要に本章の中間段階のものを一度発表している。
「プロパガンダとか何か——『恐怖省』と第二次世界大戦下のイギリス映画」、『慶應義塾大学日吉紀要　英語英米文学』第 67 号（2015 年）、23-44 頁。

第六章　男たちの絆

書き下ろしであるが、本章の主題に関連して、イギリスと日本で一度ずつ発表の機会に恵まれた。ロンドン大学での「周縁的なメインストリーム」をめぐるシンポジウムでの口頭発表と日本映画学会例会での口頭発表である。
"Modernist Disguise as 'Doubles': A Comparative Reading of Greene's and Reed's *The Third Man*." 3rd Annual Marginalised Mainstream Conference: Disguise. 28-29 November 2014. (29 November). Institute of English Studies, Senate House, London.
「西部劇としての『第三の男』——グレアム・グリーンとアダプテーションの諸問題」日本映画学会第四回例会、東京海洋大学品川キャンパス、2015 年 6 月 20 日。

エピローグ　書き下ろし